Sonne und Mond

Ein Morgen erwacht,
aus dem Traum der Nacht,
der Nebel verzieht und schwindet ganz schnell,
die Sonne geht auf und alles wird hell...

Sie wechselt sich ab, mit ihrem Mond,
der in ihrem Herzen wohnt.
Schon oft hat sie an ihn gedacht,
ährend sie die Welt belacht...

Ein Stern hat ihr im Morgengrau'n,
etwas erzählt, ganz im Vertrau'n:
»Der Mond, der fühlt genau wie Du,
heimlich schaut er immer zu,
wenn Du scheinst und herzlich lachst,
and'ren Menschen Freude machst«

Das Wissen tat gut, dass es ihn gibt
der Mond sie mag, vielleicht auch liebt.
Sie weiß, ohne ihn kann sie nicht sein,
doch für sie steht fest, sie bleibt allein...

Es strahlt nur er, oder sie...
zusammen scheinen geht wohl nie.
So wenig sie auch haben wird,
sieht sie zu, dass sie's nie verliert...
Ihr bleibt die Erinnerung, c
der keine festen Grenzen k

Sonne und Mond, zur gleichen Zeit,
scheinen am Himmel, kurz zu zweit…
geben sich einen sanften Kuss,
der die Welt verdunkeln muss…
So haben's die Menschen nicht gesehen,
würden sie's vielleicht verstehen?

Am Tage kurz die Dunkelheit,
der zweien Sternen Glück verleiht-
So freuen sie sich, wenn sie sich sehen,
geben es sich zu verstehen,
wie viel Gefühl bei ihnen liegt
und für jeden nur den einen gibt.

(Adelheid Bergs)

Prolog

Nichts an diesem wunderschönen Tag im Sommer 2003 hatte auf die Ereignisse hingedeutet. Finn brach gleich nach dem Frühstück auf. Er war mit Emily an ihrem Unterschlupf verabredet. So weit es die Vegetation zu ließ fuhr er mit dem Fahrrad, doch als das Unterholz dichter wurde, ließ er es einfach liegen und ging den Rest zu Fuß weiter.

Emilys Rucksack lag in der kleinen selbst gebauten Höhle, doch von ihr fehlte jede Spur. Das war nicht weiter schlimm, dann konnte Finn in Ruhe mit seinen Rittern spielen. Er schnappte sich seine Figuren und baute alles in der Mitte der Lichtung auf, die sich vor ihrem Versteck ausbreitete. Es verging kaum Zeit da tauchte Emily auf. Sie trat zwischen zwei Büschen auf den Platz. Emily begann zu strahlen als sie ihn sah.

»Hey Finn, da bist du ja! Sieh mal was ich gefunden habe.« Emily streckte ihm ihre Hand entgegen in der sich so viele Blaubeeren befanden, wie sie in ihrer zierlichen Hand tragen konnte.

»Die Wachsen hier ganz in der Nähe. Probier mal! Wirklich lecker.«

Bevor Finn zugreifen konnte, zog sie sie auch schon wieder weg.

»Was hast du mit meiner Puppe gemacht?«, wollte Emily wissen und deutete auf ihre Stoffpuppe, die Finn auf einen Baum gesetzt hatte.

»Mein Ritter Arthus braucht eine Prinzessin, die er retten kann.«

»Und wieso Ellie? Hol sie da sofort wieder runter.«
Emily stand unter dem Baum und versuchte verzweifelt an ihre Puppe zu gelangen.
»Du bekommst sie wieder sobald ich fertig bin.«
»Gib sie mir wieder, Finn!«
»Ich verspreche, dass ihr nichts passieren wird.«
Emily drehte sich um und rauschte schmollend davon. Finn sah ihr nach, wie sie wieder zwischen den beiden Büschen verschwand.

Plötzlich erfasste ein stechender Schmerz Finns Schläfen. Diese Kopfschmerzen hatte er so in letzter Zeit schon öfter gehabt. Sie breiteten sich von den Schläfen in den Hinterkopf aus. Finn musste sich den Kopf halten, weil er dachte er zerspringt ihm sonst. Er versuchte sich auf seine Atmung zu konzentrieren und darauf zu warten bis sie nachließen. Der Schmerz dauerte immer nur kurze Zeit. Langsam ließ Finn seine Hände sinken. Doch was war das? Unter seinen Handflächen glühte etwas, als hätte man ihm Glühbirnen eingepflanzt. Er schloss seine Hände fest zu Fäusten, in der Hoffnung gerade nur eine Fata Morgana gesehen zu haben. Als er sie nun wieder öffnete züngelten überall auf seinen Fingern Flammen. Finn spürte keine Verbrennungen, keine Schmerzen. Trotzdem stieg Panik in ihm auf. Er versuchte die Flammen abzuschütteln, wie eine klebrige Masse. Es gelang ihm auch. Doch die Funken, die auf den trockenen Grasboden fielen, erfreuten sich zugleich an ihrem neuen Nährboden. Rasant breiteten sie sich aus und in Windeseile stand die Lichtung in Flammen. Das Feuer war nicht wählerisch, nahm, was sich ihm darbot: Laub, Äste und Finns Ritter. Verschluckte schließlich auch den mühsam aufgebauten Unterschlupf. Innerhalb von Sekunden stand alles in Flammen. Finn stand wie versteinert da. Unfähig zu reagieren. Und dann hörte er Emilys Schreie. Sie musste unbemerkt hinter seinem Rücken zurückgekommen sein und sich in der Höhle versteckt haben, während Finn auf der Lichtung spielte. Er hörte das bedrohliche Knistern und Knarzen der Bäume, die sich dem Feuer ergaben und sich unter Emilys Schreie mischten. Sie war von den Flammen eingesperrt. Er war unfähig klar zu denken oder sich zu bewegen. Ein großer Mann, seiner Kleidung nach ein Landwirt, kam herangeeilt. Er kämpfte mit seiner Jacke gegen die Flammen und befreite Emily. Löschte das Feuer, dass sich von Emilys Kleidung und ihrer Haut nährte.

In der Ferne übertönte eine heraneilende Sirene das Sausen in Finns Ohren. Finn starrte geschockt zu Emily, die bewusstlos dalag. Ihre Kleidung geschmolzen, ihr Körper vom Feuer gezeichnet. Fassungslos blickte er auf seine Hände hinab.

1

Zehn Jahre später.

»Em, du kommst am ersten Schultag noch zu spät in die Schule!«

»Noch fünf Minuten!«

»Das hast du schon vor fünf Minuten gesagt!«

Emily zog genervt die Decke über den Kopf. Ihr Körper hang noch dem Rhythmus der Frühjahrsferien nach, die sie bei ihrer Tante Amanda und Cousine Beth verbracht hatte und die viel zu schnell vorbei gewesen waren. Wie immer!

»Emily Patricia dela Lune!«

»Aaah, ja doch! Ich komme!«

Emily sprang unter die Dusche, warf sich ein paar Klamotten über und war innerhalb von zehn Minuten zwei Stockwerke tiefer in der Küche, wo ihr jüngerer Bruder Tom schon am Küchentisch saß und frühstückte. Sie gesellte sich zu ihm und stopfte sich ein Stück Toast mit Erdbeermarmelade in den Mund, als ihr älterer Bruder Alex die letzten drei Treppenstufen heruntergesprungen kam.

»Ich bin dann mal weg.«

»Alex, kannst du die Treppe nicht normal benutzen?«

»Sorry, Mum.«

»Kannst du mich mitnehmen?«, nuschelte Emily und schlang ihren Toast hinunter, ohne ihn richtig gekaut zu haben.

»Mal wieder zu spät dran?«, amüsierte sich Alex.

»Schatz, kau doch bitte, bevor du schluckst.«

»Mum, ich habs eilig.«

»Du hast es immer eilig.«

»Kannst du mich nun mitnehmen, ja oder nein?«

»Sorry Em, aber ich fahr zu Catherine. Wir haben erst später Schule. Tschau!«

Damit war er schon zur Tür hinaus.

»Ich habe es immer eilig, weil wir mitten im Nirgendwo wohnen«, meckerte Emily.

»Wie sonst sollten wir unsere Rituale durchführen, ohne die halbe Nachbarschaft als Zuschauer zu haben?«

»Es gibt auch Mondhexen, die mitten in der Stadt wohnen.«

»Wollen wir diese Diskussion wirklich schon wieder führen?«

»Nein. Schon gut, ich weiß.«

Sie schnappte sich noch einen Apfel, warf ihrer Mutter einen Kuss zu und verschwand durch die Hintertür, die zum Garten und dem angrenzenden Schuppen führte.

Emily fand ihr Fahrrad darin genauso vor, wie sie es vor den Ferien zurückgelassen hatte. Ein paar Spinnen hatten es sich darauf bequem gemacht, doch die hatte sie schnell verjagt. Eilig machte sie sich auf den Weg in die Schule.

Da sie so weit außerhalb der Stadt wohnten, brauchte Emily ungefähr zwanzig Minuten zur Schule. Sie konnte einige Minuten sparen, wenn sie durch den alten Hafen, der East Harbour seinen Namen verlieh, aber längst stillgelegt worden war, abkürzte. Nur die rostigen Kräne und Container, erinnerten an eine längst vergessene Epoche, die einstmals die wichtigste Einnahmequelle der Kleinstadtbewohner war. Allerdings machte sie jeden Morgen regelmäßig einen Abstecher in Carols Café. Dort traf sie sich mit ihrer besten Freundin Meggie, deren Mutter Carol das Café gehörte und die die weltbesten Muffins machte. Also bog Emily an der Apotheke von der Canal Street in die Bowerstreet ein und hielt neben dem Blumenladen »Fancy Flowers« an. Die Kirchturmuhr schlug halb acht und mahnte zur Eile. Gegenüber von Carols Café war die kleine Poststelle von East Harbour. Mrs. Grey wartete schon ungeduldig darauf, dass Mr. Lasky sie öffnete. Wie jeden Montagmorgen hatte sie ein großes Paket auf ihrem Gepäckträger geschnallt.

»Hat Mr. Lasky schon wieder verschlafen?«, rief Emily der betagten Dame über die Straße hinweg zu, während sie ihr Fahrrad ankettete.

»Guten Morgen Emily, sind die Ferien denn schon wieder vorbei?«

»Ja, leider!«

Die alte Dame klopfte nochmals an die Scheibe der Poststelle.

»Irgendwann werde ich mal einen Brief an die oberste Postbehörde schicken und mich über Mr. Lasky beschweren!«

»Ich komme ja schon!«, hörte man die gedämpften Rufe Mr. Laskys von der anderen Seite der Glasscheibe.

»Mr. Lasky, wir haben bereits halb acht!«

Emily musste über die Szene lächeln, die sich so oder so ähnlich jede Woche abspielte, und betrat Carols Café. Es war ein gemütliches kleines Lokal mit einer bunt zusammengewürfelten Einrichtung. Überall standen kleine Tische mit Stühlen, von denen keiner einem anderen glich, und in einer Ecke lud ein großes, rotes Sofa zum Verweilen ein. Daneben wartete eine alte Musicbox, die noch mit Schallplatten bestückt war, darauf mit Münzen zum Leben erweckt zu werden. Ihr gegenüber war die Neuzeit in Carols Café eingezogen: An einem Laptop konnte man im Internet surfen. Zentrum des Cafés war die Theke, auf der die leckersten Muffins der Welt auslagen und mit ihrem Duft zum Verzehr aufforderten. Meggies Mum bereitete sie jeden Tag frisch zu und wählte immer eine andere Sorte. Emilys absoluter Lieblingsmuffin war der mit Blaubeeren. Über der Theke hing eine große Weltkarte, auf der die Orte eingezeichnet waren, an denen Carol schon gewesen war. Und auch die Dekoration bestand aus Mitbringseln aller Art, die sie im Laufe ihrer Weltreise nach dem College gesammelt hatte. Dazwischen hingen Lampions und Lichterketten, die für die richtige Stimmung sorgten. An der Tür war eine kleine Glocke befestigt, die jeden neuen Kunden sofort verriet und Carol an der Theke erscheinen ließ.

»Hey Em, Meggie kommt gleich«, begrüßte Carol Emily, die daraufhin auf einem der Barhocker Platz nahm.

»Guten Morgen, Carol.«

»Wie waren deine Ferien?«

»Ich war bei meiner Tante und meiner Cousine in New York. Und es war so cool! Diese Stadt ist einfach der Hammer. Kein Vergleich mit East Harbour!«

»Daran zweifele ich keine Minute. Magst du einen Muffin?«

»Na, da sag ich nicht nein.«

Carol reichte Emily einen Kokos-Ananas-Muffin. Emily biss gleich ein großes Stück ab und kaute genießerisch, als Meggie durch den Vorhang kam, der die Treppe nach oben zur Wohnung verbarg, in der Meggie und ihre Mutter wohnten.

»Em, Gott sei Dank bist du wieder da! Ich hab dich so vermisst!«, fiel Meggie Emily um den Hals, die sich fast am Muffin verschluckte.

»Ich war doch nur zwei Wochen weg.«

»Hast du vergessen, wie öde es hier in den Frühlingsferien sein kann?«

»Aber Susan war doch noch da.«

»Da gibt es eine Sache, die du wissen solltest. Erzähl ich dir aber später. Wir müssen los, sonst kommen wir gleich am ersten Tag noch zu spät. Tschau, Mum.«

»Danke, Carol, schmeckt wie immer ausgezeichnet«, verabschiedete sich Emily, um sich dann genüsslich kauend an Meggie zu wenden. »Was habe ich denn verpasst?«

»Manchmal bin ich mir echt nicht sicher, ob du wegen mir oder der Muffins jeden Morgen vorbei kommst!«, lachte Meggie.

»Ich habe dich auch schon abgeholt, als deine Mutter das Café noch nicht hatte!«, verteidigte sich Emily.

»Ja, stimmt.«

Meggie holte ihr Fahrrad und begrüßte ebenfalls Mrs. Grey, die nun ohne Paket aus der Postfiliale kam.

»Schickt Mrs. Grey ihrem Neffen wieder Gebackenes und Gestricktes?«

»Natürlich, jede Woche, ein großes Paket mit Plätzchen und Socken.«

Emily und Meggie mussten lachen. Gemeinsam fuhren sie an der Metzgerei vorbei, in der sie als Kinder von Mrs. Mudrow immer eine Scheibe Wurst bekommen hatten, und vorbei an der Bäckerei, aus der immer so ein herrlicher Brötchengeruch wehte und für eine Zeitlang den Meeresgeruch überdeckte, der sonst in den Straßen hing.

Im Klassenzimmer wartete schon Susan auf Meggie und Emily. »Ahh, Emily. Schön, dass du wieder da bist!«, quietschte Susan los, als sie Emily sah, und umarmte sie stürmisch.

»Was ist mit deinen Haaren passiert?« Emily schob die nun rothaarige Susan etwas von sich, um sie genauer zu betrachten.

»Gefällt's dir?« Susan drehte sich im Kreis und schwang ihre Haare womit sie die Blicke aller Jungs auf sich zog. Sie versprühte wie immer eine Energie, die reichen würde, um eine ganze Stadt mit Licht zu versorgen.

»Ähm, immerhin sind sie diesmal nicht grün.« Aber eigentlich konnte Susan mit ihrem braungebrannten Teint und ihrer schlanken großgewachsenen Figur alles tragen, fand Emily.

»Ja, so wie letztes Jahr!«, kicherte Meggie.

»Ich hab euch schon hundert Mal gesagt, dass das ein Versehen war! Erzähl uns doch lieber, wie es bei deiner Tante war, Emily.«

Emily musste kurz an das Mondritual denken, dass sie bei ihrer Tante durchgeführt hatten: auf dem Dach des Hochhauses, in dem sie wohnten. Mitten in Lower Manhatten. Umgeben von Tausenden von Menschen. Der pure Nervenkitzel. Aber das konnte sie ihnen wohl kaum erzählen. Manchmal war es wirklich schwer für Emily, ihren besten Freundinnen nichts von ihrer magischen Seite berichten zu können.

»Naja, wir haben erst die üblichen Touristenattraktionen abgeklappert. Am besten gefallen hat mir das American Museum of Natural History und das Planetarium. Ich hatte das Gefühl, als wären die Sterne zum Greifen nah. Und dann hat mir Beth noch ihre Lieblingsshops gezeigt. Ich habe mein Taschengeld der letzten sechs Monate auf einmal ausgegeben. Das hätte dir gefallen, Susan. Ihr müsst euch unbedingt die Bilder angucken, die ich gemacht habe!«

»Oh, ich beneide dich so. Seit wir aus Philadelphia hierher gezogen sind, vermisse ich das Großstadtleben schon ein wenig.«

»Na, hier war es ja auch nicht gerade uninteressant. Du hast in den Ferien wirklich etwas verpasst«, verriet Meggie mit einem wissenden Schmunzeln.

»Nun erzählt endlich.«

»Unsere Susan hier ist jetzt mit Ben zusammen«, platzte es aus Meggie heraus. Sie musste wohl schon eine ganze Weile darauf gewartet haben, es Emily erzählen zu können.

»Ben? Du meinst Ben Meisner?«

»Oh Gott, ja, das hätte ich ja beinahe voll vergessen. Es fühlt sich an, als wäre ich schon eine Ewigkeit mit ihm zusammen«, grinste Susan.

»Der Ben, der immer mit Finn rumhängt?«

»Ähemmm, na ja, er ist irgendwie ganz süß und …«, versuchte Susan sich zu rechtfertigen und zwinkerte ihrem Freund zu, der bei seinen Kumpels saß.

»Und er ist Finns bester Freund!«, ergänzte Emily. Sie konnte es einfach nicht glauben: Da war sie mal ein paar Wochen nicht da, und ihre besten Freundinnen verbündeten sich praktisch mit ihrem Erzfeind.

»Ich kann ja verstehen, dass du und Finn nicht die besten Freunde seid, und das ist noch harmlos gesagt, aber Ben ist nicht Finn! Er hat dir nichts getan!« Und damit rauschte sie sauer zu ihrem Platz ab.

»Susan!«

»Sie wird sich schon wieder einkriegen!«
»Ja, hoffentlich!«
»Wenn du willst, rede ich noch mal mit ihr. Ich habe nämlich keine Lust, wieder zwischen euch zu stehen.«
»Nein schon gut. Das muss ich machen.«
»Wir treffen uns nach der Schule noch alle in Carols Café. Willst du nicht mitkommen?«, fragte Meggie.
»Du meinst Susan, Ben, Finn und du?«
»Ja und noch ein paar andere Leute.«
»Ich hab noch nicht ganz ausgepackt. Geht nur.«
Emily hatte keinerlei Lust darauf, mit Finn MacSol rumzuhängen und Susan und Ben beim Knutschen zuzusehen. Sie wollte in ihre Lieblingsbucht zum Baden. Zumindest wollte sie schon mal testen, wie die Wassertemperatur war. Auch wenn sie womöglich nur mit den Füßen ins Meer konnte. Nach zwei Wochen New York fehlte ihr die Natur und das Wasser.
»Emily, versprich mir, dass du mit Susan redest!« Emily blieb Meggie die Antwort schuldig, denn ein Räuspern verriet ihnen, dass Mr. Allister das Klassenzimmer betreten hatte. Er trug wie immer einen seiner Anzüge aus dem letzten Jahrhundert, die bei seiner kleinen untersetzten Statur unvorteilhaft wirkten. Doch er war schon ganz in Ordnung und ließ sich von ihnen leicht um den Finger wickeln. Sie hatten ihn dieses Schuljahr in Mathe. Emily und ihre Mitschüler eilten zu ihren Plätzen. Sie nahm zwischen Meggie und Susan Platz. Hinter ihnen saß Ben.
»Ich freue mich, Sie alle kerngesund wiederzusehen. Als stellvertretender Direktor habe ich Ihnen, bevor wir uns wieder der Algebra widmen, noch eine Neuigkeit mitzuteilen. Miss Henna hat uns während der Ferien ganz plötzlich aus privaten Gründen verlassen müssen.

Ab morgen werden Sie daher einen Vertretungslehrer in englischer Literatur bekommen, und nun ...«

Finn kam ins Klassenzimmer geschlurft, die Kapuze seines Sweatshirts tief ins Gesicht gezogen, den Pony vor die Augen gekämmt. Er sah aus, als hätte er die Nacht durchgemacht. Wortlos setzte er sich neben Ben. Seine Augenringe reichten bis zum Kinn. Emily hatte gehofft, dieses Schuljahr weniger Kurse mit ihm gemeinsam zu haben, doch das Glück war ihr offensichtlich nicht hold gewesen.

»Schön, dass Sie uns auch noch beehren, Mr. MacSol! Gleich am ersten Schultag zu spät zu kommen, das schafft nicht jeder. Lassen Sie uns nun endlich beginnen.«

Mr. Allister reichte den Schülern in der ersten Reihe Papierstapel, mit der Anweisung, sich ein Blatt zu nehmen und den Stapel dann nach hinten weiterzugeben.

»Ihren neuen Lehrer in Literatur, Mr. Skursky, werden Sie also morgen kennenlernen. Und nun widmen wir uns der Mathematik. In einem Koordinatensystem, bestehend aus zwei zueinander senkrecht stehenden Achsen x und y, kann jeder Punkt durch seine Koordinaten festgelegt werden.« Er wendete sich der Tafel zu, um etwas daran zu schreiben.

»Finn! Finn!«, versuchte Ben im Flüsterton Finn zu erreichen. Der jedoch ignorierte seinen Freund.

»Was ist los? Hast du mal in den Spiegel geguckt?«, bohrte Ben weiter.

»Mr. Meisner, interessiert es Sie gar nicht, was ich zu sagen habe?«

»Naja, nicht wirklich.« Das brachte die ganze Klasse zum Lachen, nur Finn verzog keine Miene. Irgendetwas stimmte nicht.

»Das ist sehr schade. Ich hoffe, Sie ändern Ihre Meinung noch, sonst werden wir dieses Jahr noch ernsthafte Probleme miteinander bekommen.«

Es folgten diverse lineare Gleichungen, die es zu lösen galt. Emily folgte den Tafelskizzen von Mr. Allister, kam aber bei seinen Ausführungen schnell nicht mehr mit. Mathe war nicht gerade ihre Stärke, weshalb sie zu Susan auf ihrer rechten Seite hinüber lunzte. Die war jedoch damit beschäftigt, überall in ihr Heft Herzchen zu malen und zu üben, wie ihre zukünftige Unterschrift als »Susan Meisner« auf dem Papier aussah. Jetzt konnte Emily nachvollziehen, wie es Meggie in den Ferien ergangen sein musste. Sie sah zu Meggie hinüber, die ganz in ihrem Element war. Konzentriert arbeitete sie die Gleichungen von Mr. Allister durch. Eben ganz Meggie, das Mathe-As. Emily versuchte, mit Hilfe von Meggies Ausführungen nochmal Anschluss zu bekommen. Doch nach drei gescheiterten Anläufen, eine Gleichung zu lösen, erklärte sie die heutige Mathestunde für gescheitert und war froh, als der Gong sie endlich von Mr. Allister erlöste.

»Ich sehe Sie morgen, und zwar pünktlich!«, rief er über das allgemeine Aufbruchschaos. Das letzte Wort betonte er und bedachte Finn dabei mit einem strengen Blick. Der war allerdings schon halb zur Tür hinaus.

»Hey Finn, warte mal!« Ben drängelte sich an Emily vorbei und hielt Finn auf. »Wir gehen später alle noch in Carols Café, kommst du mit?«

»Nein, lass mal stecken, ich muss noch was erledigen.«

»Du musst irgendwann mal wieder unter Leute.« Finn zuckte nur mit den Schultern und verließ den Klassenraum.

»Susan, das vor der Stunde tut mir leid. Natürlich ist Ben nicht Finn. Ich freue mich für dich, wirklich.« Meggie atmete hörbar erleichtert auf, als Susan und Emily sich in den Arm nahmen.

»Hey«, begrüßte Susan Ben, der sich jetzt in ihre Runde gesellte, und gab ihm einen langen, leidenschaftlichen Kuss, als hätten sie sich seit einer Ewigkeit nicht mehr gesehen. Meggie räusperte sich ungeduldig.

»Können wir los? Wir kommen noch zu spät zu Spanisch!« Nur ungern löste Susan ihre Lippen von Bens.

»Na schön. Kommt Finn später mit?«

»Nein. Keine Ahnung. Ich hab ihn in den Ferien kaum zu Gesicht bekommen. So langsam mache ich mir Sorgen um ihn. Der Tod seines Vaters ist jetzt vier Monate her und er riegelt sich immer noch total ab.«

»Er braucht nur Zeit, um damit klarzukommen. Er wird schon wieder«, munterte Susan Ben auf.

»Ich glaube, da ist noch irgendetwas anderes. Aber er erzählt mir nichts.«

Und dann widmete er sich wieder Susans Lippen.

»Dann kannst du doch auch mit kommen, Emily«, bettelte Meggie. »Lass mich bitte nicht alleine mit den Beiden!«

»Tut mir schrecklich leid, Meggie, aber ich muss wirklich noch auspacken und Wäsche waschen«, wimmelte Emily Meggie ab, die sich nun wieder an Susan wandte. »Ich gehe jetzt ohne dich Susan!«

Emily verabschiedete sich von den Dreien und ging in ihren Deutschkurs. Zu ihrer Freude klebte ein Zettel an der Klassentür, dass Mrs. Powl krank sei und der Unterricht daher ausfiele. Sie wollte sich nur noch einen Kakao am Schulkiosk holen und dann zur Bucht fahren, eventuell eine Runde schwimmen oder auch nur ein Buch lesen. Zehn Minuten später bog Emily mit einem frischen heißen Kakao um die Ecke. Plötzlich prallte sie gegen jemanden und die heiße Flüssigkeit schwappte auf ihr Shirt, bevor der Kakaobecher mit einem dumpfen Aufprall auf dem Boden landete. Dort breitete sich der restliche Inhalt aus und hinterließ eine braune Lache.

»Kannst du nicht aufpassen, wo du hinläufst?«

Sie sah direkt in zwei blassblaue Augen und ein grinsendes Gesicht. Na toll, sie war ausgerechnet mit Finn MacSol zusammengestoßen!

»Tut mir leid, du bist einfach zu klein. Ich muss dich wohl übersehen haben.« Sein süffisantes Grinsen wurde noch breiter.

»Warum bist du in den Ferien nicht tot umgefallen oder hast dich in Luft aufgelöst?«, feuerte Emily zurück, während sie versuchte, auf ihrem Shirt Schadensbegrenzung zu betreiben.

»Dann hätte ich dir ja einen Gefallen tun müssen.«

»Verschwinde einfach, bevor ich mich vergesse.«

»Dein Wunsch ist mir Befehl.« Er verbeugte sich tatsächlich wie ein Diener vor Emily, bevor er noch immer lächelnd um die nächste Ecke verschwand.

»Du schuldest mir einen Kakao!«, rief Emily ihm wütend nach.

Großartig. Der erste Schultag, und sie hatte schon eine Überdosis Finn MacSol abbekommen. Bei diesem Typen konnte sie einfach nicht ruhig bleiben. Er brachte sie jedes Mal dazu, aus der Haut zu fahren.

Auf dem Weg zur Bucht ließ sie sich Zeit, um sich etwas abzureagieren, und fuhr einen Umweg durch den

Wald. Es roch schon nach Frühling. Am Waldrand grub sich das erste Gras einen Weg durch das vertrocknete Laub des vergangenen Herbstes, und vereinzelte Sonnenstrahlen bahnten sich ihren Weg durch die dicht stehenden Bäume. Je tiefer Emily jedoch in den Wald fuhr, desto mehr hatte sie das Gefühl, dass seit ihrer Rückkehr aus den Ferien der Wald dunkler und gespenstischer geworden war als zu vor. Sie fröstelte und trat schneller in die Pedale. Ihr war, als hätte der Wald auf einmal ein Eigenleben und als würde sie beobachtet werden.

2

Emily hatte die kleine Bucht vor ein paar Jahren entdeckt und zu ihrem persönlichen Rückzugsort ernannt. Die Stille war beruhigend. Die Natur schien ganz unberührt von Menschenhand zu sein und bildete einen Gegensatz zu den stählernen Kränen des ehemaligen Industriehafens, der das Stadtbild von East Harbour prägte. Abgesehen von dem kleinen Steg, der schief und wackelig in das Gewässer hinein lugte, hatte Emily immer das Gefühl, als wäre sie der einzige Mensch, der diesen Ort je betreten hatte.

Von der Stadt kommend führte ein schmaler Weg durch ein Waldstück. Der kleine Sandstrand senkte sich ins seichte Wasser. Eine alte Trauerweide spendete Schatten und beugte sich so weit vornüber, dass ihre Blätter die Wasseroberfläche berührten. Auf beiden Seiten wuchsen Klippen empor, die die Bucht vor Blicken schützten. Nur ein kleiner Durchlass verband die Bucht mit dem offenen Meer.

Emily setzte sich auf den kleinen Steg. Es war noch nicht so sonnig. Das war gut, ihre helle Mondhexenhaut vertrug kaum Sonne und Hitze. Sie zog ihre Schuhe aus und testete mit einer Zehe das Wasser. Es war für normale Menschen bestimmt noch zu kalt, um darin zu schwimmen, doch für Mondhexen mit ihrer niedrigeren Körpertemperatur, die schon fast an der Schwelle zur Unterkühlung lag, war es das nicht. Das hatte mit ihrer Verbindung zum Mond und dessen niedrigen Temperaturen in der Nacht zu tun. Allerdings hatte sie heute Morgen in der Eile ihre Schwimmsachen vergessen, wie sie jetzt feststellen musste. Deshalb hängte sie nur ihre nackten Füße über den Steg und spielte mit ihnen im kalten Wasser, während aus ihrem Smartphone die Jungs von »Red Jumpsuit Apparatus« mit »Misery loves its company« dröhnten und versuchten, ihren Kopf leer zu blasen. Doch keine Chance gegen die Gedanken, die sich seit längerem nicht mehr verdrängen ließen. In vier Monaten würde sie endlich zum Kreis der Eingeweihten gehören. Vier verdammt lange Monate ... Vor ihrem achtzehnten Geburtstag würde sie eine Einladung vorfinden und ihre Initiation erhalten. Und dann würde sie endlich ein vollwertiges Mitglied der magischen Gemeinde werden. Das war es, worauf Emily schon so lange gewartet hatte. In der Pubertät hatten sich ihre Fähigkeiten entwickelt, und seither musste sie an den monatlichen Ritualen zur Aufnahme der Mondkraft teilnehmen, die mit ihrer Lebenskraft verknüpft war. Es war so lebenswichtig und natürlich wie die Nahrungsaufnahme, dass sie diese Rituale durchführte, doch es machte sie auch neugierig auf mehr Magie. Denn, und das wurmte Emily, sie hatte nicht die geringste Ahnung, was im magischen Kosmos vor sich ging und wozu ihre Fähigkeiten taugten. Letzen Endes wusste sie nicht mal, welche Rolle die Mondhexen in der überirdischen Welt einnahmen. Sie wollte endlich all die magischen Wesen sehen, von denen ihre Grandma ihr erzählt hatte: die Gnome, Trolle und Riesen. Und die Pfirsichpferdchen. Von den schmetterlingsgroßen, pegasusähnlichen Wesen hatte sie früher am liebsten gehört. Sie waren sehr scheue Geschöpfe, die sich nur äußerst selten zeigten. Für das bloße menschliche Auge sahen sie aus wie orangefarbene Schmetterlinge, doch wenn man genau hinsah, konnte man ihre Pferdegestalt erkennen. Ihren Namen hatten sie ihrem pfirsichfarbenen Fell zu verdanken. Erschreckten sich die Pferdchen, und das konnte sehr leicht geschehen, bekamen sie so eine Art Schluckauf, bei dem sie Feuer aufstießen. Grandma hatte einmal beobachtet, wie ein Pfirsichpferdchen ein ganzes Haus abgefackelt hatte, nur weil es sich vor einem Gnom erschreckt hatte. Zu gerne hätte Emily mal welche live gesehen, um sich selbst von ihrer Existenz zu überzeugen.

Emily stand auf, trat vom Steg herunter und ging ein paar Schritte ins Wasser, bis sie bis zu den Knöcheln darin stand. Ein paar kleinere Fische, die ihre Winterruhe bereits beendet hatten, flüchteten vor ihr. Emily sah sich noch mal nach allen Seiten um. Niemand war zu sehen. Sie war alleine. Emily schloss ihre Augen und konzentrierte sich. Sie spürte das Wasser, wie es in ihren Fingerspitzen kribbelte. Es funktionierte! Emily spürte, wie sich das Wasser um sie herum erhob, wie es ihr gehorchte und wie es ein Schutzschild um sie herum bildete. Vorsichtig öffnete Emily ein Auge, um zu sehen, ob es klappte. Doch das unterbrach ihre Konzentration, und das Wasser platschte zurück ins Meer.

»Verdammt.« Diesmal hätte es beinahe geklappt. Noch ein paar Übungen und es würde gelingen. Also gleich noch mal. Emily sammelte ihre Konzentration, verlangsamte ihre Atmung und spürte das Wasser. Fühlte sich erneut in das Element hinein, formte es – und es gehorchte ihr. Dieses Mal würde es funktionieren, das konnte Emily fühlen. Der Schutzschild war fast fertig, als es hinter ihr knackste. Sofort fuhr Emily herum, so dass ihr Schild wieder in sich zusammenfiel, und starrte angestrengt in den Wald hinter ihr. Doch nichts regte sich. Sie konnte niemanden erkennen. Vielleicht war es auch nur ein Tier gewesen. Trotzdem packte Emily sicherheitshalber ihre Sachen zusammen und widerstand der Versuchung, die Magie ein drittes Mal zu wirken. Sie war sich sicher, dass sie dann ihr Schutzschild vollständig produziert hätte. Doch eine Erklärung für einen Fremden zu finden, für das, was sie hier gerade getan hatte, war bestimmt noch schwerer.

3

Emily nahm den Hintereingang durch die Waschküche, wo sie ihr mit Kakao bekleckertes T-Shirt gegen ein neues aus dem Wäschekorb tauschte. In der Küche hörte sie bekannte Stimmen und lief gleich hinüber nachsehen.

»Grandma! Grandpa!« Emily ließ ihren Rucksack fallen und fiel ihren Großeltern freudig um den Hals.

»Hallo mein Schatz.« Sie saßen mit ihren Eltern und Alex am Küchentisch.

»Was macht ihr denn hier? Ist etwas passiert?«

Während sie sich aus der Umarmung ihrer Großmutter löste, sah sie aus dem Augenwinkel, wie ihr Vater sorgfältig ein Pergament zusammenfaltete und in seiner Hosentasche verstaute. Nur der Rat benutzte noch Pergamente für seine Nachrichten. Außerdem konnte sie gerade noch einige Symbole aus der altmagischen Welt erkennen. Emily hätte zu gerne gewusst, was darin stand. Wenn sie das Dokument in die Hände bekäme, dann wüsste sie vielleicht endlich was hier vor sich geht.

»Geht's dir gut?«, fragte ihr Grandpa.

»Mir schon. Doch was ist mit euch? Heute ist doch noch gar nicht Donnerstag!«

»Wir hatten hier in der Nähe noch etwas zu erledigen«, behauptete Grandma Rose.

Reihum sah sie in ernste Gesichter, die ihrem Blick auswichen. Schließlich blieb sie erwartungsvoll an dem ihres Vaters hängen.

»Was versteckt ihr vor mir? Was war das für ein Dokument, das ich nicht sehen soll?«

»Manchmal ist es besser, wenn man nicht allzu neugierig ist, Emily«, bemerkte ihr Vater und stand auf, wobei er aus Versehen etwas Orangensaft auf seiner Hose verschüttete.

»Ach verdammt!«

Er versuchte, mit einem Lappen den Fleck wegzuputzen. Auch die übrigen Familienmitglieder kehrten wieder in ihre alltäglichen Routinen zurück. Während sich Alex etwas zu trinken aus dem Kühlschrank holte, fing ihre Mutter an, die Spülmaschine auszuräumen.

»Wir werden dann mal gehen.« Grandpa umarmte seine Tochter und flüsterte ihr ein »Bis morgen« ins Ohr, das Emily aufhorchen ließ.

»Ist es, weil ich noch zu jung bin?«, wollte Emily wissen und verschränkte die Arme vor der Brust. »Alex ist nur zwei Jahre älter als ich! Das ist nicht fair! Kommt schon. In vier Monaten werde ich sowieso in alles eingeweiht.«

»Emily, es ist nur zu deinem eigenen Schutz, wenn du nicht alles weißt!«

»Grandma, kannst du mir nicht helfen?«

»Schatz, diese Regeln gelten seit vielen Jahren aus einem guten Grund. Warum hast du es so eilig erwachsen zu werden?«, stellte sich ihre Großmutter gegen sie.

»Emily, wir werden jetzt nicht wieder dieses Gespräch führen. Und damit ist diese Unterhaltung beendet«, erklärte ihr Vater.

Wortlos verzog Emily sich in ihr Zimmer, knallte die Tür hinter sich zu und warf sich auf ihr Bett. *Zu meinem eigenen Schutz?* Vor was sollte sie denn geschützt werden? Sie hatte es so satt. Die paar Monate. Es machte doch keinen Unterschied, ob sie es jetzt erfuhr oder in vier Monaten. Sie würde schon herausbekommen, was das für ein geheimnisvolles Dokument gewesen war. Emily drehte sich auf den Rücken und atmete tief durch.

Es klopfte an der Tür.

»Kann ich reinkommen?« Alex.

»Von mir aus.«

»Hey Em, es ist wirklich besser für dich!«

»Wie fürsorglich von dir, Alex! Du bist ja auch eingeweiht!«, entgegnete Emily.

»Ja, aber ich wünschte, ich könnte mein Leben leben, ohne von all dem zu wissen. Verstehst du nicht, dass du nicht mal deinem Freund etwas erzählen darfst, dass du immer aufpassen musst, was du sagst. Und vor allem, dass du immer …«

»Dass ich immer …?« Emily sah ihren Bruder erwartungsvoll an.

»Tut mir leid, Em, mehr kann ich dir nicht sagen.«

»Vielleicht würde ich lieber selbst entscheiden, wann ich eingeweiht werde, und nicht erst mit achtzehn bei meiner Initiation.«

»Es gibt kein Zurück mehr, wenn du einmal die Wahrheit weißt und in alles eingeweiht bist. Denk darüber nach!«

»Kannst du mir nicht wenigstens einen kleinen Hinweis geben? Komm schon, bitte!« Emily setzte ihren charmantesten Augenaufschlag ein.

»Solange dauert es doch nicht mehr bis zu deinem Geburtstag, Em. Du brauchst nur etwas Geduld!«

Ihr Bruder konnte manchmal so erschreckend vernünftig und erwachsen sein. Damit trieb er Emily in den Wahnsinn.

»Komm runter zum Essen, ja?« Emily schnappte sich ihren Wäschesack, in dem sich ein Haufen dreckiger Wäsche angesammelt hatte, und folgte Alex.

Ihre Mutter deckte bereits den Tisch zum Abendessen, als Emily in die Küche kam. Sie ging an ihr vorbei in die Waschküche und stopfte ihre Sachen in die Waschmaschine. Da fiel ihr Blick auf die Jeans ihres Vaters, die oben auf dem Wäschekorb mit dreckiger Wäsche lag. Sie hatte einen Fleck auf einem der Hosenbeine. Orangensaft. Aus einem Impuls heraus durchsuchte Emily die Taschen, doch außer ein paar Münzen und einem Feuerzeug war nichts darin. Sie hatte gehofft, das Stück Pergament von vorhin zu finden. Wäre ja auch zu schön gewesen.

Ihr Vater hatte es bestimmt irgendwo in seinem Arbeitszimmer versteckt. Sie musste einfach da ran kommen. Sie musste. Diese Chance, endlich an ein paar mehr Informationen über ihre magische Welt zu kommen, konnte sie sich nicht entgehen lassen. Emily wusste, dass es ein Grashalm war, an den sie sich klammerte, doch es war alles, was sie hatte. Wenn alle schlafen gegangen waren, würde sie sich in seinem Arbeitszimmer umsehen.

Nach dem Abendessen hielt Emily sich erst mit Zappen und dann mit Lesen vom Schlaf ab. Irgendwann musste sie aber dennoch eingeschlafen sein, denn um kurz nach zwei Uhr wurde sie wach. Die kleine Lampe auf ihrem Nachttisch brannte noch. Obwohl ihr die Augen wieder zufallen wollten, schlich sie aus ihrem Zimmer, hielt kurz inne und horchte in die Dunkelheit. Alle im Haus schliefen tief und fest. Emily hatte als Einzige in der Familie die Fähigkeit, im Dunkeln gut sehen zu können. Eine Gabe, die sie dem besonderen Zeitpunkt ihrer Geburt während einer Mondfinsternis zu verdanken hatte und die ausnahmsweise mal wirklich nützlich war.

Ein Stockwerk tiefer hatten ihr jüngerer Bruder Tom und ihre Eltern ihre Schlafzimmer und ihr Vater sein Arbeitszimmer. Kein Licht drang mehr unter den Türschwellen hervor. Auf Zehenspitzen überquerte Emily den Flur. Ganz langsam öffnete sie die Tür zum Arbeitszimmer, die sich mit einem lauten Quietschen bewegte. Mist! Emily verharrte kurz, doch nichts im Haus regte sich. Lautlos glitt sie hindurch und knipste die Schreibtischlampe an.

Als Bauingenieur nahm ihr Vater oft Arbeit mit nach Hause. Auf dem großen schweren Eichenschreibtisch, der mitten im Zimmer stand, lagen überall Pläne und

Zeichnungen herum. Die Regale waren voll mit Büchern über Dämmstoffe und natürliche Baumaterialien. Dazwischen standen selbstgebastelte Modelle, die noch aus seiner Studentenzeit stammten. Emily stöberte in den Papieren, die wild verstreut auf dem Schreibtisch lagen, blätterte in Büchern, durchforstete stapelweise Papier, doch das Pergament, das ihr Vater am Abend in Händen gehalten hatte, war einfach nicht zu finden. Auch nicht in den vollgestopften Regalen. Emily ließ sich auf den Ledersessel fallen und probierte, ob die Schubladen des Schreibtischs verschlossen waren. Sie waren es nicht, bis auf eine, die sich nicht öffnen ließ. Emily riss ein paar Mal an ihr, ob sie vielleicht nur klemmte. Doch sie war abgeschlossen. Darin musste sich etwas Wichtiges befinden. Emily hatte sonst alles im Büro abgesucht und nichts gefunden, was auf ihre magischen Familienwurzeln hindeutete. Sie fragte sich, ob sich Schubladen genau wie Türen mit dem Scheckkarten-Trick öffnen ließen. Mal davon abgesehen, dass sie jetzt keine dabei hatte. Emily riss noch ein paar Mal frustriert an der Schublade, doch sie bewegte sich nicht. Verdammt! Sie war so kurz davor. Irgendwo musste ihr Vater doch den Schlüssel versteckt haben … Von neuem begann sie hastig die Schubladen im Schreibtisch zu durchsuchen. Allerdings ließ sich nirgends ein Schlüssel finden. Emily lehnte sich einen kurzen Moment zurück und überlegte. In einem Film hatte sie mal gesehen, dass Schlüssel unter Schreibtischplatten befestigt wurden, um sie zu verstecken. Behutsam tastete sie sich an der Unterseite des Schreibtisches entlang. Tatsächlich fand sie einen hübschen geschwungenen Schlüssel, festgeklebt mit Klebeband, der sich perfekt in das Schloss der verschlossenen Schublade fügte und sie öffnete. Darin lagen mehrere Pergamente, alle mit der alten Schrift beschrieben, die Emily nicht lesen konnte, außerdem ein Stückchen Kreide und Vaters Hexenbuch. Emily hatte keine Ahnung, wozu die Kreide gut war. Um die Schrift zu entschlüsseln, die nur Mitglieder des Rates verwendeten, brauchte sie den Entschlüsselungscode. Diesen würde sie aber erst mit ihrer Initiation erhalten – sie brauchte also den Code ihres Vaters. Emily schnappte sich das Pergament mit dem neusten Datum und das Hexenbuch, in dem sie den Codeschlüssel vermutete, verschloss die Schublade wieder und legte auch den Schlüssel zurück.

Sie schlich schnellstmöglich auf ihr Zimmer zurück und schloss die Tür hinter sich ab. Auf ihrem Bett faltete sie das zerbrechlich wirkende Papierstück auseinander. Das Pergament selbst schien uralt zu sein. Emily breitete das Stück vor sich auf dem Bett aus und strich es glatt, so gut es ging. Noch nie hatte sie ein Schriftstück des Rates in Händen gehalten. Es war reichlich verziert mit Zeichnungen von verschiedenen magischen Wesen: Pfirsichpferdchen, Einhörner, Kobolde, Zentauren und Elfen, die zwischen Blumenranken und Blättern saßen. Auch die Buchstaben selbst waren kleine Kunstwerke, geschwungene und verschnörkelte Schriftzeichen – jede handgemalt. Und leider unlesbar für Emily. Daher blätterte sie in dem Hexenbuch ihres Vaters bis sie auf die Seite mit dem Übersetzungsschlüssel kam. Gerne hätte sie sich auch den Rest genauer angesehen, doch sie musste das Buch noch vor Tagesbeginn zurücklegen. Also holte Emily sich Block und Stift und verglich die einzelnen Lettern mit denen aus dem Buch. Anfangs kam sie nur mühsam voran. Die Buchstaben sahen sich teilweise sehr ähnlich. Manchmal konnte Emily auch das Wort erraten, wenn sie die ersten Buchstaben übersetzt hatte. Nach eineinhalb Stunden hatte sie den ersten Teil übersetzt:

»*Liebe magische Gemeinde,*
es ist lange her, seit ich mich zuletzt an euch gewendet habe, und noch länger, seit wir eine Zusammenkunft einberufen haben. Doch die Zeiten haben sich geändert. Die Welt wird immer dunkler und finsterer. Die Schatten immer bedrohlicher.«

Emily musste unbedingt noch den Rest übersetzen, doch es fiel ihr zunehmend schwerer, die Augen offen zu halten. Zum wiederholten Male gähnte sie. Sie blickte auf die Uhr: 3.58 Uhr. In knappen drei Stunden würde ihr Wecker schrillen. Sie musste weiter machen, denn sie hatte noch nicht mal die Hälfte und nicht mehr viel Zeit bis zum Morgengrauen. Bevor ihre Eltern wach wurden, musste sie die Nachricht entschlüsselt und alles wieder zurück auf seinen Platz gelegt haben. Nach zwei weiteren Stunden hatte sie auch die letzten Zeilen der Nachricht entschlüsselt:

»*Wir können nicht länger warten, sondern müssen reagieren. Wir haben den Eid geleistet, die Erde zu schützen und unsere Magie. Doch die Sicherheit aller Spezies auf diesem Planeten ist nicht länger gewährleistet. Angesichts der wachsenden Bedrohung durch die dunkle Seite versammle ich alle magischen Wesen.*

Das Treffen wird am 16. des vierten Monats stattfinden, wenn der Mond am höchsten steht. Am altbekannten Ort, wo die Erde ihre schlimmsten Tage hinter sich hat und das Leben neu erblüht.

Aimes & der Rat der magischen Wesen.«

Gegen sechs Uhr morgens strich Emily noch einmal das Papier glatt, auf das sie die Nachricht geschrieben hatte, bevor sie es ordentlich zwischen zwei Seiten ihres »Harry Potter und die Heiligtümer des Todes« legte. Das Buch landete auf ihrem Nachttisch, neben ihrem Wecker und ihrer Handcreme.

Heute war der 15. April. Nein, eigentlich war heute schon der 16. April. Das bedeutete, dass die Versammlung schon heute Abend stattfinden würde, am 16. des vierten Monats. Vermutlich um Mitternacht. Doch was war mit dem altbekannten Ort gemeint? Sie würde am nächsten Tag auf einen Geistesblitz hoffen. Auf keinen Fall würde sie sich diese Versammlung entgehen lassen. Emily schlich nochmal nach unten und deponierte die Unterlagen dort, wo sie sie gefunden hatte.

4

Am nächsten Morgen waren Emilys Gedanken immer noch bei dem Brief. Wie in Trance putzte sie ihre Zähne und frühstückte. Sie war hundemüde. Auf dem Weg zur Schule grübelte sie über den Ort der Versammlung nach. Bis heute Abend musste sie ihn herausgefunden haben. Sie könnte auch ganz einfach versuchen, ihren Eltern zu folgen, doch die Gefahr war zu groß, dass sie es bemerken oder Emily den Anschluss verlieren würde, und dann wäre die ganze Nachtaktion umsonst gewesen. Emily rief sich noch mal die Beschreibung des Ortes in Erinnerung: »*Wo die Erde ihre schlimmsten Tage hinter sich hat und das Leben neu erblüht.*« Was hatte das zu bedeuten? Leben erblühte an einer Quelle neu. Fand das Treffen an einer Flussquelle statt? Doch was war mit dem ersten Teil gemeint? Sie hatte nicht den blassesten Schimmer …

Erst Meggies Stimme katapultierte Emily zurück in die Gegenwart.

»Ich bin mal gespannt auf den neuen Lehrer. Hoffentlich gibt er nicht so viele Hausaufgaben.« Damit ließ sie sich auf ihrem Platz nieder und kramte ihre Schreibsachen raus. Emily hatte ganz vergessen, dass sie in der ersten Stunde ihren neuen Lehrer in englischer Literatur kennen lernen würden, der eben zur Tür hereinkam.

»Mein Name ist Skursky, Mr. Skursky. Ich unterrichte Sie in englischer Literatur.« Er nahm sich ein Stückchen Kreide und schrieb seinen Namen an die Tafel.

»Der sieht ja wahnsinnig gut aus«, flüsterte Susan Meggie zu.

»Auf jeden Fall«, hauchte Meggie.

»Ich habe mir Mrs. Hennas Unterlagen angesehen. Sie hinken mit dem Stoff etwas hinterher. Sie haben nicht annähernd so viele Bücher durchgenommen, wie Sie es laut Lehrplan hätten tun sollen. Ich habe mich daher entschieden, einige Bücher in Form von Referaten durchzunehmen. So können wir vielleicht wieder Zeit gutmachen.« Er wühlte in seiner Tasche und förderte diverse Papiere zu Tage.

»Ich werde Sie jetzt in Zweierteams aufteilen – jeweils ein Schüler und eine Schülerin zusammen. Denn Ihre Aufgabe wird es sein, berühmte Liebespaare der englischen Literatur zu analysieren, innerhalb der nächsten drei Wochen ein Referat dazu abzuliefern und der Klasse vorzustellen. Außerdem habe ich hier in dieser Dose Zettel, auf denen die zu bearbeitenden Bücher stehen.«

Er hielt eine grüne Keksdose in die Luft und schüttelte sie.

»Von jedem Team kommt dann bitte einer nach vorne und zieht einen Zettel.«

Emily drückte sich fest selbst die Daumen, damit sie einen einigermaßen vernünftigen Partner bekommen würde.

»Susan Grawn und Ben Meisner.« Ein kurzer Freudenschrei entwich Susan, die aufsprang und als Erste einen Zettel aus der Dose zog, den sie dann laut vorlas: »Stolz und Vorurteil.« Mr. Skursky verkündete die nächsten Pärchen und notierte sich alles auf einer Liste. Nach und nach wurden ihre Klassenkameraden einander zugeteilt.

»Meggie Tenns und Tom Fichtner.«

Hinter sich hörte Emily Meggie erleichtert durchatmen. Während Tom nach vorne ging und für sich und Meggie das Referatsthema zog, öffnete sich die Klassenzimmertür ohne Vorwarnung.

»Ah, Mr. MacSol, wie ich annehme. Ich habe schon von Ihrem Hang zu dramatischen Auftritten gehört. Es freut mich, dass Sie sich doch noch entschlossen haben, uns Gesellschaft zu leisten.«

Finn ließ sich auf einen Stuhl fallen.

»Na gut, Mr. Fichtner, teilen Sie der Klasse doch bitte mit, was Sie gezogen haben.«

»Jane Eyre«, verkündete Tom wenig erfreut und nahm wieder Platz.

»Ah, eines meiner Lieblingsbücher! Und nun zu Ihnen, Mr. MacSol. Bisher scheinen Sie sich nicht wirklich für englische Literatur interessiert zu haben. Mrs. Hennas Notizen zufolge haben Sie ihren Unterricht nicht oft besucht, was auch Ihre schlechten Noten erklärt.« Mr.

Fichtner blätterte in seinen Unterlagen. »Ich habe Ihnen Miss dela Lune als Partnerin zugewiesen.«

Wie im Traum hörte Emily ihren Namen und im gleichen Atemzug den von Finn MacSol. Das genügte, um sie aus ihrem Sekundenschlaf zu wecken.

»Wie bitte? Ich kann nicht mit ihm zusammenarbeiten!«

»Da bin ich ausnahmsweise mal einer Meinung mit ihr!«, bestätigte Finn mit einem spöttischen Grinsen im Mundwinkel. Er sah schon viel besser aus als gestern. Anscheinend hatte er außerdem seine Überheblichkeit wiedergefunden.

»Miss dela Lune ...«, holte Mr. Skursky Luft.

»Hören Sie, ich will wirklich keinen Ärger machen, aber wäre es nicht möglich, dass Sie mir einen anderen Partner zuteilen?«, schaltete sich nun auch Finn ein und setzte sein charmantestes Lächeln auf, das ihn zum Traum jeder Schwiegermutter werden ließ, und mit dem er vermutlich immer bekam, was er wollte. Nur Mr. Skursky schien immun dagegen zu sein.

»Ich glaube, Sie beide werden ein gutes Team abgeben.«

»Aber ...«, versuchte Emily noch mal das Unheil abzuwenden.

»Kommen Sie bitte nach vorne und ziehen Sie einen Zettel.«

Als Finn nicht reagierte, stand Emily auf und zog einen der letzten Zettel in der Dose.

»Shakespeares Romeo und Julia.«

»Mir geht es darum, dass Sie das Referat gemeinsam vorbereiten. Ich habe Sie paarweise eingeteilt, damit Sie sich in die jeweilige Geschlechterposition hineinversetzen.

Die gleichgeschlechtlichen Pärchen sprechen bitte untereinander ab, wer welche Rolle übernimmt. Diskutieren Sie Ihre Figur, unter dem Gesichtspunkt, ob und wie sie sich in ihr Schicksal fügt. Sie bekommen eine gemeinsame Note, die zu einem Drittel in ihre Endnote eingehen wird. Sie tragen gemeinsam die Verantwortung und es geht darum, dass Sie im Team arbeiten. Ihnen steht dieser Klassenraum auch nach dem Unterricht für Treffen zur Verfügung. Ich erwarte einen Umfang von mindestens 20 Seiten, Schriftgröße 12, feinsäuberlich ausgedruckt auf weißem Papier. Nicht gelbem oder pinkem, sondern weißem Papier. Und ich will keine gemalten Blümchen oder literarischen Ergüsse in Comicform auf den Rändern sehen. Sie sollen eine wissenschaftliche Arbeit verfassen, die sowohl inhaltlich als auch äußerlich danach aussieht«, wies er sie fast lächelnd an. Wahrscheinlich musste er an all die verzierten Aufsätze denken, die er in seiner Lehrerlaufbahn bereits gesehen hatte. »Noch ein letzter Tipp von mir. Fangen Sie so bald wie möglich mit dem Lesen ihres Stückes und dem Referat an. Und denken Sie daran, auch ich kenne Wikipedia und Google! Und jetzt schlagen Sie Ihre Bücher bitte auf Seite 57 auf.« Missmutig lehnte Emily sich auf ihrem Stuhl zurück. Wundervoll, ihre Note war von Finn MacSol abhängig!

Aufgeregt gackernd kamen Meggie und Susan nach der Stunde auf Emily zu.
»Oh mein Gott, Mr. Skursky ist ja total süß!«
»Ja und er ist noch so jung«, pflichtete Meggie bei.
»Ja und er ist sadistisch veranlagt.«
»Ach komm schon, Emily. Kannst du das Kriegsbeil mit Finn nicht begraben?«

»Nein, das wird niemals passieren. Ich kann ihm nicht verzeihen.«

Emily packte ihre letzten Sachen in den Rucksack. »Ich muss zu Deutsch. Wir sehen uns.« Damit ließ sie die Beiden stehen.

Da Finn nach der Literaturstunde gleich verschwunden war, wartete Emily nach der Schule auf ihn, um mit ihm einen Termin für das erste Referatstreffen aus zu machen. Er kam zusammen mit Ben aus dem Schulgebäude und verabschiedete sich von seinem Freund.

Finn hatte es anscheinend eilig, daher beschleunigte sie ihre Schritte, bis sie ihn erreicht hatte.

»Hey, Finn, warte mal.« Er drehte sich zu ihr um.

»Das Referat, stimmt's?« Er klang genervt und gelangweilt.

»Stimmt«, bestätigte Emily. »Also, heute Nachmittag? Gegen fünfzehn Uhr? Treffen wir uns in Carols Café? Der Klassenraum wird bestimmt überfüllt sein.«

»Von mir aus.« Seine Gleichgültigkeit machte Emily wütend.

»Hör zu, ich will eine gute Note haben und …«

»Keine Sorge, ich werde da sein.« Mit diesen Worten drehte er ihr den Rücken zu und ließ sie stehen.

5

Na ganz toll, jetzt hatte Finn auch noch dieses dämliche Referat an der Backe. Aber er brauchte Emily dafür, er stand schon in zwei anderen Fächern kurz vor dem Durchfallen, weil er kaum in der Schule war. Am liebsten hätte er sie ganz hingeschmissen. Aber das konnte er seiner Mutter nicht antun. Also tauchte er zumindest sporadisch dort auf und machte nur das Nötigste, um sich gerade so über Wasser zu halten. Er hatte dieses ganze nutzlose Herumsitzen in der Schule so satt. Er war zwar vom Rat dazu verdonnert worden, die Füße stillzuhalten, bis er seine Ausbildung beendet hatte, aber diese alten Knacker hatten doch keine Ahnung. Sie hatten nicht die übel zugerichtete Leiche seines Vaters gesehen. Wut und Zorn loderten in ihm auf und wüteten wie wilde Flammen in seinem Inneren. Sie wirkten wie zwei mächtige Motoren, die Finn antrieben und ihn nicht zur Ruhe kommen ließen.

Er wollte noch bei seinem Dad vorbeischauen, bevor er sich mit Emily traf. Manchmal dachte Finn, dass der Friedhof der einzig friedliche Ort auf diesem Planeten war. Als würde er unter einer Glaskuppel liegen, die alles abhielt.

Finn legte die Blumen nieder, die er bei Fancy Flowers besorgt hatte.

»Hey Dad. Du fehlst mir. Und Mum und Marilyn. Marilyn hat mit Brad Schluss gemacht. Mum war darüber erleichtert. Na ja, du weißt ja, dass sie ihn noch nie leiden konnte. Mum musste einfach mal raus und weg von allem hier. Sie besucht zurzeit ihre Schwester in Maine.«

Finn hielt inne und überlegte.

»Ich bin nicht so gut wie du, Dad. Ich weiß nicht, ob ich das schaffe. Doch ich verspreche dir, dass ich versuchen werde alle Blocker zu vernichten! Sie werden für deinen Tod büßen!«

In der Küche stieß Finn auf seine Schwester, die Einkäufe aus Papiertüten im Kühlschrank und in den Schränken verstaute. Finn nahm sich Brot, Butter und Käse.

»Hey Finn.«

»Hey Marylin, ich dachte, du bist im Krankenhaus?«

»Ich habe mit einer Kollegin die Schicht getauscht. Übrigens habe ich mit Mum telefoniert«, berichtete Marilyn.

»Weiß sie schon, wann sie wieder kommt?«

»Ja, Ende des Monats. Sie klang schon viel besser. Der Besuch bei Tante Blair hat ihr wirklich geholfen. Sie hat nach dir gefragt.«

»Ich rufe sie später an.«

»Warum rufst du sie nicht jetzt gleich an?«

»Ich wollte mich aufs Ohr hauen, ich bin total müde.«

»Warst du wieder die ganze Nacht unterwegs? Du weichst ihr aus! Spätestens, wenn sie wieder da ist, wird sie mitbekommen, was du jede Nacht treibst.« Marylin wartete auf eine Reaktion von Finn, der auf ihre Bemerkung nicht einging, sondern weiterhin sein Brot schmierte.

»Denkst du überhaupt mal an uns? Was glaubst du, wie es Mum gehen würde, wenn dir etwas zustößt? Davon, dass du jede Nacht dein Leben riskierst, kommt Dad auch nicht wieder. Er hätte nicht gewollt, dass du dein Leben so wegwirfst.«

»Soll ich jeden Morgen aufstehen, zur Schule gehen und einfach so weitermachen, als wäre nichts gewesen?«

»Nein, du sollst nicht so tun, als wäre nichts gewesen. Du sollst Dads Tod respektieren! Denn, wenn dir ... dann ist er umsonst gestorben. Er hat versucht, uns zu beschützen!«

»Verstehst du nicht, dass ich nicht anders kann?« Finn nahm sein Brot und stürmte in sein Zimmer.

6

Als Emily Punkt 15 Uhr die kleine Sitzgelegenheit vor Carols Café ansteuerte, wartete Finn schon. Sie kettete ihr Fahrrad neben dem von Finn an. Er lag auf der Sitzecke. Ein Bein angewinkelt, einen Arm unter dem Kopf verschränkt und die Augen geschlossen, genoss er die wenigen Sonnenstrahlen des heutigen Tages. Auf den Ohren hatte er seine Kopfhörer, aus denen undeutlich laute Musik zu hören war.

Er bemerkte Emily erst, als sie in die Sonne trat und ihr Schatten auf sein Gesicht fiel, und nahm seine Kopfhörer ab.

»Ich hätte nicht gedacht, dass du auftauchst!«

»Ich hatte gerade nichts Besseres vor.«

Er erhob sich und sein arrogantes Lächeln hätte auf andere Mädchen wahrscheinlich umwerfend gewirkt. Bei Emily prallte es ab.

»Dann lass es uns schnell hinter uns bringen.«

»Da bin ich ausnahmsweise mal deiner Meinung.« Gemeinsam betraten sie Carols Café. Das große Glasfenster neben dem Eingang war voll mit Verkaufsanzeigen, Veranstaltungshinweisen und anderen Flugblättern. Ein Plakat erregte Emilys Aufmerksamkeit besonders, so dass sie davor stehen blieb, um es genauer zu lesen: Auf einem blau-grün gehaltenen Hintergrund stand in schwarzer Schrift: »Petition Naturpark alter Steinbruch«. Ein örtlicher Naturschutzbund sammelte Unterschriften zum Erhalt des alten Steinbruchs als Naturreservat. Das war's! Das war der Geistesblitz, auf den sie gehofft hatte! »*Am altbekannten Ort, wo die Erde ihre schlimmsten Tage hinter sich hat und das Leben neu erblüht.*« Damit war der stillgelegte Steinbruch gemeint. Das musste der Versammlungsort sein!

»Ich glaube, wir sollten uns besser einen anderen Platz zum Arbeiten suchen. Was meinst du? Emily?«

»Ja, ich komme.« Emily riss sich von dem Plakat los.

Normalerweise war um diese Zeit im Lokal nicht viel los. Doch anscheinend hatte sich ein Ausflugsbus mit Rentnern nach East Harbour verirrt und genoss nun bei Carol Kaffee und Kuchen. Es herrschte eine Lautstärke wie auf dem Rummelplatz: plappernde Menschen, klimpernde Gläser und klapperndes Geschirr, Kaffeetassen, die auf Unterteller trafen und Gabeln, die Kuchenstücke vom Teller kratzten.

»Lass uns gehen.«

»Ja okay.« In Gedanken überlegte Emily sich bereits, was sie heute Abend am alten Steinbruch erwarten würde.

»Dann lass uns die Sonne nutzen und draußen arbeiten.«

Emily folgte Finn zu ihren Fahrrädern. Sie hing noch ihren Gedanken hinterher, während sie zum Grillplatz raus fuhren. Finns Idee.

Der ›Grillplatz‹ war früher eine illegale Feuerstelle an einem See gewesen. Alex und seine Freunde hatten sich dort früher ein paar Mal getroffen und heimlich Lagerfeuer angezündet. Es wäre einige Male fast zu einem Waldbrand gekommen. Das Feuer konnte gerade noch rechtzeitig gelöscht werden, bevor es auf die Bäume übergriff. Als sie erwischt wurden, hatte ihr Vater ihn dermaßen zusammengestaucht, dass Tom und Emily sein aufgebrachtes Gebrüll bis in ihre Zimmer hören konnten. Bei Alex' Ausrede, das Feuer jederzeit mit seinen Kräften löschen zu können, war ihr Vater dann endgültig ausgerastet. Ob Alex seine Kräfte vor seinen Freunden benutzen wollte? Ob er seine Kräfte schon so unter Kontrolle hätte, dass er sie auch in Extremsituationen abrufen konnte? Es folgte der längste Hausarrest in der Geschichte der dela Luneschen Kindererziehung. Doch etwas Gutes hatte es auch: Die Stadt hatte ein Einsehen und machte einen offiziellen Grillplatz daraus, mit der Begründung, so die Gefahr illegalen Grillens und damit die Waldbrandgefahr einzudämmen. Nach ein paar Investitionen der Stadt gab es nun eine mit Steinen gesäumte Feuerstelle, über der ein Grillrost pendelte, auf dem zehn Steaks und zwanzig Bratwürstchen gleichzeitig Platz hatten. Außerdem war ein kleiner Unterstand errichtet und Sitzgelegenheiten aufgestellt worden.

Finn und Emily parkten ihre Fahrräder am Schild mit der Aufschrift »Grillplatz. Offenes Feuer nur in den dafür vorgesehenen Stellen!«. Sie ließen sich ein paar Meter von dem kleinen Unterstand entfernt nieder. Emily konnte sich tausend Dinge vorstellen, die sie jetzt lieber getan hätte.

»Okay. Lass es uns einfach hinter uns bringen. Je schneller, desto besser.«

»Das brauchst du mir nicht zweimal zu sagen.«

Sie packten ihre Exemplare von Shakespeares »Romeo und Julia« aus und lasen eine Zeitlang jeder für sich, bis Finn die Stille durchbrach.

»Nun liegt alte Begierde im Grab, und junge Zuneigung verlangt heftig danach, ihr Erbe zu werden. Die Schöne, um derentwillen die Liebe stöhnte und sterben wollte, ist jetzt, mit der zarten Julia verglichen, nicht schön.«, las Finn vor. »Das versteht doch kein Mensch, was Shakespeare da geschrieben hat!«

Finn sprang auf, als hätte er sich auf einen Nagel gesetzt, und feuerte sein Buch wütend aufs Gras. Ruhelos wanderte er umher, kurz vorm Ausrasten. So aufgekratzt hatte Emily ihn noch nie erlebt.

»Finn!« Mit all seiner Wut im Bauch, die sie nicht verstehen konnte, boxte er gegen den nächstliegenden Baum. So hart, dass sie für eine Sekunde dachte, der Baum würde nachgeben und umkippen. Doch stattdessen war von Finns Haut auf seinen Knöcheln nicht mehr viel übrig.

Jetzt stand Emily auf und ging zu ihm hinüber.

»Lass mal sehen.«

»Nein, schon okay.« Finn holte ein zerknittertes Halstuch aus seiner Hosentasche und wickelte es um seine Faust. Dann ging er zu seinem Buch und hob es vom Boden auf.

»Was ist dein Problem?«, fauchte Emily ihn an.

»Was mein Problem ist?«, schnaubte Finn und Emily wich vor ihm zurück, als er auf sie zu kam.

»Wir sitzen hier und lesen anstatt ...« Er hielt abrupt inne, als würde er erst jetzt realisieren, mit wem er gerade sprach und als würde er gleich etwas ausplaudern, das nicht für ihre Ohren bestimmt war.

»Anstatt?«

»Vergiss es, lass uns weitermachen.«

»Willst du so tun, als wäre gerade nichts passiert?«

»Ja.« Damit nahm er wieder seinen Platz ein und widmete sich erneut Shakespeares Tragödie.

Emily atmete einmal tief durch, um sich wieder zu beruhigen, und schaute ebenfalls wieder in ihren Text, konnte aber nicht umhin, ab und an zu ihm hinüber zu schielen.

»Du solltest deine Wunde reinigen, bevor sie sich entzündet.«

»Das ist nur eine kleine Abschürfung, nicht weiter schlimm. Machst du dir etwa Sorgen um mich?« Finn grinste schelmisch bis über beide Ohren, seine Laune hatte sich schlagartig gebessert.

»Nein!«, beteuerte Emily entschieden. »Falls es dich tröstet – du bist mir total egal, du könntest auch tot umfallen und es würde mich nicht interessieren. Ich denke nur, wir müssen dieses Referat zusammen abliefern, daher sollten wir vielleicht so eine Art Waffenstillstand schließen.« Emily bereute die Worte, sobald sie ihr über die Lippen kamen.

»Wow, das hätte ich jetzt nicht aus deinem Mund erwartet.«

»Vergiss es.«

»Ich komme schon klar. Danke.«

»Das habe ich gesehen. Du lässt deine Wut an unschuldigen Bäumen raus.«

»Du weißt gar nichts über mich oder mein Leben.«

»Ich weiß, dass du ein selbstgefälliger arroganter Mistkerl bist und dass das hier ein riesengroßer Fehler war. Das hier funktioniert nicht. Lass uns einfach jeder für sich arbeiten und dann tun wir so, als ob wir das Referat gemeinsam vorbereitet hätten.« Damit räumte Emily ihre Sachen in ihren Rucksack zurück.

»Das ist die erste gute Idee, die du heute hast.«

»Mistkerl!« Emily war schon auf dem Weg zu ihrem Fahrrad, kurz davor, in die Luft zu gehen, weil sie hier ihre Zeit verschwendet hatte.

»Hasst du mich so sehr?« Finns Stimme war ganz ruhig.

Sie hielt kurz inne, bevor sie sich auf ihr Rad schwang. Als sie davon fuhr, drehte sie sich nicht mehr zu Finn um. Die Frage blieb in der Luft hängen.

Als Emily wie üblich zur Hintertür hereinkam, war ein Teil ihrer Familie in der Küche versammelt.

»Hey. Wo warst du?«, wollte Alex wissen.

»Ich habe mit Finn an meinem Referat gearbeitet.«

»Dem Finn? Finn MacSol?«, schaltete sich nun auch ihre neugierige Mutter ein.

»Ja Mum, *dem* Finn. Wir wurden von unserem neuen Lehrer praktisch dazu gezwungen. Also, wenn ihr wissen wollt, ob wir uns in die Haare gekriegt haben – außer einem Baum wurde niemand verletzt.«

»Wie bitte?«

»Ach, nicht so wichtig. Ich geh erst mal hoch in mein Zimmer.«

»In einer Stunde gibt es Essen.«

»Jaaaa«, hallten Emilys Worte die Treppe hinunter.

Beim Abendessen wurde Emily von ihren Eltern darüber informiert, dass sie bei den Millers eingeladen waren und Alex heute Abend auch nicht zu Hause sein würde, so dass Emily ein Auge auf Tom haben sollte. Tom wehrte sich natürlich dagegen, seiner Meinung nach war er alt genug und brauchte keinen Babysitter mehr.

Nach dem Abendessen bereitete Emily sich auf ihren nächtlichen Ausflug vor. Tom war in seinem Zimmer und spielte vermutlich Playstation. Das hieß, er würde den ganzen Abend nicht das Zimmer verlassen.

Der alte Steinbruch lag ungefähr acht Meilen östlich der Stadt.

Sie kam kurz vor Mitternacht mit ihrem Fahrrad an der Straße zum Steinbruch an. Der Himmel war wolkenverhangen und ließ den Mond nur ab und an durchleuchten. Sie versteckte ihr Fahrrad am Straßenrand und pirschte sich langsam durch das Unterholz in Richtung des Steinbruchs. Sie wusste, dass sie richtig war, als sie Stimmengemurmel hörte. Der Steinbruch wirkte wie ein Megafon und gab die Stimmen weiter, allerdings nicht deutlich genug, dass Emily etwas verstehen konnte. Doch da waren noch weitere Stimmen. Viel näher. Und sie kamen auf Emily zu. Emily versteckte sich schnell hinter einem Brombeergebüsch – gerade rechtzeitig, um nicht von zwei Männern entdeckt zu werden, die patrouillierten, um ungebetene Gäste fernzuhalten. Der eine sprach in ein Funkgerät. »Hier ist Einheit vier, bei uns ist alles ruhig.« Dann unterhielten sie sich weiter über das neue Auto, das sich einer der beiden angeschafft hatte.

»Ich hätte ja lieber den neuen Seat gehabt, aber meine Frau beharrte auf einen Volvo.«

»Das kenne ich. Meine Frau sucht bei uns zu Hause auch immer alles aus.«

Emily verharrte noch eine Weile, bis sie sicher war, dass die Männer weg waren. Erst dann trat sie vorsichtig aus ihrer Deckung. Sie stand am Rande des Abgrundes und blickte hinunter in den Steinbruch. Der Mensch hatte ein riesiges Loch im Erdreich zurückgelassen. Wie ein Trichter ragte es in die Erde; Schicht für Schicht, immer tiefer hatte sich der Bohrer gewühlt. Geblieben war ein vegetationsloser Ort, trist und öde. Doch die Natur war schon dabei sich zurückzuholen, was der Mensch sich über Jahrzehnte genommen hatte. Mittlerweile bevölkerten schon wieder Büsche, Gestrüpp und wilder Farn das Gelände. Emily suchte sich einen Standort oberhalb des Steinbruchs, von dem aus sie alles gut beobachten und das komplette Abbaugebiet überblicken konnte. Was sich ihr darbot war unglaublich. Der ganze Steinbruch war mit Fackeln erleuchtet. Wie auf einer Bühne brannte auf einer Erhöhung ein großes Feuer. Davor standen mehrere Gestalten: Das musste der Rat sein. Emily konnte ihre Gesichter nicht richtig erkennen, nur das, was das Feuer ihr preisgab. Ihr Blick wanderte zu den magischen Geschöpfen, die sich bereits im Halbkreis vor dem Feuer versammelt hatten: Einhörner, Zwerge, Feen und Zentauren. Außerdem konnte Emily auch Wolfsmenschen und Kobolde an ihren markanten Silhouetten erkennen. Nur wenige magische Arten hatte sie je in Natura gesehen. Nicht nur die magiebegabten Spezies, die trotz ihres Äußeren unentdeckt zwischen den Menschen lebten, waren vertreten. Für die menschliche Bevölkerung waren sie, ähnlich wie die Tag-und Nachtgrenze, durch einen Zauber unsichtbar. Nur für andere magische Wesen waren sie sichtbar. Auch diejenigen, die sich auf Grund ihrer menschlichen Gestalt frei unter den Erdenbewohnern bewegen konnten, wie die Clans der Sonnen- und Mondhexen, sowie die Luft- und Erdhexen, wohnten der Versammlung bei. Obwohl überall zwischen den Versammelten Fackeln aufgebaut waren und Emily im Dunkeln gut sehen konnte, erkannte sie nicht mal ihre Eltern. Die Dunkelheit, nur erhellt durch vereinzelte Flammen, verwandelte die Personen in bloße Schemen.

Urplötzlich vernahm Emily ein Rauschen. Unsicher blickte sie sich um. Das Rauschen wurde immer lauter. Sie sah irgendetwas über sich hinweg huschen und duckte sich reflexartig. Was es auch war, es schien, als würde es vom Feuer angezogen. Bei genauerem Hinsehen konnte

Emily flatternde Gewänder erkennen. Erst als die Ersten auf dem Versammlungsplatz landeten, sah sie, dass es sich dabei um Lufthexen handeln musste.

Es schien bald loszugehen, denn das leise Stimmengemurmel, das an Emilys Ohr hallte, nahm ab. Eine Figur auf dem Podest trat vor das Feuer und hob beide Hände in die Höhe. Im selben Moment erhob sich sein gigantischer Schatten an der hohen Felswand in seinem Rücken und eine gespenstische Stille legte sich über das Tal. Emily musste noch näher ran, denn so konnte sie nichts hören. Doch es gab nur einen Trampelpfad, der hinab führte, und es war unmöglich, diesen zu nehmen, ohne gesehen zu werden. Aber sie musste einfach wissen, was da unten vor sich ging. Vielleicht konnte sie an einer anderen, nicht ganz so steilen Stelle, die nicht so leicht einsehbar war, abwärts klettern. Emily sah sich um. Ein Stückchen weiter war die Wand des Steinbruchs etwas weniger steil und geschützt vor Blicken. Sie hatte keine andere Wahl: Wenn sie etwas von dem hören wollte, dass dort unten gesprochen wurde, musste sie klettern. Emily drehte der Menge am Grunde des Steinbruchs den Rücken zu. Mit den Füßen voran ließ sie sich herunter. Ihre Finger krallten sich in das Gestein und sie begann, vorsichtig nach unten zu klettern. Verflucht, was hatte sie sich denn bloß dabei gedacht? Vorsichtig tastete sie sich mit den Füßen weiter, verlagerte ihr Gewicht erst, wenn sie ganz sicher war, dass ihr Fuß sicheren Stand hatte.

Zu Beginn war es kaum wahrnehmbar. Emily war sich nicht mal sicher, ob sie überhaupt etwas gefühlt hatte, doch dann war es schon deutlicher zu spüren: Die Erde bebte. Dann gab es eine stärkere Erschütterung und kurz darauf eine weitere, bis die Erde in regelmäßigen Abständen bebte. Erdbeben gab es in dieser Gegend eigentlich nicht, doch mittlerweile wackelte die Erde so stark, dass Emily sich festhalten und abwarten musste. Kleine Steinchen lösten sich über ihr aus der Felswand und rieselten auf sie nieder. Sie presste sich an die kalte Felswand und wartete die Erschütterung ab, dann kletterte sie vorsichtig weiter. Langsam blickte sie nach unten, um zu sehen, wie weit es noch war, da folgte die nächste Erschütterung, die Emily ordentlich durchrüttelte. Näher, stärker. Sie blickte hoch in den Himmel. Ein riesiger Fuß setzte am Rande des Abgrundes auf und noch mehr Gestein fiel auf Emily herab. Sie stieß sich ab und sprang das letzte Stückchen herunter. Als sie auf dem Boden landete, duckte sie sich sofort und schlug die Hände über ihrem Kopf zusammen, um sich vor dem Geröll abzuschirmen. Direkt neben ihr setzte ein Riese seinen Fuß auf. Emily drückte sich an die Wand, aus Angst sie würde zerquetscht werden. Weitere Riesen folgten, die Distanz, die Emily mühsam hinab geklettert war, kinderleicht mit einem großen Sprung überwindend. Die Erschütterungen waren so stark, dass Emily das Gefühl hatte, als würde sie kurz vom Boden abheben, wann immer ein Riese neben ihr landete. Dem letzten Riesen folgte Emily mit ihren Augen.

»Da wir nun vollständig sind, darf ich sie zu diesem außerordentlichen Treffen begrüßen«, eröffnete der weißbärtige Mann auf dem Podest die Versammlung.

Emily pirschte sich näher heran, immer verborgen von Büschen, und blieb unbemerkt im Schatten eines Gestrüpps sitzen. Von dort aus konnte sie gut sehen und hören.

»Ich habe dieses Treffen im großen Kreise einberufen, da der Rat übereingekommen ist, dass Sie nicht länger

über die Bedrohung im Ungewissen bleiben sollten.«
Emily horchte gespannt.

»Seit dem Krieg und der Übereinkunft mit dem König der dunklen Seite ist nicht mehr ein solches Aufkommen von Blockern gesichtet worden.«

Blocker? Hatte Emily richtig gehört? Verflucht, in Emilys Nase kribbelte es gefährlich. Diese verdammten Pollen. Sie versuchte, es aufzuhalten, versuchte, sich auf das zu konzentrieren, was gesprochen wurde. Doch da war es auch schon passiert. Ein lautes Niesen entfuhr ihr. Emily hielt die Luft an und betete, dass es niemand gehört hatte. Doch dank des trichterförmigen Aufbaus des Steinbruchs war das Niesen auch noch im letzten Winkel zu hören gewesen. Es verging kaum Zeit, da standen schon zwei Wachposten des Rates vor ihr.

»Was haben Sie hier zu suchen?«

»Ähm.«

Die beiden Wachposten zogen sie mit sich und führten sie vor einen Mann, der ungefähr so alt wie ihr Vater war, aber schon deutlich weniger Haare auf dem Kopf hatte.

»Hey Tobin, wir haben die Kleine hier hinter einem Busch versteckt gefunden. Sie hat uns belauscht. Was sollen wir mit ihr machen?«, fragte einer der Kerle, der Emily unsanft am Oberarm gepackt hielt. Emily versuchte, sich etwas Freiheit zu verschaffen, während der Mann, den sie Tobin nannten, sie eindringlich musterte.

»Sie tragen einen Stein, wie Mondhexen ihn tragen. Wie heißen Sie?«

»Emily dela Lune.«

»Holt die dela Lunes her«, befahl der Mann einem der Wachmänner, der Emily daraufhin losließ und fortging.

»Sie sind noch sehr jung, Emily. Wie alt sind Sie?«

»Ich, ähm … ich bin siebzehn«, antwortete Emily zerknirscht, aber wahrheitsgemäß.

»Warum haben Sie uns belauscht?«

»Ich wollte wissen, was hier besprochen wird, weil ich es nicht fair finde, dass man erst mit achtzehn in alles eingeweiht wird.«

Emilys Vater und Mutter, sowie Alex kamen auf sie zu, begleitet von der Wache. Sie sahen ziemlich aufgebracht und verunsichert aus. Als sie Emily erblickten, verfinsterten sich ihre Mienen. Emily musste den Kloß in ihrem Hals herunterschlucken. Warum besaß sie nicht die Fähigkeit, unsichtbar zu werden?

»Tobin«, begrüßte ihr Vater den Mann und gab ihm die Hand.

»Ist das deine Tochter?«

»Da bin ich mir gerade nicht so ganz sicher«, antwortete ihr Vater sauer.

»Ja, ist sie«, erklärte ihre Mutter und warf ihrem Mann einen bösen Blick zu.

»Sie hat uns belauscht. Das ist gegen die Regeln! Minderjährige haben hier nichts zu suchen.«

»Spinnst du?«, fragte Alex flüsternd. »Mum und Dad haben fast einen Herzinfarkt bekommen, als die Wache ihnen erzählte, dass sie dich erwischt haben.«

»Es wird nicht wieder vorkommen!«, versicherte ihr Vater sofort. Sein Tonfall war streng und bestimmt.

Tobin beugte sich zu ihrem Vater und flüsterte ihm etwas zu, das Emily nicht verstehen konnte. Ihr Vater nickte zustimmend.

»Die beiden Herren fahren dich nach Hause. Wir kommen nach, sobald die Versammlung vorbei ist«, erklärte ihr Vater.

Hatte sie sich gerade verhört?

»Aber ...«, setzte Emily an, woraufhin Alex sie in die Seite stieß. »An deiner Stelle«, flüsterte er, »wäre ich jetzt ganz still.«

Emily kam sich vor wie ein Schwerverbrecher, als die beiden Wachen sie in ihrem Auto nach Hause eskortierten. Unterwegs luden sie noch ihr Fahrrad auf die Ladefläche des Pick-ups, bevor sie Emily vor ihrer Haustür absetzten. Die beiden Wachmänner warteten sogar darauf, bis Emily ins Haus gegangen war. Was dieser Tobin wohl zu ihrem Vater gesagt hatte? So sauer, wie ihr Vater gewesen war, würde sie bestimmt noch ein riesiges Donnerwetter über sich ergehen lassen müssen.

Emily sah nach Tom, der mittlerweile vor dem Fernseher eingeschlafen war. Er hatte wahrscheinlich nicht mal bemerkt, dass Emily weg gewesen war. Sie machte alle elektrischen Geräte aus und ging zu Bett, doch sie konnte nicht schlafen. Sie lag noch länger wach und zerbrach sich den Kopf darüber, was der Weißbärtige über Blocker und den Krieg gesagt hatte. Irgendwann mussten ihr vor lauter Müdigkeit dann doch die Augen zugefallen sein, denn sie schreckte aus dem Tiefschlaf, als ihr Wecker klingelte. Wortlos frühstückte Emily und beobachtete ihre Eltern, deren Mienen sie nicht deuten konnte. Sie straften Emily mit Schweigen.

»Ist irgendetwas passiert?«, fragte Tom nach einer Weile.

»Nein Schatz, alles in Ordnung. Möchtest du noch einen Toast?« Ihre Mum reichte ihrem jüngeren Bruder noch eine Scheibe, während Emily aufstand und ihren Teller in die Spülmaschine räumte. Alex trat mit seiner Müslischüssel neben sie.

»Was hast du dir denn nur dabei gedacht?«, fragte er sie im Flüsterton.

»Ich habe gedacht, ich könnte endlich ein paar Informationen bekommen, die ihr mir nicht gebt! Und wer ist überhaupt dieser Tobin gewesen?«

»Er ist der stellvertretende Ratsvorsitzende.«

»Außerdem dachte ich, dass ich nicht erwischt werde!« Emily nahm ihre Tasche und verließ das Haus. Als sie die Küchentür hinter sich zuzog, hörte sie ihre Mutter gerade noch sagen: »Das mit dem Steinbruch ging wirklich zu weit. Sie tut alles, um an Informationen zu kommen. Was sollen wir bloß mit ihr machen?« Dann fiel die Tür ins Schloss und sie konnte die Antwort ihres Vaters leider nicht mehr verstehen.

7

Mittwochs gab es nur zwei Fächer, in denen Emily Finn MacSol erdulden musste: englische Literatur und Mathe. Das eine mochte sie, das andere nicht. Den Anfang machte heute Mathe. Allerdings schien Finn heute Besseres zu tun zu haben, als sich um seine Bildung zu kümmern. Sein Platz war unbesetzt. Der Tag konnte also nur gut werden.

Danach folgte eine Doppelstunde Physik bei Mrs. Larkin. Emily mochte sie, sie hatten sie bereits letztes Jahr gehabt. Ihre langen braunen Haare trug sie meist lose zusammengeknotet. Es war allgemein bekannt, dass sie zwei Kinder im Grundschulalter hatte und zusammen mit ihrem Mann ein kleines Häuschen in der Nachbarstadt besaß. Von dort aus fuhr sie jeden Morgen mit einem VW Käfer den Weg zur Schule.

»Wir werden uns nun genauer mit unserem Sonnensystem beschäftigen. Dazu gehören die acht Planeten mitsamt der Erde. Außerdem werden wir uns mit der Sonne und dem Erdtrabanten, dem Mond, beschäftigen. Kann mir jemand die acht Planeten aufzählen? Ja, Mike?«

»Merkur, Venus, Erde, Mars, Jupiter, Saturn, Uranus und Neptun.«

»Gut, Mike. Es gibt eine einfache Eselsbrücke mit der ihr euch die Planeten merken könnt, nämlich mit dem Satz: Mein Vater erklärt mir jeden Sonntag unseren Nachthimmel.«

Emily schrieb sich den Satz von der Tafel in ihren Collegeblock ab, dazu die Namen der Planeten.

»Als allererstes werden wir uns mit dem Mond und der Sonne beschäftigen. Weiß zufälligerweise jemand, wie warm es heute draußen wird?«

»Im Moment dürften wir vielleicht sechs, sieben Grad haben, aber heute Nachmittag kann es bis zu 15 Grad warm werden«, posaunte Kimberly Clark heraus.

»Ja, das hat uns der Wettermann prophezeit. Und kann mir jemand sagen, wie die Temperatur heute auf dem Mond ist?«

»Das kommt darauf an, wo man sie misst – auf der Tag- oder auf der Nachtseite. Es gibt da sehr große Unterschiede – das liegt an der langsamen Rotation und der nur äußerst dünnen Gashülle. Am Tag erreicht die Temperatur eine Höhe von bis zu etwa 130 °C und fällt in der Nacht bis auf etwa -160 °C«, spulte Emily automatisch ab.

»Sehr gut, Emily!«, lobte Mrs. Larkin.

Emily sah, wie Grace Pimpleton mit den Lippen das Wort ›Streberin‹ formte. Auch Meggie hatte es gesehen.

»Mach dir nichts draus, sie ist bloß neidisch.«

Es folgten weitere Fragen, auf die Emily bereits alle Antworten auf Grund ihrer magischen Herkunft kannte; doch sie hielt sich zurück.

»Ich möchte, dass Sie sich bis zur nächsten Stunde die ersten fünf Seiten des Kapitels über den Mond in ihrem Physikbuch durchlesen und die Fragen eins bis vier beantworten.«

Die restlichen Schulstunden liefen ohne besondere Vorkommnisse. Finn ließ sich auch in englischer Literatur nicht blicken.

Als Emily nach Hause kam, hörte sie ein Stimmengewirr im Wohnzimmer. Sie hatten wohl Besuch.

»Em?«, die Stimme ihres Vaters lud Emily zu ihnen ein. »Kommst du bitte mal kurz zu uns?«

Das hörte sich jetzt aber gar nicht gut an. Vermutlich verkündeten sie jetzt die Strafe, die sie sich für die Aktion im Steinbruch verdient hatte. Emily stellte ihren Rucksack in der Küche ab, um dann durch das Esszimmer und den Flur ins Wohnzimmer zu gelangen. Sie war einigermaßen überrascht, als auf der Couch ein kleiner, zerbrechlich wirkender Mann saß, der aussah, als sei er steinalt. Er trug so etwas wie eine Mönchskutte, und sein Gesicht wurde von einem weißen Bart eingerahmt. Seine Augen blickten erwartungsvoll. Es war der Mann, der im Steinbruch gesprochen hatte.

»Das ist ...«, wollte ihre Mutter ihr den Gast vorstellen, der ihr aber zuvor kam. »Mein Name ist Aimes, ich bin derzeit das Oberhaupt des magischen Rates. Freut mich, dich nun auch ganz offiziell kennenzulernen, Emily. Ich habe schon viel von dir gehört.«

Aimes! Der Name aus dem Brief!, schoss es Emily

durch den Kopf. Kam er persönlich um Emilys Strafe zu verkünden? Dann musste ihr Vergehen schlimmer sein, als sie dachte.

»Ich komme immer persönlich um die neuen Initianten einzuladen.«

Seine Stimme klang beruhigend und trotz seines zerbrechlichen Äußeren kraftvoll. Er streckte ihr seine Hand entgegen. Emily tat, was ihr die Höflichkeit gebot und erfasste sie. Ihre Fingerspitzen hatten sich kaum berührt, als er seine Hand erschrocken zurückzog.

»Entschuldigung. Ich wollte nicht unhöflich sein«, erklärte Aimes und sah sie mit großen Augen erstaunt an. Dann ergriff er erneut ihre Hand.

»Sehr interessant.«

»Was ist so interessant?«

»Manchmal, wenn ich Menschen zum ersten Mal begegne und sie berühre, habe ich Visionen von ihrer Zukunft. Ich hatte gerade eine Vision von dir und habe dein Schicksal gesehen. Ich denke, wir sollten uns setzen, Kind.«

Emily nahm nervös neben Aimes auf dem Sofa Platz. Er hielt auch weiterhin ihre Hand. Dann begann er zu sprechen:

»Ich habe gesehen, wie die Dunkelheit in dir emporsteigt. Verborgenen Scheines wirst du sie nicht erkennen. Sie wird sich ausbreiten und die Erde mit ihren dunklen Schatten einhüllen. Und wenn du deinen Fehler erkennst, wird es zu spät sein und die Finsternis wird die Erde verschlucken. Dann wird sich dein Schicksal erfüllen.

Erst wenn zwei Himmelskörper sich vereinen, kann die Dunkelheit besiegt werden und das Universum wird in neuem Gewand erscheinen, während hoch am Himmel der blaue Mond steht.«

Ruckartig entzog Emily ihm ihre Hand. Verwirrt und angsterfüllt sprang sie auf und trat ein paar Schritte zurück. »Was hat das alles zu bedeuten? Was wollen Sie von mir?«

»Setz dich bitte wieder. Du brauchst keine Angst zu haben.«

Emily blickte zu ihren Eltern hinüber, die sich für einen kurzen Moment verunsichert ansahen, bevor sie ihr ermutigend zunickten. In sicherem Abstand ließ Emily sich wieder auf der Couch nieder.

»Ich bin hier, um dich kennenzulernen und dich zu deiner Initiation einzuladen. Trotz dem, was bei der Versammlung passiert ist, hat der Rat beschlossen, dich nicht für ein Jahr auszuschließen, sondern dich regulär zu deiner Initiation einzuladen.«

In Emilys Gehirn ging es drunter und drüber und sie zitterte am ganzen Körper. An einen klaren Gedanken war nicht zu denken. »Mo … Moment, ich verstehe das alles nicht. Es ist sehr großzügig von Ihnen, mich nicht zu bestrafen. Aber … *die Dunkelheit, die in mir emporsteigt. Ich werde sie nicht erkennen.* Was bedeutet das alles?«

»Das kann ich leider nicht sagen. Das musst du selbst herausfinden.«

»Sie … Sie kommen hierher, stellen diese Behauptung auf und dann sagen Sie, dass ich selbst damit klarkommen muss?«

»Was Emily meint ist, dass das sehr … beunruhigend klingt«, versuchte ihre Mutter zu vermitteln.

»Das war wirklich nicht meine Absicht, ich kann nur

berichten, was ich sehe. Meine Prophezeiungen sind ganz unterschiedlich. Aber sie haben alle gemeinsam, dass sie sich früher oder später bewahrheiten.«

»Aber, wie können Sie Leuten so etwas an den Kopf knallen und dann seelenruhig hier sitzen?«

»Es tut mir wirklich leid, Emily, dass wir uns unter diesen Umständen kennen lernen.« Emily bekam auf einmal keine Luft mehr. Sie hatte das Gefühl, als hätte sich ein Elefant auf ihre Brust gesetzt.

»Ich ... ich muss hier raus!«

»Emily, warte!« Ihr Vater war aufgestanden, doch Emily beachtete ihn nicht weiter.

»Ich mach das schon, Henry.«

Emily floh in die Küche, weg von dieser surrealen Szene. »Emily warte.« Doch sie hörte ihre Mutter nur wie durch einen dichten Nebel.

Was war das gerade gewesen? War das alles gerade wirklich passiert?

»Emily, hör mir mal zu.« Emily setzte sich auf einen der Küchenstühle und verbarg ihren Kopf zwischen ihren Händen.

Ihre Mutter setzte sich neben sie.

»Es tut mir leid, dass das so gelaufen ist. Für mich damals und auch für deinen Vater und deinen Bruder war die Einladung zur Initiation ein unvergesslicher Moment.«

»Unvergesslich trifft es wohl ganz gut.«

»Was ich mit unvergesslich meinte, ist, dass ich mich an jede Kleinigkeit an diesem Tag erinnern kann, als Zenzo, das war der Vorgänger von Aimes, mir damals meine Einladung überreicht hat. Angefangen von meinen Klamotten bis hin zu dem Essen, das meine Mutter vorbereitet hatte. Ich wünschte, es wäre auch so ein besonderer Tag für dich geworden.«

»Das hätte ich mir auch gewünscht. Du weißt, dass ich nichts sehnlicher wollte, als dazuzugehören. Aber ich muss hier erst mal raus, in Ordnung? Ich brauche etwas Zeit zum Verarbeiten.«

Emilys Mutter nahm sie in den Arm, drückte sie fest und gab ihr einen Kuss auf die Stirn.

»In Ordnung, aber sei zum Abendessen wieder da. Schließlich gibt's dein Lieblingsgericht.«

Emily schnappte sich ihre Tasche und lief aus dem Haus. Sie überlegte nicht, wohin sie fuhr, sondern radelte einfach drauf los und hielt erst wieder an, als sie am Grillplatz angekommen war. Sie ließ ihr Rad zwischen den Bäumen auf den Boden fallen, ebenso ihre Tasche, rannte zum See und schrie aus Leibeskräften. Sie sollte verantwortlich sein für den Weltuntergang? Die Apokalypse? Dafür, dass die Erde in die Dunkelheit gestürzt wurde?

»Geht es dir gut?«

Erschrocken fuhr Emily herum. Finn saß unter einem Baum nahe dem See am Grillplatz und hatte ein Buch an sein Knie gelehnt. Er las »Romeo und Julia«.

»Ich dachte, ich wäre hier alleine«, fuhr sie ihn gereizt an.

»Ich wollte nur das Buch fertig lesen und hier draußen habe ich meine Ruhe. Das war zumindest der Plan.«

»Keine Sorge, ich bin gleich wieder weg.«

»Na ja, wenn du schon mal hier bist, könnten wir vielleicht doch noch mal versuchen zusammenzuarbeiten«, schlug Finn versöhnlich vor.

Emily überlegte. Nach Hause wollte sie jetzt nicht. Da konnte sie genauso gut das Referat vorbereiten.

»Von mir aus. Wie ich sehe, hast du den Baum heute nicht als Punchingball benutzt.«

»Das mit gestern, na ja ... das tut mir leid. Ich hätte meine Wut nicht an dir auslassen sollen.«

Er stand auf und schnappte sich seine Tasche, während sie ihre aufsammelte.

Sie setzten sich an eine Sitzgruppe und Finn packte seinen Laptop aus. Emily hatte das Buch gestern noch zu Ende gelesen. Jetzt blätterte sie ziellos darin herum.

»Hast du mal einen Zettel und einen Stift für mich?«

Finn reichte ihr wortlos, wonach sie verlangte und Emily begann zu schreiben: *Die Dunkelheit wird in dir emporsteigen. Verborgenen Scheines wirst du sie nicht erkennen. Sie wird sich ausbreiten und die Erde mit ihren düsteren, nein, er sagte dunklen Schatten einhüllen.* Emily überlegte, welche Worte Aimes weiter benutzt hatte, versuchte, sie sich ins Gedächtnis zu rufen, jedes einzelne dieser, in ihren Ohren, grausam klingenden Wörter. Sie suchte nach exakt den Ausdrücken, die Aimes benutzte, damit ihr kein tieferer Sinn entging. Emily schrieb sie auf, damit sie sie nicht mehr vergessen, sondern sie anstarren und ihr Rätsel lösen konnte.

Und wenn du deinen Fehler erkennst, wird es zu spät sein und die Finsternis wird die Erde verschlucken. Dann wird sich dein Schicksal erfüllen.

Erst wenn zwei Himmelskörper sich vereinen, kann die Dunkelheit besiegt werden und das Universum wird in neuem Gewand erscheinen, während hoch am Himmel der blaue Mond steht.

Der blaue Mond. Noch nie hatte sie einen blau gefärbten Mond gesehen. Was hatte das alles zu bedeuten? Aimes Worte gingen ihr nicht mehr aus dem Kopf. Spukten jetzt darin herum. Blieben hängen und ... nichts. Es waren Worte, mehr nicht. Ihr Sinn blieb Emily verschlossen.

»Wie weit bist du? ... Emily? Emily!«

»Wie bitte? Was hast du gesagt?«

»Alles okay bei dir?« Emily nickte automatisch. Doch eigentlich ging es ihr gar nicht gut. Sie konnte an nichts als diese merkwürdige Prophezeiung denken. Trotzdem faltete sie den Zettel und steckte ihn in ihre Tasche, bemühte sich, die Prophezeiung aus ihrem Kopf zu verdrängen und ihre Konzentration auf das Referat zu lenken.

»Sicher? Du siehst nicht so aus.«

»Kann dir doch egal sein, oder?«

»Schlechte Laune?«

»Was dagegen? Ich bin heute nicht in der Stimmung, um zu streiten, Finn.«

»Was ist los? Hast du deine Tage?«

Emily warf ihm einen ›Wenn-Blicke-töten-könnten‹-Blick zu und er verstummte. Offenbar merkte er, dass es ihr heute wirklich nicht gut ging. Stillschweigend schrieben sie sich einige Notizen raus und strichen ab und zu Textstellen an, die für das Referat später noch von Bedeutung sein würden.

»Vielleicht sollten wir mal gucken, was Wikipedia so zum Thema ›Romeo und Julia‹ ausspuckt?«, meinte Finn.

»Ja, gut.«

Finn begann zu tippen.

»Der vollständige Titel lautet ›The Most Excellent and Lamentable Tragedy of Romeo and Juliet‹ und ist eine 1597 veröffentlichte Tragödie von William Shakespeare. Sie ...«

Das brachte Emily auf eine Idee.

»Kann ich mal?« Finn schob Emily den Laptop hinüber. Sie gab in die Suchmaschine den Begriff ›Blauer Mond‹ ein und stieß auf einen interessanten Beitrag mit folgender Erklärung:

»*In der Astronomie steht der ›Blaue Mond‹ für ein seltenes Ereignis, nämlich für einen zusätzlichen Vollmond. Einmal im Monat gibt es einen Vollmond und daher 12 Vollmonde pro Jahr. Der zweite Vollmond eines Monats wird als ›Blue Moon‹ bezeichnet. Dies ist die heute gängige Erklärung und stammt aus einem Artikel der Zeitschrift ›Sky & Telescope‹ von 1946.*«

Emily forschte etwas weiter und fand heraus, dass sich ›Blaue Monde‹ in 100 Jahren etwa 41 Mal – im Durchschnitt etwa alle 2,5 Jahre – ereigneten. Der nächste ›Blue Moon‹ würde nach dieser Berechnung nächstes Frühjahr stattfinden!

Noch ein Jahr.

Kaum mehr als zwölf Monate.

»Was steht da?«

Emily klickte schnell weiter und versuchte, sich nicht ihren erschrockenen Gesichtsausdruck anmerken zu lassen.

»Nichts, was uns weiterhelfen würde. Ich glaube, es ist besser, wir überlegen selbst erst nochmal. Mr. Skursky warnte uns ja vor Abschriften aus dem Internet.«

»Nimmst du immer alles so genau?«

»Na ja, ich will es mir mit dem neuen Lehrer nicht gleich verscherzen, so wie du!«

»Streberin!«

»Mistkerl!«, sagte Emily nicht wirklich ernst gemeint.

»Das scheint in letzter Zeit dein Kosename für mich zu sein!« Emily und Finn grinsten sich an.

»Glaubst du, Romeo und Julia hätten alles anders gemacht, wenn sie vorher gewusst hätten, wie ihre Geschichte ausgeht?«, überlegte Emily laut.

»Wie meinst du das?«

»Naja, wenn sie vorher gewusst hätten, wer der andere ist, denkst du, sie hätten sich dann nicht ineinander verliebt?«

»Ich glaube nicht, dass man sich aussuchen kann in wen man sich verliebt.«

»Also glaubst du an das Schicksal?«

»Ja, irgendwie schon. Ich denke, dass jeder einen vorbestimmten Weg zu gehen oder eine Aufgabe zu erfüllen hat, der man sich nicht entziehen kann.«

Emily überlegte, welcher Aufgabe sich wohl Finn nicht entziehen konnte. »Glaubst du, dass die Liebe alles überstehen kann?«, wollte Finn wissen.

»Nein, schließlich sind sie am Ende beide gestorben. Ich kann mir kaum vorstellen, alles für jemanden aufzugeben. Sie konnten sich dem Druck ihrer Familien und der Gesellschaft nicht entziehen und haben am Ende ihren Kampf gegen das Schicksal verloren. Erst nach ihrem Tode, hat ihre Liebe ihre Familien befriedet. Sie waren so blind vor Rache. Rache ist etwas sehr Gefährliches. Sie frisst dich auf, ganz langsam, von innen, bis du daran zu Grunde gehst.«

Diesmal war es Finn, der mit seinen Gedanken woanders war und nur zustimmend nickte. Emily räusperte sich und Finn kehrte von da, wo seine Gedanken ihn hingetrieben hatten, wieder zurück.

Sie diskutierten noch eine Weile und kamen gut voran mit ihrem Referat.

»Ich muss los«, bemerkte Emily irgendwann.

»Okay ... Morgen wieder hier, um die gleiche Zeit?«

Emily dachte nach. »Ja in Ordnung. Aber das hier ändert nichts zwischen uns.« Ihre Stimme klang so frostig wie ein tiefgefrorenes Fischstäbchen. Mit dieser Ansage ließ sie ihn alleine zurück.

Emilys Hass ihm gegenüber saß tief. Sehr tief. Er konnte es ihr nicht übel nehmen. Nach dem Unfall hatte er sich nicht mal bei ihr entschuldigt. Doch heute hatten sie sich eigentlich ganz gut verstanden – dachte er.

Er blieb noch am See stehen und blickte auf das Wasser. Enten plantschten darin und verursachten Wellen, die sanft und beruhigend an das Ufer schlugen. Alles war so friedlich. Warum konnte es nicht immer so sein? Finn ballte seine Hände zu Fäusten. Als er sie wieder öffnete, hielt er in der rechten Hand eine Flamme aus purem Licht.

Damals war es genauso gewesen. Er hatte damit ein Feuer entfacht, obwohl er eigentlich noch gar keine Fähigkeiten hätte haben dürfen. Dann war alles so schnell gegangen. Das Feuer hatte sich rasend schnell ausgebreitet. Der Unfall hatte alles verändert. Finns Eltern hatten überall erzählt, dass eine herumliegende Glasscherbe auf dem trockenen Grasboden das Feuer ausgelöst hatte. Keiner zweifelte daran. Emily gab Finn die Schuld, weil er ihr nicht geholfen hatte.

Nur er und seine Eltern wussten, wie es wirklich war.

8

Um ihren Eltern nicht zu begegnen, schlich Emily sich hoch in ihr Zimmer und schloss die Tür hinter sich zu. Sie würde sich später, wenn alle schliefen, etwas zu essen nehmen. Auf ihrem Kopfkissen fand sie eine Nachricht. In feinsäuberlich geschriebenen Großbuchstaben stand ihr voller Name darauf: *Emily Patricia dela Lune*. Emily setzte sich auf ihr Bett und öffnete vorsichtig den Briefumschlag. Endlich hielt sie ihre Einladung zur Initiation in Händen. Sie fand an ihrem 18. Geburtstag am 17. Juli statt. Emily war sich nicht sicher, ob sie sich darauf freuen sollte. Ihr ganzes Leben hatte sie auf diesen Tag gewartet, doch der erste Vorgeschmack reichte ihr aus. Wenn ihre weitere magische Zukunft so aussah, dass sie die ganze Welt ins Dunkel reißen würde, dann könnte sie auf das ganze Zeug auch verzichten. Sie legte den Brief in ihre oberste Nachttischschublade und knallte sie zu.

Sie stand total unter Strom, doch gleichsam fühlte sie sich auch erschöpft. Emily beschloss sich fürs Bett fertig zu machen und noch etwas im Fernsehen zu zappen. Sie war aber viel zu unruhig und aufgewühlt, um sich für etwas zu begeistern. Daher schaltete sie den Fernseher wieder aus und las noch etwas in Harry Potter. Doch die Wörter kamen nicht in ihrem Bewusstsein an, und so schlug sie das Buch nach kurzer Zeit wieder zu und tapste im Dunkeln nach unten in die Küche. Im Wohnzimmer flimmerte der Fernseher. Emily spähte um die Ecke. Ihre Eltern waren in einen Film vertieft. Sie knipste ein kleines Licht an und spähte in den Kühlschrank, unentschlossen, auf was sie Appetit hatte. Schließlich nahm sie sich ein Sandwich mit Schinken und Mayonnaise, das ihre fürsorgliche Mutter dort für sie hinterlassen hatte, feinsäuberlich in Frischhaltefolie gewickelt. Dafür hätte sie ihre Mutter jetzt umarmen können.

Nach ihrem kleinen Snack lag Emily lange wach und grübelte. Als sie endlich eingeschlafen war, plagte sie ein Albtraum immer und immer wieder.

Sie befand sich in der Bucht. Es war mitten in der Nacht und über dem Meer stand der Mond hell und kräftig leuchtend als runde Kugel. Aus dem Wald trat ein Schatten hervor. Er bewegte sich auf Emily zu, doch sie konnte nicht erkennen, wer es war. Sie kniff ihre Augen zusammen, um besser sehen zu können, doch sein Gesicht lag tief verborgen in der Dunkelheit. Bevor das Mondlicht die Identität erkennen ließ, veränderte der Mond plötzlich seine Färbung von Hellgelb zu Blau. Der ›Blaue Mond‹!

Emily fuhr erschrocken in ihrem Bett hoch. Der Wecker zeigte zwanzig nach sieben. In einer Viertelstunde würde er anfangen, nervtötend zu klingeln. Daher entschied Emily sich, lieber gleich aufzustehen. Sie duschte ausgiebig, war aber noch immer nicht bereit, mit ihren Eltern über die Geschehnisse des Vortages zu reden. Lieber würde sie sich in der Schule etwas zu essen kaufen, als ihnen beim Frühstück über den Weg zu laufen. Sie packte ihren Rucksack zusammen und rannte die Treppe hinunter, um durch die Hintertür zu verschwinden.

»Emily, willst du nicht frühstücken?«, rief ihre Mutter ihr hinterher.

»Keinen Hunger!«, antwortete Emily, die schon halb zur Tür draußen war.

»Du hast gestern Abend schon auf dein Essen verzichtet! Schatz, geht es dir gut?« Doch Emily war schon draußen und an ihrem Fahrrad.

9

Emily fuhr direkt von der Schule zum Grillplatz, war allerdings spät dran für die Verabredung mit Finn. Sie nahm die Abkürzung über Mr. Laters Feld. Das Gatter war nicht verschlossen, das wusste jeder. Der April zeigte sich heute von seiner besten Seite: Die Sonne schien und keine Wolke trübte den Himmel. Ein perfekter Tag, das Referat im Freien vorzubereiten.

Finn wartete schon auf sie, lässig an einen Baum gelehnt. Auf dem Grillplatz tobten schreiende, als Indianer verkleidete Kinder herum, schossen Saugnapf-Pfeile auf imaginäre Feinde und suchten ein Opfer, das sie an den Marterpfahl fesseln konnten. Eltern bemalten weitere Kinder mit wasserlöslicher Farbe und bereiteten das Mittagessen vor. Es gab Bratwürstchen und Kartoffelsalat – das klassische Kindergeburtstagsessen.

Ruhe war das Letzte, was man hier heute finden konnte.

»Hey«, begrüßte Finn Emily.

»Hey.«

»Komm mit, ich weiß, wohin wir gehen können.«

Emily folgte Finn auf einem schmalen Pfad quer durch den Wald, immer tiefer hinein, vorbei an Ahorn- und Kastanienbäumen. Über umgefallene Baumstämme, Brombeerhecken und moosbewachsene Steine. Schneebeerensträucher wucherten überall. Das lärmende Spiel der Kinder verklang, je weiter sie sich von ihnen entfernten.

»Wohin gehen wir?«

»Wir sind gleich da.«

Finns Schritte waren schnell und sicher, und Emily hatte Mühe, hinter ihm herzukommen. Irgendwann verlief sich der Pfad und das Gestrüpp wurde dichter, so dass sie sich den Weg erst bahnen mussten. Finn hielt ihr einige Äste aus dem Weg und trat beiseite, so dass ihr Blick frei war auf eine wunderschöne kleine Lichtung. Sonnenstrahlen tauchten den kleinen Platz in ein zartes und warmes Licht. Wie ein weicher Teppich breitete sich das noch junge Gras aus, gesprenkelt mit lilafarbenen und weißen Krokusblüten.

»Es ist wunderschön hier«, gab Emily staunend zu.

»Du erkennst sie nicht, oder?«

»Wieso?«

Emily ging weiter und blickte sich um. Unter einem Dickicht lugte versteckt eine vekohlte Holzlatte hervor, die Emily dazu anhielt, den Rest des Gebüsches etwas zur Seite zu biegen. Weitere verbrannte Hölzer kamen zum Vorschein und ließen mit viel Fantasie einen dilettantisch gezimmerten Tisch erkennen, der halb zusammengefallen war. Langsam dämmerte eine verblasste Erinnerung in ihr. Das konnte doch nicht sein …

»Warum hast du mich hergebracht?« Wut entbrannte in ihr.

»Du weißt also, wo wir sind?«

Emily schluckte und senkte ihren Blick.

»Ich war nicht mehr hier, seit … «

»Seit dem Unfall?«

»Ja.«

»Trägst du deshalb immer nur lange Sachen?«

»Warum musst du alles wieder ausgraben?« Fassungslos sah Emily ihn über die Lichtung hinweg an. Von dem Feuer vor zehn Jahren war nichts mehr zu erkennen. Die Natur hatte erfolgreich ihre Narben geheilt. Im Gegensatz zu ihr. Die Erinnerung stieg in Emily hoch wie heiße

Vulkanlava. Auf einmal war alles wieder da. Die Panik. Das Feuer. Der Geruch von verbranntem Fleisch. Ihrem Fleisch.

»Ich wollte dich nicht ...«

»Was? Mich verletzen?«, ergänzte sie seinen Satz abfällig. »Zu spät.« Wut überflutete Emily.

»Du ... ich hasse dich.« Zornig stürmte sie quer über den freien Platz auf ihn los. Emily wollte ihn schlagen, kratzen, ihm wehtun, wie er ihr. Mit all ihrer Kraft stürzte sie sich auf ihn. Finn hatte nicht mit dieser Reaktion gerechnet und gab unter der Wucht ihrer Attacke nach. Zusammen stürzten sie der Länge nach hin. Finn schlug hart auf dem Gras auf, während Emily auf ihm landete. Sie saß auf seiner Hüfte und wollte ihm eine scheuern. Doch er war schneller. Er packte ihre Handgelenke und rollte sie auf den Rücken. Dann legte er sich mit seinem ganzen Gewicht auf sie. Ihre Handgelenke hielt er noch immer fest umschlossen und presste sie in das von der Frühlingssonne aufgewärmte Gras, während sie sich unter ihm wand und versuchte, sich loszureißen. Kraftlos gab sie irgendwann nach, heftig keuchend vor Anstrengung. Ihre Handgelenke brannten, als hielte sie sie ins Feuer.

»Lass mich los!« Emily sah ihm direkt in die Augen. Ganz langsam näherte er sich mit seinem Gesicht ihrem, so nah, dass sie einzelne Strähnen seiner Haare auf ihrer Haut spüren konnte. Und dann berührten seine Lippen ihre in einem Kuss.

Es ging alles so schnell, dass sie kaum mitbekam, was geschah. Etwas wie ein Stromschlag durchzuckte sie, und Finn wurde von Emily weggeschleudert, kaum dass sich ihre Lippen berührt hatten. Langsam richtete sie sich auf und sah in Finns erschrockene, weit aufgerissene Augen. Er lag ein Stück entfernt im Gras. Automatisch tastete sie nach ihren Lippen. Dabei fiel ihr Blick auf ihre Handgelenke. Dort, wo Finn sie festgehalten hatte, bildeten sich Brandblasen. Auch Finn sah sie. Der Schock stand ihm ins Gesicht geschrieben.

»Was hast du getan?«, schrie Emily.

Finn öffnete den Mund, um etwas zu sagen. Doch es kam nichts heraus. Er sprang auf und rannte davon.

Verwirrt stand Emily auf. Der Schmerz in ihren Handgelenken trieb ihr die Tränen in die Augen.

Sie konnte nicht erklären, was gerade geschehen war.

Finn rannte, so schnell er konnte. In seinem Kopf drehte sich alles. Er war damit hart auf dem Boden aufgeprallt, als er von Emily weggeschleudert worden war. Sein Schädel dröhnte unablässig. Alles war so schnell gegangen. Was war da gerade passiert? Wieso hatte seine Berührung bei Emily Brandwunden verursacht? Wieso hatte er sie überhaupt geküsst? Ihm wurde schwindelig – nicht nur von dem Schlag gegen den Kopf, sondern auch von all den Fragen, die in seinem Gehirn herumschwirrten. Er musste anhalten und sich kurz an einem Baum abstützen. Als er die Augen schloss, wurde das Schwindelgefühl stärker. Vermutlich hatte er eine leichte Gehirnerschütterung. Er sollte nach Hause, sich hinlegen, damit er heute Nacht wieder fit war.

Mann, was hatte er sich denn dabei gedacht? Was war bloß in ihn gefahren, Emily zu küssen? Er hatte sich auf einmal von ihr angezogen gefühlt, als sie da so wütend unter ihm gelegen hatte ... Vor seinem inneren Auge spielte sich alles noch mal ab. Keine Ahnung, was ihn da geritten hatte. Doch er hätte es nicht tun dürfen. Er hätte sie nicht mit zur Lichtung nehmen dürfen, sie hatte ihm mehr als deutlich gesagt, dass sie ihm nie verzeihen würde.

Diese Brandblasen, er hatte sie bei ihr verursacht, da war er sich sicher. Doch wie? Er sah auf seine Hände. Dann berührte er den Baumstamm. Nichts passierte. Er ignorierte den Schwindel und rannte weiter. Diesmal blieb er erst wieder stehen, als er seine Zimmertür hinter sich verschloss. Finn hörte seine Schwester Marilyn nach ihm rufen. Ignorierte sie aber und drehte seine Anlage auf, so dass ihre Rufe nicht mehr zu hören waren.

Draußen sank langsam die Sonne nieder, bis sie irgendwann ganz hinter dem Horizont verschwinden würde, während auf der anderen Seite der Mond emporstieg.

10

Als die Nacht über East Harbour hereinbrach, waren Finns Instinkte hellwach. Seit ungefähr zwei Monaten war er fast jede Nacht auf der Jagd. Und immer öfter traf er auf diese Wesen. Ständig musste er darauf achten, dass er auch genügend Energie besaß, um sie zu töten. Andernfalls ...

Finn schlich durch den Wald und blieb immer wieder stehen, um in den Wald hinein zu horchen. Doch außer den üblichen Geräuschen war nichts Ungewöhnliches zu hören. Finn ging weiter. Erst auf befestigten Wegen, dann auch abseits. Wieder versuchte er, die verschiedenen Laute voneinander zu filtern. Diesmal mischte sich unter die Rufe der Vögel ein Zischen wie von einer Schlange. Finn presste sich an einen Baum und machte sich bereit. Das Zischen wurde lauter. Finn sammelte die Magie in sich. Er spürte, wie sie sich in ihm aufbaute. Neben ihm tauchte eine schwarze Gestalt auf. Kaum mehr als ein Schatten. Finn öffnete seine zu Fäusten geballten Hände. Er hielt eine Kugel aus purem Licht in jeder Hand und lenkte damit die Aufmerksamkeit des Wesens auf sich. Doch bevor der Blocker reagieren konnte, tötete er ihn mit einem Strahl purer Sonne. Überall aus dem Blocker traten Lichtstrahlen aus, bis er schließlich von explodierte. Die Einzelteile flogen in Fetzen umher, doch noch im Flug lösten sie sich in Luft auf, als hätten sie nie existiert. Finn schlich weiter. Es dauerte nicht lange und er konnte auch einen zweiten Blocker mit einem gezielten Schlag ins Nirwana schicken. Das waren die einzigen beiden Blocker, die er in dieser Nacht traf, obwohl er schon seit über zwei Stunden unterwegs war. Wenn es nach Finn ginge, könnte es heute ausnahmsweise mal so ruhig bleiben. Seit dem Tod seines Vaters hatte er kaum mehr als vier Stunden pro Nacht geschlafen. In der Schule kam er kaum noch mit und verspätete sich fast jeden Tag. Doch er konnte sich keine Pause gönnen. Finn musste weitermachen und diese Dinger vernichten, damit sie keinem mehr wehtun konnten. Allerdings war er noch nicht offiziell ein Cleaner des Rates. Seine Ausbildung dauerte ein Jahr. Erst danach durfte er, aber auch nur in Begleitung eines zweiten Cleaners, eine nächtliche Streife übernehmen. Bis dahin sollte er sich nicht erwischen lassen.

Auf einmal erstarb die sonst so lebhafte Geräuschkulisse des Waldes und seiner Bewohner und Stille umhüllte die Nacht. Irgendetwas war hier draußen, doch Finn wusste nicht, wer oder was es war.

11

Emily war verwirrt. Was hatte das zu bedeuten, der Kuss und dann diese Brandblasen? Emily schob ihren Ärmel hoch, um sich die Wunden genauer anzusehen. Vorsichtig tupfte sie Brandsalbe darauf. Emily biss sich auf ihre Lippe, um sie dann zu befeuchten. Auch wenn Finns Lippen nur eine Sekunde auf ihren gelegen hatten, so konnte sie es nicht mehr vergessen, konnte es nicht verstehen. Emily zerbrach sich das Gehirn darüber, was passiert war. Doch egal wie oft sie die Szene auch in ihrem Kopf zurückspulte, immer und immer wieder, wie eine Schallplatte, die einen Hänger hatte, sie konnte keine Erklärung für die Brandblasen und den Stromschlag finden. Draußen war mittlerweile die Dämmerung in die Nacht übergegangen. Emily zog ihren Pullover vorsichtig über ihre Handgelenke, um ihre Wunden zu verstecken. Es gab nur eine Person, der sie ihre tausend Fragen stellen konnte, ohne dass diese davon überrascht wäre.

»Alex ... ?«

Emily klopfte an seine Tür.

»Komm rein.«

»Hast du kurz Zeit?«

»Was gibt's?« Er legte seine Bücher, aus denen er gelernt hatte, zur Seite. Jetzt hatte sie seine volle Aufmerksamkeit. Emily setzte sich zu ihm auf sein Bett.

»Ähm ... Wenn du und Cat ...« Gott, war das peinlich. »Wenn ihr ... zusammen seid, also ... wenn du sie be ... rüh ... rst ...«

»Ich muss dir jetzt nicht erklären, wie das mit den Bienchen und den Blümchen funktioniert, oder?« Alex grinste Emily süffisant an. Sie stöhnte und sprang vom Bett, es war eine blöde Idee gewesen.

»Vergiss es!«

»Em, warte! Was ist los?«

»Na ja, wenn du Cat küsst …, ist dann schon mal etwas Merkwürdiges passiert?«

»Was meinst du?«

»Ein Stromschlag zum Beispiel.«

»Ein Stromschlag?«

»Ich meine nicht nur ein zartes Kribbeln, wie wenn man elektrisch geladen ist und jemanden berührt. Mehr so, als würden zwei Kräfte aufeinanderstoßen und dann wieder voneinander abprallen, so wie Magnete. Ich weiß, das klingt jetzt total abgedroschen und wie aus einem Roman entsprungen, aber ich finde kein besseres Beispiel dafür. Ich meine einen richtig heftigen Stromschlag, der einen in die andere Ecke des Raumes katapultiert!« Emily sah ihn erwartungsvoll an.

»Wen hast du geküsst?«

Emily verdrehte die Augen und flüchtete in ihr Zimmer. »Ist das alles, was dir dazu einfällt?«, schrie sie ihren Bruder an, der ihr folgte.

»Em! Em!«

»Vergiss es.«

Emily knallte wütend ihre Zimmertür vor seiner Nase zu. Alex ignorierte es und öffnete sie wieder, um einzutreten.

»Geht's dir gut?«

»Ich weiß es nicht.«

»Was hast du an den Handgelenken?« Schnell zog Emily an ihren Ärmeln, um die Wunden zu verstecken.

»Gar nichts.«

»War da noch mehr?«

»Das geht dich überhaupt nichts an.«

»Bei mir und Cat ist nichts dergleichen passiert.«

Emily sog hörbar die Luft ein. »Oh.« Mit dieser Antwort hatte sie nicht gerechnet. Mit welcher hatte sie überhaupt gerechnet?

»Also, wen hast du geküsst, Schwesterchen?«

»Das geht dich überhaupt nichts an. Und jetzt raus hier!«, fauchte Emily ihn an und verlieh dem Nachdruck, indem sie ein Kissen nach ihm schmiss.

»Du bist zu mir gekommen!«

Emily bedachte ihren Bruder mit einem bösen Blick, indem sie ihre Augen zu schmalen Schlitzen zusammenkniff. Und warf ihn damit aus dem Zimmer. Alex ließ sie alleine und schloss die Tür hinter sich, öffnete sie dann aber doch noch mal.

»Im Übrigen, du solltest mit Mum und Dad reden.«

»Haben sie dir erzählt, was passiert ist?«, fragte Emily.

»Ja.«

»Was ist los mit mir?«

»Ich weiß nicht, was diese Prophezeiung zu bedeuten hat. Aimes war nur hier, um dich zur Initiation einzuladen. Doch du solltest wirklich mit Mum und Dad sprechen.«

»Ja, vielleicht sollte ich das.«

Alex zog sich zurück und ließ Emily mit ihren Gedanken allein. Sie trat auf ihren Balkon hinaus und atmete tief die kalte reine Nachtluft ein. Dann schien dieser merkwürdige Zwischenfall mit Finn wohl nichts mit ihr als Mondhexe zu tun zu haben. Vielleicht war sie ja auch in Brennnesseln gefallen? Sie schloss die Augen und konnte nicht genug der klaren Luft bekommen. Sie atmete ein paar Mal so tief ein, dass ihre Lungen schmerzten. Der Mond stand fast voll und hell und zum Greifen nah am Himmel. Emily faszinierte der Anblick immer wieder aufs Neue. Bei genauerem Hinsehen und mit viel Fantasie konnte man auch das Mondgesicht erkennen. Doch da war noch eine andere Lichtquelle, die ihre Aufmerksamkeit auf sich zog. Es sah aus wie der Strahler einer Disco, nur viel greller und außerdem mitten im Wald gelegen. Dann war es plötzlich wieder weg, nur um einige Minuten später in der Nähe wieder aufzutauchen. Emily schnappte sich einen Pulli. Drei Minuten später war sie über ihren Balkon geklettert, um von niemanden gesehen zu werden und auf dem Weg zum Wald, in die Richtung, aus der sie das Licht vermutete. Doch im Wald konnte sie nichts mehr erkennen. Der Himmel blieb bis auf den Mond völlig dunkel. Sie kam zu spät. Was auch immer es war, es war weg.

12

In der darauffolgenden Nacht konnte Emily nicht schlafen. Es war gleich halb drei und fast Vollmond. Ihr Ritual stand kurz bevor, noch ein paar Nächte, dann würde der Mond am Himmel in seiner ganzen Pracht erstrahlen und Emilys Kräfte erneuern. Kurz davor war Emily immer recht unruhig und ihr war in ihrem Bett viel zu heiß. Sie schwankte schlaftrunken ins Badezimmer und ließ kaltes Wasser über ihre Handgelenke laufen, um ihren Körper zu kühlen. Die Blasen verheilten langsam. Auf dem Rückweg zu ihrem Bett öffnete sie das Fenster.

Da war es wieder. Das gleiche Leuchten wie in der letzten Nacht. Draußen. Diesmal noch tiefer im Wald. Emily schnappte sich ihre Jeans und streifte sich ein dickes Sweatshirt und ihre Turnschuhe über. Sie hielt es für besser, wieder über ihren Balkon zu klettern, damit sie niemanden weckte.

Obwohl der Mond hell am Himmel stand, wurde es immer dunkler, je tiefer sie in den Wald vorstieß. Durch die Baumkronen drang kaum Licht. Ein Käuzchen rief, Grillen zirpten und eine Eule auf Beutezug flog über Emily hinweg. Emily würde sich nur kurz umsehen und dann wieder verschwinden …

Plötzlich war sie nicht mehr alleine. Ein heißer Schauer lief ihr über den Rücken. Auch wenn sie niemanden sehen konnte, spürte sie doch ein Augenpaar auf sich ruhen und nahm all ihren Mut zusammen.

»Was für ein Mann bist du, dass du, so getarnt in Nacht, in meine Überlegungen hineinstolperst?«, zitierte Emily laut Shakespeare, um ihre Angst zu überspielen.

»Was hat mich verraten?«

Sie fuhr erschrocken herum. Eine Gestalt saß einer Raubkatze gleich auf einem Ast über ihr, und geschmeidig wie ein Tiger landete sie mit einem Sprung neben Emily. »Was machst du hier, so allein?«

Emily blickte in das grimmige und wütend feindselige Gesicht von Finn MacSol.

»Das Gleiche könnte ich dich auch fragen.«

»Das hier ist kein Spielplatz. Hat man dir nicht gesagt, dass es im Dunkeln gefährlich ist?«

»Was sollte mir hier draußen schon passieren? Ich habe keine Angst. Oder willst du mich wieder küssen?«, entgegnete Emily herausfordernd. Sein Grinsen erstarb.

»Hör zu, dass mit dem Kuss ...«

Wie aufs Stichwort raschelte es im Gebüsch. Emily erschrak und trat instinktiv einen Schritt zurück. Finn nahm seine Kampfstellung ein und trat beschützend vor sie. Eine Hirschkuh floh aus dem Dickicht. Emily atmete erleichtert aus, während Finn sich lächelnd zu ihr umdrehte.

»Dafür, dass du keine Angst hast, bist du aber ganz schön erschrocken!«

»Das war nur, weil ...«

»Du hast keine Ahnung, was hier los ist, oder?« Finns Miene wurde wieder ernst.

»Was meinst du? Ich ... habe nur nach etwas gesucht.«

»Wie bitte?«

»Du wolltest doch wissen, was ich hier draußen gemacht habe.«

»Und hast du's gefunden?«

Blitzartig flog ein Schwarm Vögel in ihrer Nähe auf und erhob sich in die Lüfte, als wären sie auf der Flucht vor irgendetwas.

»Wir sollten hier verschwinden!« Finn starrte angestrengt und unruhig in die Richtung, aus der die Vögel kamen.

»Warum? Was ist los?«

»Lauf!« Finn packte Emily am Arm, um sie wegzuzerren. Selbst durch ihr Sweatshirt konnte sie seine starken Finger spüren.

»Was? Aber ...«

Jetzt sah Emily es auch. Aus der Dunkelheit des Waldes lösten sich Wesen. Nicht mehr als Schatten, kaum wahrnehmbar, und doch bedrohlich, wie sie sich ihnen näherten. So viele auf einmal. Ganz in Schwarz gehüllt, ihre Gesichter durch Kapuzen verborgen.

»Lauf!«, ertönte Finns Stimme neben Emily und riss sie aus ihrer Starre. Jetzt endlich bewegten sich ihre Füße. Aus dem Augenwinkel konnte sie noch die rot glühenden Augen der Kreaturen sehen, die sie einfingen, so wie die Scheinwerfer eines Autos Rehe.

»Was ... Was sind das für Wesen?«

»Sie dürfen dich nicht berühren!«

Immer mehr dieser Geschöpfe tauchten um sie herum auf. Glitten aus der Dunkelheit der Bäume. Stießen zischende Laute aus, während sie die Verfolgung aufnahmen. Kamen immer näher. Und obwohl sie den Boden nicht berührten, waren sie schnell.

Finn und Emily rannten fieberhaft. Der Wald wurde dichter, Emily hatte Probleme Finn zu folgen. Ihre Kehle begann zu brennen. Ab und an schlugen ihr Zweige ins Gesicht. Sie wollte sich umdrehen, um zu schauen, ob diese Wesen noch da waren, doch dabei stolperte sie auf dem unebenen Waldboden und fiel hin. Sie fühlte den Schmerz nur kurz. Dann schoss Adrenalin durch ihre Adern und vertrieb das Pochen in ihrem Bein. Emily wollte aufstehen und weiterlaufen. Das wollte sie wirklich.

»Emily! Komm schnell weiter.«

Doch ihre Glieder schienen ihr nicht mehr zu gehorchen, als sie in die roten Augen einer dieser Kreaturen blickte. Das war alles, was sie von ihnen sehen konnte. Sie verschmolzen mit der Nacht.

Finn half ihr auf. Doch es war zu spät. Sie hatten sie umringt und waren bereit zum Angriff. Finn stellte sich schützend vor sie, bedeutete ihr, immer hinter seinem

Rücken zu bleiben, während er sich wie ein Tier im Käfig nach allen Seiten umsah. Doch von überall her näherten sich diese Dinger unerbittlich und zogen den Kreis um sie enger. Emily und Finn saßen in der Falle. Panik stieg in Emily auf.

»Was sollen wir jetzt tun? Was wollen die von uns?«
»Mach deine Augen zu!«, befahl Finn.
»Was? Wieso?«
»Mach schon!«, schrie er.

Emily zögerte einen Moment, tat dann aber wie ihr geheißen und schloss widerwillig ihre Augen. Doch trotzdem konnte sie das blendende Licht erkennen, dass so hell schien wie eine Supernova und so schnell wieder verschwand, wie es aufgetaucht war.

»Okay, du kannst die Augen wieder aufmachen.«

Emily blinzelte ein paar Mal, damit sich ihre Augen wieder an die Dunkelheit gewöhnten. Die Kreaturen waren weg. Was war passiert? Emily entdeckte Finn neben ihr auf dem Boden kauernd.

»Alles in Ordnung?«
»Ja, es geht schon wieder.«

Seine Worte klangen erstickt. Er versuchte aufzustehen, doch seine Beine gaben vor Schwäche nach. Mühsam richtete er sich auf.

»Was war das gerade? Was waren das für Kreaturen?«
»Lass uns verschwinden, bevor noch mehr Blocker auftauchen.«
»Das waren Blocker?«
»Ja, ich erkläre dir später alles.«

Emily holte tief Luft und atmete langsam aus, um sich zu beruhigen. Ihr Herzschlag schraubte sich auf ein normales Tempo herunter. Als sie einen Schritt tat, spürte sie einen stechenden Schmerz in ihrem Bein, der so stark war, dass sie sich setzen musste.

»Ahhh.«

»Du bist verletzt, du blutest!« Emilys Jeans war an einer Stelle zerrissen und es bildete sich langsam ein großer roter Fleck auf ihr. Finn sah sich vorsichtig die Wunde an.

»Das muss passiert sein, als ich gestolpert bin.«

»Du musst auf einen spitzen Ast gefallen sein, da steckt noch ein Stückchen Holz drin. Die Wunde muss versorgt werden, bevor sie sich entzündet. Kannst du aufstehen und laufen?«

»Ja, ich glaube schon.« Emily biss die Zähne zusammen. Sie wollte vor ihm nicht noch mehr Schwäche zeigen.

»Unser Haus ist näher als eures. Ich werde deine Wunde erst mal bei mir versorgen.«

So schnell sie konnte, humpelte Emily los, gestützt von Finn.

Das Haus der MacSols stand genauso wie das der dela Lunes etwas abseits der Straße nach Burrows. Es war von einer Wiese eingerahmt und auf beiden Seiten von Fichten umringt, die sich auf der rechten Seite zu einem kleinen Fichtenwäldchen ausliefen, das die beiden Häuser voneinander trennte. Es waren die einzigen beiden Häuser so fernab der Stadt.

Sein Zimmer war ganz anders, als Emily es sich vorgestellt und in Erinnerung gehabt hatte. Eine seiner Wände zierte ein riesiges Wandgemälde. Es war einer der schönsten Sonnenaufgänge, die sie jemals gesehen hatte. Die Sonne selbst zeichnete sich als großer roter Feuerball am Horizont ab, während der Himmel seine ganze Farbpalette auffuhr, wie auf einer kitschigen Postkarte. Doch man hatte das Gefühl, als stünde man mittendrin.

»Das ist wunderschön! Wer hat das gemalt?«

»Ich.«

»Wow, ich kann mich gar nicht daran erinnern, dass du ein guter Maler warst.«

»Es ist lange her, dass wir Kinder waren. Hier, setz dich.« Er räumte schnell ein paar Klamotten vom Bett und ließ Emily Platz nehmen.

»Lass mich mal sehen.« Als er vor ihr niederkniete und ihr Bein anfassen wollte, zuckte sie zurück. Er hielt inne. Emily schossen die Bilder in den Kopf, als Finn sie geküsst hatte.

»Ich glaube, das ist keine so gute Idee – oder hast du den Kuss vergessen?«

»Wie könnte ich den vergessen, mein Schädel brummt immer noch!«, beklagte er sich und rieb sich den Hinterkopf.

Noch nie zuvor hatte sie solche Wesen gesehen. Sie waren aus dem Nichts aufgetaucht und hatten sich bewegt, als würden sie schweben. Und diese fürchterliche Kälte, die sie verströmt hatten. Beim Gedanken daran fröstelte es sie.

»Ich werde auch ganz vorsichtig sein«, riss Finn Emily aus ihren Gedanken. Sie sah ihm tief in seine blauen Augen, es lag weder Furcht noch Spott darin, und nickte.

Ganz behutsam schob er ihr rechtes Hosenbein hoch, jedoch ohne dass seine Hand ihre Haut berührte.

»Au.« In ihrem rechten Bein klaffte eine Wunde, aus der noch immer Blut quoll.

»Ich werde sie reinigen und verbinden.«

»Okay.«

Schweigend beobachtete Emily, wie er ihre Wunde versorgte. Sie biss die Zähne zusammen, als er mit Jod hantierte. Seine Griffe waren schnell und geübt.

Als es an der Tür klopfte, schrak Emily auf. Eine junge Frau mit blauen Augen, die denen von Finn verblüffend ähnlich waren, streckte ihren Kopf rein. Sie trug Krankenhauskleidung und ihre langen blonden Haare legten sich in Wellen um ihr Gesicht.

»Finn, das ist doch nicht etwa dein Werk oder?« Ihre Augen fielen auf Emilys blutendes Bein.

»Sehr witzig. Emily, kennst du noch meine Schwester Marilyn? Beachte sie nicht weiter.«

»Hallo«, brachte Emily über ihre Lippen. Sie hatte Marilyn seit damals höchstens mal im Supermarkt oder an der Ampel gesehen.

»Ich wollte nicht stören. Ich habe mich nur gewundert, dass du schon wieder da bist. Normalerweise erscheinst du doch erst nach Sonnenaufgang.« In ihrer Stimme schwang sowohl Besorgnis als auch eine Spur Zynismus mit.

»Wie du siehst, ist etwas dazwischen gekommen.« Mit einer Kopfbewegung deutete er missmutig auf Emily, die nicht verstand, worum es hier eigentlich ging.

»Soll ich mal einen Blick auf die Verletzung werfen?«

»Nein danke, ich krieg das schon hin!«

»Na schön, dann lass ich euch jetzt wieder alleine.« Marilyn schloss die Tür hinter sich und Finn widmete sich wieder Emilys Verband.

»So, fertig.«

»Danke.«

Er packte das Verbandsmaterial weg und ging hinüber zu seiner Anlage, während Emily vorsichtig ihr Hosenbein über den Verband schob. Es entstand eine unangenehme Stille, bevor die Musik losdröhnte – Alternative Rock. Erst jetzt fielen ihr die vielen CDs in seinem Regal auf, und sie kam dazu, sich genauer in seinem Zimmer umzusehen. Emily stand auf, testete die Belastbarkeit ihres Beines und ging etwas im Zimmer umher.

»Der Verband sitzt sehr gut. Hast du so etwas schon öfter gemacht?«

»Kann schon sein«, antwortete er gleichgültig. Während sie sich seine Musiksammlung genauer ansah, ließ Finn sich auf seinem Bett nieder. Offensichtlich hatte ihn der Vorfall doch etwas mitgenommen.

Die meisten Bands sagten Emily nichts, doch was gerade aus den Lautsprechern kam, klang gut. Also versuchte sie, die Konversation wieder in Gang zu bringen. Sie hatte mindestens eine Million Fragen. Doch statt eine zu stellen, die ihr auf der Seele brannte, fragte sie: »Was ist das für ein Lied?«

»Die Band heißt ›Anberlin‹ und der Song ›Cadence‹.«
Wieder Schweigen.

Sie würde nicht eher gehen, bevor sie zumindest ein paar Antworten hatte. Was waren das für Wesen? Was machte er draußen im Wald? Was war passiert, als sie ihre Augen geschlossen hatte? Doch die wichtigste von allen: Was war bei dem Kuss passiert? Und warum hatte er sie geküsst? Sie musste an die Verbrennungen denken, die sie sich durch seine Berührung zugezogen hatte. Doch wie waren sie zu erklären? Lag es an ihr? Daran, dass sie kein normaler Mensch war, sondern eine Mondhexe, ein magisches Wesen? Unwillkürlich musste sie sich mit dem Finger über ihre Lippen fahren. Es hatte weniger als eine Sekunde gedauert. Doch wenn sie sich viel Mühe gab, konnte sie noch immer seinen Mund auf ihrem spüren. Was tat sie hier eigentlich? Sie konnte ihn doch eigentlich gar nicht leiden! Finn war ihr scheißegal und der Kuss war ja sowieso nur ein Ausrutscher gewesen – eine einmalige Angelegenheit, die sich nicht wiederholen würde!

Alex war erstaunt gewesen über ihre Fragen. Emily überlegte weiter. Vielleicht reagierten nur weibliche Mondhexen so auf Menschen. Doch das war nicht die einzige Frage, die Emily nachdenken ließ. Was hatte Finn da draußen im Wald gemacht? Es sah aus, als wäre das Licht von ihm ausgegangen. Doch das war unmöglich. Allerdings war er nach dem Angriff sichtlich geschwächt gewesen. Warum? Nichtsdestoweniger, er hatte sie gerettet. Und dafür war sie ihm dankbar, aber er machte keine Absichten, vom Bett aufzustehen oder mit ihr zu reden. In Emilys Kopf drehte sich alles. Sie fühlte sich definitiv nicht länger willkommen.

Als Finn ihre Wunde mit Jod gesäubert hatte, hatte sie sich nichts anmerken lassen, auch wenn es höllisch weh getan haben musste. Er hatte darauf geachtet, nicht ihre Haut zu berühren. Was auch immer auf der Lichtung passiert war, es sollte sich nicht wiederholen. Wie konnte er ihre Haut einfach so verbrennen? Wieso reagierte sie so auf ihn? Und was hatte sie mitten in der Nacht im Wald gewollt? Sie fühlte sich sichtlich unwohl hier in seinem Zimmer, das konnte er sehen. Sie stand vor seiner CD Sammlung, doch sie las die Titel nicht wirklich, stattdessen war sie in Gedanken verloren. Er hatte so viele Fragen, doch die einzige, die er über die Lippen brachte, war:

»Hast du Schmerzen?«

»Nein, dein Verband sitzt wirklich gut.« Zum Beweis stampfte Emily mit ihrem Fuß auf. Erneut Funkstille.

»Ich ... ähm ... ich denke ich sollte gehen. Es ist schon spät.« Emily ließ ihren Blick zu seinem Radiowecker wandern, der in großen roten Ziffern viertel nach vier verkündete. Er sprang von seinem Bett auf, unentschlossen, was jetzt zu tun sei.

»Ja ... ähm, das ist wahrscheinlich das Beste.« Unter der Vermeidung jeglichen Augenkontakts verließ Emily sein Zimmer, besann sich auf der Schwelle dann aber eines besseren und sah ihn nochmal an.

»Ach und danke. Ich weiß zwar nicht, was du getan hast, aber trotzdem danke, Finn.« Die Frage, ob sie etwas gesehen hatte, hatte sich damit wohl von selbst beantwortet.

13

Emily drückte auf die Snooze-Taste an ihrem Wecker und wollte sich noch mal für fünf Minuten umdrehen – bis ihr wieder einfiel, was letzte Nacht passiert war. Das Bild des Blockers hatte sich ihr eingeprägt. Sie wollte Finn unbedingt noch vor dem Unterricht zur Rede stellen. Nicht nur wegen letzter Nacht, sondern auch über den Kuss musste sie unbedingt mit ihm sprechen. Vielleicht konnte er ihr erklären, was passiert war. Doch so entsetzt, wie er dreingesehen hatte, war er genauso überrascht gewesen wie sie.

In Windeseile war Emily angezogen. Sie rannte die Treppe hinunter und kam in die Küche, wo ihre Eltern am Küchentisch saßen und offenbar auf sie gewartet hatten.

»Emily, wir würden nach der Schule gerne kurz mit dir reden.«

»Worüber?«

»Über Aimes und deine Initiation und …«

»Und die Prophezeiung?«

»Ja.«

»Meinetwegen.« Damit rauschte Emily davon. Das konnte ja heiter werden.

Vor dem Unterricht hatte Emily keine Zeit mehr, Finn zur Rede zu stellen, weil Mr. Allister gleichzeitig mit ihr das Klassenzimmer betrat. Finn saß schon auf seinem Platz am anderen Ende des Klassenraumes und starrte vor sich auf seinen Block.

Während des Unterrichts sah Emily immer wieder zu Finn. Zu gerne hätte sie gewusst, was in ihm vorging. Sie hatte das Gefühl, er würde sie auch beobachten, doch immer, wenn sie zu ihm sah, wich er ihrem Blick aus. Sie würde ihn in der Pause zwischen Mathe und Geschichte ansprechen.

Als der Schulgong ertönte hatte Emily schon ihre Sachen zusammengepackt und steuerte geradewegs auf Finn zu. Er bemerkte es und sprach hastig Ben an. Irgendwann musste er mit ihr reden, oder wollte er wieder so tun, als ob nichts gewesen wäre? Alles unter den Teppich kehren? Das Ding darunter war mittlerweile so riesig, dass man darüber stolpern konnte.

Finn unterhielt sich während der gesamten Pause zwischen den Stunden mit Ben, auch wenn er nicht gerade aufmerksam zuhörte, wie es ihr schien. Emily musste ihre Pläne wohl verschieben, aber sie würde nicht eher locker lassen, bis sie mit ihm gesprochen hatte. Mr. Mayer, der

Geschichtslehrer, tauchte auf und Finn verschwand wieder auf seinen Platz. Auch in dieser Stunde spielten sie wieder das gleiche Spiel: Immer wenn Emily zu Finn sah, sah er weg. Emily hatte jedoch das Gefühl, dass auch Finn sie heimlich musterte. Dann geschah es: Ihre Blicke trafen sich. Erst sahen beide unangenehm berührt weg. Gleichwohl war die Anziehungskraft größer und sowohl Finn als auch Emily mussten wieder hinsehen. Emilys Herz begann schlagartig schneller zu schlagen, als sie Finn jetzt direkt in die Augen blickte. Finn starrte sie einfach nur an. Das machte sie nervös. Es war, als wäre Emily in seinem Blick gefangen. Sie konnte nicht erkennen, was er dachte oder was er fühlte, da sein Gesicht keine Regung zeigte. Sie würde zu gerne Gedanken lesen können, dann wäre vieles einfacher und sie bekäme vielleicht endlich Antworten auf ihre Fragen.

Susan stupste Emily an und sie kehrte aus ihren Überlegungen zurück. Ihre Klassenkameraden und Mr. Mayer schauten erwartungsvoll zu ihr.

»Entschuldigung, können Sie die Frage noch mal wiederholen?«

»Ich habe Sie gefragt, Miss dela Lune, ob Sie mir sagen können, wer Rousseau war?« Das war die einzige Frage, die Mr. Mayer an Emily hatte.

Wen interessierte schon der Geschichtsunterricht, wenn doch die eigene Geschichte so viel wichtiger war.

Finn hatte einfach nicht aufhören können, Emily anzustarren. Ihm schwirrte die Begegnung auf der Lichtung immer noch im Kopf herum. Er hatte Emily schon lange nicht mehr so angesehen. Sie richtig angesehen. Ihre espressobraunen Haare gingen ihr knapp bis zu den Schultern. Wenn sie nervös war, spielte sie immer mit einer Strähne, die sie sich um den Finger wickelte. Die passenden schokobraunen Augen dazu, in denen er sich verlieren konnte. Und dann hatte sie seinen Blick bemerkt. Er hatte ihn nicht abwenden können, sondern forschte in ihren Gesichtszügen.

Sie runzelte die Stirn. Es ging ihr wohl genauso wie ihm.

Nach Mr. Mayers Unterbrechung traute sich keiner von ihnen mehr, noch mal zum anderen hinüber zu blicken, und nach der Stunde entschwand Finn schnell in der Masse seiner Mitschüler. Er hatte keine Probleme damit, Emily abzuhängen. Finn ging ihr immer noch aus dem Weg. Er hatte keine Lust, mit ihr über das Vergangene zu sprechen, weil er nicht wusste, was er überhaupt sagen sollte. Allerdings konnte er das wohl nicht ewig und sollte sich langsam Gedanken darüber machen. Finn wusste, dass sie nach ihm suchte. Und er hatte es geschafft, ihr geschickt aus dem Weg zu gehen. Doch damit war jetzt Schluss. Irgendwann musste er sich ihr stellen. Mitten im Gang zwischen all den anderen Schülern trat er auf einmal vor sie.

»Wir müssen reden!«, kam es von Finn und Emily wie aus einem Mund. »Okay, aber nicht hier«, bestimmte Finn. »Heute Nachmittag am See.«

»Ich werde da sein«, bestätigte Emily.

Emily musste zuvor jedoch nach Hause und mit ihren Eltern sprechen. Sie wusste nicht genau, was sie erwarten würde.

In der Küche traf sie nur auf Tom, der Hausaufgaben machte.

»Hast du Mum und Dad gesehen?«

»Sie sind in Dads Arbeitszimmer, glaub ich.«

Emily ging die Treppe hoch. Die Tür zum Arbeitszimmer war nur angelehnt und sie hörte die Stimme ihrer Mutter.

»Das Treffen mit Aimes scheint sie doch sehr mitgenommen zu haben. Ich mache mir Sorgen um sie, Henry.«

»Sie braucht Zeit um das zu verarbeiten, und ich im Übrigen auch. Unsere Tochter ist der Auslöser, sie wird die Dunkelheit über uns bringen und damit das Böse.«

»Ich versteh das alles nicht. Wie soll Emily das denn anstellen?« »Das weiß ich auch nicht, Amy.«

»Hey«, platzte Emily in das Zimmer und tat so, als hätte sie nicht gelauscht.

»Hey, Schatz, da bist du ja.«

»Ihr wolltet mit mir reden?«

»Ja, hör zu, Emily«, begann ihr Vater. »Setz dich bitte. Aimes' Besuch, um dich zu deiner Initiation einzuladen, verlief nicht ganz so, wie wir es erwartet hatten. Aimes kann seine Visionen von der Zukunft nicht kontrollieren. Aber er hätte etwas feinfühliger sein können.«

»Aber du brauchst keine Angst zu haben!«, versuchte ihre Mutter sie zu beruhigen.

»Ich brauche keine Angst zu haben? Ich weiß nicht, was du gehört hast, aber ich habe gehört, dass ich daran schuld bin, wenn die Welt in der Dunkelheit versinkt.« Emily war aufgesprungen. »Was auch immer das heißen mag!«

»Was das im Einzelnen heißt, können wir dir auch nicht sagen. Aber ich bin mir sicher, dass sich alles aufklären wird.«

»Beruhige dich doch, du wirst alles erfahren. Sobald du deine Initiation hinter dir hast. Bitte habe nur etwas Geduld«, beschwichtigte ihre Mutter sie.

»Ihr habt keine Ahnung, was im Moment in meinem Leben los ist!«

»Dann erzähl es uns!«, bat ihre Mutter.

Emily schüttelte den Kopf und stand auf, sie hatte nicht vor, ihrer Mum und ihrem Dad von dem nächtlichen Treffen mit Finn zu erzählen oder von dem Kuss.

»Ich kann nicht, es tut mir leid.« Damit war Emily zur Tür hinaus, die sie mit ordentlichem Schwung zu knallte.

14

Die März-Kälte war einem dieser milden Tage gewichen, von denen sie in letzter Zeit schon einige gehabt hatten. Genauso wie auch heute wieder; obwohl es erst Mitte April war und der Sommer noch weit entfernt. Der Feldweg zum Grillplatz führte durch ein schattiges Waldstück. Am Wegesrand versuchten die ersten Tulpenknospen, sich ihren Weg gen Himmel zu bahnen.

Emily hatte etwas Bammel vor dem Treffen. Deshalb trödelte sie auch auf dem Weg. Ihr war nicht wohl bei dem Gedanken daran, was bei dem Gespräch herauskommen würde.

Emily konnte Finn schon von weitem am Ufer stehen sehen. Er stand mit dem Rücken zu ihr und ließ Steine über das Wasser springen. Sie holte noch einmal tief Luft, bevor sie festen Schrittes zu ihm ging.

In diesem Moment sah Emily es.

Keine Ahnung, wie Finn Emily das alles erklären sollte. Angefangen vom Kuss bis hin zu der Begegnung mit den Blockern. Wie sollte er ihr, einem normalen Menschen, die Existenz dieser Wesen erklären? Und wie, dass sie auf einmal alle verschwunden waren, nachdem er seine Kräfte eingesetzt hatte? Zum Glück hatte er verhindern können, dass sie ihm dabei zusah. Er zerbrach sich den Kopf darüber, wie er das Gespräch anfangen sollte.

»Finn! Pass auf!« Emilys Stimme schreckte ihn auf und ließ ihn sich nach ihr umdrehen.

Aus dem nächstgelegenen Schatten hatte sich eine Gestalt – ein Blocker – gelöst und war gerade im Begriff, Finn anzufallen. Panik stieg in Emily auf. Für sie war es so, als würde die Welt sich auf einmal weniger schnell drehen. Sie sprintete los. Finn sah erst zu ihr und dann viel zu spät den Blocker. Emily musste mit ansehen, wie der Blocker Finn schon fast erreicht hatte. Sie hatte keine Ahnung, was sie tun sollte. Sie wusste nur, dass sie Finn schützen musste.

Und dann geschah es. Ganz automatisch. Ohne das sie darüber nachdachte. Alles lief innerhalb von wenigen Sekunden ab. Emily spürte das Wasser, und wie es tat, was sie wollte. Es schützte Finn vor dem Blocker. Baute sich wie eine Blase um ihn herum auf. Finn und das Wesen aus dem Schattenreich schienen beide gleichermaßen überrascht. Finn jedoch fing sich schneller, nutzte die Gelegenheit und schickte den Blocker mit einem Lichtstrahl aus seinen Händen ins Jenseits. Dieser schnitt durch das Wasser, wurde jedoch von ihm gebrochen. Trotzdem erreichte der Strahl sein Ziel. Das Schattenwesen löste sich auf, und zurück blieb eine Wolke aus schwarzen Staubpartikeln. Als er weg war, fiel auch Emilys Schutzschild aus Wasser in sich zusammen, das Zeitlupentempo verschwand und die Welt begann, sich wieder in Normalzeit zu drehen.

Verblüfft und fassungslos sah Finn sie an. Emily war wie versteinert und sah mindestens genauso entsetzt aus wie er. Einen Schild zu produzieren war nicht so einfach. Bisher hatte es erst wenige Male funktioniert. Aber immer nur bei ihr selbst. Nie bei einem anderen.

»Erklärst du mir mal, was das eben war?« Finn kam ein paar Schritte auf sie zu.

Emily musste schlucken, ihre Kehle war auf einmal ganz trocken. Sie machte den Mund auf, um etwas zu sagen, nur um ihn dann wieder zu schließen. Tausend Dinge schossen ihr durch den Kopf. Nur nicht die richtige Antwort, wie auch immer diese aussah. Wie kam sie da bloß wieder raus? Es war wohl kaum zu leugnen. Er hatte den Schutzschild aus Wasser klar und deutlich vor sich gesehen. Andererseits hatte wohl auch Finn seine Geheimnisse, oder wie war sonst zu erklären, wie er diesen Schatten vernichtet hatte?

»Das Gleiche könnte ich dich wohl auch fragen! Immerhin habe ich dir gerade das Leben gerettet!«, fing Emily sich wieder.

»Ich habe dich nicht darum gebeten!« Seine Stimme war hart und scharf wie eine Rasierklinge.

»Schön, dann lass ich dich das nächste Mal lieber krepieren und sehe zu, wie diese Kreaturen mit dir tun … was auch immer sie tun.« Emily drehte ihm wütend und trotzig den Rücken zu. Dieser Arsch konnte sie mal.

»Erst strecken sie dich mit ihren Krallen nieder, bevor sie dir deine Gefühle aussaugen, bis du daran zu Grunde gehst. Dir wird immer kälter und du fühlst dich auf einmal ganz leer. Doch das ist noch nicht alles.«

»Wie bitte?« Verwirrt blieb Emily stehen.

»Das ist das, was sie mit dir machen, wenn sie dich berühren.« Seine Stimme war wieder weicher geworden, aber es lag auch Bekümmerung darin.

Emily musste abermals schlucken. Langsam drehte sie sich zu Finn um.

»Woher weißt du das alles?«

»Vergiss es einfach. Ich würde sagen, damit sind wir jetzt quitt.« Er wandte sich von ihr ab, um zu gehen.

»Was hast du mit dieser Kreatur gemacht?«, forschte Emily betont herausfordernd weiter.

»Wieso interessiert dich das?«

»Immerhin ist es ja schon das zweite Mal, dass du vor mir wegläufst!«

»Du hast keine Ahnung, nicht den blassesten Schimmer, um was es hier geht!«

»Verdammt noch mal, dann erklär es mir endlich!« Emily stand ihm jetzt direkt gegenüber, wütend und ziemlich aufgebracht, ihre Arme vor der Brust verschränkt. So leicht würde sie sich nicht wieder abwimmeln lassen, Finn jedoch drehte sich einfach um und ging wieder hinunter zum Ufer, wo er sich in der Sonne niederließ.

Emily starrte ihm einen Moment hinterher, bevor sie zu ihm aufschloss und sich neben ihn setzte. Finn starrte schweigend auf das Wasser hinaus. Die Wasseroberfläche lag unberührt in der Sonne, nur am Rand hingen einzelne Äste ins Wasser. Vögel badeten im seichten Gewässer. Emily wartete ab. Es schien ihr, als wäre eine halbe Ewigkeit vergangen, bevor sie die Stille mit einem Räuspern durchbrach. Emily sah Finn von der Seite an, sein Gesicht war ernst. Er nahm einen der umherliegenden handgroßen Steine und warf ihn mit aller Wucht ins Wasser. Finn und Emily sahen ihm beide nach. Dort, wo er die Wasseroberfläche durchschlug, sandte er Kreise aus, die sich rasch in alle Richtungen ausbreiteten.

»Also …« Die Frage kam ihr nicht ganz so einfach über ihre Lippen.

»Also?« Finn sah Emily direkt an.

»Also … was genau bist du?«

»Oh.« Auf sein Gesicht stahl sich wieder dieses Lächeln, das Schwiegermütter besänftigen konnte.

»Ich gehöre zur Gruppe der Sonnenhexer. Ich brauche die Sonne, und das nicht nur, wie jedes Lebewesen die Sonne braucht. Aber die Frage sollte ich wohl auch dir stellen. Ich dachte, du wärst …«

»Normal?«

»Eigentlich wollte ich sagen, menschlich.«

»Das dachte ich auch von dir.«

Emily verbarg ein Lächeln, das ihr unwillkürlich über die Lippen flog. Und auch Finn musste grinsen. Er sah Emily erwartungsvoll an.

Emily sah ihn zum ersten Mal richtig an: Seine Haare waren nicht nur einfach hellbraun, sondern eher karamellfarben, eine Mischung aus Blond und Braun. Und seine Augen … wenn man ganz genau hinsah, konnte man erkennen, dass in dem hellen Blau eine Spur von Grün enthalten war. Auf seiner Kinnpartie zeigten sich bereits einige Bartstoppeln.

Finn konnte seinen Blick nicht von Emily wenden. Ihre Gesichtszüge waren feingliedrig, der Kiefer beschrieb einen eleganten Bogen von den Ohren bis zum Kinn. Eine zarte natürliche Röte betonte ihre hohen Wangenknochen, die durch ihr kurzes braunes Haar perfekt zur Geltung kamen. Im Gegensatz zu ihrer blassen glatten Haut standen ihre Augen. Sie waren so dunkel das man sich darin verlieren konnte. Finn zwang sich, seinen Blick von ihr abzuwenden, und unterbrach den ungewohnt vertraulichen Moment.

»Das vorhin, diese Blase ...«

»Ich bin eine Mondhexe. Wir können das Wasser beeinflussen, genauso wie der Mond das Wasser beeinflussen kann. Diese Schutzschilder beherrscht jeder von uns mit ein bisschen Übung, sobald er ins initiationsfähige Alter kommt. Außerdem hat jeder noch eine individuelle Kraft.«

»Das erklärt einiges.«

»Ach ja, was zum Beispiel?«, fragte Emily überrascht.

»Du meidest die Sonne, wann immer du kannst. Und du stehst mitten in der Nacht auf deinem Balkon und starrst hinauf zum Himmel.«

»Woher weißt du das?« Emily starrte Finn ungläubig an.

»Ich bin nachts des Öfteren unterwegs.« Sie mussten beide lächeln.

»Was waren das für Wesen im Wald und jetzt hier am See?«, wollte Emily wissen.

»Sie leben normalerweise in der Schattenwelt. Ich habe noch nie gesehen, dass sie tagsüber angreifen.«

»In der Schattenwelt?«

»Jede Welt hat auch eine dunkle Seite, eine Welt ohne Licht oder Wärme, in der die Finsternis regiert. Und das Böse. Zwischen Gut und Böse existiert eine Balance, ein

Gleichgewicht zwischen den Welten. Ohne das eine gäbe es auch das andere nicht. Doch ein Ungleichgewicht der beiden Seiten kann das ganze Universum zum Einsturz bringen.«

Ein Schauer lief Emily den Rücken hinunter.

»Kennst du den Mythos vom ›Schwarzen Mann‹?«, fragte Finn.

»Du meinst den Glauben vom Kinderschreck, den man Kindern erzählt, damit sie brav sind?«

»Ja genau. Nur … im Grunde ist der Mythos entstanden, weil manchmal ein Schatten aus seiner Welt entkommen konnte. Es gibt eine für die Menschen unsichtbare Grenze, die die Schatten in ihrer Welt hält. Doch seit ungefähr einem halben Jahr tauchen immer mehr von ihnen in unserer Welt auf, und sie manifestieren sich hier. Irgendetwas lässt sie in unserer Welt stärker werden.«

»Woher weißt du das alles?«

»Mein Vater war einer der Wächter, die für den Rat der magischen Wesen gearbeitet haben, um die verirrten Schatten zu vernichten. So eine Art Cleaner.«

»Er war?«

»Das ist eine lange Geschichte. Ich will darüber jetzt nicht sprechen.« Er ließ seinen Kopf sinken und drehte ihn weg, um Emily auszuweichen. Schnell kehrte er zum ursprünglichen Thema zurück. »Es ist, als hätte jemand ein unsichtbares Tor geöffnet, als hätte ihnen jemand einen Weg gezeigt, wie sie in unsere Welt kommen können.«

»Du hast sie Blocker genannt.«

»Ja. Sie heißen so, weil sie deine Gefühle blockieren, wenn sie dich berühren. Erst blockieren sie sie, und dann saugen sie dich aus, bis du nur noch eine kalte gefühllose

Hülle bist. Hast du nicht die Kälte in ihrer Nähe gespürt?«

»Doch schon.«

»Und du musst dich vor ihren messerscharfen Krallen in acht nehmen.«

»Was hast du mit den Blockern in der Nacht gemacht, als ich meine Augen schließen sollte?«

»Ich töte sie mit purem, reinem Sonnenlicht.« In seiner Stimme schwang Aggressivität mit, die Emily nicht verstand und einfach überging.

»Dann war das Licht, das ich gesehen habe ... das warst du!«

»Ja. Wir betreiben Photosynthese. Genauso wie Pflanzen absorbieren wir Licht und wandeln die Lichtenergie in chemische Energie um. Allerdings wird sie dann nicht weiterverarbeitet, sondern in unseren Zellen gespeichert. Daher unsere erhöhte Körpertemperatur.«

»Aber müsstet ihr dann nicht grün sein? Wegen des Chlorophylls?«

»Nein, wir besitzen andere lichtabsorbierende Farbstoffe. Genau kann ich dir das auch nicht erklären. Es ist so, als würden wir unsere Batterien aufladen. Wie funktioniert das bei euch?«

»Wir haben ein bestimmtes Ritual dafür. Einmal im Monat müssen wir unsere Kräfte auffrischen. Wir sammeln sie hierin.« Emily holte einen dunkel-bläulich schimmernden Stein unter ihrem Pullover hervor, den sie immer an einer Kette um den Hals trug. »Jede Mondhexe trägt ein Stück des Mondes bei sich. Als Armreif, Brosche, als Ring oder Ohrring. Oder wie mein Vater in seiner Uhr. Viele Schmuckstücke werden in den Familien weiter vererbt. Die Kette, die ich trage, besaß schon meine Urgroßmutter. Alle Steine sind Teil eines Mondmeteoriten, der vor Millionen von Jahren auf die Erde fiel.«

»Und wenn ihr das Ritual nicht durchzieht oder der Stein keine Kraft mehr hat? Hat jeder, der so einen Stein trägt, Fähigkeiten? Und wofür sind eure Fähigkeiten gut? Was ist deine spezielle Fähigkeit?«

»Ähm. Wow. So viele Fragen auf einmal.« Das schüchterte Emily etwas ein. »Ich weiß nicht, ob ich alle beantworten kann. Ich kann Wasser lenken und leiten. Das mit unseren Fähigkeiten ist nicht so einfach zu erklären. Wir alle haben so einen Stein zur Geburt erhalten, doch unsere Kräfte ruhen nicht nur darin. Unser ganzer Körper ist mit dem Mond verbunden. Unsere Kräfte lassen nach, wenn wir sie während eines Mond-Zyklus zu häufig benutzen. Am Anfang ist der Stein ganz dunkel türkisblau, mit kleinen funkelnden Splittern darin, die aussehen wie Glühwürmchen, das ist unsere Magie. Doch nach und nach nimmt seine Intensität ab. In deinen Händen wäre der Stein nur ein ganz gewöhnlicher Stein. Grau und unansehnlich, eben wie die Meteoriten, die vom Himmel fallen. Ich weiß nicht, wie ich es erklären soll. Bei dem Ritual steht die Hexe in einem Pentagramm, an dessen Ecken Kristalle liegen und die Macht des Mondes verstärken. Es wird behauptet, sie stammen aus der Zeit vom Ursprung unserer Galaxie. Sobald sich das Pentagramm schließt, hüllt der Mond die Hexe in ein Licht. Es ist wunderschön und höchstens vergleichbar mit dem Polarlicht. Wenn es deine Haut berührt, dann spürst du ein zartes Kribbeln. Es ist so, als würde ein leichter Sommerregen über dir und durch dich hindurch niedergehen.« Emily kam aus ihrem Traumzustand zurück, in den sie durch das Erzählen gerutscht war, und sah Finn entschuldigend an.

»Ansonsten weiß ich nichts über die magische Welt oder meine Kräfte und wozu Mondhexen sie einsetzen. Das erfährt man doch auch erst mit der Initiation oder?«

»Ja schon. Mein Vater hat mir aber schon früh alles erklärt. Er wollte, dass ich ein guter Cleaner werde.«

»Ich finde die Regel, sowieso total bescheuert.«

»Ich glaube, dass deine Eltern dich nur beschützen wollen.«

»Hat ja bestens funktioniert!« Sie dachte an die kryptische Prophezeiung von Aimes. »Ich habe genug davon, dass jeder mich ständig nur beschützen will. Ich bin kein kleines Kind mehr!«

»Manchmal beneide ich die Menschen, die ihr Leben leben, ohne zu wissen, wie hauchdünn sie sich eigentlich am Abgrund befinden.«

Emily und Finn saßen am See, bis die Sonne hinter den Bäumen verschwand. Es gab nur Finn und Emily. Zum ersten Mal seit Jahren konnten sie sich so ausgelassen und ungezwungen unterhalten, ohne gleich wieder zu streiten. Die Luft füllte sich mit dem Geruch von verbranntem Holz. Irgendwo hatte jemand einen Kamin befeuert.

»Ich will heute Nacht mitkommen. Ich kann dir helfen.«

»Ach ja? Wie denn, willst du die Blocker etwa nass spritzen?« Er sprang auf, auf einmal wütend.

»Was ist los? Was hab ich falsch gemacht?« Emily war verwirrt.

»Warum bist du so scharf darauf, dich in Gefahr zu begeben?«

»Wieso jagst du diese Wesen?«

»Das kann dir doch egal sein!« Finn wollte gehen, doch Emilys nächste Frage hielt ihn zurück.

»Warum hast du mich auf die Lichtung gebracht?«

»Ich dachte wir könnten die Vergangenheit begraben.«

»Und der Kuss?«

Die Worte schwebten einen Moment in der Luft, bevor er sich zögernd zu ihr umdrehte. Die Frage war ihm sichtlich unangenehm. Und die Antwort fiel ihm anscheinend noch schwerer.

»Keine Ahnung, ... es war, als hätte mir jemand befohlen, dich zu küssen.«

»Befohlen? Wow, das ist ja mal originell.« Jetzt war Emily drauf und dran abzuhauen.

»Nein, Emily warte.«

»Wieso?«

»Befohlen ... ist vielleicht das falsche Wort.«

»Und welches ist das richtige?«, fragte Emily ärgerlich.

»Ich kann das nicht erklären. Es war, als wäre ich von dir angezogen worden. Es schien in diesem Moment das einzig Richtige zu sein.«

Finn ging langsam auf Emily zu.

»Ich will dich berühren.« Seine Stimme war unerwartet sanft und aufrichtig.

Finn stand jetzt unmittelbar vor ihr.

Emily war wie hypnotisiert von ihm. »Hat das dir auch jemand befohlen?«

»Nein. Ich will wissen, was da genau zwischen uns passiert ist bei dem Kuss.«

Er stand jetzt so dicht, dass Emily ihren Kopf ein Stück in den Nacken legen musste, um ihn anzusehen. Finn hob seine rechte Hand an und hielt sie, als würde er einen Eid aussprechen wollen. Emily tat es ihm mit ihrer linken Hand gleich. Als sich ihre Hände näherten, wanderten ihre Blicke auf ihre Fingerspitzen. Kurz bevor sie sich berührten, zog Emily abrupt ihre Hand zurück.

»Nein, ich kann das nicht. Ich sollte schon längst zu Hause sein.«

»Hast du Angst?«

»Ja.«

»Wovor?«

»Vor dem, was passiert, wenn … wir uns berühren.«

»Aber das war nur einmal. Ich habe keine Ahnung, was da passiert ist, aber es kann auch Zufall gewesen sein. Es kann sogar möglich sein, dass es gar nichts mit uns zu tun hatte!«

Emily drehte sich langsam um.

»Ach ja? Das glaubst du? Und deshalb hast du dir so große Mühe gegeben, mich nicht zu berühren, als du mir den Verband angelegt hast?«

»Ich könnte dich ja einfach nochmal küssen!«, entgegnete Finn mit einem spitzbübischen Schmunzeln.

Er drängte Emily gegen einen Baum und stützte sich zu beiden Seiten mit seinen Händen am Stamm ab, so dass er Emily einschloss. »Vielleicht brauchst du eher eine kalte Dusche!«, drohte Emily. Nichts war leichter für sie, als das Wasser in seiner natürlichen Laufbahn zu beeinflussen.

»Das wagst du nicht!«

»Willst du dein Glück herausfordern?«

»Ja.«

Emily konnte das Wasser mit jeder Faser ihres Körpers wahrnehmen. Sie schloss kurz ihre Augen, sammelte ihre Kräfte und … Über Finn ergoss sich sintflutartig Wasser, so dass er klitschnass bis auf die Haut wurde. Er schnappte nach Luft und strich sich nasse Haarsträhnen aus seinem Gesicht. Seine Haut glänzte, an seinen Wimpern hingen winzige Tropfen. Emily ergriff die Gelegenheit und schlüpfte unter Finns Arm durch. »Träum schön!«

Mit einem zufriedenen Grinsen auf dem Gesicht verließ Emily Finn. Doch Finn packte Emily an ihrem Arm, um sie aufzuhalten. Er erwischte Emilys bloßen Arm und es gab ein Zischen, als würden Feuer und Wasser aufeinander treffen. Emily fuhr herum und Finn ließ augenblicklich los. Er sah Emily entsetzt an und hielt sich seine Hand. Emily zog ihren Pulloverärmel tiefer und rieb sich den Arm.

»Zufrieden?«, schrie sie ihn an.

»Emily, es tut mir leid.«

»Lässt du mich jetzt endlich gehen?« Finn stand das Entsetzen noch immer ins Gesicht geschrieben und er atmete schneller. Emily drehte sich um und rannte davon.

»Was ist denn mit dir passiert?«, fragte Marilyn neugierig, als Finn pudelnass zur Haustür hereinkam.

»Lange Geschichte. Ich zieh mich nur kurz um, dann geh ich jagen.«

»Finn, wie lange soll das noch so weitergehen? Du bist kein ausgebildeter Cleaner. ... Hast du Mum angerufen?«

Finn ging ohne eine Antwort zu geben weiter.

»Finn! ... Ach verdammt!« Marilyn ließ Finn gehen.

Emily war rechtzeitig zum Abendessen wieder zu Hause und hatte wirklich miese Laune. In ihrem Kopf schwirrten die Ereignisse des heutigen Tages umher. Und auch alle anderen Familienmitglieder schienen mit sich selbst beschäftigt. Dementsprechend war die Atmosphäre beim Essen eher bedrückt. Der Einzige, der ununterbrochen erzählte, war Tom. Emily hatte kein Interesse an einer weiteren Unterhaltung mit ihren Eltern und löffelte ihren Nachtisch doppelt so schnell wie sonst. Vergeblich.

»Tom würdest du bitte in dein Zimmer gehen? Wir haben noch etwas mit Emily zu besprechen.« Emily fiel das letzte unbefriedigende Gespräch mit ihren Eltern wieder ein. Eigentlich dachte sie, dass es sich damit erledigt hatte.

»Na toll, bin ich jetzt der Einzige, der in nichts eingeweiht wird?«

»Komm schon, lass uns eine Runde ›Need for Speed‹ auf der Playstation spielen«, bot Alex an.

»Na schööön.« Emily wartete, bis Alex und Tom weg waren.

»Ich will wissen, worum es bei dem Treffen in dem alten Steinbruch ging«, kam sie ihren Eltern zuvor.

»Wie bist du darauf gekommen, dich dort hinzu schleichen?«

»Ihr erzählt mir ja nichts. Ich will wissen, was los ist! Auch wenn ich noch kein vollständiges Mitglied bin, betrifft es mich genauso wie euch. Was sind Blocker?«

Emily wappnete sich innerlich gegen neue Ausflüchte seitens ihrer Eltern.

»Woher weißt du von ihnen?«

»Ich bin ihnen begegnet.«

»Wie bitte? Wann?« Besorgnis stand auf dem Gesicht ihres Vaters geschrieben.

»Ihr braucht euch keine Sorgen zu machen, mir ist

nichts passiert.« *Finn war da*, fügte Emily in Gedanken hinzu.

»Normalerweise würdest du an deinem achtzehnten Geburtstag alles erfahren, wenn du während deiner Initiation zu einem vollwertigen Mitglied wirst.«

»Aber…«, protestierte Emily, doch ihr Vater überging sie einfach. »Aber … die Prophezeiung muss dich ganz schön durcheinandergebracht haben, woraufhin deine Mutter und ich beschlossen haben, dass wir dir wohl zumindest teilweise eine Erklärung schulden. Was Aimes andeuten wollte, können wir dir auch nicht sagen. Wir können dir nur erklären, was wir Mondhexen sind und machen.« Emily nickte gespannt.

»Wir sind solare Terminatoren. Es ist unsere Aufgabe, die Tag-Nacht-Grenze und damit auch die Licht- und Schattengrenze aufrechtzuerhalten. Dafür sind unsere Kräfte da«, erklärte ihr Vater.

»Und die Blocker … sie kommen von der Schattenseite?«

Emilys Vater stand auf und wanderte in der Küche umher. »Es kann passieren, dass ab und zu vereinzelt ein Blocker die Grenze überschreitet. Das sind Zufälle. Sie stolpern quasi in unsere Welt. Aber in letzter Zeit scheint es so, als würden sie gezielt kommen. Nicht nur Einzelne, sondern ganze Gruppen. Es können keine Zufälle mehr sein, Emily. Wir wissen nicht, wie es möglich ist, dass sie unseren Schutzwall absichtlich durchbrechen. Sie kommen jetzt gezielt, einzeln, aber auch in Gruppen, als würde ihnen jemand den Weg weisen. Sie sind nicht besonders klug, sondern folgen nur ihrem Instinkt, der ihnen sagt, dass sie Dunkelheit brauchen, um in unserer Welt zu überleben, weshalb sie meistens nachts kommen. Der

Rat vermutet, dass in der Schattenwelt eine neue Gestalt versucht an die Macht zu kommen, oder es vielleicht auch schon geschafft hat. Und diese Kreatur, will auch diese Welt beherrschen. Sie weiß, wie sie den Schutzschild durchdringen kann. Der Rat denkt, dass es nicht mehr lange dauert, bis sie das Schild vielleicht ganz zerstören kann. Hier in East Harbour ist das Schild zurzeit am durchlässigsten. Es sieht nicht gut aus, Emily.«

»Was … was heißt das?«

»Das heißt, … dass es Krieg geben wird, wenn es so weiter geht.«

Emilys Vater setzte sich wieder, während ihre Mutter hinter ihn trat und ihm die Hand auf seine Schulter legte.

»Krieg?«

»Ja. Vor Äonen vor Jahren – damals bedeckte noch Himmelsstaub das Antlitz der Erde – gab es schon mal einen Krieg zwischen den guten und den bösen Mächten. Nach sieben Jahren des Kampfes, schweren Verlusten auf beiden Seiten, und als es so aussah, als ob keine Seite gewinnen würde, einigte man sich. Man erkannte, dass beide Seiten gleich stark waren und keiner gewinnen konnte. Gut und Böse bilden ein Gleichgewicht, eine Balance, wie Yin und Yang, Tag und Nacht. Es gibt für alles ein Gegenstück. Ohne das Eine existiert das Andere nicht. Also schloss man ein Abkommen: Jede Seite sollte auf ihrem Gebiet bleiben. Die dunklen Wesen zogen sich ins Schattenreich hinter dem Horizont zurück, wo die Sonne nie aufgeht, während die Mondhexen und alle anderen Lichtwesen auf der hellen Seite verblieben. Da man den dunklen Wesen nicht trauen konnte, wurden die Mondhexen zu den Wächtern der Tag- und Nachtgrenze erkoren. Seitdem leben wir friedlich nebeneinander, weil der Herrscher über die Dunkelheit so klug war, sich an die Regeln zu halten.«

»Bis jetzt.«

»Genau.«

15

Auf der anderen Seite des Horizonts, auf der, die immer in Dunkelheit gehüllt war und dazu verdammt war nie die Schönheit der Sonne zu erblicken, wartete der Herrscher ungeduldig.

»Schafft ihn auf die Position und schließt die Tür.« Die Männer taten wie ihnen geheißen. Nur mit Mühe und Not bekamen sie den Mann, der sich mit Händen und Füßen wehrte, in den gläsernen Käfig und verschlossen hinter ihm die Tür. »Wir sind jetzt soweit, Herrscher.«

»Gut, dann lasst uns beginnen!«

Der, den sie auf dieser Seite Herrscher nannten, drückte einen roten Knopf, woraufhin sich eine riesige Maschine mit einem lauten Rattern in Gang setzte. In ihm, dem Befehlshaber, wuchs die Aufregung.

In einer Wand des gläsernen Käfigs, in dem der Mann steckte, waren nebeneinander sieben Lampen verbaut worden, die nun angingen und sieben Schatten zu seinen Füßen erscheinen ließen. Erbarmungslos richteten die Lampen ihr Licht auf den Mann, der seine Augen vor der Helligkeit abschirmte.

Er weiß nicht, was ihn erwartet, überlegte der Herrscher, und Vorfreude schwoll in ihm an. Im nächsten Moment schnellten Guillotinen hernieder und trennten den Mann von seinen Schatten. Als ihm bewusst wurde, was mit ihm passierte, begann er zu schreien. Todesschreie. Auch wenn er sie durch das schalldichte Glas nicht hören konnte, labte der Herrscher sich an ihnen. Ja, er sollte schreien, denn je mehr er schrie, desto mehr Energie setzte er frei. Auf der anderen Seite des Käfigs öffnete sich eine tennisballgroße Öffnung, und die Schatten wurden von dort abgesaugt. Verzweifelt versuchte der dem Tode nahe, sein Schicksal abzuwenden, indem er nach seinen Schatten griff, bis er seine Finger auf dem steinernen Boden blutig aufgeschürft hatte. Unaufhaltsam entfernten sich die Schatten von ihrem einstigen Besitzer, angesaugt von einer weiteren Maschine. Als die Schatten die Zelle endgültig verlassen hatten, fiel der Mann einfach um.

In einer weiteren Box hatten sich die Schatten versammelt. Sie schwirrten umher wie Geister. Doch jetzt kam erst das Herz der ganzen Apparatur zum Einsatz. Die Umwandlung der beim Schrei freigesetzten Energie war die Entdeckung des Herrschers gewesen. Über Rohre gelangte die Energie direkt in einen großen Webstuhl, der aus der gewonnenen Energie Mäntel webte.

Das Schwierige war, die schattenhaften Schemen einzufangen und ihnen die Mäntel überzuziehen. Nur seine besten Leute stellte er dazu ab. Und erst wenn die Schatten die Mäntel trugen, manifestierten sich die schemenhaften Wesen zu ihrer endgültigen Form.

Sieben neue Blocker waren geboren und verstärkten seine Armee, die immer weiter wuchs.

16

Unruhig trat Emily von einem Fuß auf den anderen. Sie hatte keine Schmerzen in ihrem Bein. Den Verband würde sie trotzdem noch ein paar Tage dran lassen. Sie stand auf ihrem Balkon. Die Aussprache mit ihren Eltern ging ihr nicht mehr aus dem Kopf und das Gespräch mit Finn war so unfassbar gewesen. Er hatte ihr endlich alle Fragen beantwortet. Lange hatte Emily sich nicht wirklich für ihre Hexenseite interessiert. Sie hatte an den monatlichen Ritualen teilgenommen, aber nur, weil das seit ihrer Pubertät mit dazugehörte und weil sie wusste, dass sie sonst geschwächt wäre. Es war Routine, wie Essen oder Schlafen. Sie wusste, dass ihre Eltern und Alex, seitdem er volljährig war, gelegentlich zu Versammlungen des Rates gingen. Was das zu bedeuten hatte, war ihr bis vor kurzem nicht klar oder vielleicht auch gleichgültig gewesen. Seit Alex zu den Versammlungen gehen durfte, hatte auch Emily sich auf einmal mehr für ihre Hexenseite interessiert. Vielleicht weil Alex auf einmal so verändert war. Doch als sie sich endlich dafür zu interessieren begann, da vertrösteten sie alle nur auf später. Hingegen schien es nun, als würde alles, was sie bisher ignoriert und gemieden hatte, mit doppelter Wucht zurückschlagen. Ihre ganze magische Seite schien sich mit einem Mal Bahn zu brechen. Ob sie wollte oder nicht, musste sie sich nun damit auseinandersetzen. War es nicht das, was sie die ganze Zeit gewollt hatte? Sie musste daran denken, wie sie diese Blase um Finn herum erschaffen hatte, und dass diese Fähigkeit dafür da war, die Menschen vor der Schattenwelt zu beschützen. In ihrem Kopf schwirrte es nur so. Sie musste über so viel nachdenken, da tat ihr die frische Luft gut. Es hatte sich auf einmal so viel geändert in ihrem Leben. Emily wurde schlagartig aus ihren Gedanken gerissen, als sie es sah: Das Licht war wieder da. Doch diesmal wusste Emily, dass es sich dabei um Finn handelte. Ganz unerwartet begann es zu flackern wie eine Kerze, bis es ganz erloschen war. Emily war an das Balkongeländer getreten und hielt es fest umklammert. Wartete darauf, dass es wieder auftauchte. Doch das tat es nicht. Sie wusste, dass etwas passiert sein musste, und rannte los.

Es war eine Nacht wie jede andere auch. Das dachte Finn zumindest. Der Mond stand noch nicht sehr hoch und sein Licht drang kaum durch die dichten Baumwipfel. Er versuchte, sich auf seine Arbeit zu konzentrieren und die Sache mit Emily zu verdrängen, was ihm aber nicht recht gelang. Doch der Moment der Unaufmerksamkeit reichte …

Die Blocker traten aus den Schatten der Bäume. Sie hoben sich kaum von der Dunkelheit der Nacht ab, lediglich ihre rot glühenden Augen waren deutlich erkennbar. Gleich mehrere Augenpaare kamen von rechts auf ihn zu. Sofort war sein ganzer Körper im Kampfmodus. Er legte all seine Energie in seine Hände, sammelte sie an, bis er einen Ball aus purem Licht in seinen Händen hielt, stark genug, um die Blocker zu töten. Finn feuerte einen Lichtstrahl auf sie ab. Und dann noch einen und noch einen. Kaum traf das Licht die Blocker, zerfielen sie zu Staub, der die Luft mit Schwefel durchtränkte. Doch schon tauchten neue Blocker zwischen den Bäumen auf und kamen auf Finn zu. Das Zischen, das sie ausstießen, wurde immer lauter und verriet Finn, dass noch mehr in der Nähe sein mussten. Sie umzingelten ihn von allen Seiten. Er drehte sich hastig um, wollte sie alle im Blickfeld haben, um einen Rundumschlag durchzuführen. Wieder holte er all seine Energie aus seinem Körper zusammen, um einen seiner Energiebälle produzieren zu können.

Noch während er ihn abfeuerte, griff ihn ein besonders großer Blocker von hinten an. Finn sah ihn gerade noch aus dem Augenwinkel und sprang beiseite. Die Krallen des Blockers streiften Finns Körper und er kam ins Stolpern, wobei er in die Arme eines weiteren Blockers fiel. Sofort übermannte ihn die Kälte. Ein Schauer durchfuhr ihn. Er spürte wie der Kontakt zum Blocker ihn schwächte. Seine Glieder ermatteten, je länger er der Berührung ausgesetzt war. Finn konzentrierte sich und riss sich aus den Klauen los. Feuerte jetzt Sonnenstrahlen blind in alle Richtungen. Die Schattenwesen waren zu zahlreich. Finn feuerte um sich. Für jeden Blocker, den er ins Jenseits beförderte, tauchten zwei Neue aus der Dunkelheit auf. Es war, wie gegen die mehrköpfige Schlange, die Hydra, aus der griechischen Mythologie zu kämpfen. Schlug man ihr einen Kopf ab, wuchsen zwei neue nach. Er brauchte immer länger, bis er die Energie in seinem Körper angezapft und in seinen Händen konzentriert hatte. Er musste fliehen. Doch sie hatten Finn eingekreist und trieben ihn immer weiter in die Enge. Finn spürte, wie seine Energie immer schwächer wurde. Sie würde vielleicht noch reichen, um ein bis zwei von ihnen zu töten. Die Erschöpfung kroch verstohlen in ihm hoch, entzog ihm die Gedanken und ersetzte sie durch Leere. Er konnte sich kaum noch auf den Beinen halten. Er feuerte noch einen Sonnenstrahl auf einen Blocker, der einen Kopf kleiner war als die übrigen. Und noch einen auf einen, dessen Aura nicht ganz so schwarz schien wie die der übrigen, doch er bekam nicht mehr genügend Energie zusammen. Seine Knie gaben nach und er brach auf dem kühlen Waldboden zusammen. Versuchte noch mal, Kraft zu sammeln. Das genügte einem hageren Blocker, um mit seinen rasiermesserscharfen Krallen nach Finn zu schlagen. Finn schrie, als er ihm die Seite aufschlitzte wie einem Tier, und ging endgültig zu Boden. Er spürte das heiße Blut, wie es an seinem Bein hinunterlief. Mit seiner letzten Energie beförderte er den Blocker ins Jenseits. Er spürte, wie all seine Wärme aus seinem Körper entwich und sein Licht immer blasser wurde. Er spürte die Nähe der anderen Blocker, nur einen Atemhauch entfernt, schaffte es jedoch nicht mehr, aufzustehen. Und er spürte, wie ein Strudel ihn erfasste. Finn wurde in die Tiefe gezogen. Egal wie sehr er sich dagegen wehrte. Er hatte verloren.

Emily fand Finn, wo sie ihn dem Lichtstrahl nach vermutet hatte. Er lag am Boden, sein Körper wurde von den Gewändern der Blocker verdeckt, die sich über ihn gebeugt hatten. Als die Blocker Emily wahrnahmen, ließ ein besonders großer Schatten von Finn ab und griff stattdessen sie an. Andere folgten. Emily war ja so blöd. Was hatte sie erwartet? Die Blocker bewegten sich jetzt wie eine breite Nebelfront auf sie zu. Sie versuchte sich zu konzentrieren, ein Schild aufzubauen, doch es wollte einfach nicht funktionieren, es brach immer wieder auf Höhe ihrer Knie zusammen. Je näher die Blocker kamen, desto schwerer fiel es Emily, sich zu konzentrieren. Sie hörte ihr eigenes Herz schlagen, hörte das Zischen der Blocker. Sie gab sich alle Mühe, doch es wollte einfach nicht funktionieren. Panik stieg in ihr auf, sie konnte ihre Gedanken einfach nicht sammeln. Emily schloss die Augen, um die Welt um sich herum auszublenden. Sie atmete tief ein und aus. Gönnte sich nur eine Sekunde. Sie spürte wieder die Magie in sich aufsteigen. Das Wasser baute sich auf. Sie konnte es fühlen. Doch etwas war anders als bisher. Panisch schlug Emily die Augen wieder auf, die Blocker waren verschwunden. Emily hielt sich nicht lange damit auf, zu überlegen, was geschehen war. Finns Leuchten war kaum mehr als ein Glühen. Er musste schnellstens hier weg. Sie mussten schnellstens hier weg! Emily half Finn auf die Beine. Er legte seinen Arm um sie um sich auf sie zu stützen, ließ aber gleich wieder los, sobald er stand.

»Du hast dir doch gewünscht, ich wäre tot«, flüsterte Finn. Emily ignorierte ihn und griff ihm unter die Arme, um ihm zu helfen.

»Nicht!«, wehrte er sich.

»Ich passe auf.« Sie schleppten sich irgendwie zu Finn nach Hause. Er kramte nach seinem Haustürschlüssel und Emily betrat mit ihm zusammen das Haus.

»Ich komme jetzt alleine klar.« Finn löste sich von Emily, schwankte aber, sobald er alleine stand.

»Vielleicht sollte ich dir die Treppen hoch helfen.«

»Nein!«

Finn schlurfte mehr, als dass er ging, eine Hand immer an seine blutende Seite gepresst, weshalb Emily hinter Finn die Treppe hoch lief – nur zur Sicherheit. Finn schwankte zu seinem Bett, wo er mit einem Stöhnen auf dem Rücken liegen blieb.

»Warum hast du mich nicht einfach sterben lassen?«

»Warum sehnst du dich so nach dem Tod?«

»Er ist mir willkommener als du!«

Im Raum wurde es eiskalt, als hätte jemand plötzlich die Klimaanlage voll aufgedreht. Alle Wärme schien zu entweichen. Emily spürte Tränen in sich aufsteigen, hielt sie jedoch verborgen. Geschockt wich sie rückwärts, bis sie den Türknauf im Rücken spürte. Finn war schon am Wegdämmern und Emily überließ ihn sich selbst – ganz wie er wollte. Vor der Tür konnte Emily die Tränen nicht mehr zurückhalten und setzte sich auf die oberste Treppenstufe.

»Alles in Ordnung, Emily?«, fragte Marilyn, die aus einem anderen Zimmer gekommen war. Schnell wischte Emily die Tränen weg. Sie wollte nicht, dass jemand sie sah.

»Ja, es geht mir gut. Aber du solltest nach Finn sehen, er blutet.«

Marilyn ging rasch in Finns Zimmer, kam aber nach fünfzehn Minuten wieder raus.

»Ich habe seine Wunde versorgt. Sie war tief und musste genäht werden. Was ist passiert?«

»Nichts.« Emily versicherte sich noch mal, dass alle Tränen weggewischt waren, und wollte aufstehen. Doch stattdessen setzte sich Marilyn zu ihr.

»Wenn er gefühllos war, liegt das nur daran, dass er so lange den Blockern ausgesetzt war.«

»Da bin ich mir nicht so sicher. Mir gegenüber ist er immer so kalt.«

»Der Tod unseres Vaters hat ihn sehr mitgenommen. Seitdem hat er sich sehr verändert. Bei Anbruch der Dunkelheit verlässt er das Haus und kehrt erst im Morgengrauen zurück.«

»Er hat nie von ihm erzählt. Was ist mit eurem Vater passiert?«

»Finn redet nie über seine Probleme, stattdessen frisst er alles in sich hinein. Mein Vater war einer der mächtigsten Cleaner, den es je gegeben hat. Seine Fähigkeiten gingen weit über die von Finn hinaus. Er konnte nicht nur das Licht beherrschen, sondern auch das Feuer. Finn redet nicht über seine Wut und Trauer, stattdessen flüchtet er sich in die Jagd nach diesen Schattenwesen. Er ist geradezu besessen davon. Ich mache mir Sorgen um ihn. Wenn diese Blocker in der Lage waren, meinen Vater zu töten ...«

»Was ist mit deiner Mum?«, versuchte Emily das Thema zu wechseln, weil sie merkte, dass es auch Marilyn nicht leicht fiel, darüber zu reden.

»Sie ist für eine Weile bei ihrer Schwester, um das Ganze zu vergessen. Sie wollte eigentlich, dass Finn mitkommt. Aber er hat sich geweigert.« Marilyn erhob sich.

»Er muss in die Sonne, dann kommt er schnell wieder auf die Beine.«

»Okay.« Emily blieb noch kurz sitzen, bevor sie sich auf den Weg nach Hause machte.

17

Am nächsten Tag machte der April seinem Namen alle Ehre. Der Himmel war mit dunklen Wolken verhangen und es regnete ununterbrochen. Das passte perfekt zu Emilys Laune, die so tief unten im Keller war, dass es Monate dauern würde, bis sie wieder ans Tageslicht kam. Schule war Schule. Emily wandelte darin wie ein Geist, tat, was nötig war, schwieg aber ansonsten und war in ihrer eigenen Gedankenwelt versunken. Da Finn noch nicht wieder in der Schule war, beschloss Emily aus einer spontanen Eingebung heraus, ihn am frühen Abend zu besuchen.

Die Tür öffnete eine hektische Marilyn, die dabei war, alles Mögliche in ihre Handtasche zu stopfen und sich die Schuhe überzustülpen.

»Hey.«

»Hey. Wie spät ist es?«, wollte Marilyn wissen.

»Gleich sechs.«

»Mist, Mist, Mist. Ich komme zu spät ins Krankenhaus zu meinem Dienst.«

»Wie geht es Finn?«

»Seine Rippen sind geprellt und er hat einige Schnittwunden. Ich musste noch eine weitere tiefe an seinem Oberschenkel nähen. Aber er wird wieder. Tust du mir einen Gefallen?«

Noch bevor Emily zustimmen konnte, redete Marilyn weiter.

»Kannst du bei ihm bleiben, bis ich wieder komme?«

»Ich, ähm …«

»Vielleicht kannst du ihn zur Vernunft bringen. Er will schon wieder auf die Jagd gehen.« Marilyn nahm ihre Jacke von der Garderobe, die Autoschlüssel vom Schlüsselbrett und ihre vollgestopfte Handtasche. Und damit war sie an Emily vorbei und zur Tür hinaus. »Ich wollte eigentlich nur kurz …«

»Ich bin gegen halb zwölf wieder da«, rief sie Emily zu und sprang die Stufen der Veranda hinunter. Dann drehte sie sich noch einmal fröhlich lachend um: »Und danke.«

»Na toll.« Marilyn hatte Emily total überfahren. Sie atmete einmal tief durch, ehe sie die Stufen zu Finns Zimmer empor stieg. Sie klopfte höflich an seine Tür und wartete auf ein Zeichen zum Eintreten, das sie auch bekam.

Finn lag nicht im Bett, sondern stand mitten im Raum, nur mit einer Jeans bekleidet, sein Oberkörper war frei. Unterhalb seines gutgebauten Brustkorbes befand sich ein Verband, und ein großes Pflaster klebte über der Nahtstelle an der Seite. Sein Sixpack war nicht zu übersehen. Emily versuchte, nicht auf seine Muskeln zu starren, was ihr nicht recht gelingen wollte.

»Wo willst du hin?«

»Raus.«

»Marilyn hat gesagt, ich soll hier bleiben und dich notfalls ans Bett fesseln, falls du auf die Idee kommst, das Haus zu verlassen, anstatt dich zu schonen.«

Finn ignorierte Emily und nahm stattdessen eines der herumliegenden T-Shirts. Als er es sich über den Kopf zog und sich dabei streckte, stöhnte er auf. Offensichtlich bereiteten ihm seine geprellten Rippen noch Schmerzen.

»Dann komm ich mit!«, verkündete Emily.

»Nein!«

Er hielt sich die Rippen und musste sich auf einem Stuhl abstützen.

»Du kannst nicht mal aufrecht stehen!«

»Ich schaffe das schon.«

Als er sich bücken wollte, um seine Schuhe anzuziehen, schrie er auf einmal laut auf und hielt sich die Seite.

»Scheiße!« Blut sickerte durch sein weißes Shirt. Seine Wunde war wieder aufgeplatzt.

»Leg dich hin«, befahl Emily und war selbst überrascht über ihren klaren Befehlston. »Ich werde deine Verbände wechseln.« Finn atmete tief durch, sagte aber nichts, sondern humpelte ohne Widerworte zu seinem Bett, die eine Hand auf seinen Verband gepresst.

Sobald er lag, schob er die andere vorsichtig unter seinen Kopf, damit Emily seine Wunde besser versorgen konnte. Dabei traten seine starken Armmuskeln zum Vorschein.

»Aaah«, Finn zog die Luft ein vor Schmerzen. »Jod,

Pflaster und Verbandszeug sind im Bad. Dort müssten auch noch ein paar ... Handschuhe sein.«

Emily fand schnell, wonach sie suchte, und kam mit vollen Händen zurück.

»Ihr seid ja gut ausgerüstet. Könntest du ... ähm ... könntest du ... dein T-Shirt ... ausziehen?« Finn hob vorsichtig seinen Oberkörper und Emily half ihm aus dem T-Shirt und löste den Verband, während Finn die Zähne zusammenbiss. Er ließ sich erschöpft zurücksinken.

Vorsichtig, immer darauf bedacht, ihn trotz der Handschuhe so wenig wie möglich zu berühren, löste sie das Pflaster. Finn hatte die Augen geschlossen und stöhnte auf, als Emily es endlich ganz abgezogen hatte. Darunter klaffte eine tiefe, fingerlange Schnittwunde, die aussah wie von einem Messer, und die fachmännisch zusammengetackert war. Die Naht war zum Teil wieder aufgegangen und es blutete heftig. Mit der einen Hand presste Emily eine frische Kompresse auf die Wunde und wartete, bis die Blutung nachließ.

»Zwei Klammern sind aufgegangen.«

»Marilyn kann es morgen wieder tackern, versuche es einfach so gut wie möglich zu verbinden.«

»Okay.«

Emily konnte nicht widerstehen. Sie vergewisserte sich, dass Finn die Augen noch geschlossen hatte. Dann zog sie einen Handschuh aus und strich ganz zart mit ihrer freien Hand, nur mit den alleräußersten Fingerspitzen, über seine trainierten Bauchmuskeln. Die Berührung war kaum spürbar, doch sie reichte aus, um eine Reaktion hervorzurufen. Finn hatte noch immer die Augen geschlossen. Emily hinterließ eine Spur leuchtender, blauer Funken, die aussahen wie der Sternenstaub einer Sternschnuppe, und sie spürte ein Kribbeln in ihrer Fingerspitze.

Schnell zog Emily ihre Hand zurück. Finn regte sich nicht. Er hatte nichts bemerkt. Sie zog den Handschuh wieder an, nahm das Jod und reinigte seine Wunde. Als das Jod auf seine Haut traf, zuckte Finn und biss die Zähne zusammen.

»Hab ich dir wehgetan?«

»Komische Frage.«

»Wieso?«

»Weil unsere Berührungen uns fast umbringen.« Sie sahen sich kurz in die Augen und Emily konnte nicht verhindern, dass ihre Mundwinkel zu einem ernsten Gesichtsausdruck niedersanken. Sie musste schlucken, bevor sie auch ihren Blick sinken ließ und ein Pflaster über die frisch gereinigte Wunde klebte. Finn richtete sich wieder auf und Emily wickelte seinen Verband neu.

»Fertig. Okay, und jetzt ...«

Emily griff nach dem Gürtel an seiner Hose, um ihn zu öffnen und sich um die zweite Wunde zu kümmern, die ebenfalls noch immer blutete. Finn langte nach ihrer Hand, um sie aufzuhalten. Eine Nanosekunde später hatte er schon wieder losgelassen, erschrocken über das, was er getan hatte.

»Nichts passiert«, beantwortete Emily ihm seine unausgesprochene Frage.

Finn nahm erneut ihre Handgelenke und sah sie sich an, um sich zu vergewissern, dass nichts passiert war. Dann ließ er sie wieder los und runzelte verwirrt die Stirn.

»Ich verstehe das nicht, was ist da auf der Lichtung passiert? Was war an diesem Tag anders?«

»Das kann ich dir auch nicht sagen.« Sie griff erneut nach seinem Gürtel.

»Das mache ich dann doch lieber selbst.« Peinlich berührt stand er vom Bett auf und ging ins angrenzende Badezimmer, während Emily, ebenfalls peinlich berührt, aber auch etwas verwirrt über das Geschehen, auf der Bettkante sitzen blieb.

Als er wieder herauskam, griff er erneut nach einem T-Shirt und zog es sich über. Und dann noch einen grauen Pulli.

»Was tust du da?«

»Ich muss hier raus.«

»Wie gesagt, dann komme ich mit.« Um ihren Worten Nachdruck zu verleihen, stand Emily auf.

»Wirst du jemals locker lassen?«, fragte Finn genervt.

»Nein. Im Gegenteil: Ich kann dir sogar nützlich sein. Hast du schon vergessen, ich kann in der Dunkelheit besser sehen als du.«

»Ich kann nicht hierbleiben, und du kannst nicht mitkommen.«

»Ist es wegen deines Vaters?«

»Was hat Marilyn dir erzählt?«

»Dass er tot ist … und dass er … von Blockern getötet wurde.«

Er setzte sich auf die Bettkante und sprach erst nach einigen Sekunden wieder.

»Er lag mitten in einem Feld aus wildem Farn. Die Wedel waren so hoch, dass ich ihn zuerst gar nicht gesehen habe. Von Norden her wälzte sich weiterhin undurchdringlich und kalt der Nebel über das Land. Die Sonne versuchte durchzukommen. Vergeblich.« Finn starrte mit offenen Augen ins Leere. »Ich wollte ihn unbedingt begleiten, doch mein Vater war der Ansicht, ich solle mir damit noch etwas Zeit lassen. Mein Leben genießen. Als er dann morgens nicht wie üblich nach Hause kam, bin ich ihn suchen gegangen. Ich habe ihn gefunden. Seine Leiche war übersät mit Schnitten und seine Haut war ganz bleich und kalt. Seine Augen ...«

Sie setzte sich neben ihn auf die Bettkante und überlegte, ob sie ihm einen Arm um die Schulter legen sollte, um ihn zu trösten, verwarf den Gedanken aber wieder, als Finn weitersprach.

»Er konnte Feuerbälle werfen. Er war so viel mächtiger als ich. Ich meine ... ich verstehe nicht, wie er sterben konnte.«

»Dein Vater wollte nicht, dass du leichtsinnig dein Leben riskierst. Du solltest deine Kräfte sammeln, bevor du wieder auf die Jagd gehst. Die Blocker werden morgen auch noch da sein.«

Emily war sich sicher, eine glitzernde Träne in seinem Auge gesehen zu haben. Doch Finn wischte sich schnell übers Gesicht.

»Wahrscheinlich hast du Recht.«

Um die Situation zu überspielen, stand er auf und ging hinüber zur Stereoanlage, um Musik aufzulegen. Emily erkannte »The Used« mit »All that I've got«, denn sie hatte selbst eine CD der Band zu Hause in ihrem Regal stehen. Finn drehte die Musik so laut, dass eine Unterhaltung unmöglich wurde. Emily überlegte, ob sie einfach gehen sollte. Konnte sie Finn in dem Zustand alleine lassen? Emily entschied sich, noch etwas zu bleiben, Marilyn zuliebe. Sie zog endlich ihre Jacke aus und nahm auf der Couch Platz.

»Was tust du da?« Finn stellte die Anlage etwas leiser.

Das war eine wirklich gute Frage. Sie hätte Marilyns Bitte auch einfach ablehnen können. Hatte sie aber nicht.

»Marilyn bat mich, auf dich aufzupassen, bis sie wiederkommt. Ich werde also noch etwas hierbleiben. Damit du nicht auf dumme Gedanken kommst.«

»Ich brauche keinen Babysitter.«

»Und Marilyn kann keinen toten Bruder gebrauchen.«

Emily wich seinem eisigen Blick nicht aus, sondern blieb hart. Sein Kiefer bewegte sich hin und her – er überlegte.

»Na schön. Ich bleibe heute Nacht hier und werde nicht auf Streife gehen.«

Finn machte es sich auf dem Sofa gegenüber dem Fernseher bequem, während Emily am entgegengesetzten Ende der Couch saß. Per Fernbedienung ließ er die Stereoanlage verstummen und erweckte den Fernseher zum Leben. Die ganze Atmosphäre war angespannt und verkrampft. Finn und Emily saßen wie ein lebendiges Gemälde vor dem Fernseher. Obwohl die Distanz zwischen ihnen vielleicht nur eine Armlänge betrug, fühlte es sich an wie mehrere hundert Meilen. Finn zappte durch die verschiedenen Programme, konnte sich aber für keines begeistern.

»Kannst du dich nicht mal für eines entscheiden? Das macht mich ganz kirre!«

»Du musst ja nicht hierbleiben!«

»Ich dachte, das hätten wir schon geklärt?«

Für kurze Zeit blieb er auf MTV hängen, wo gerade irgendeine blonde Popschönheit einen Null-Acht-Fünfzehn-Song zum Besten gab. Dann zappte er weiter zu einem Film mit Jean-Claude van Damme und pausenlosen Prügeleien. Emily konnte nicht verhindern, dass ihr Magen nach einer Weile knurrte. Sie hatte ja nur kurz nach Finn sehen und dann zurück nach Hause zum Abendessen fahren wollen. Und nun knurrte ihr Magen so laut, dass auch der Fernseher ihn nicht übertünchen konnte.

»Hast du Hunger?«

»Leugnen ist wohl zwecklos!«

»Ich mache uns Sandwiches.« Er wollte aufstehen, doch Emily war schneller auf den Beinen als er.

»Nein, ich gehe. Ich werde schon alles finden, was ich brauche. Du bleibst schön liegen. Irgendwelche besonderen Wünsche?«

»Ähm – vielleicht Käse mit Tomate.«

Emily fand in der Küche schnell, wonach sie suchte. Für Finn Käse und Tomate, für sich Salami, und im Kühlschrank fand sie noch ein Glas mit sauren Gurken. Sie schnitt sich eine klein und verteilte sie auf dem Salamibrot. Außerdem klemmte sie sich noch eine Flasche Wasser unter den Arm und balancierte dann zwei leere Gläser und den Teller mit den Sandwiches die Treppe hinauf. Finn war in der Zwischenzeit beim Zappen wohl auf etwas Sehenswertes gestoßen, denn die Fernbedienung lag wieder unberührt neben ihm. So wie er sich die zwei Brote rein schob, schien auch er mächtig Hunger zu haben. In der gleichen Zeit hatte Emily gerade mal eines gegessen. Aber vielleicht lag es auch nur an dem Horrorfilm, den Finn entdeckt hatte. Eine Stadt wurde von einem Virus befallen und die Bewohner mutierten zu Zombies. Emily hasste Horrorfilme, vor allem solche mit Zombies. Sie hatte es sich mittlerweile bequem gemacht, indem sie die Schuhe abgestreift, ihre Knie angezogen und ein Kissen auf ihren Schoß gelegt hatte, mit dem sie sich nun mehr die Augen zuhielt, als das sie den Fernseher sah. Finn warf Emily einen Seitenblick zu.

»Du hast Angst vor Zombies, aber du willst mit mir gegen die Blocker kämpfen?« Finn lachte ungehemmt los. Doch sein Lachen verwandelte sich in ein Stöhnen. Seine geprellten Rippen vertrugen wohl kein Gespött.

»Das ist nicht fair«, erwiderte Emily trotzig. »Zombies sind widerliche, abstoßende Kreaturen, deren Gliedmaßen meistens merkwürdig verdreht sind. Außerdem geben sie immer so seltsame Geräusche von sich.«

»Okay«, äußerte Finn mit gespieltem Verständnis.

»Dabei fällt mir ein, erinnerst du dich noch an den Abend, als mein Vater seinen vierzigsten Geburtstag feierte? Wir mussten um elf Uhr nach oben gehen und sollten schlafen, während Alex und Marilyn bei den Erwachsenen bleiben durften. Doch statt zu schlafen, haben wir verbotenerweise die ganze Nacht ferngesehen, genau wie heute.«

»Ich erinnere mich langsam wieder. Du hattest einen Schlafanzug mit Teddybären an.«

Emily nickte zustimmend.

»Wir haben damals, glaube ich, ›Poltergeist‹ geguckt. Ich habe mir nichts anmerken lassen, aber ich hatte drei Nächte lang Albträume.«

Finn schmunzelte und entblößte dabei seine strahlend weißen, perfekten Zähne. »Ich auch.«

»Was? Aber warum hast du denn nichts gesagt?«

»Ich wollte mir vor dir keine Blöße geben! Damals war alles viel einfacher. Ich meine, wir konnten einfach so wie jetzt zusammensitzen, ohne uns über jede Bewegung Gedanken zu machen.«

»Als wir unsere Kräfte noch nicht hatten?«

»Ja.« Finn war wieder ernster geworden. »Du kannst ruhig nach Hause gehen, Emily.« Finns Stimme war klar und deutlich und ganz ruhig.

»Ich habe Marilyn versprochen, auf dich aufzupassen, und zwar die ganze Nacht. So schnell wirst du mich nicht los«, erwiderte Emily. Vielleicht genoss sie es auch ein bisschen, hier das Sagen zu haben.

Daraufhin zappte Finn erneut durchs Nachtprogramm und blieb bei »Hör mal, wer da hämmert« hängen, das im Comedy Kanal die ganze Nacht hindurch lief.

»Besser?«

»Viel besser.« Emily sah Finn dankbar an und konnte ein zartes Lächeln um ihre Mundwinkel nicht unterdrücken. Sie versuchte, eine einigermaßen gemütliche Position auf dem Sofa einzunehmen, und warf einen heimlichen Blick auf die Uhr. Gleich eins. Marylin wollte doch um halb zwölf wieder da sein! Emily fröstelte es. Die Müdigkeit kam.

»Hier.« Finn stand auf und zog eine Decke aus einer Kommode. »Danke.« Emily kuschelte sich in die Decke. Ihre Augenlider wurden immer schwerer und sie mühte sich ab, sie offen zu halten. Ab und zu versuchte sie, ein Gähnen zu unterdrücken.

Finn sah, wie Emily gegen die Müdigkeit ankämpfte. Normalerweise streifte er um diese Zeit draußen herum – heute war er zum Nichtstun verurteilt. Er würde Marilyn und Emily den Gefallen tun und sich heute ausruhen. Seine Rippen schmerzten bei jeder Bewegung. Ein weiteres Gähnen von Emily steckte ihn an. Er versuchte, sich auf den Fernseher zu konzentrieren und dabei nicht so viel zu lachen, wenn Tim Taylor mal wieder seine Frau in den Wahnsinn trieb. Irgendwie war es schön, hier mit Emily zu sitzen. Es erinnerte ihn an alte Zeiten. Er hatte fast vergessen, wie eng sie befreundet gewesen waren, bevor das mit dem Feuer passiert war. So langsam kroch die Müdigkeit und Anstrengung der letzten Tage auch in seine Knochen … Eine Nacht ohne Jagd würde wohl in Ordnung gehen …

Als Finn wach wurde, zeigte die Uhr auf seiner Anlage kurz nach halb sechs an. Seine Glieder waren steif geworden vom unbequemen Liegen auf der Couch. Er hatte ganz vergessen, dass Emily geblieben war. Offensichtlich waren sie beide zusammen auf der Couch eingeschlafen, dicht an dicht. Finn versuchte vorsichtig aufzustehen, ohne sie zu wecken; doch bei seiner ersten Bewegung regte sie sich und ihr Kopf fiel zur Seite auf seine Schulter. Sie seufzte wohlig, schlief aber weiter. Finn konnte den Duft ihres Haares riechen. Es roch nach Vanille. Seit Emily und er so vertraut miteinander gesprochen hatten, hatte Emily ihm mehrmals das Leben gerettet: zuerst am See, dann vorletzte Nacht und wahrscheinlich auch, indem sie ihn davon abgehalten hatte, vergangene Nacht auf die Jagd zu gehen. Er wollte sich gar nicht bewegen, um ihren Schlaf nicht zu stören, doch er musste dringend einem natürlichen Bedürfnis nachgehen, das nicht länger warten konnte. Ganz behutsam hob er ihren Kopf und bettete ihn auf ein Kissen. Dann deckte er sie zu und stellte den Fernseher auf stumm, damit sie nicht aufwachte. Sie kuschelte sich in die Decke hinein und sah so friedlich aus. Eine Haarsträhne fiel ihr ins Gesicht. Finn konnte nicht widerstehen: Sachte strich er sie aus ihrem Gesicht und ließ sie durch seine Finger gleiten. Ihr Hals war lang und schlank, wie ihre Finger. Ihr dunkelbraunes Haar war noch zerzauster als sonst, und sie hatte sich auf dem Sofa ganz klein zusammengerollt. Ihre Haut schimmerte im Flimmern des Fernsehers. Die Serie war schon seit einer ganzen Weile dümmlichen Talkshows gewichen. Er stand über Emily gebeugt und beobachtete ihr langsames, gleichmäßiges Atmen. Sie schlief und wirkte auf dem Sofa so klein und zerbrechlich. Er ließ sie kurz allein, um sich zu erleichtern. Als er sich dann wieder neben sie setzte, kuschelte sie sich automatisch an ihn. Finn hielt kurz die Luft an. Doch es bestand kein Grund zur Sorge, solange ihre Haare oder ihr Pulli als Puffer dienten. Seine Finger strichen über ihre Haarspitzen. Sie seufzte hörbar. Heute Nacht war nichts passiert. Im doppelten Sinne.

Als Emily aufwachte, lag sie auf dem Sofa, eingewickelt in eine Decke. Sie brauchte einige Minuten, um sich zu orientieren. Dann richtete sie sich auf und sah sich in dem halbdunklen Zimmer um. Sie war allein. Finn war weg.

»Finn?« Keine Antwort. »Finn?« Hatte er sich rausgeschlichen und war doch auf die Jagd gegangen?

»Ich bin hier.« Er kam aus dem Badezimmer. Emily atmete erleichtert aus. Wohl zu laut, denn Finn bemerkte es.

»Dachtest du, ich bin einfach abgehauen?«

»Na ja …«

»Ich war heute Nacht hier – die ganze Nacht.« Emily war beruhigt, das zu hören.

»Marilyn macht unten Frühstück. Wenn du Hunger hast?«

Sie zog ihre Schuhe an und folgte Finn nach unten in die Küche. Marilyn stand am Herd und buk Pfannkuchen.

»Guten Morgen, ihr zwei.«

»Warum hast du uns nicht geweckt?«, fragte Finn.

»Ihr habt tief und fest geschlafen, als ich von der Nachtschicht nach Hause kam. Und ihr saht so süß zusammen aus.« Marilyns breites Grinsen reichte vom linken bis zum rechten Ohr. Finn und Emily wechselten einen Blick. Es war beiden unangenehm. Das schien in letzter Zeit zur Gewohnheit zu werden.

»Wie geht es deinen Rippen?«

»Es geht schon wieder.«

»Setzt euch, es gibt Pfannkuchen à la Marilyn.«

Emily setzte sich zögerlich an den Esstisch, unsicher, ob sie wirklich willkommen war. Finn setzte sich ihr gegenüber und Marilyn zwischen sie beide an die Stirnseite des großen viereckigen Holztisches.

Die Atmosphäre war merkwürdig. Marilyn war die Einzige, die ununterbrochen redete, während Finn und Emily mit gesenkten Köpfen stillschweigend ihr Frühstück aßen. Sie erzählte von ihrer Schicht als Krankenschwester.

»Es tut mir furchtbar leid, Emily. Wir haben einen Notfall reinbekommen und waren wie immer unterbesetzt, daher musste ich länger bleiben.«

»Schon in Ordnung«, versicherte Emily.

»Und dann hatte ich letzte Nacht noch diesen Patienten, der mich wie wild angebaggert hat. Ein junger Student, der sich für unwiderstehlich hielt. Ich musste ihm leider eine Tetanusspritze verabreichen – in seinen Allerwertesten. Ich war wohl etwas unsanft, denn danach war Ruhe.«

Finn und Emily mussten drauflos lachen.

»Au.« Finn hielt sich die Hand auf die Rippen.

»Lass mich mal sehen.« Die Krankenschwester in Marilyn kam zum Vorschein.

»Nein es geht schon wieder, es tut nur weh, wenn ich lachen muss.«

»Deine Pfannkuchen sind köstlich«, lobte Emily.

»Danke. Die haben euch früher schon versöhnt, wenn ihr euch gestritten habt.«

»Wir haben uns nicht gestritten«, kam es aus Emily und Finn wie aus einem Mund.

»Und warum seid ihr dann so still? Ach kommt schon, ihr beiden wart früher unzertrennlich«, bemerkte Marilyn und sah zu den Beiden, die aber weiterhin auf ihre Teller starrten.

»Inzwischen ist viel passiert«, nuschelte Finn mit halb vollem Mund. »Und war das dein einziger Patient heute Nacht?«, versuchte er das Thema zu wechseln, während Emily ihren letzten Bissen in den Mund stopfte.

»Ich denke, ich sollte jetzt gehen. Es war sehr lecker. Danke, Marilyn.«

»Ich bringe dich noch zur Tür«, erklärte Finn und stand gemeinsam mit ihr auf.

Emily verabschiedete sich von Marylin.

»Danke, dass du heute Nacht auf meinen Bruder aufgepasst hast«, flüsterte Marilyn ihr ins Ohr.

»Ähm, wir sehen uns ja dann in der Schule«, war alles, was Finn heraus brachte, bevor er die Tür hinter Emily schloss.

»Ja klar. Gern geschehen!« Idiot! Nein eigentlich war sie die Idiotin! Sie sollte wirklich lernen, nein zu sagen, wenn wieder jemand sie um einen Gefallen bat.

18

Emily schlich sich durch die Küchentür ins Haus, nachdem sie festgestellt hatte, dass das Auto ihrer Eltern weg war. Richtig. Samstagmorgen. Zeit zum Großeinkauf. Erst danach gab es das Familienfrühstück. Emily wurde also noch nicht vermisst. Sie hatte ihrer Mum gestern Abend noch eine SMS geschrieben, dass sie bei Meggie zu Abend essen und dann spät nach Hause kommen würde. Von der ganzen Nacht war allerdings nicht die Rede gewesen.

»Wo bist du gewesen?« Tom stand mit einem Glas Saft in der Küche.

»Du hast mich zu Tode erschreckt!«

»Also hast du etwas zu verbergen«, stellte Tom fest.

Emily rollte mit den Augen. Sie wusste, worauf das hier hinauslaufen würde.

»Was willst du dafür haben?«

»Du übernimmst vier Wochen lang meinen Küchendienst.«

»Drei.«

»Und ich bekomme deinen MP3-Player ... eine Woche lang.«

»Was ist mit deinem?«

»Kaputt.«

Emily rollte erneut mit den Augen, streckte aber Tom ihre Hand entgegen, um den Deal zu besiegeln.

»In Ordnung.«

Es war, als hätte Emily die letzte Nacht nur geträumt, doch leider war sie realer als ihr lieb war. Bis jetzt hatte sie das Ganze nicht so ernst genommen. Erst durch Finns Wunden wurde die Bedrohung wirklich und fassbar. Aber es war auch schön gewesen, mit Finn fernzusehen. Fast wie in alten Zeiten. Emily versuchte, sich das Ganze aus dem Kopf zu schlagen und sich auf den Haufen Hausaufgaben zu konzentrieren.

Am Samstagabend war sie mit Meggie verabredet. Sie sahen sich zusammen einen Film an und bis Montagmorgen hatte sie Finn beinahe aus ihrem Kopf verdrängt. Aber eben nur beinahe. Sie hatte das restliche Wochenende nichts mehr von ihm gehört. Doch warum sollte sie auch? Die erste Schulwoche war vorbei und auch die erste Stunde des Montagmorgens hatte Emily mehr oder weniger wach hinter sich gebracht.

»Hey Em, hast du die neue Frisur vom Blackwell schon gesehen?« Nina hatte den Spind neben ihr und war ebenfalls gerade dabei, ihre Bücher für die nächste Stunde zu holen.

»Ja, ich hatte ihn gerade in Chemie. An seiner Stelle würde ich den Frisör verklagen!«

»Ja, genau.«

»Emily?«

Emily drehte sich überrascht um. Finn stand hinter ihr. Den Kopf gesenkt, die Hände in den Hosentaschen.

»Finn!« Er sah aus, als hätte ihn die ganze Nacht etwas gequält.

Nina blickte noch einmal argwöhnisch von einem zum Anderen und verabschiedete sich dann rasch von Emily.

»Ja ähm, ich ... ich wollte mich bei dir ... bedanken«, druckste Finn herum. Emily wartete auf weitere Worte von Finn. Doch offenbar hatte er nichts weiter zu sagen.

»Ist das alles?«

»Wie bitte?«

»Du bringst dich in Gefahr, ohne an deine Schwester oder deine Mum zu denken. Ich habe dir deinen Arsch gerettet. Und du? ... Du wünschst dir den Tod!«

Emily nahm ihre Bücher, donnerte ihren Spind zu und ging. Finns Hand sauste knapp an ihrem Gesicht vorbei auf den Spind neben Emilys und zwang sie zum Stehenbleiben.

»Das, was ich da zu dir gesagt habe ... es tut mir leid. Ich wusste nicht, dass ... Du hast mir schon zum zweiten Mal das Leben gerettet.«

»Wird nicht wieder vorkommen!«, erwiderte Emily schroff. »Nach dem Treffen heute Nachmittag für das Referat werde ich mich nicht mehr in dein Leben einmischen. Ganz wie du es wolltest! Im Übrigen habe ich deiner Schwester nur einen Gefallen getan, also bilde dir nichts darauf ein.«

Finn ließ seinen Arm sinken und gab Emily frei.

»Du hättest auch nein sagen können.«

»Wie bitte?«

»Du verbringst die ganze Nacht auf meinem Sofa und machst dir Sorgen um mich, obwohl du dir nichts aus mir machst?«

Da war er wieder. Dieser andere Finn. Der, den Emily nicht leiden konnte. Der verbitterte Finn, der alle von sich wegstieß mit seiner harten, hasserfüllten Art. Emily hielt kurz inne, bevor sie sich zu Finn umdrehte.

»Warum bist du so?«

»Wie denn?«

»Dass du alle Leute von dir wegstößt, die sich dir nähern wollen?« Mit diesen Worten ließ sie ihn stehen.

Mit einem Schlag ließ Finn seine Wut an dem Spind aus und hinterließ eine Delle in dem dünnen Metall. Das Gespräch war nicht so gut verlaufen. Scheiße – sie hatte Recht. Er war in den letzten Wochen wirklich egoistisch gewesen und hatte alle in seiner Umwelt vor den Kopf gestoßen. Freunde, Familie, Menschen, die ihn liebten. Finn ließ sich gegen den Spind sacken. Sein Kopf sank auf seine Hand, so dass seine Haare in sein Gesicht fielen, während der Schulgong die nächste Stunde einläutete. Doch Finn blieb, wo er war. In den letzten Tagen war er wütend gewesen. Auf sich, dass er es hatte so weit kommen lassen. Auf Emily, dass sie ihn so ausgeliefert gesehen hatte. Auf seinen Vater, dass er ihn alleine gelassen hatte. Und auf diese verdammten Blocker, weil sie ihm seinen Vater genommen hatten. Etwas hatte sich verändert. Es waren nicht mehr nur einzelne Blocker, die sich in ihre Welt verirrt hatten. Sie kamen gruppenweise herüber, waren viel aggressiver. Lange ließ sich das vor der nicht-magischen Welt nicht mehr verheimlichen. Vielleicht hatte der Rat Recht und es würde bald Krieg zwischen der Schattenwelt und ihrer Welt geben. Doch er hatte nicht sterben wollen, das konnte er seiner Mutter nicht antun – und was würde sein Vater dann wohl von ihm halten? Trotzdem – im Wald war es so einfach gewesen, er hatte keine Energie mehr besessen, keine Kraft, hatte sich einfach fallen lassen. Die Blocker hatten ihm jegliche Gefühle entzogen. Er war ein weißes Blatt Papier gewesen, das neu beschrieben werden konnte. Er hatte sich in diesem Moment seinem Schicksal ergeben. Und dann war Emily aufgetaucht …

Was er zu ihr gesagt hatte … Mann … er hatte noch unter dem Einfluss der Blocker gestanden, trotzdem hatte er genau gewusst, dass es sie verletzen würde. Es war ihm egal gewesen. Emily passte einfach nicht in sein Leben. Wieso sollte sie auch? Nach dem Referat würden sie wieder getrennte Wege gehen. Sie hatten schon mehr als genug Zeit miteinander verbracht. Diese ganze Sonnenhexer-Mondhexe-Sache hatte sich dann erledigt. Außerdem hatte sie ihm gerade nochmal deutlich gemacht, dass sie ihn hasste, für die Narben, die sie wegen ihm am Körper trug. Die gemeinsam verbrachte Nacht war für beide nur eine Ausnahme gewesen. Auf der anderen Seite war es auch schön, eine Vertraute zu haben. Alles, woran er in den letzten Wochen und Monaten hatte denken können, war, Vergeltung für seinen Vater zu üben. Emily war einfach so in sein Leben geplatzt und hatte alles noch verkompliziert. Es war merkwürdig. Sie war ihm in letzter Zeit näher gekommen als irgendjemand sonst ...

Dass sie eine Mondhexe war, hatte ihn überrascht. Als er kraftlos und am Ende gewesen war – wie hatte sie das gemacht? Wie hatte sie die Blocker getötet? Sie hatte versucht, sich zu konzentrieren und die Augen geschlossen, das war das Letzte, was er gesehen hatte, bevor ihm vor Schmerz schwarz vor Augen geworden war. Mondhexen besaßen normalerweise keine Kräfte, um Blocker zu vernichten. Ihre Kräfte waren es, die die Tag-Nacht-Grenze und damit die Grenze zwischen Licht und Schatten, erzeugten. Sie war so eine Art Schleier oder Vorhang – ähnlich wie Emilys Schutzschild.

»Mr. MacSol, sollten Sie nicht längst in ihrer Klasse sein?«

Es war ausgerechnet Mr. Skursky, der Finn ertappte.

»Ich bin schon weg.« Finn stieß sich vom Spind ab und wollte gehen.

»Ich sehe Sie heute Nachmittag beim Nachsitzen!«
»In Ordnung.«
»Wie bitte?«
»Ja, Mr. Skursky.«

Emily war vor Finn an ihrem Treffpunkt auf dem Grillplatz und packte bereits ihr Buch und ihre Unterlagen aus. Das Referat war fast fertig und damit auch die Zusammenarbeit mit Finn. Nach allem, was er gesagt hatte, konnte er machen was er wollte. Es hatte Emily verletzt. Warum hatte sie sich überhaupt Sorgen um Finn gemacht? Er wollte alleine klarkommen. Sollte er doch!

Emily wartete schon eine Viertelstunde und war kurz davor zu gehen, als Finn doch noch auftauchte.

»Bereust du schon, dass du mir das Leben gerettet hast?«

Emily funkelte Finn böse an.

»Leider brauche ich dich noch hierfür.« Emily hob ihr Buch hoch.

»Ja, richtig«, musste Finn kleinlaut zugeben.

Er setzte sich stillschweigend Emily gegenüber, die ihn nicht beachtete und weiter arbeitete. »Du bist sauer und … du hattest Recht.« Finn überlegte, wie er seine Entschuldigung am besten anbringen konnte. »Das, was ich gesagt habe, … dass ich lieber tot wäre … In dem Moment schien alles so viel leichter. Alles so viel einfacher. Ich konnte den ganzen Müll hinter mir lassen – das war ziemlich selbstsüchtig von mir. Und ich hätte meine Wut nicht an dir auslassen dürfen, das war gefühllos, und nicht nur weil die Blocker mich berührt hatten … ich will es wiedergutmachen.«

Jetzt sah Emily zum ersten Mal auf und Finn ungeduldig an. Das verunsicherte ihn kurz und er musste sich räuspern, bevor er weiter sprach. »Kann ich dich ins Kino einladen? Als Wiedergutmachung? Sie zeigen das ganze Wochenende ›Zurück in die Zukunft‹. Früher hast du den immer gucken wollen, sobald er im Fernsehen lief.«

Emily antwortete nicht gleich. Wollte er sich jetzt bei ihr einschleimen? Das hatte aber heute früh noch ganz anders geklungen.

»Versprich mir, dass du demnächst besser auf dich aufpasst.«

»Okay.« Finn starrte Emily überrascht an, meinte sein Versprechen aber anscheinend ehrlich.

»Na gut«, gab sich Emily einen Ruck.

»Treffen wir uns an der Bushaltestelle?«

Emily nickte und blickte Finn lange nachdenklich an.

Die einzige Busstation im Ort wurde viermal täglich von einem Bus älteren Models angefahren, bei dem die Türen noch per Handkurbeln geöffnet werden mussten. Außerdem benötigte man eine gute Stunde nach Burrows, da er auf dem Weg noch weitere Gemeinden an der Küste abklapperte. Emily und Finn trafen sich Freitagabend an der Haltestelle, um mit dem Bus ins Kino zu fahren. Der Autobus war voll mit Menschen, die sich auf dem Weg nach Hause von der Arbeit befanden. Emily betrachtete die Landschaft, die langsam am Fenster vorbeiglitt und ihr nur allzu vertraut war. Sie und Finn saßen zwischen einem älteren Pärchen und zwei Frauen Mitte vierzig, von denen eine pausenlos redete und praktisch ihre ganze Lebensgeschichte preisgab. Emily und Finn hörten alles mit, ob sie wollten oder nicht. Als die beiden Frauen anfingen, über ihre Männer zu tratschen, musste Emily ein Lachen zurückhalten. Sie sah zu Finn. Sie verstanden sich auch ohne Worte und mussten loslachen.

Von der Busstation in Burrows waren es nur noch ein paar Minuten Fußweg zum Kino, vor dem sich bereits eine kleine Menschentraube gebildet hatte. Es war ein altes Kino, an dessen Fassade die Filmtitel noch per Hand in Großbuchstaben angebracht wurden. Außer dem ersten Teil der »Zurück in die Zukunft«-Trilogie, die an diesem Wochenende als Special lief, wurde auf der zweiten Leinwand ein aktueller Film gezeigt. Als Finn und Emily endlich vor der gelangweilten, kaugummikauenden Blondine im Kassenhäuschen standen, kaufte Finn zwei Karten in der letzten Reihe.

Als der Kartenabreißer sie passieren ließ, fragte Finn: »Magst du Popcorn?« Emily nickte.

»Süß oder salzig?«

»Salzig.«

Sie nahmen ihre Plätz im Kino ein und Finn stellte die Cola in den dafür vorgesehenen Becherhalter zwischen ihnen, während er das Popcorn in seiner Hand behielt. Die überwiegende Mehrzahl der anderen Kinobesucher hatte sich wohl für den aktuellen Kinofilm entschieden, denn die meisten Sitze vor Finn und Emily blieben leer. Vor dem Hauptfilm nervte wie üblich eine Menge Werbung die Wartenden. Nach einer gefühlten Ewigkeit verdunkelte sich der Saal endlich. Emily griff zu Finn hinüber, um sich eine Handvoll Popcorn zu nehmen. Doch statt auf Popcorn zu treffen, traf sie auf Finns Hand in der Popcornschachtel. Beide schreckten voreinander zurück. Emily spürte, wie ihre Hand kribbelte. Mehr war zum Glück nicht passiert, dafür war die Berührung zu kurz gewesen. Obwohl Finn Emily nun die Packung anbot, war ihr die Lust auf Popcorn vergangen. Sie hatte keine Lust auf eine weitere unangenehme Berührung.

Emily mochte den Film, weil er so liebenswert altmodisch war, das Skateboard, die Musik. Sobald »The Power of Love« von »Huey Lewis and the News« einsetzte, hatte Emily schlagartig gute Laune. Den Film kannten die beiden in - und auswendig, trotzdem konnten sie lachen, wann immer es etwas zu lachen gab. Als Finn ihr ab und an die Schachtel hinhielt, griff Emily dann doch wieder zu.

Knappe zwei Stunden später sog Emily tief die frische Abendluft ein, als sie aus dem Kino trat und reckte sich gen Himmel, der sich bereits verdunkelt hatte.

»Hast du noch Lust auf eine Cola? Wir könnten irgendwo eine trinken«, fragte Finn.

Emily fiel kein Grund ein abzulehnen.

Sie suchten sich eine kleine Bar gleich in der Nähe des Kinos aus, in der sie ungestört waren. Über dem runden Tisch, an dem sie in einer Nische am Fenster Platz nahmen, hing eine Lampe, die gedämpftes Licht verbreitete. Im Hintergrund sang »Azure Ray« ihr »Displaced«. Während Finn auf seine Cola wartete und Emily auf ihre Limonade, schwiegen sie.

Die Bedienung brachte die Getränke und Emily nippte an ihrer Limonade, nur um nicht nutzlos rumzusitzen. Finn machte keine Anstalten etwas zu sagen. Beide schauten verlegen in der Bar umher, bis Emily es nicht länger aushielt.

»Was passiert da, wenn wir uns berühren?« Emily traute sich nicht Finn anzusehen.

»Ich weiß nicht genau.«

»Was glaubst du – warum ist das so?« Emilys Stimme klang verängstigt und Finn sah, wie aufgewühlt sie war.

»Vielleicht hat es etwas damit zu tun, was wir sind.«

»Ist das dir schon mal passiert?«

»Nein.«

»Macht es dir keine Angst? Ich meine, das ist doch nicht normal, oder?« Emily sah Finn jetzt an. In ihren Augen lag Bestürzung. Finn hielt ihrem Blick stand.

»Es spielt keine Rolle mehr, oder? Warum sollten wir uns nochmal berühren? Wir gehen uns nach diesem Abend einfach wieder aus dem Weg. Genau wie früher auch. Wir halten nur noch gemeinsam unser Referat.«

»Es sei denn, du verspürst wieder den Drang mich zu küssen«, neckte Emily, um damit ihre Trauer zu überspielen, Finn auf einmal wieder aus ihrem Leben zu streichen.

»Ja«, lachte Finn.

Doch selbst Emily merkte, dass sein Lachen nur aufgesetzt war. Emily trank einen großen Schluck ihrer Limonade, um den Kloß in ihrem Hals hinunterzuspülen. Die Stiche in ihrem Herzen jedoch blieben. Es hatte Spaß gemacht. Trotz allem. Er war so wie sie. Anders. Und es war gut, mit ihm zu reden. Fast hätte Emily vergessen, wo sie sich befanden und wer ihr gegenüber saß. Finn räusperte sich, um die entstandene Stille zu unterbrechen.

»Deine Kette, der Stein … er ist fast durchsichtig.« Emily umfasste automatisch den Stein an ihrer Kette.

»Ja, meine Kraft lässt nach. Unser Ritual steht kurz bevor.«

»Was hast du getan, als ich du mich neulich gerettet hast? Wie hast du die Blocker vernichtet?«

»Ich weiß es nicht. Ich habe versucht, ein Schild um

uns beide aufzubauen, doch es wollte nicht klappen. Ich schloss die Augen, um mich zu konzentrieren, und als ich sie wieder öffnete, waren die Blocker verschwunden.« Emily zuckte mit den Schultern. »Ich habe keine Ahnung. Ich ... Ich verstehe das alles nicht. Es ist alles so verwirrend.«

»Warum hast du mich berührt, als du mich verarztest hast?«

»Das hast du gemerkt? Oh Gott!« Emily wäre am liebsten auf der Stelle im Erdboden versunken.

»Warum hast du nichts gesagt?«

»Es hat gekribbelt. Es tat nicht weh oder so. Ich wollte nur sehen, was passiert.« Finn grinste spitzbübisch.

»Vermutlich aus dem gleichen Grund, aus dem du mich geküsst hast, habe ich dich berühren wollen.« Sie mussten beide grinsen. In Wirklichkeit wollte auch Emily wissen was passierte, wenn sie seine Haut berührte. Es war faszinierend und erschreckend zugleich.

»Was würdest du tun, wenn du die Vergangenheit ändern könntest, wie Marty McFly?«, wählte Emily ein unverfängliches Thema aus.

»Ich würde meinen Vater beschützen.« Oh! Emily bereute sofort ihre Frage und nahm einen kräftigen Schluck von ihrer Limonade.

»Was würdest du verändern?«, wollte nun Finn seinerseits wissen.

»Ich würde den Unfall ungeschehen machen«, kam es von Emily wie aus der Pistole geschossen.

Damit hatte Finn nicht gerechnet. Er ließ den Kopf sinken. »Wirst du mir jemals verzeihen?«

Emily nippte an ihrer Limonade, um nicht sofort antworten zu müssen. »Ich weiß es nicht.«

»Glaubst du wir wären noch Freunde, wenn das nicht passiert wäre?«

»Wahrscheinlich nicht, dank der Pubertät.«

»Es tut mir leid.« Finn wollte Emilys Hand ergreifen, doch Emily zog sie ein Stück weg. Nicht schnell genug. Es reichte für einige Funken und kleine Blitze. Emily und Finn starrten auf ihre Hände. Ganz langsam näherten sie sich wieder. Schoben ihre Hände über den Tisch aufeinander zu, bis sie kaum einen Zentimeter mehr voneinander getrennt lagen.

Finns Herz schlug schneller. Er wollte ihre Hand berühren, egal was er eben darüber gesagt hatte. Und es machte ihm mindestens genauso viel Angst wie Emily, doch das würde er nie zugeben. Emily tat nichts, um die Berührung zu verhindern. Ganz behutsam streichelte Finn Emilys Hand, die regungslos verharrte. Es fühlte sich an, als würden nur die Rezeptoren seiner Fingerspitzen Emilys Handrücken streifen. Finn hielt die Luft an vor Spannung. Die Verbindung zwischen ihnen löste blaue Funken aus. Sie breiteten sich wie ein winziges Feuerwerk aus, zogen eine heiße elektrisierende Spur über Emilys Hand und hinterließen versengte Haut, da wo Finn sie berührte. Finn sah sich im Lokal um, ob sie jemand dabei beobachtete, doch unterhielten sich die anderen Menschen alle ganz normal weiter. Er spürte die Kälte von Emilys Haut, spürte, wie sie in ihn kroch und seine Wärme zu verdrängen suchte. Es waren so viele Eindrücke auf einmal.

Die Bedienung trat an den Tisch, und wie zwei aufgeschreckte Hühner stoben Emily und Finn auseinander. Finn zog schnell seine Hand zurück, ehe die Kellnerin etwas bemerken konnte. Emily verbarg ihre Hand unter dem Tisch. »Entschuldigt bitte, meine Schicht ist gleich zu Ende und ich müsste euch abkassieren – oder kann ich euch noch etwas bringen?«

Emily sah auf ihre Uhr.

»Oh mein Gott, der Bus!«

Finn bezahlte die Getränke, und sie rannten los. Sie kamen nach Luft schnappend an der Bushaltestelle an. Trotzdem waren sie zu spät. Sie sahen nur noch die Rücklichter des Busses.

»Das war der Letzte«, erklärte Emily keuchend. »Der Nächste fährt erst morgen früh!«

»Wenn wir hier nicht übernachten wollen, müssen wir laufen.«

»Das sind zehn Meilen! Dafür brauchen wir Stunden! Kann uns nicht Marylin abholen?«

»Die ist arbeiten, was ist mit deiner Familie?«

»Alex hat heute das Auto und ist mit seiner Freundin in Little Oak auf einem Konzert.«

»Wenn wir durch den Wald abkürzen, brauchen wir ungefähr eine Stunde.«

»Und was ist mit den Blockern?«

»Ich beschütze dich.«

»Na gut, wenn wir hier nicht übernachten wollen, sollten wir los.«

Emily zog ihre Jacke enger um sich. Es war eine klare Nacht und keine Wolke war am Himmel zu sehen. Mond und Sterne funkelten am dunkelblauen Firmament um die Wette. Finn passte seine Schritte den ihren an, als sie sich auf den langen Heimweg machten.

»Ich liebe die Nacht! Wenn ihre Dunkelheit mich langsam einhüllt und alles darin verschwindet.«

»Ich nicht, ich finde sie bedrohlich und sie macht mir eine Heidenangst.« Finn sah sich unsicher um.

»*Du* hast vor etwas Angst? Der großartige und unerschrockene Finn MacSol?«, stellte Emily ungläubig und halb im Spaß fest.

»Ich bin nicht großartig und unerschrocken! Es kostet mich jeden Tag Überwindung, in diesen Wald zu gehen.« Finn sah Emily mit ernster Miene an. Als er ihr Lächeln ersterben sah, konnte er sich ein Grinsen nicht verkneifen.

»Naja, vielleicht bin ich es doch ein bisschen.«

»Gott, du bist so ein Idiot ... Dabei fing ich gerade an, dich zu mögen.« Emily ließ Finn stehen und ging schnellen Schrittes weiter. Mist! Hatte sie das gerade wirklich laut gesagt? Sie konnte es nicht sehen, aber sie wusste, dass Finns zufriedenes Grinsen so breit war, dass es Tage dauern würde, bis es wieder aus seinem Gesicht verschwinden würde.

»Du magst mich?«

»Das hast du falsch verstanden! Wenn ich könnte, dann würde ich dir eine scheuern, dafür, dass du mich so verarscht hast! Das hätte ich schon damals tun sollen, als du mich geküsst hast!«

»Reicht es nicht, dass du mir mit deiner Kraft auf der Lichtung einen Schlag verpasst hast?«

Finn sah in Emilys Gesicht Wut und Entrüstung, als sie sich zu ihm umdrehte. Ihre Hände waren zu Fäusten geballt. »Meine Kraft? Es war ja wohl eher deine Kraft, oder woher sollen die sonst kommen?« Emily krempelte ihre Jackenärmel etwas hoch, so dass die mittlerweile blassen Brandwunden an ihren Handgelenken sichtbar wurden, aber auch die frische Wunde, und hielt sie Finn direkt unter die Nase. Sie blitzte ihn böse an. »Falls du es noch nicht kapiert hast, wenn wir uns berühren, der Kuss, das eben, jedes Mal verletzen wir uns!«, erklärte Emily aufgebracht.

»Am liebsten würde ich jetzt mehr tun, als nur über das Küssen zu reden.« Finn sah die Wut einer anderen Empfindung in Emilys Gesicht weichen, nämlich Angst und Verunsicherung. »Aber keine Sorge. Das mache ich nicht.« Diesmal war er derjenige, der weiterging und Emily stehen ließ.

»Warum nicht?« Finn hielt inne und Emily verfluchte sich innerlich. Sie blickten sich einfach nur an, unfähig zu reden, unfähig zu denken. Während die Luft zwischen ihnen knisterte vor Spannung, schien die Zeit still zu stehen. Sie beide wussten, dass sie es nicht tun durften, trotzdem kamen sie sich immer näher.

Ein plötzlicher Schrei gellte durch die Nacht. Der einer Frau. Totales Entsetzen lag in ihrer Stimme. Er ließ Emily und Finn aufschrecken und unterbrach den Moment. Ohne zu zögern, rannten sie gleichzeitig los, in die Richtung aus der der Schrei gekommen war, bis Finn abrupt stehen blieb, so dass Emily fast mit ihm zusammengestoßen wäre. »Was ist?«

Emily sah an Finn vorbei und in das leuchtend rote Augenpaar eines Blockers, der sich von etwas aufrichtete, das auf dem Boden lag. Emily hatte das Gefühl, als würde der Blocker in ihre Seele sehen. Kälte stieg in ihr auf. Sie konnte den Blick nicht abwenden, es war, als hielte er sie mit unsichtbaren Fesseln fest. Finn brauchte nicht lange, um den Blocker zu töten. Emily zwang sich, wegzuschauen, und schirmte ihre Augen vor Finns Strahlung ab.

»Warte hier.«

Emily sah Finn nach, wie er sich dem Bündel näherte, das auf dem Waldboden lag. Vorsichtig und ganz langsam näherte auch sie sich dem Objekt, bis sie erkannte, was es war. Finn stand über die entstellte Leiche einer jungen Frau gebeugt. »Sie ist tot.«

Emily wurde ganz schlecht. Sie wollte wegsehen. Doch sie konnte ihre Augen nicht von der übel zugerichteten Leiche abwenden. Das Bild würde sie so schnell nicht wieder vergessen. Der schmale Körper der Frau war mit tiefen Schnitten übersät. Der Leib war regelrecht zerfetzt und eine größer werdende Lache Blut tränkte den mit Laub bedeckten Boden in tiefes Rot. Der Geruch von frischem Blut waberte durch die Luft. Teilweise gingen die Schnitte bis auf die Knochen, und ihre Gedärme hingen aus dem Bauchraum. Es sah aus, als wäre sie von mehreren Tieren zerfleischt worden.

»Du solltest nicht hinsehen.« Finn kam auf Emily zu und versperrte ihr das Blickfeld. Ihr kamen die Tränen, als sie in Finns Augen blickte. Ganz unerwartet für Finn fiel sie an seine Schulter und verbarg ihr Gesicht an seiner Brust. Eine Zeitlang rührte er sich nicht. Dann aber schloss er langsam seine Arme um sie und strich beruhigend über ihre Haare. Sie verharrten einen Augenblick in dieser Umarmung, bis Emily sich wieder beruhigt hatte.

Der Krieg war näher als alle ahnten.

Was für ein Abend! Emily ließ sich erschöpft auf ihr Bett fallen. Finn hatte die Polizei gerufen und ihnen erklärt, wie sie die Leiche gefunden hatten. Der Deputy hatte den Tatort mit einem gelben Band abgesperrt, und Emily und Finn mussten ihm und dem Sheriff eine Menge Fragen beantworten. Doch viel konnten sie ihm nicht erzählen. Sie gaben nur an, die Frau gefunden zu haben, als sie bereits tot war. Von den Blockern sagten sie natürlich nichts. Das hoben sie sich für den Rat auf. Finn wollte gleich morgen früh zum Rat und ihm von dem gewaltsamen Tod der Frau berichten.

Wenn sie ihre Augen schloss, sah sie diese arme Frau vor sich. Noch nie hatte sie einen Toten gesehen. Sie versuchte, die Bilder zu verdrängen und an etwas anders zu denken. Unwillkürlich kam ihr Finn in den Sinn. Diese Berührung. Er war so sanft gewesen. Die Erinnerung daran ließ ihr Herz Purzelbäume schlagen. Das war doch nicht möglich. Obwohl ein Teil von ihr ihn immer noch dafür hassen wollte, dass sie wegen ihm diese Narben hatte, brachte sie es einfach nicht fertig. Emily stützte sich auf ihre Unterarme. Das konnte einfach nicht sein. Sie spürte diese überwältigende warme, kribbelnde Anziehungskraft. Sie konnte, nein sie durfte, sich einfach nicht in Finn MacSol verliebt haben.

19

Emily brauchte diesmal länger, um sich auf das Ritual vorzubereiten. Sie war vor ihrem Spiegel hängengeblieben, in dem sie sich nun seit fünf Minuten betrachtete. Ihre alten Narben waren blasser geworden. Trotzdem hoben sich die verbrannten Stellen deutlich von ihrer restlichen Haut ab. Betroffen war hauptsächlich ihre linke Seite: ihr Arm um den Ellenbogen herum bis hoch zur Schulter, ein Teil des Rumpfes, dort wo die Rippen saßen und ein kleines Stück ihres Oberschenkels. Finn war der

Grund dafür, warum sie nach dem Sportunterricht zu Hause duschte, im Sommer lieber alleine schwimmen ging und so gut wie immer lange Sachen trug. Er hatte sie gefragt, ob sie ihm verzeihen konnte.

Der Unfall.

Emily hatte lange nicht mehr daran gedacht. Eigentlich wusste sie nicht, was damals genau passiert war. Sie war in ihrem Versteck, als plötzlich das Feuer ausbrach. Danach wusste sie nichts mehr bis zu dem Zeitpunkt, als sie im Krankenhaus aufgewacht war – mit Verbrennungen zweiten Grades.

Emily wusste es nicht. Trotzdem musste sie zugeben, dass ihr der letzte Abend gefallen hatte – bis auf das Ende. Und dass Finn ihr irgendwie wichtig war.

Emilys Handy piepste. Eine SMS. Von Finn! Emilys Herz tat einen kleinen Freudensprung und wohl nur ihr Teddybär bemerkte das kleine Lächeln, das sich in ihren Mundwinkel gestohlen hatte. »Danke für den schönen Abend, trotz allem ... Finn.«

Sie zog ihr weißes Gewand für das Ritual über und verließ ihr Zimmer.

Finn ging der letzte Abend nicht mehr aus dem Kopf. Natürlich wegen der Leiche, die er dem Rat gemeldet hatte. Sie bezeugte, dass der Krieg näher war, als alle vermuteten. Aber vor allem wegen Emily. Hatte er sich in sie verliebt? Das durfte nicht sein. Sein Leben war so schon kompliziert genug. Er wollte kämpfen, wollte seinen Vater rächen. Wie passte Emily da hinein? Allerdings konnte er nicht leugnen, dass er gestern ihre Hand hatte berühren wollen. Das war ganz von ihm ausgegangen – nicht wie bei dem Kuss, bei dem er das Gefühl gehabt hatte, eine unsichtbare Kraft hätte ihn gelenkt. Nein, es war nur er gewesen, der ... und Emily hatte es zu gelassen. Hätten sie sich tatsächlich nochmal geküsst, wenn dieser Schrei sie nicht unterbrochen hätte? Doch sie hasste ihn noch immer für das, was er ihr angetan hatte. Auch wenn sie behauptete, sie würde es nicht tun, auch wenn er noch ein Kind und es ein Unfall gewesen war, gab sie ihm die Schuld.

Es war alles so schnell gegangen. Seine Eltern hatten allen gesagt, dass es eine Glasscherbe gewesen war, die wie ein Brennglas gewirkt und den trockenen Boden entflammt hatte. Das perfekte Alibi nach außen hin, denn der Boden war durch eine anhaltende Trockenheit tatsächlich leicht entflammbar gewesen. Doch Finn wusste es besser. Seine Kräfte waren damals noch nicht so ausgeprägt gewesen wie heute, aber sie hatten in ihm geschlummert, latent und unkontrollierbar. Es kam selten vor, so hatte er gehört, dass die Kräfte von jungen Hexen kurz aufblitzten, bevor sie sich im Teenageralter manifestierten. Der Unfall beruhte auf so einem kurzen Aufblitzen seiner Kräfte. Emily würde ihm nie verzeihen, wenn sie die Wahrheit erfuhr. Sie hasste ihn auch so schon.

Als Emily um 4:44 Uhr um das Haus herum lief, barfuß, so wie ihre Vorfahren auch schon, fühlte sie sich diesmal irgendwie anders. Ihre Kräfte waren fast aufgebraucht. Das war noch nie vorgekommen. Normalerweise benutzte sie ihre Magie kaum. Wofür auch? Diesmal jedoch kam das Ritual keine Sekunde zu früh.

Der Rest ihrer Familie wartete schon, als sie zu dem Platz im Garten kam, der geschützt inmitten von Bäumen und Hecken lag. Der Himmel war klar. Keine Wolke trübte das Firmament und der Mond stand voll und hell am Himmel. Er wirkte riesig, und zum Greifen nah. Sein silbernes Licht überzog den Ritualplatz und übergoss die Baumspitzen.

»Dann können wir ja jetzt anfangen, nachdem wir vollständig sind.«, verkündetet Emilys Dad, der dabei war weiße Kieselsteine auf dem Rasen zu platzieren, die aus der Luft gesehen ein Pentagramm ergaben. Außerdem verteilte er Kerzen, die zusammen mit dem Mond den Garten in ein sanftes Licht tauchten. An die Ecken des Pentagramms legte er Steine, groß wie Hühnereier, die er aus einem Kästchen nahm. Sie sahen aus wie ganz normale graue Steine. Aber es wurde behauptet, sie stammten aus der Zeit vom Ursprung der Galaxie. Und so weit Emily zurückdenken konnte, waren die fünf Steine seit je her im Familienbesitz gewesen.

»Bist du bereit?«, fragte Emilys Vater ihre Mutter und behielt den letzten Stein im Kästchen.

»Ja, ich bin bereit.«

Erst als ihre Mutter, die wie immer als erste das Ritual vollzog, in das Pentagramm stieg, schloss ihr Vater den fünfzackigen Stern. Die Steine des Pentagramms begannen zu leuchten. Augenblicklich wurde ihre Mutter in gleißendes Mondlicht getaucht, das den Schein der umstehenden Kerzen verblassen ließ. Emily hatte es schon so oft gesehen, doch trotzdem war es jedes Mal wieder faszinierend.

Danach war Emily an der Reihe. Sie trat ins Innere des Pentagramms. Sobald ihr Vater den fünfzackigen Stern vervollständigte, begann Emily die Mondgöttin anzurufen:

*»Licht der Nacht, ich rufe dich auf alte Weise.
Komm herab ich bitte dich, tritt ein in meine Kreise.
Ich rufe dich an diesen Ort, gewähre mir mein
bittend Wort.
Meinen Gebeten schenk Gehör und schick des
Mondes Kräfte her!«*

Kaum hatte Emily die letzte Silbe gesprochen, ergoss sich ein Regen aus elfenbeinfarbenen Partikeln über sie. Sie blickte gen Himmel, wo hoch oben in seiner vollen Pracht der riesige leuchtend-runde Vollmond stand, hob die Arme, um den Mondschauer zu begrüßen, und schloss die Augen. Die Partikel schimmerten, jedes einzelne ein Fragment des riesigen Himmelskörpers. Sie blieben nicht an Emily haften, nein sie flossen durch sie hindurch, wärmten sie, und etwas von ihrer Stärke blieb in Emily zurück. Sie fühlte sich leicht, als würde sie schweben, und war so zufrieden und glücklich, als gäbe es keine Blocker und keine Probleme in der Welt. Nach dem Ritual bedankte Emily sich bei der Mondgöttin und fühlte sich wie neu geboren. Der Anhänger an ihrer Kette leuchtete nun wieder in einem kräftigen Blaugrün.

20

Emily hatte am Morgen extra die Zeitung gelesen. Der Vorfall war nicht mehr als eine kleine Meldung wert gewesen: eine Frau, die von wilden Tieren angegriffen und getötet worden war. Nun saß Emily während einer Freistunde in der Caféteria und machte ihre Hausaufgaben, als Finn plötzlich wie aus dem Nichts vor ihr auftauchte.

»Okay.«

»›Okay‹ was?«

»Okay, du kannst heute Nacht mitkommen!« Er senkte seine Stimme, sodass kein Anderer ihr Gespräch mit anhören konnte.

»Ist das dein Ernst?«

»Ja, aber du tust genau das, was ich sage«, verlangte Finn. »Abgemacht?«

Emily rollte genervt mit den Augen, stimmte aber zu.

»Nach Einbruch der Dunkelheit an der alten Brücke … Bist du sicher, dass du bereit für all das bist?«

»Ja.« Finn sah Emily an, wohl um zu überlegen, ob sie wirklich bereit war. Emily wich seinem Blick nicht aus.

Als Finn gegangen war, kam Susan auf Emily zu.

»Hey, was wollte Finn denn von dir?«

»Ach, es ging nur um unser Referat bei Mr. Skursky«, log Emily.

Eben dieses mussten sie in der sechsten Stunde halten.

»›William Shakespeares Romeo und Julia‹ ist unser Thema in der heutigen Stunde«, kündigte Mr. Skursky sie an, während er energischen Schrittes in den Klassenraum kam, und alle beeilten sich, ihre Plätze einzunehmen. »Mr. MacSol, Miss dela Lune, wenn ich Sie bitten dürfte.« Er breitete seinen Arm aus, um sie vor die Klasse einzuladen.

Sie begannen das Referat mit einem Abriss über Shakespeares Leben und Schaffen. Es folgte eine kurze Zusammenfassung von »Romeo und Julia«, bei der sie allerdings voraussetzten, dass wohl jeder in der Klasse den Film mit Leonardo DiCaprio und Claire Danes gesehen hatte, bevor sie in die Analyse und Diskussion einstiegen. Alles in allem lief es ganz gut. Sie waren bestens vorbereitet, trotzdem hatte Mr. Skursky einiges auszusetzen und löcherte sie mit allerlei Fragen, die zu beantworten kein Kinderspiel war. Am Ende sprang ein ›B‹ Minus für sie beide heraus, was ihnen als völlig ausreichend erschien. Somit war die erste Herausforderung des Tages geschafft, die andere wartete am Abend auf sie. Doch zuvor hatte Emily noch eine Stunde Physik, die diesmal nicht auf die übliche Weise begann. Das lag daran, dass sie einen neuen Klassenkameraden bekamen. Mrs. Larkin erzählte, dass er aus Arizona hergezogen sei. Er musste sich auf den einzigen freien Platz setzen. Und der war neben Michael Winburry.

Der Neue hieß Jason Noxlin. Groß, kurze schwarze Haare, schwarze Lederjacke. Lederbändchen um Hals und Handgelenk und die dunkelsten Augen, in die Emily jemals geblickt hatte.

Mrs. Larkin begann, alle möglichen Instrumente für einen Versuch auf den Tisch zu stellen.

»Der Neue starrt dich die ganze Zeit an«, flüsterte Susan neben ihr.

»Was? Ach Quatsch!« Emily drehte unauffällig den Kopf. Jason starrte sie tatsächlich an. Emily lief eine Gänsehaut über den Rücken. Sie konzentrierte sich darauf, den Versuchsaufbau abzuzeichnen und Mrs. Larkins Ausführungen zu folgen.

»Er starrt dich immer noch an!«, berichtete Susan ein paar Minuten später fröhlich.

»Vielleicht starrt er auch nur herüber, weil du ihn ständig anstarrst!«, konterte Emily. Sie sah wieder auf ihr Blatt. Doch dann riskierte sie doch noch mal einen Blick über ihre Schulter. Diesmal zwinkerte Jason machohaft zu ihr hinüber. Emily rollte mit den Augen und wendete sich wieder von ihm ab. So ein Möchtegern-Robert-Pattinson fehlte ihr jetzt gerade noch.

Ein Gemisch aus wilder Vorfreude und lähmender Angst begleitete Emily, als sie sich gegen 23 Uhr aus dem Haus schlich. Heute Nacht schien der Wald viel unheimlicher und dunkler als sonst. Selbst der Mond hatte sich hinter einer dicken Schicht aus Wolken versteckt. Die Bäume warfen merkwürdige Schatten auf den Weg. Jedes Geräusch ließ sie zusammenfahren, das Rascheln des Windes in den Blättern, das Knarren der Äste. Emily vermutete in jedem Winkel eine Gestalt, bereit, sich auf sie zu stürzen. Sie kam sich vor wie in einer Szene aus einem schlechten Horrorfilm: Ein Mädchen, bei Nacht und Nebel, alleine auf einem verlassenen Feldweg (Gott allein weiß, was sie da zu suchen hat). Sie sieht sich hastig nach allen Seiten um, bevor sie von irgendetwas angefallen wird.

»Reiß dich zusammen Emily!«, ermahnte sie sich selbst. Umso erleichterter war sie, Finn am vereinbarten Treffpunkt bereits vorzufinden. Er stand unter der Laterne an der alten Brücke. Allerdings ließ sie sich nichts anmerken. Emily hatte heimlich geübt ihr Schild auf Kommando zu benutzen. Jedoch klappte es noch nicht immer und auch nicht immer sofort.

»Hey«, sagte Finn lässig.

»Hey. Danke, dass du mich mitnimmst.«

»Du hättest doch sowieso keine Ruhe gegeben, oder?«

»Wahrscheinlich nicht«, musste Emily kleinlaut zugeben. Finn drehte sich um und ging schnellen Schrittes voran. Emily eilte hinterher und versuchte, zu Finn aufzuschließen.

»Wie geht's jetzt weiter?«

»Sie greifen nun anscheinend auch Menschen an. Wir werden uns also erst ein paar Plätze ansehen, wo um diese Uhrzeit noch Menschen sein könnten, wie den Park. Da drehen manchmal noch ein paar Hundebesitzer ihre Runden. Danach geht's zum Spielplatz, da lungern oft Liebespärchen herum. Anschließend werden wir uns in den Wäldern rund um die Stadt umsehen. Dort treiben sich die meisten Blocker herum. Sie fangen an die Welt ins Dunkel zu reißen, denn sie lieben die Dunkelheit. Dort fühlen sie sich am wohlsten. Ich habe in den Wäldern ringsum schon Anzeichen für schwarze Löcher gefunden.«

»Schwarze Löcher?«

»So nenne ich die Gebiete, die die Blocker bereits vergiftet haben, dort wo sie ihre Mäntel ausgebreitet haben und …« Finn blieb stehen, um nach den richtigen Worten zu suchen, fand anscheinend aber keine.

»Du meinst, so wie die schwarzen Löcher im Weltall?«

»Ja, so ähnlich.« Er wirkte, als wäre er in den letzten Minuten um Jahre gealtert, so ernst und angespannt.

Finn ging weiter. Er war hellwach und seine Sinne waren aufs äußerste geschärft, wie die einer Katze auf nächtlicher Jagd. Im Park und am Spielplatz befand sich niemand. Es schien, als wäre die Stadt an jenem Abend menschenleer, bis auf sie beide, die einsam durch die Nacht zogen. Sie verließen irgendwann die befestigten Wege und patrouillierten durch das Unterholz. Emily war mehr damit beschäftigt, Finn nicht aus den Augen zu verlieren, als damit, nach Blockern Ausschau zu halten.

»Pass auf. Hier, siehst du?« Finn schlug einige Farnwedel zur Seite. Dahinter erschien ein abgestorbenes Stück Land etwa von der Größe eines Kleinwagens. Es war schwärzer als alles, was sie bisher gesehen hatte.

»Geh nicht zu nah ran. Morgen wird es schon doppelt so groß sein.«

»Wie das?«

»Es breitet sich aus, wie ein schwarzes Loch im Weltraum, das alles in seiner Nähe verschluckt.«

»Was kann man dagegen tun?«

»Ich habe keine Ahnung.«

Sie gingen weiter. Die Nacht beheimatete viele Geräusche. Teilweise war der Waldboden dicht mit Farn bewachsen. Obwohl Emily viel besser sehen konnte als Finn, war doch er es, der den ersten Blocker in dieser Nacht dabei ertappte, wie er seinen Mantel schwang, als würde er etwas damit zudecken wollen. In letzter Sekunde traf ihn ein greller Lichtblitz und verhinderte den sanften Aufprall seines Gewandes auf dem Waldboden. Übrig blieb nichts. Es gab nicht den geringsten Beweis dafür, dass der Blocker existiert hatte. So ging das noch ein paar Mal in dieser Nacht, die sich für Emily anfühlte wie eine Ewigkeit.

»Kann ich dich noch was fragen?« Emily beeilte sich, mit Finn Schritt zu halten.

»Klar.«

»Wieso bringen die Blocker Menschen um?«

»Sie besitzen nur eine geringe Menge Energie, wenn sie ihre Welt verlassen. Sie saugen den Menschen ihre Energie aus. Für jeden Menschen, dessen Energie sie absorbieren, können sie einen weiteren ihrer Umhänge produzieren. Es sind keine Mäntel, wie wir sie kennen, die wir ablegen können. Sie gehören zu ihnen, sind ein Teil von ihnen. Benutzen sie ihn, sterben sie.«

»Verstehe. Aber woher weißt du das alles?«

»Mein Vater hat das herausgefunden. Ich habe es in seinen Aufzeichnungen gelesen, bevor Mum sie dem Rat übergeben hat.«

Als sich im Osten die ersten Anzeichen des Sonnenaufgangs erahnen ließen, machten sie sich endlich wieder auf den Weg nach Hause. Finn brachte Emily noch bis in Sichtweite ihres Hauses, das dunkel und verschlafen da lag.

»Gute Nacht, Em.«

»Gute Nacht, Finn.«

Alle Rollläden waren unten und es sah so friedlich aus. Emily überlegte ganz kurz, ob sie nicht doch durch die Vordertür gehen könnte, anstatt umständlich über den Balkon zu klettern. Allerdings wäre es wohl keine so gute Idee, wenn ihre Eltern sie erwischen würden.

»Hey Em. Warte mal.«

Emily drehte sich nochmal zu Finn um.

»Danke, dass du mich heute begleitet hast.«

»Ich hatte nicht das Gefühl, als hättest du mich gebraucht!«

»Vielleicht mehr als du ahnst!«, murmelte Finn.

Emily rannte quer übers Feld auf ihr Haus zu. Sie war froh, endlich gegen fünf Uhr morgens, als der Tag sich bereits langsam in den Vordergrund schob, ins Bett zu kommen. Sie machte sich nicht die Mühe, ihre getragenen Klamotten auszuziehen und sie kam nicht mal mehr dazu, über das Geschehene nachzudenken; sie schlief vorher ein.

Der nächste Tag kam und ging, ohne das Emily Notiz von ihm nahm. Eigentlich musste sie nur an die nächste Nacht denken und an Finn. Deshalb fand Emily sich Punkt 23 Uhr wieder an der Brücke ein. Wortlos streiften sie durch den Forst. Im Wald war heute ungewöhnlich viel los. Irgendwo stritten zwei Katzen miteinander und jaulten um die Wette. Und auch andere Tiere schienen in dieser Nacht nicht zu schlafen, sondern waren aktiver denn je. Trotzdem war irgendein Geräusch im Wald, das da nicht hingehörte.

Emily konnte es nicht genau bestimmen, war sich nicht mal sicher, ob da etwas war. Sie ignorierte es und stapfte weiter hinter Finn her, der sich ab und an nach ihr umdrehte, um nach ihr zu sehen. Emily beschlich ein ungutes Gefühl, als würde sie beobachtet werden.

Sie blieb stehen und sah sich in alle Richtungen um. Als sie wieder zu Finn sah, war er weg. Sie hatte ihn aus den Augen verloren. Panik stieg in ihr auf. Plötzlich spürte sie einen Windzug hinter sich und ein Zischen. Als sie sich umdrehte, blickte sie in die tiefglühenden Augen eines Blockers. Emilys Körper erstarrte, und obwohl ihr Gehirn haufenweise Befehle zur Flucht gab, schienen diese nicht bei ihren Füße anzukommen.

»Duck dich!« Erst jetzt reagierte Emily und gehorchte Finn, der den Blocker mit einem gezielten Strahl tötete. Nach zwei weiteren, die er ins Jenseits beförderte, atmete er hörbar vor Erleichterung auf. Auch wenn es vorbei war, kauerte Emily immer noch auf dem Waldboden. Sie zitterte am ganzen Körper. Finn trat näher an sie heran und half ihr aufzustehen.

»Es ging alles so schnell. Ich habe sie nicht gesehen und du warst auf einmal weg. Mein Schild, ich konnte es nicht so schnell benutzen«, plapperte Emily aufgelöst drauf los.

»Es ist alles in Ordnung. Sie sind weg.«

Emily sah sich vergewissernd um. »Es tut mir leid.«

»Es braucht dir nicht leidzutun. Du hattest Angst.«

Emily gab es ungern zu, aber vielleicht war das hier alles doch eine Nummer zu groß für sie. Vielleicht sollte sie besser bis zu ihrer Initiation warten. Oder es den Sonnenhexen überlassen, Blocker zu jagen.

»Es dämmert. Wir sollten zurückgehen. Aber vorher will ich dir noch etwas zeigen.« Finn ging voraus und verlangsamte diesmal seine Schritte auf Emilys Tempo und hielt ihr sogar Zweige, die auf Augenhöhe hingen, aus dem Weg, während das Buschwerk immer undurchdringlicher wurde. Doch ohne jegliche Vorzeichen lichtete sich das Unterholz und sie standen auf einer Klippe.

»Wow. Das ist ...«

»... zu schön, um es in Worte zu fassen?«

»Ja.« Vor ihnen lag das Meer, hinter dem sich langsam am Horizont die Sonne als roter Feuerball emporschob. Bis auf ein einzelnes Fischerboot, um das die Möwen schreiend kreisten, lag die Wasseroberfläche unberührt da. Finn und Emily sahen schweigend zu, wie die Sonne den Himmel und die Welt eroberte. Sie fuhr ihr komplettes Farbspektrum auf, um ihre stillen Zuschauer zu verzaubern. Finn berührte Emilys Hand. Emily zuckte zusammen.

»Entschuldigung.« Finn sah jedoch in Emilys Augen, dass er sich für nichts zu entschuldigen brauchte. Wortlos nahmen sie sich an den Händen und sahen zu, wie die Sonne sich langsam hinter dem Horizont erhob, während auf der gegenüberliegenden Seite der Mond, so als wolle er noch nicht aufgeben, blass am Firmament verharrte. Erst als die Sonne in ihrer vollen Pracht am Himmel stand, sprachen Finn und Emily wieder.

»Geht's dir wieder besser?«

»Ja, danke. Aber es war wirklich knapp. Wenn du nicht gewesen wärst ...«

»Denk nicht so viel darüber nach. Es ist nochmal alles gut gegangen, nur das zählt.«

»Aber ich kann mich überhaupt nicht verteidigen!«

21

In der darauffolgenden Nacht war ihre Jagd umsonst. Kein einziges Schattenwesen ließ sich blicken. Daher erlaubte Finn, die Suche etwas früher abzubrechen.

Nach fünf Stunden Schlaf brauchte Emily ganze drei Anläufe, um aus ihrem Bett zu kommen. Als sie endlich auf ihrem Fahrrad saß, war sie spät dran. Sie atmete noch einmal tief durch und trat dann kräftig in die Pedale. Irgendwo kurz vor der Stadt brauste ein schwarzes Motorrad mit gefühlter Lichtgeschwindigkeit so dicht an Emily vorbei, dass sie ins Wanken geriet, in den Graben fuhr und ihr Knie dabei aufriss. Auch ihren Vorderreifen hatte es erwischt. Er war total verbogen, unmöglich damit noch weiter zu fahren. Daher ließ sie ihr Fahrrad am Waldrand stehen und kettete es an einen Baum, um es auf dem Rückweg abzuholen. Etwas verspätet trudelte sie in der Schule ein, zu Fuß und mit einem schmerzenden Knie. Als Emily auf dem Schulgelände ankam, waren die Schüler schon in ihren Klassen, das hieß einen Minuspunkt für Fehlverhalten. Die Idee war ihrem Rektor vor ein paar Monaten gekommen. Ab drei Punkten gab es Nachsitzen. Doch was sie jetzt viel mehr interessierte, war das schwarze Motorrad, das auf einem der Lehrerparkplätze parkte. Sie würde nach der Schule herausfinden, wem das Motorrad gehörte.

Die Schule lief an ihr vorbei wie ein schlechter Film, und sie versuchte nur, irgendwie durch den Tag zu kommen und ihre Augen offen zu halten. In der Caféteria versuchten ihre Freunde erst gar nicht, mit ihr eine Konversation anzufangen, denn sie hatten längst gemerkt, dass sie heute nicht gerade gesprächig war. Ihr Kopf ruhte auf ihrer Hand und sie stocherte nur in ihrem Essen herum. Undeutlich bekam sie mit, worum es bei dem Gespräch zwischen Susan, Meggie und Ben ging. Allerdings bemerkte sie nicht, dass die anderen auf einmal verstummten, weil Finn hinter sie getreten war.

»Kann ich dich mal sprechen?«

Emily ließ ihr Essen stehen, hängte sich ihren Rucksack lässig über eine Schulter und folgte Finn.

»Hey, warum humpelst du?«

»Ach, irgend so ein Blödmann hat mich heute Morgen mit dem Motorrad geschnitten und ich habe mir das Knie aufgeschrammt.«

Finn führte sie in eine Abstellkammer, in der Reinigungsmittel aufbewahrt wurden. Sie war nie abgeschlossen und dort waren sie ungestört.

»Ähm, du weißt schon, was man hier drin normalerweise macht?«, fragte Emily, als Finn die Tür hinter ihnen schloss.

»Keine Angst, ich will dich nicht küssen. Aber hier drin bekommt niemand etwas mit.«

»Oh, willst du mich umbringen?«

»Ähm, so war das nicht gemeint. Ich meine … ähm, hier.« Er reichte ihr ein Bündel aus Stoff.

»Was ist das?« Emily nahm es entgegen und öffnete es. Zu Tage kam eine kleine Armbrust. »Damit du dich verteidigen kannst, und so etwas wie vorgestern nicht mehr vorkommt. Ich hab sie im Internet gefunden. Sie ist super leicht zu handhaben.«

»Aber ich weiß gar nicht, wie ich damit umgehen soll.« Emily nahm sie in die Hand.

»Wenn du magst, kann ich es dir zeigen.«

»Ich weiß nicht recht.« Emily zielte damit.

»Hier.« Finn hielt ihr einen Pfeil hin.

»Der leuchtet ja!«

»Die Pfeile sind eine Spezialanfertigung. Die Spitzen sind aus gleißendem Licht geschmiedet und haben damit die gleiche Wirkung wie meine Energiebälle. Sie töten die Schattenwesen.«

»Und die bekommt man im Internet?«

»Nicht ganz, ich habe da so meine Quellen.«

Emily versuchte die Armbrust zu spannen, wusste aber nicht recht wie. »Nein warte, nicht so. Hier.« Finn nahm ihr die Armbrust aus der Hand, legte einen Pfeil ein und zielte auf eine Flasche Scheibenklar im Regal.

Der Pfeil durchschlug die Flasche exakt in der Mitte und blieb dann mit der aufgespießten Flasche in der Wand stecken. Plätschernd lief die blaue Flüssigkeit auf den Boden und verbreitete einen penetranten Alkoholgeruch.

»Wow, bist du Robin Hood? Vielleicht sollte ich wirklich Unterricht bei dir nehmen.«

Finn zog den Pfeil heraus und schüttelte die Flasche ab.

»Sehen wir uns dann später? Am besten auf dem Feld hinter der Scheune vom alten Sam.«

»Ich werde da sein.«

Nach dem Unterricht wartete Emily in der Nähe des Motorrads, um den Besitzer zur Rede zu stellen. Es gehörte keinem Lehrer, sondern Jason. »Hey! Gehört dir das Motorrad?«

»Du meinst die Kawasaki Ninja ZX-6R, Sechsganggetriebe, 128 PS, 300 km/h Spitze?«

»Siehst du hier noch irgendein anderes Motorrad?« Jason griff nach Helm und Sonnenbrille.

»Du schuldest mir einen neuen Vorderreifen!«

»Wieso schulde ich dir einen neuen Vorderreifen?« Er scannte Emily kurz von unten nach oben, bevor er sich seine große, dunkle Sonnenbrille aufsetzte.

»Du hast mich heute Morgen mit deinem Motorrad beinahe über den Haufen gefahren!«

»Was kann ich dafür, wenn du nicht Fahrrad fahren kannst?« In seinen schmalen Wangen bildeten sich leichte Grübchen.

Emily fehlten die Worte. Was sollte man auf so eine Dreistigkeit antworten?

»Du bist süß, wenn du so wütend bist!« Jason grinste.

Emily war so verärgert – sie hätte gleich vor Wut platzen können. Jason zog seinen Helm auf und beendete damit das Gespräch. »Wir sehen uns!« Er stieg auf und klappte das Visier herunter. Emily drehte sich auf dem Absatz um und ging.

Während Jason den Schlüssel im Zündschloss drehte, zählte er langsam bis drei.

»Komm schon, dreh dich um«, flüsterte Jason beschwörend. Und als hätte Emily ihn gehört, drehte sie sich noch ein letztes Mal zu Jason um. »Bingo! Du magst mich! Du weißt es nur noch nicht«, murmelte Jason zu sich selbst, gab Gas und verließ mit quietschenden Reifen den Schulhof.

Finns Vater hatte ihm den Umgang mit Waffen gezeigt. Er hatte Finn immer wieder erklärt, er solle sich nicht allein auf seine Magie verlassen. Zu unbeständig konnten seine Reserven sein. Und nun zeigte Finn es Emily. Er demonstrierte ihr, wie sie die Armbrust halten musste, ohne sich selbst zu verletzen. Sie machten ein paar Zielübungen auf Heuballen, auf die Finn eine Zielscheibe mit Farbe aufgesprayt hatte. Emily stellte sich nicht schlecht an und lernte schnell, doch trotzdem verfehlte sie zu Beginn häufig ihr Ziel. Nach ein paar Schüssen, die den Heuballen gar nicht trafen, wurde sie langsam besser. Der Pfeil fand immerhin die Zielschiebe, auch wenn er noch nicht die Mitte durchschlug. Finn ließ Emily keine Verschnaufpause und drängte sie, es immer nochmal und nochmal zu probieren.

Während sie übte, trat Finn hinter Emily. Sie konnte seinen athletischen Körper an ihrem spüren, wie ein Schutzschild hielt er den Windzug fern. Seine Hitze strahlte auf sie ab. Sein Herz schlug an ihrem Rücken. Es machte Emily noch nervöser, was nicht gerade hilfreich war, um sich zu konzentrieren. Sie hoffte, dass er nicht mitbekam, wie sehr seine Nähe sie durcheinanderbrachte. Seine Stimme war ganz dicht an ihrem Ohr.

»Du musst dein Ziel genau anvisieren. Lass dir Zeit. Und erst wenn du ganz sicher bist ... dann drück ab.«

»Habe ich denn so viel Zeit?« Finns Stimme irritierte Emily. Mit ihm so nah bei ihr würde sie erst recht ihr Ziel verfehlen.

»Wenn du zu früh abdrückst, hast du vielleicht deinen Vorteil verloren. Du hast nur eine Chance. Du musst dir daher die Zeit nehmen, genau zu zielen. Also ... stell dir vor, einer von diesen verdammten Wichsern kommt auf dich zu, du ziehst deine Armbrust und zielst. Und wenn du sicher bist, dass du ihn nicht mehr verfehlst, dann drückst du ab, so wie ich es dir gezeigt habe.« Finns Stimme drang durch ihren ganzen Körper, und ihre Glieder gehorchten seinen Worten. Sie schärfte ihre Sinne, zielte und drückte ab. Ohne ein Geräusch drang der Pfeil durch den Heuballen und bohrte sich in seine Mitte, wo er stecken blieb. Emily grinste Finn an, stolz über ihre Leistung.

»Dann sehen wir uns also heute Abend? Selbe Stelle, selbe Uhrzeit?«

»Okay.«

»Ich muss jetzt los, ich hab noch was zu erledigen.« Auf diese Weise beendete er den kleinen Privatunterricht und unterbrach die Verbindung, die sich gerade zwischen ihnen aufgebaut hatte. Emily nickte Finn zu, der dabei war, sein Zeug zusammenzupacken. Es war, als würde Finn regelrecht vor ihr fliehen, und das enttäuschte sie. Irgendwie hätte sie gerne noch mehr Zeit mit ihm verbracht. Es schien gerade so gut zu laufen.

»Ach, jetzt hätte ich es fast vergessen. Ich habe noch etwas für dich.«

»Noch etwas?«

»Ja.«

Er reichte ihr ein Ledergeschirr.

»Ähm, okay. Ist das jetzt so ein SM-Ding?«

»Damit schnallst du dir die Armbrust auf den Rücken und hast die Hände frei. Hier an der Seite verstaust du deine Pfeile. Du musst nur üben, sie schnell zu ziehen und die Pfeile schnell nachzuladen.«

»Oh, Okay. Danke.«

»Dann bis später.«

»Ja, bis dann.«

Emily hatte nicht den blassesten Schimmer, wann Finn aß, trank, schlief oder andere lebensnotwendige Sachen tat. Nach der dritten Nacht mit kaum mehr als vier Stunden Schlaf stellte sich Emily, als sie nach dem Training wieder zu Hause war, erst mal unter die Dusche. Sie genoss das heiße Wasser.

»Emily, du duschst schon seit zwanzig Minuten! Lass noch warmes Wasser für mich übrig!«, nervte Alex irgendwann vor der Tür. Emily stieg aus der Dusche und hüllte sich in ein weißes Frotteehandtuch. Auf ihrem Bett lag wartend die Handarmbrust von Finn. Während sie sich anzog und ihre Haare kämmte, strich sie über die Armbrust. Sie war kalt und glatt. Emily nahm einen der leuchtenden Pfeile und sah sich die Spitze genau an. Vorsichtig griff sie in das gleißende Licht.

»Au.« Schnell steckte sie ihn wieder in den Köcher und probierte das Ledergeschirr an. Sie betrachtete sich im Spiegel. Es passte perfekt und schmiegte sich an ihren Körper. Trotz der Armbrust war es leicht und sie spürte es kaum. Geschickt zog sie die Waffe und zielte. Das tat sie noch ein paar Mal. War das wirklich nötig? Auf der anderen Seite fühlte es sich gut an, nicht hilflos zu sein. Sie legte die Halterung ab und zog ihren Lieblingspulli an. Sie konnte es kaum abwarten, bis sie wieder mit Finn auf die Jagd gehen konnte, um die Armbrust auszuprobieren.

22

Bewaffnet fühlte sie sich etwas sicherer, als sie auf dem Weg zur Brücke war. Allerdings kam sie sich ein bisschen vor wie Buffy oder Xena.

Finn wartete bereits auf sie und konnte es nicht erwarten, aufzubrechen.

Sie waren heute Nacht bereits seit über drei Stunden unterwegs. Finn lief unermüdlich weiter. Seit einer halben Stunde versuchte Emily schon gar nicht mehr, an seiner Seite Schritt zu halten, sondern lief ein paar Meter hinter ihm her. Sie war todmüde und versuchte den Abstand nicht größer werden zu lassen. Sie wusste, woher Finn seine Antriebskraft nahm. Plötzlich hielt er inne.

»Was ist?«

»Schschsch. Hörst du das?«

Emily lauschte angestrengt den üblichen Geräuschen der Nacht. Doch da war noch etwas anderes. Finn hatte Recht. Da war ein Zischen, wie von einer Wasserflasche, die man zu stark geschüttelt hatte. Emily und Finn schlichen vorsichtig weiter. Weiches Moos unter ihren Füßen ließ sie sich lautlos durch den Wald bewegen. Rechts von sich sahen sie einen Blocker, Finn wollte ihn schon angreifen, doch Emily hielt ihn zurück. Hinter diesem einen, der sich zielstrebig vorwärts bewegte, tauchte ein weiterer auf. Nun näherten sich auch von links welche. Emily zog Finn hinter einen dichten blattreichen Busch. Gerade rechtzeitig, denn immer mehr Blocker tauchten auf.

»Es sind zu viele, als dass wir sie alle vernichten könnten«, flüsterte Finn neben Emily.

»Lass uns verschwinden!«

»Nein, warte. Was machen die da?« Emily und Finn beobachteten dreißig oder vierzig Blocker, die sich zusammen rotteten. Das zischende Geräusch schwoll zu ohrenbetäubenden Lärm an, so dass Emily sich die Ohren zu halten musste. Erst konnten sie nicht genau erkennen, was die Horde da tat. Dann erfasste Emily und Finn eine Kältewelle. Die einzelnen Blocker nahmen ihre Gewänder ab und breiteten sie nebeneinander auf dem Boden aus. Sobald sie die schwarzen Umhänge abnahmen, wurde es gespenstisch still. Und als die Gewänder den Waldboden berührten, zerbröselten Moos und Gras, Äste und Pilze zu Asche. Zurück blieb eine verdorrte Wüste. Doch das war nicht alles. Die Schwärze breitete sich aus. Ganz langsam. Ganze Bäume wurden von der Finsternis aufgesaugt. Das Land, das noch zuvor in voller Blüte stand, verwandelte sich in Nichts. Wie ein schwarzes Loch, das alles in sich hinein saugte, vernichtete die Dunkelheit immer mehr Leben. Ein großes Areal würde am nächsten Morgen unbewohnbar sein. Was sich um Emily und Finn herum bot, war kaum in Worte zu fassen. Immer mehr Blocker strömten aus allen Richtungen herbei. Sobald sie sich ihrer Gewänder entledigt hatten, waren sie für das menschliche Auge nur schwer fassbar, da sie fast durchsichtig waren. Sie lösten sich einfach auf und fuhren gen Himmel. Als würde nur die Schwere der Mäntel sie am Boden halten.

»Siehst du das?«, Emily zeigte auf eine einzelne schwarze Gestalt, die sich den anderen nicht anschloss. Sie stand am Rand des Geschehens und beobachtete.

»Das ist kein Blocker. Es sieht eher so aus, als würde er die Blocker befehligen. Sie sind keine Einzelgänger mehr. Ich muss sofort zu Aimes und ihm erzählen, was wir gesehen haben. Ihm von dieser Gestalt berichten und … dem hier.« Er zeigte auf die schwarzen Löcher, die sich immer weiter ausbreiteten.

Finn und Emily beobachteten weiter, ungläubig dessen, was sie da sahen.

Plötzlich schrie Emily schrill auf. Sie war aufgesprungen. Vor ihren Fußspitzen breitete sich wie eine Pfütze die Dunkelheit aus. Durch den Busch, der sie vor den Blockern verbergen sollte, fraß sich die Schwärze wie Säure, bis der Busch einfach in sich zusammenfiel und im Nichts verschwand. Emily und Finn wichen vor der Dunkelheit zurück. Emilys Schrei hatte dafür gesorgt, dass alle Blocker sich zu ihnen umdrehen und sich ihnen nun bedrohlich näherten.

»Pass auf, dass du es nicht berührst, sonst verschlingt es auch dich!« Emily wich weiter zurück. Diese schwarze Masse, die auf sie zu kroch wie Teer und alles verzehrte, was sie berührte, widerte sie an. Dazu noch die Blocker, die mit Finn und Emily nun ein neues Ziel vor Augen hatten.

Emily zog ihre Armbrust und zielte. Der Pfeil verfehlte knapp das Ziel. Finn starrte Emily kurz verblüfft an, doch dann tat er es ihr gleich und feuerte einige Sonnenstrahlen in Richtung der Blockermenge. Emily lud ihre Armbrust mit einem Pfeil nach und zielte erneut.

»Tief durchatmen und dann zielen.«

»Tief durchatmen und dann zielen«, wiederholte Emily. Und diesmal traf sie wirklich einen der Blocker und war darüber selbst ganz überrascht.

»Finn, hast du das gesehen? Ich habe einen getroffen!«

»Ich will dir ja nicht die Freude nehmen, aber vielleicht könntest du noch ungefähr zwanzig mehr erledigen. Dann wäre der Jubel angemessen.« Emily blickte zu den Blockern, die mittlerweile zu einer schwarzen Masse verschmolzen waren und sich ihnen wie eine undurchdringliche Wand näherten.

Doch nicht nur vor ihnen wichen Finn und Emily zurück, auch vor der Dunkelheit, die sich durch die Erde fraß. Emily lud sofort wieder einen Pfeil in ihre Armbrust und zielte erneut.

»Es sind zu viele, wir müssen hier weg«, entschied Finn und zerrte Emily mit sich fort. Sie begannen zu rennen, ohne zurückzublicken. Nach einer Weile blieb Emily stehen. Sie konnte nicht mehr.

»Noch ein kleines Stück, dann sind wir in Sicherheit – denke ich.« Finn rannte weiter, bis auch er irgendwann keuchend anhielt. Die Hände auf die Knie gestützt rangen die beiden nach Luft.

»Das war Wahnsinn, wie du einfach angefangen hast zu schießen.«

»Ich wusste mir nicht anders zu helfen. Das war das Adrenalin!«

Sie gingen noch ein paar Schritte schweigend nebeneinander her. Emily sah zu Finn, der nun grübelnd neben ihr her ging. Als sie an der Brücke, ihrem Ausgangspunkt angekommen waren, blieb er automatisch stehen.

»Von hier aus kann ich dich alleine zurückgehen lassen. Hier dürfte keine Gefahr mehr bestehen. Außerdem kannst du dich ja jetzt verteidigen.«

»Ja, das kann ich.«

»Also, bis dann«, verabschiedete Finn sich.

»Bis dann«, erwiderte Emily matt. Keine Ahnung, was sie erwartet hatte. Ein Handschlag oder gar eine Umarmung? Finn nahm den gleichen Weg zurück, den sie eben gekommen waren. Emily blickte ihm nach, ob er sich wenigstens nochmal zu ihr umdrehte. Und tatsächlich drehte Finn sich noch mal um und winkte ihr zu.

Emily winkte zurück und brach nun besser gelaunt nach Hause auf.

23

»Ich muss ganz dringend mit ihm sprechen!«, bat Finn den Wachposten vor Aimes' Büro.

»Das haben Sie bereits gesagt. Und ich habe Ihnen erklärt, dass sie dazu ein Redegesuch ausfüllen müssen.«

»Aber ich kann nicht so lange warten, bis ich einen Termin bekomme. Es geht um Leben und Tod.«

»Das geht es immer.«

Das Gespräch mit der Wache drehte sich im Kreis.

»Ich habe wichtige Information, die der Rat erfahren sollte!«, versuchte er es erneut. Doch die Wache starrte stur geradeaus, offensichtlich nicht weiter bereit, Finns Anliegen zu beachten. Wütend machte Finn auf dem Absatz kehrt. Hier kam er nicht weiter.

Schule war auf einmal zur Nebensache geworden. Emily konnte es kaum abwarten, mit Finn über die gestrige Nacht zu sprechen. Sie war gespannt darauf, was Aimes und der Rat zu ihren Neuigkeiten zu sagen hatten. Sie hatte heute Morgen eine SMS auf ihrem Handy entdeckt. Finn wollte so schnell wie möglich zu Aimes und schwänzte dafür die erste Schulstunde. Er wartete bereits auf sie, als sie den Klassenraum verließ. Emily folgte ihm in die Abstellkammer, wo sie unbehelligt reden konnten.

»Und was haben sie gesagt?«

»Sie haben mich gar nicht vorgelassen!«

»Wie bitte?!«

»Diese alten Säcke glauben, sie haben alles unter Kontrolle, doch in Wirklichkeit haben sie keine Ahnung, was da draußen wirklich abgeht.«

»Und was willst du jetzt tun?«

»Ich weiß es nicht.« Sie wollte irgendwas für ihn tun, ihm helfen.

»Und wenn wir ihnen ... Beweise liefern?«, überlegte Emily. »Ich weiß nicht, wir könnten vielleicht Fotos machen, wie weit die Blocker schon fortgeschritten sind.«

»Und wie willst du sie fotografieren, ohne Blitz und ohne dass sie dich bemerken? Du kannst kaum ›Bitte lächeln‹ rufen.«

»Zynismus bringt uns jetzt auch nicht weiter!« Emily dachte angestrengt nach. »Was wäre, wenn wir uns von der Ranger Station in Chambers Infrarotkameras ausleihen würden? Wir könnten behaupten, wir wollten für ein Schulprojekt die Nachtaktivität von Waschbären filmen. Vielleicht kriegen wir so diesen Anführer vor die Linse. Etwas Besseres fällt mir auch nicht ein.«

»Ich glaube, das könnte funktionieren. Ja, einen Versuch ist es auf alle Fälle wert.« In diesem Moment läutete die Klingel zur nächsten Stunde.

»Scheiße, ich muss los!« Finn öffnete vorsichtig die Tür und spähte auf den Gang. Als er sicher war, dass niemand sah, dass er aus einer Abstellkammer kam, trat er eilig auf den Gang. »Wir sehen uns dann heute Abend ja?«

Emily nickte überrascht. Ihr Vorschlag schien ihm neue Hoffnung gegeben zu haben.

Den Jackenkragen hoch geschlagen wie James Dean betrat Jason das Klassenzimmer. Und genauso wie der Schauspieler avancierte auch Jason im Handumdrehen zum Mädchenschwarm. Doch das interessierte ihn offensichtlich nicht. Seine Verehrerinnen mussten die große Pause meist ohne ihn verbringen, weil er lieber außerhalb des Schulgeländes rauchte – was zwar verboten war, ihn aber für die Mädchen noch attraktiver machte. Jason ignorierte sie allerdings. Und so dauerte es nicht lange, bis jede Menge Gerüchte im Umlauf waren.

»Also entweder er hat schon eine Freundin oder er ist schwul«, sinnierte Susan, während sie zusammen mit Emily und Meggie den Flur entlanglief.

»Kann dir doch egal sein, schließlich hast du schon einen Freund!«, beschwerte sich Meggie.

»Bei Facebook ist er jedenfalls nicht, das habe ich schon recherchiert«, erklärte Susan, noch ihr iPhone in der Hand haltend. Dann verabschiedeten sich Emily und Susan von Meggie, die in ihren fortgeschrittenen Chemiekurs ging, während Susan und Emily ihren Physikklassenraum betraten.

»Hast du bei den Hausaufgaben alles verstanden? Da gab es diese eine Aufgabe, ich glaube es war Nummer vier. Da bin ich einfach nicht auf die Lösung gekommen!« Damit ließ sich Susan neben Emily auf den Stuhl fallen.

»Hey.«, lächelte Jason Emily an, als er auf dem Weg zu seinem Platz an ihr vorbei kam.

»Was bildet der sich eigentlich ein?« Tat so als wäre nichts gewesen, obwohl Emily wegen ihm heute Morgen zur Schule hatte laufen müssen.

»Der Neue hat auf jeden Fall ein Auge auf dich geworfen, sowie er dich immer ansieht.«

Emily stand einfach auf und ging hinüber zu ihm.

»Du schuldest mir noch einen neuen Reifen!«

»Ich dachte, das Thema hatten wir schon.«

»Du hast mich einfach stehen gelassen.«

»Wenn ich dir versprochen hätte, deinen Reifen zu ersetzen, dann hättest du dich nie mit mir unterhalten, oder? Es hat also auch eine gute Seite. Sieh es doch mal so!«

»Du hättest mich einfach ansprechen können!«

»Ich bin schüchtern!«

Er grinste, doch Emily hatte keine Lust auf diese Spielchen.

»Du ersetzt mir also den Reifen?«, fragte sie genervt.

»Ich …« Das Eintreffen von Mrs. Larkin beendete vorzeitig das Gespräch und Emily musste zurück zu ihrem Platz. So leicht würde er nicht davon kommen.

Das Adrenalin und die Vorfreude, die allem Neuen anhaftete, waren verflogen und Emily hatte gelernt, dass es anstrengend war, auf die Jagd zu gehen. Ganz anders als bei »Buffy – Die Vampirjägerin«. Sie war völlig erledigt, jede Faser ihres Körpers fühlte sich ausgelaugt an und sehnte sich nach Ruhe, als wäre sie mehrere Marathons gelaufen. Sie hatte keine Ahnung, wie sie die acht Schulstunden überlebt hatte, geschweige denn, wie sie von der Schule nach Hause gekommen war. Nach dem Abendessen schloss Emily sich in ihr Zimmer ein und ließ sich aufs Bett fallen, wo sie auf der Stelle einschlief.

Finn wartete bereits seit einer Viertelstunde am vereinbarten Treffpunkt auf Emily, was ihn wunderte, denn bisher war sie immer pünktlich gewesen. Er hatte nachmittags bei der Ranger Station angerufen. Übermorgen würde er hinfahren und sich die Infrarotkamera ausleihen. Emilys Plan hatte super funktioniert. Langsam machte er sich Sorgen, es könnte ihr etwas zugestoßen sein. Nachdem sie sich auch auf seine drei SMS nicht meldete, marschierte Finn zum Haus der dela Lunes, das komplett dunkel da lag. Logisch, es war ja auch fast Mitternacht – Schlafenszeit. Nur das Licht auf der Veranda brannte. Er schlich auf dem Kiesweg, der um das Haus herum führte, auf die Rückseite und hoffte, dass Emily noch das gleiche Zimmer hatte wie früher. Finn nahm sich eine Handvoll Kieselsteine, um sie nacheinander gegen Emilys Fenster zu werfen, in der Hoffnung, sie würde es hören. Vorausgesetzt sie war noch zu Hause. Als er nach dem vierten Kieselstein noch immer keine Antwort erhielt, beschloss er, nachzusehen. Im Nu war er an dem Pfeiler hochgeklettert, der den Balkon stützte und an dem sich Efeu emporschlängelte, und öffnete die nur angelehnte Balkontür. Im Zimmer war es stockdunkel. Finn konnte nur die Umrisse einzelner Dinge erkennen. Er fand neben dem Bett eine Nachtischlampe und knipste sie an. Es war Emilys Zimmer und sie lag zusammengerollt auf ihrem Bett, in der gleichen Kleidung, die sie schon heute Morgen in der Schule getragen hatte. Ihre Atmung ging gleichmäßig. Finn stand eine Weile da, beobachtete sie und überlegte, wann er wohl das letzte Mal so friedlich geschlafen hatte. Dabei fiel ihm die Nacht wieder ein, in der Emily bei ihm geblieben war. Er hatte ungewohnt ruhig und lange geschlafen. Finn war hin- und hergerissen: Sollte er die Decke nehmen, Emily zudecken und sie schlafen lassen oder sollte er sie aus ihren

Träumen reißen, damit sie ihn begleitete? Die egoistische Seite in Finn gewann und er versuchte, Emily vorsichtig zu wecken, indem er sich über sie beugte und ihren Arm berührte.

Es dauerte eine Weile, bis Emily zu sich kam. »Finn? Was machst du hier?«

»Ich hab auf dich gewartet, aber du bist nicht aufgetaucht.«

Emily setzte sich auf und rieb sich die Augen. Wie spät ist es?«

»Gleich viertel vor zwölf.«

»Tut mir leid, ich habe mich nach dem Abendessen nur kurz hingelegt. Ich muss wohl eingeschlafen sein. Ich muss mich noch umziehen, dann bin ich fertig.« Hektisch kroch sie aus ihrem Bett. »Drehst du dich bitte um, ich will nicht ins Bad und damit Alex aufwecken.« Finn tat, was Emily verlangte, doch im Spiegel zu seiner Linken konnte er Emily beobachten, wie sie sich ihr blaues Sweatshirt auszog und ihr weißer BH zum Vorschein kam.

»Es tut mir leid, dass ich verschlafen habe.«

Finn war abgelenkt von Emilys Anblick, um sich dazu zu äußern. Er konnte seinen Blick einfach nicht abwenden. Daher räusperte er sich nur und nuschelte irgendwas vor sich hin. Erst als sie ihre Hose auszog, fiel Finn sein Anstand wieder ein und er zwang sich, wegzusehen.

»Okay, ich bin fertig.« Als Finn sich wieder umdrehte, hatte Emily einen schwarzen Rollkragenpulli und eine schwarze bequeme Sporthose an. Ihre Jagdkleidung, die sie auch schon die vorherigen Nächte getragen hatte.

Emily und Finn nahmen den gleichen Weg, den Finn gekommen war – über den Balkon.

Emily kamen die letzten Tage und Nächte vor wie aus einem anderen Leben. Als hätte jemand die Vorspultaste gedrückt, hatte sich ihr Leben beschleunigt. Sie hatte das Gefühl, als wäre alles, was sie tat, nur noch schlafen und jagen. Die Tage plätscherten an ihr vorbei, ohne dass sie sie wirklich wahrnahm. Sie wusste nicht mal, ob sie bereits die sechste oder siebte Nacht unterwegs waren. In der Schule machte sie nur noch das Notwendigste, und wann immer sie konnte, versuchte sie, Schlaf nachzuholen.

»Emily! Emily!«

»Nur noch fünf Minuten.«

»Emily wir müssen in den Unterricht!«, versuchte Meggie Emily zu wecken.

»Was?«

»Du hast die Pause verpennt. Was hast du denn die letzte Nacht bloß gemacht?«

»Verdammt.« Emily sprang auf, schob sich dabei noch ein Stück Kartoffel in den Mund und ließ ihr Essen stehen, das sie sonst nicht mal angerührt hatte.

So konnte das nicht weiter gehen, sie musste mit Finn sprechen. Gleich nach dem Unterricht erwischte sie ihn noch auf dem Schulhof.

»Hey Finn, warte mal.«

»Ich hab's eilig, ich will noch mal mit dem Rat sprechen!«

Emily lief ihm hinter her, doch Finn blieb nicht stehen.

»Jetzt?«

»Ja. Ich muss sie davon überzeugen, mir zuzuhören.«

»Wie machst du das? Jede Nacht da draußen? Ich meine, schläfst du auch irgendwann mal?«

»Mir genügen vier Stunden pro Nacht.«

»Ich kann mich kaum noch auf den Beinen halten und bin im Unterricht fast eingeschlafen, und in der Pause musste Meggie mich wecken. Warum überlässt du die Jagd nicht für eine Nacht denen, die dafür ausgebildet sind? Dafür sind der Rat und die Cleaner da.«

»Mein Vater hat mich ausgebildet.«

»Ich bin mir sicher, dass dein Dad es dir nicht übel nehmen wird, wenn du eine Pause einlegst.«

Finn blieb endlich stehen. Langsam drehte er sich um. »Ich kann nicht. Ich kann mich nicht schlafen legen, wenn ich weiß, dass diese Wesen da draußen sind. Ich kann nicht atmen, solange ich nicht jeden Blocker, der da draußen ist, getötet habe!«

Emily sah Finns verbissene Entschlossenheit beinahe ein paar Tränen weichen, doch er riss sich zusammen. War der eiskalte Killer, den er so perfekt beherrschte. »Du musst heute Nacht nicht mit kommen.« Dann ging er weiter. Emily blieb allein zurück.

»Bitte, es ist äußerst wichtig, dass ich mit ihm spreche!«, versuchte er wieder die Wache vor Aimes' Büro zu überzeugen.

»Sie müssen ein …«

»Redegesuch ausfüllen, ich weiß.« Finn überlegte, ob er sich solch ein Formular geben lassen sollte, als sich die Tür, durch die Finn so verzweifelt versuchte zu gelangen, öffnete und Aimes heraus trat.

»Was ist das denn für ein Lärm hier draußen?«

»Dieser Junge verlangt, mit Ihnen zu sprechen.«

»Mein Name ist Finn MacSol. Ich muss dem Rat erzählen, was ich gesehen habe.«

»MacSol? In Ordnung ein paar Minuten Zeit kann ich

erübrigen, wenn Sie mich begleiten.« Aimes setzte sich in Bewegung, einige Ratsmitglieder im Gefolge, und Finn verlor keine Zeit und kam gleich zur Sache.

»Die Blocker, sie streifen nicht mehr einfach durch die Wälder. Sie formieren sich unter der Herrschaft eines Einzelnen.«

»Eines Einzelnen?«

»Ja! Er gibt ihnen Befehle. Ich habe beobachtet, wie sie ihre Mäntel abgelegt haben und was sie damit berührten, dass verwelkte vor meinen Augen. Wenn wir nichts unternehmen, wird sich diese schwarze Seuche immer weiter ausbreiten.«, erklärte Finn aufgeregt. Aimes blieb stehen und musterte Finn nun von oben bis unten.

»Und das haben Sie mit eigenen Augen gesehen?«

»Ja. Und Emily dela Lune kann das ebenfalls bezeugen. Sie ist ...«

»Oh ich weiß wer Miss dela Lune ist«, versicherte Aimes.

Er hielt kurz inne, um nachzudenken. Dann rief er zwei seiner Ratsmitglieder zu sich. »Ich möchte, dass Sie beide heute Nacht persönlich jeweils eine Wache übernehmen. Doch diesmal möchte ich, dass Sie die Blocker nicht töten. Folgen Sie ihnen! Finden Sie heraus, ob das, was Mr. MacSol berichtet, wahr ist.«

Dann richtete er sich wieder an Finn. »Ich danke Ihnen für die Informationen, Mr. MacSol. Wenn Sie mich jetzt entschuldigen würden.«

24

Emily wartete an der Brücke auf Finn, obwohl sie todmüde war.

»Du bist hier?«

»Ja, weißt du, ich kann dich doch nicht alleine lassen.« Emily erntete nur einen amüsierten Blick von Finn. »Wie war es beim Rat?« Finn zuckte nur mit den Schultern.

»Was ist passiert?«

»Ich habe ihnen alles geschildert, was wir gesehen haben. Doch ich denke, sie haben mir nicht geglaubt.«

»Warum denkst du das? Warum sollten sie dir nicht glauben?«

»Aimes hat sich alles angehört und zwei Ratsmitglieder heute Nacht auf Beobachtungstour geschickt. Sie sollen herausfinden, ob es wahr ist, was ich erzählt habe.«

»Das hört sich doch vernünftig an.«

»Ja, genau, vernünftig! Es war doch reiner Zufall, dass wir die Blocker dabei gesehen haben, wie sie sich zusammengerottet haben. Wer weiß, ob die Ratsmitglieder das zu sehen bekommen. Und wenn ja, wann?«

»Was ist mit der Infrarotkamera?«

»Die bekomme ich erst morgen.«

»Und was willst du jetzt tun?«

»Weiter jagen.« Hastig stapfte er in Richtung Wald und Emily eilte hinterher.

»Finn, es ist zwei Uhr und wir haben seit einer Stunde keinen Blocker mehr gesehen. Sollten wir nicht versuchen, wenigstens etwas Schlaf zu bekommen? Ich habe die letzten Nächte nicht mehr als drei oder vier Stunden geschlafen.« Sie lief Finn nur noch hinterher, ohne ihre

Umwelt wirklich wahrzunehmen, während er unermüdlich weiterrannte.

»Du kannst ja gehen, wenn du willst. *Du* wolltest mitkommen.« Emily gab es auf. Finn war doch total irre. Sie spürte, wie erschöpft ihr Körper war. Sie wollte nach Hause – brauchte eine Auszeit. Emily blieb stehen. Ein letztes Mal blickte sie Finn hinterher, der noch immer durchs Gebüsch stapfte und sich nicht um sie scherte. Sie wandte sich von ihm ab und ging in die entgegengesetzte Richtung. Nach kurzer Zeit hörte sie hinter sich einen Ast knarzen. Sie dachte, Finn wäre zurück gekehrt und drehte sich um, nur um direkt in zwei leuchtend rote Augen eines Blockers zu blicken. Ehe sie ihre Hand an der Armbrust hatte, spürte sie einen stechenden Schmerz.

Finn zuckte zusammen, als ein Schrei die Nacht erhellte. Er rannte los, unbewusst wusste er, dass es Emily war, die in Gefahr schwebte. Sein Herz pochte wie wild, er trieb sich selbst an, schneller zu rennen. Ein weiterer Schrei durchschnitt die Nacht, als er Emily endlich erblickte. Eine Handvoll Blocker näherten sich ihr. Einer hatte sich bereits über sie gebeugt, die Krallen in Emily geschlagen, um erst ihre Gefühle und dann auch ihr Leben aus ihr zu saugen. Finn spürte, wie sich seine Kraft im Inneren zusammenballte. Sie gewann an Macht und Licht breitete sich in seinen Schultern aus und floss ihm die Arme hinunter, dann in seine Hände hinein, zwei Kugeln aus Licht, die in seinen Handflächen unter der Haut glühten. Die Blocker hatten keine Chance zu reagieren oder zu fliehen. Noch während Finn auf sie zu rannte, tötete er sie. Einer nach dem anderen löste sich auf, getroffen von Finns Energiebällen. Erbarmungslos löschte er sie aus, noch bevor sie wussten, was überhaupt geschah. Die Luft schwirrte von schwarzen Staubwolken und es roch nach Schwefel. Finn durfte nicht noch jemanden an diese Wesen verlieren. Er kniete sich neben Emily und hob vorsichtig ihren Kopf an. Sein Blick glitt über ihren Körper.

Von irgendwoher kam Blut.

Jede Menge Blut.

Viel zu viel Blut.

Es sickerte durch ihren Pullover und färbte ihn in ein dunkles Rot. Finn presste seine Hand auf die Wunde, um die Blutung zu stoppen. Das Leben wich langsam aus ihr.

»Emily, kannst du mich hören? Emily!«

In dem Moment, in dem der Blocker Emily erwischte, entfuhr ihr ein schriller Schrei und sie spürte einen stechenden Schmerz in der Seite, bevor sie zu Boden sank. Dann traf sie ein zweiter Schmerz und ein weiterer Schrei entwich Emily, bevor die Welt vor ihren Augen verschwamm. Das nächste, was sie vernahm, war Finns Stimme, die weit weg schien und versuchte, zu ihr durchzudringen. Emily wollte zu Finn zurückkehren und nochmal ihre Augen öffnen. Es gelang ihr nicht.

Finn kramte sein Handy hervor. Emily musste so schnell wie möglich in ein Krankenhaus. Scheiße! Wieso gab es in Notsituationen nie ein Handynetz? Wozu brauchte man dann eigentlich ein tragbares Telefon? Er sah sich um. Vor ungefähr einer Meile hatte er einen der alten Grenzsteine gesehen, der zur Ruine des Hofguts gehörte. Das hieß, sie mussten ganz in der Nähe von St. Peter sein. Das Pfarrhaus stand etwas außerhalb der Stadt. Er hob

Emily vorsichtig hoch. Sie war so leicht und ihr Körper hing leblos in seinen Armen.

»Komm schon Em, du darfst nicht sterben! Hörst du? Bitte!«

Ihre Lippen waren schon ganz grau und sie war noch blasser im Gesicht als sonst. Finn lief los in Richtung Pfarrhaus. Am Anfang noch schnell, doch Emilys Körper wurde zunehmend schwerer in seinen Armen. Er musste sie ein paar Mal ablegen und durchatmen. Er lehnte sie an einen Baum. Finn holte sein Handy aus seiner Hosentasche und hielt es in die Höhe. Noch immer kein Empfang.

»Emily! Emily, kannst du mich hören?« Noch immer regte sie sich nicht. Er holte tief Luft, und hob sie dann wieder hoch und lief weiter. Es konnte nicht mehr weit sein. Hinter jedem Baum hoffte er die Lichter des Pfarrhauses zu sehen, doch sie tauchten nicht auf. Verdammt, hatte er sich verlaufen? Finn hielt kurz inne, Panik stieg in ihm auf. Emily brauchte dringend einen Arzt. Sie hatte keine Zeit mehr. Finn sah sich um, er war sich sicher, in die richtige Richtung zu laufen.

Dann plötzlich tauchte aus dem Nichts heraus ein Blocker auf. Finn hatte nicht bemerkt, wie er sich genähert hatte. Er brauchte seine Hände, um sich verteidigen zu können, doch in denen lag Emily. Also wich er dem Blocker lediglich aus. Weitere Blocker näherten sich Finn. Er wusste nicht, was er tun sollte. Er versuchte eine Hand frei zu bekommen, indem er Emilys Lage änderte. Doch die Blocker waren schon gefährlich nah. Ihre Klauen schlugen nach ihm und verfehlten ihn nur knapp. Sie drängten ihn weiter zurück, bis er nicht mehr ausweichen konnte. Gleich würden sie ihn berühren und ihm seine

Lebensenergie aussaugen. In letzter Sekunde trafen Lichtstrahlen die Blocker und schickte sie ins Jenseits. Finn musste geblendet die Augen schließen. Blinzelnd öffnete er sie wieder. Vor ihm standen zwei Männer. Sonnenhexer. Cleaner des Rates auf Patrouille.

»Das war knapp«, erklärte der mit den blonden kurzen Haaren.

»Was hast du hier draußen so spät nachts zu suchen Junge?«

»Ich bin einer von euch, ich muss sie so schnell wie möglich ins Krankenhaus bringen«, erwiderte Finn nur.

»Das funktioniert hier nicht«, fügte er hinzu, als der kleinere der Beiden sein Handy herausholte. »Deshalb war ich auf dem Weg zum Pfarrhaus.«

»Wir begleiten dich.« Sie setzten sich in Bewegung, Finn mit Emily in den Armen vorne weg.

»Du hattest Glück, dass wir hier vorbei gekommen sind.«

»Danke, dass ihr uns geholfen habt.«

»Das ist schließlich unsere Aufgabe.«

»Du bist MacSols Sohn oder?«, fragte der mit dem blonden Kurzhaarschnitt.

»Sie kannten meinen Vater?«

»Er war ein guter Mann.«

»Ja das war er.« Es dauerte nicht lange und sie standen vor der Tür des Pfarrhauses. Es brannte kein Licht mehr. Doch das hielt Finn nicht davon ab zu klingeln. Ungeduldig wartete er, dass ein Licht im Hause anging.

»Wir müssen Aimes hiervon berichten. Pass auf dich auf, Junge!«, damit verabschiedeten sich die beiden Cleaner.

»Ja, das solltet ihr. Vielleicht nimmt er mich dann endlich ernst.«

Pater Matthews war schon im Bett gewesen, aber sobald er Finn mit der bewusstlosen Emily in seinen Armen sah, war er auch schon am Telefon und rief einen Krankenwagen.

»Was ist passiert?«

»Wir sind mit dem Fahrrad auf dem Weg nach Hause gewesen, als ein Tier unseren Weg kreuzte. Emily musste so scharf bremsen, dass sie über den Lenker geflogen und auf irgendetwas Spitzem gelandet ist. Sie hatte über Schmerzen an der Seite geklagt, bevor sie bewusstlos geworden ist«, log Finn.

Es schien eine halbe Ewigkeit zu dauern, bis der Krankenwagen sie erreichte. Der Arzt untersuchte auch Finn, auf Grund des ganzen Blutes an seiner Kleidung. Doch ihm fehlte nichts; trotzdem nahmen sie ihn mit in die Klinik um Emily zu begleiten.

Finn kam die Fahrt ins Krankenhaus wie eine weitere Ewigkeit vor. Emily musste direkt in den OP. Sofort wählte Finn auf seinem Handy die Nummer der dela Lunes. Wie würden sie reagieren, wenn sie erfuhren, dass er Emily in Gefahr gebracht hatte, und das, obwohl er die Gefahr viel besser einschätzen konnte als sie? Nun landete sie bereits zum zweiten Mal wegen ihm im Krankenhaus. Und möglicherweise würde sie es diesmal nicht überleben. Finn musste seinen ganzen Mut zusammen nehmen, als er die Nummer der dela Lunes wählte, um Emilys Eltern zu informieren.

Finn lief im Flur des Krankenhauses auf und ab und wartete auf Emilys Familie. Sie war erst seit einer halben Stunde im OP, doch die Ungewissheit war kaum auszuhalten. Es war seine Schuld. Er hätte sie nie mitnehmen dürfen. Er hatte gewusst, dass ihre Kraft nur eine passive war und keine aktive Angriffskraft.

»Was hast du mit meiner Schwester gemacht?« Von einer Sekunde auf die nächste hatte Finn Alex' Arm an seiner Kehle, der ihn gegen die Krankenhauswand drückte. Finn konnte die Wut und die Besorgnis in Alex' Blick sehen. Statt einer Antwort blieb er stumm. Alex sollte mit Finn machen, was er wollte, denn er hatte ja so recht. Finn war schuld daran, dass Emily nun operiert werden musste. Er hatte nicht genug auf sie aufgepasst.

Alex' Faust traf Finn mitten im Gesicht. Aber der Schmerz war nichts gegen den in seinem Herzen, wenn er daran dachte, dass Emily wegen ihm dem Tode nahe war. Er wehrte sich nicht, denn er hatte es verdient.

»Alex!« Emilys Vater, ihre Mutter und ihr jüngerer Bruder Tom standen einige Meter hinter Alex auf dem Flur. »Es reicht!« Alex ließ seine Faust sinken.

»Mr. Dela Lune, es tut mir unendlich leid. Ich weiß nicht...«

»Du solltest jetzt besser gehen«, flüsterte Alex.

Finn verließ mit gesenktem Kopf das Krankhaus. Er hatte keine Ahnung, wohin er sollte. Er fand keine Ruhe. In seinem Inneren tobte ein Orkan von tausenden von Hornissen, die unaufhörlich in seine Magenwand stachen. Wenn Emily sterben würde, würde er sich das nie verzeihen.

25

Emily wachte auf, wusste aber nicht, wo sie war oder was geschehen war. Sie sah eine weiße Decke mit Lampen. Dann spürte sie Schmerzen in der Seite. Wo war Finn? Sie wollte nach ihm rufen, aber sie brachte seinen Namen kaum über die Lippen. Ihre Kehle war so trocken, es war kaum mehr als ein Wispern.

»Emily. Warte, trink einen Schluck Wasser. Hier.« Gierig trank Emily fast das ganze Glas Wasser leer, das ihr jemand an den Mund hielt.

»Alex? Wo bin ich?«, flüsterte Emily.

»Du bist im Krankenhaus, auf der Intensivstation, du wurdest operiert.« Alex hatte anscheinend darauf gewartet, dass sie aus der Narkose aufwachte. Aus Maschinen führten Schläuche in ihre Arme, durch die diverse Flüssigkeiten tropften.

»Operiert?«

»Ich hole Mum und Dad, sie sprechen gerade mit dem Arzt.« Eine Minute später kam Alex mit ihren Eltern und Tom wieder, gefolgt von einem Arzt.

»Hey mein Schatz«, kam es von ihren Eltern wie aus einem Mund.

»Wie geht es dir?« Emilys Mutter gab ihr einen Kuss auf die Stirn, während ihr Vater besorgt drein blickte.

»Miss dela Lune, schön, dass Sie wieder unter uns weilen. Wie fühlen Sie sich?« Der Arzt nahm sich das Klemmbrett mit ihren Papieren vom Ende des Bettes und sah sich die blinkenden Geräte genau an, drückte Knöpfe und notierte sich Dinge. Dann stellte er noch den Tropf neu ein.

»Müde.«

»Das ist noch die Narkose. Das lässt bald nach. Außerdem haben Sie sehr viel Blut verloren. Es war allerhöchste Eisenbahn, als Sie eingeliefert wurden«, erklärte er. »Auf Grund Ihrer Verletzungen bei diesem Fahrradunfall mussten wir Ihnen die Milz entfernen. Der Riss war zu groß, um ihn zu nähen. Doch das ist nicht weiter schlimm. Eine Routineoperation. Es gab keine Komplikationen und sie können auch gut ohne eine Milz leben, da die Leber ihre Aufgaben mit übernimmt. Trotzdem werden wir Sie mindestens eine Woche zur Beobachtung hier behalten, um auszuschließen, dass sich eine Infektion bildet. So etwas passiert in seltenen Fällen. Aber wie gesagt, kein Grund zur Beunruhigung, es sieht bisher alles sehr gut aus bei Ihnen. Ich werde mir morgen dann ihre Operationsnaht ansehen. Es wird nur eine ganz kleine Narbe zurückbleiben.«

Er klemmte seine Notizen wieder mit dem Brett an das Bettende.

»Auf Wiedersehen.«

»Danke Herr Doktor.« Er schüttelte ihren Eltern die Hände und verließ das Zimmer.

»Durch den Fahrradunfall?«, fragte Emily.

»Das hat Finn dem Notarzt erzählt.«

»Finn! Wo ist er? Geht es ihm gut?«

»Ihm ist nichts passiert.« Alex' Miene verfinsterte sich, was Emily nicht verstand.

»Du hast uns ganz schön erschreckt!«

»Das wollte ich nicht.«

»Als Finn uns anrief, dachten wir erst ... du wärst ...«, begann Emilys Mutter, bevor ihr die Tränen kamen und ihre Stimme erstickte. Ihr Vater nahm sie in die Arme, um sie zu trösten.

»Kannst du dich daran erinnern, was wirklich passiert ist?«

Alles, woran sie sich noch erinnern konnte, war, dass sie mit Finn auf der Jagd gewesen war, bis sie nach Hause wollte und dabei auf einen Blocker getroffen war. Und dann nur noch: Schmerzen. Danach verschwamm ihre Erinnerung in der Dunkelheit und klärte sich erst wieder, als sie hier im Krankenhaus aufgewacht war.

»Lass sie sich erst mal ausruhen, das kann sie uns auch noch morgen erklären, Henry.«

»Entschuldige bitte, Schatz. Du hast Recht, Amy. Emily, du solltest jetzt versuchen, erst mal etwas zu schlafen. Wir werden morgen wiederkommen.«

»Ich würde gerne noch etwas bleiben, Henry.«

»Okay, dann bringe ich die Jungs nach Hause und hole dich später ab.« Er gab Emily und seiner Frau einen Kuss auf die Stirn, bevor er mit Tom und Alex ging.

Emily erwachte am nächsten Morgen mit Schmerzen. Ihre Mutter musste irgendwann gegangen sein, doch Emily hatte es nicht mitbekommen. Noch immer war sie ziemlich K.O. von der Operation. Der Arzt, der sie operiert hatte, kam, um nach ihr zu sehen und die Schwester anzuweisen, ihr etwas gegen die Schmerzen zu geben.

Kurz nach dem Mittagessen kamen dann Emilys Eltern noch mal vorbei, um nach ihr zu sehen.

»Hallo, mein Schatz.«

»Hey. Wann bist du gegangen? Ich habe es gar nicht mitbekommen.«

»Ich habe gewartet, bis du eingeschlafen warst, das ging sehr schnell, nachdem dein Dad und deine Brüder weg waren. Wie geht's dir heute?«

»Besser. Ich werde gleich auf die Normalstation verlegt.«

»Das sind großartige Neuigkeiten«, freute sich ihre Mutter.

»Der Arzt hat gesagt, ich muss noch etwa eine Woche im Krankenhaus bleiben, und nach dem Krankenhausaufenthalt muss ich noch alle paar Monate regelmäßig zu unserem Hausarzt, der mein Blutbild überprüft.«

»Das hört sich doch schon sehr gut an. Ihr hattet wirklich Glück, du und … Finn.« Ihre Mutter sah zu ihrem Vater und gab ihm damit die Erlaubnis, endlich die Frage zu stellen, die ihm so unter den Nägeln brannte.

»Was hattest du mitten in der Nacht da draußen mit Finn zu suchen?«

»Ich …« Gab es eine Lüge, die das hier erklären konnte? »Wir jagen Blocker!«, erklärte Emily schließlich.

»Aber das ist nicht deine Aufgabe, und auch Finn ist noch nicht bereit dazu. Habt ihr eine Ahnung, was noch alles hätte passieren können? Das ist kein Spiel!«

»Dad, wir waren vorsichtig. Was hätte ich denn tun sollen? Ihn ganz alleine da nachts herum streifen lassen?«

»Warum bist du nicht zu uns gekommen?«

»Wir waren bei Aimes und dem Rat, doch der hat uns nicht geglaubt!« Ihre Eltern warfen sich einen besorgten Blick zu.

Als ihr Vater zu einer weiteren Frage ansetzen wollte, unterbrach ihn ihre Mutter. »Henry, ich denke für heute hat Emily genug Fragen beantwortet. Lass sie doch bitte erst mal wieder gesund werden.« Ihre Mum setzte sich zu ihr auf die Bettkante und drückte ihre Hand. »Hauptsache, euch ist nichts passiert!«

Ihre neue Zimmernachbarin wurde eine ungefähr 80-jährige Frau, die rund um die Uhr durch Home Shopping Kanäle zappte oder Kreuzworträtsel löste. Ein junger Arzt kontrollierte regelmäßig Emilys Blutwerte, um auszuschließen, dass Blutgerinnungsstörungen oder Entzündungen auftraten. Sie bekam täglich Besuch von ihrer Familie, und auch Meggie und Susan kamen Emily besuchen, im Schlepptau knallbunte kitschige Luftballons, die sie an Emilys Bettende befestigten. Für Blumen war schon bald kein Platz mehr, dafür hatten ihre Familie und die Großeltern gesorgt. Der Einzige, der sie nicht besuchte, war Finn. Dabei wartete Emily genau auf diesen Besucher am allermeisten. Jedes Mal, wenn die Tür aufging, hoffte sie, dass er es war. Aber auch diesmal war es nur Marilyn, Finns Schwester, deren weiße Schwesterntracht den braungebrannten Teint einer Sonnenhexe noch mehr betonte.

»Ich habe gerade eine kleine Pause und dachte, ich sehe mal nach dir, auch wenn das nicht meine Station ist.«

»Das ist nett.« Emily setzte sich vorsichtig in ihrem Bett auf. Sie hatte noch Schmerzen. Marilyn, ganz die Krankenschwester, rückte ihr das Kissen im Rücken zurecht.

»Finn hat mir erzählt, was passiert ist.« Sie nahm sich einen Stuhl und zog ihn näher zum Bett heran.

»Was genau hat Finn denn erzählt?«, wollte Emily wissen.

»Ihr beide wart auf der Jagd, obwohl Mondhexen normalerweise keine Cleaner sind.« Marilyn bedachte Emily mit einem strengen Blick. »Ihr habt euch gestritten, er hat dich alleine gelassen und die Blocker haben dich erwischt.«

»Das hat er gesagt? Er hat mich alleine gelassen?«

»Emily, er hätte dich nie mitnehmen dürfen.«

»Aber es war mein Wunsch, Marilyn. Meine Verantwortung.« Emily versuchte, sich etwas weiter aufzusetzen. »Au.« Marilyn stand auf und schüttelte Emilys Kissen auf, um es ihr bequem zu machen.

»Er macht sich große Vorwürfe!«

»Das braucht er nicht. Ich gebe ihm keine Schuld für das, was passiert ist«, beteuerte Emily. Ihre Stimme zitterte, als sie weitersprach. Obwohl sie sich nichts anmerken lassen wollte, konnte sie es nicht verhindern. »Kommt er mich deshalb nicht besuchen?«

»Vermutlich. Doch du solltest dich etwas schonen. Eine Milzoperation ist zwar heutzutage keine große Sache mehr, doch jede OP birgt Risiken.«

Marilyn erhob sich und stellte den Stuhl zurück. »Ich muss wieder zurück an die Arbeit.«

»Danke, dass du da warst. Kannst du ihm ausrichten, dass ich ihn sehr gerne sehen würde?«

»Mach ich!«

26

Vier Tage lang drückte sich Finn darum, Emily im Krankenhaus zu besuchen. Bis halb sechs war Besuchszeit, als Finn am Mittwoch endlich Mut fasste. Er erkundigte sich bei der Schwester, in welchem Zimmer Emily lag. Doch bevor er hineingehen konnte, rutschte sein Herz in seine Magengegend und ihm war zum Kotzen zumute.

Alex hatte ihn rausgeworfen, er gab Finn die Schuld an der Katastrophe. Genauso wie Finn sich selbst auch.

Aber er musste sehen, ob es Emily gut ging. Das ließ ihm keine Ruhe. Panik stieg in ihm auf, als er die Klinke zu Emilys Krankenzimmer in der Hand hielt. Bevor er sie drückte, hielt er inne. Er war sich ganz und gar nicht sicher, ob sie ihn sehen wollte. Auch wenn Marilyn ihm das Gegenteil versichert hatte; doch Emily konnte ihre Meinung geändert haben. Oder sie wollte ihn nur sehen, um ihm zu sagen, dass sie endgültig nichts mehr mit ihm zu tun haben wollte. Er schluckte seine lähmende Furcht hinunter und betrat das Zimmer. Sein Entschluss stand fest.

Emily lag da in diesem Krankenbett. Den Kopf von der Tür weggedreht, die Augen geschlossen.

»Hey.« Finn war sich nicht sicher, ob sie wach war. Er trat vorsichtig näher. Unsicher. Sie hatte das hintere Bett direkt am Fenster. Das andere Bett war leer, sah aber benutzt aus. Wahrscheinlich war die Patientin gerade bei irgendwelchen Untersuchungen oder mit ihren Angehörigen in der Caféteria. Emily drehte sich in ihrem Bett auf die andere Seite.

»Finn!« Emily freute sich, Finn zu sehen. »Was ist denn mit dir passiert?« Finns rechtes Auge schimmerte in den Farben lila und grün.

»Das ist nichts. Aber ... wie geht's dir?« Er blieb am Fußende von Emilys Bett stehen, stupste die Luftballons an, die Meggie und Susan mitgebracht hatten, und sah sie fragend an.

»Meggie und Susan.«

»Ähm, ach ja, ich hab dir auch was mitgebracht.« Aus einer Innentasche seiner Jacke holte er einen kleinen Teddybär, der einige Pflaster auf sein Fell genäht hatte. Er trat neben ihr Bett, um ihn ihr zu geben, nur um sich dann wieder ans Bettende zu stellen. So weit von ihr entfernt.

»Danke.«

»Außerdem habe ich deine Armbrust zu Hause in dein Zimmer gelegt. Ich bin über den Balkon geklettert. Ich dachte, es ist wohl etwas schwierig, allen zu erklären, warum du so etwas mit dir herumträgst.«

»Ja, ist wohl besser gewesen.«

»Und wie geht's dir?«

»Die Ärzte sagen, dass ich auch ganz gut ohne eine Milz leben kann. In ein paar Tagen darf ich nach Hause. ... Du hast mir das Leben gerettet!«

»Nein, ich habe dich fast umgebracht!«, widersprach Finn sofort gequält.

»Das ist nicht wahr!« Emily setzte sich langsam in ihrem Bett auf.

»Doch, wenn ... Du hättest nicht mitkommen dürfen.«

»Ich versteh nicht ...« Emily schüttelte den Kopf.

»Wenn du klug bist, hältst du dich in Zukunft von mir fern. Ich tue dir immer nur weh! Es ist besser, wenn wir wieder getrennte Wege gehen. Ich gehe wieder alleine jagen. Dich von mir fernzuhalten, scheint mir momentan der einzige Weg, um deine Sicherheit zu garantieren. Ich wollte dir kein einziges Mal wehtun. Emily, ich ...« Er schloss seine Augen und seufzte. Als er sie wieder öffnete, machte er noch einen Schritt auf Emily zu und sagte: »Es war nie meine Absicht dir weh zu tun. Niemals.«

»Es war nicht deine Schuld!«, versuchte Emily Finn nachdrücklich klar zu machen. Sie spürte, wie Finn sich von ihr zurückzog, sich abkapselte, und sie fühlte Panik in sich aufsteigen. Panik, dass er sie verlassen könnte.

Das klang dumm, denn sie waren nicht zusammen. Aber sie hatten so viel Zeit zusammen verbracht in den letzten Wochen.

»Ich dachte, dass nach allem, was passiert ist, dass wir ... ich weiß auch nicht.«

»Was?«

»Dass ... wir Freunde geworden sind«, entgegnete Emily entmutigt.

Finn konnte es Emily ansehen. Sie war enttäuscht von ihm. Er ließ sie im Stich. Es fiel ihm nicht leicht, doch es war besser so. Er brachte ihr nur Unglück. Wegen ihm hatte sie diese Narben und wegen ihm lag sie schon wieder im Krankenhaus. Nach außen hin versuchte er seine harte, unnachgiebige Fassade aufrecht zu halten. In ihm sah es allerdings ganz anders aus. Innerlich wollte er ihr nicht so wehtun. Es brach ihm fast das Herz, Emily so vor den Kopf zu stoßen. »Es ist besser so, glaub mir.« Finn konnte Emily nicht mehr in die Augen sehen, drehte sich um und ging auf die Tür zu.

»Geh nicht!«, flüsterte Emily.

Finn blieb an der Tür stehen und sah noch mal zu Emily, die fassungslos und entsetzt zurückblieb. »Emily, es ist zu spät!«

»Wofür?«

»Um mich zu retten ... Die Blocker. Die Jagd. Das ist meine Bestimmung. Mein Schicksal, nicht deines.«

»Aber vielleicht ist es jetzt auch meines!«

»Willst du noch mehr Narben von mir an deinem Körper tragen?«

Er sah, wie sich ihr Gesichtsausdruck veränderte. Er hatte erreicht, was er wollte: Er hatte sie so sehr verletzt, sie von sich gestoßen, dass er sie für immer verloren hatte. Nichts konnte sie jetzt noch zurückbringen. Sie hasste ihn. Das war besser für sie. Es würde ihr nun leichter fallen, sich von ihm und dem ganzen Mist fernzuhalten. Dann ging er und schloss die Tür hinter sich, musste sich aber kurz dagegen lehnen und tief Luft holen, bevor er das Krankenhaus verließ. »Es ist leichter für dich, wenn du mich hasst«, flüsterte er zu sich.

»Was wollte Finn denn hier? Ich hab ihn wegrennen sehen.« Alex stand auf einmal in der Tür.

»Gar nichts.«

»Ich hätte ihm schon viel früher eine reinhauen sollen.«

»Du hast was?«

»Wegen ihm liegst du hier! Oder hast du das schon vergessen?«

»Es war nicht seine Schuld!«

»Er hätte dich nie mit auf die Jagd nehmen dürfen!«

»Wenn du jemandem die Schuld geben willst, dann wohl doch eher diesen Kreaturen. Aber ich werde ihn sowieso nicht mehr wiedersehen. Zufrieden?«

»Was ist passiert?«

»Nichts.«

Emily drehte sich auf die Seite. Sie wollte ihre Ruhe haben. Leise rannen ihr die Tränen über die Wangen. Im Nebenzimmer ging der Fernseher an. Durch die Zimmerwand gedämpft war »Anberlin« mit »Breaking« zu hören.

27

Emily wurde an einem Freitagnachmittag entlassen. Nach einer Woche Krankenhausaufenthalt musste sie sich noch eine Woche zu Hause schonen. Außerdem musste sie regelmäßig zu Nachuntersuchungen, und Sport fiel für die nächsten zwei Monate flach.

Sie fühlte sich merkwürdig leer, seit Finn ihr mitgeteilt hatte, dass sie nun wieder getrennter Wege gingen. Sie hatte sich als Teil von etwas gefühlt.

Tom brachte einige DVDs, nachdem sie bereits einen Stapel durchgesehen hatte. Hinter ihm kam ihr Vater mit dem Mittagessen. Emily setzte sich auf und nahm das Tablett mit den Pfannkuchen entgegen. Als ihr Vater keine Anstalten machte, das Zimmer wieder zu verlassen, wusste Emily, dass noch etwas kommen würde.

»Dad, können wir es bitte hinter uns bringen. Ich hab Hunger.« Emily musste ihren Vater nicht lange bitten.

»Wie bist du bloß auf die Idee gekommen, mit diesem Finn nachts durch die Wälder zu streifen, auf der Jagd nach Blockern? Deine Kräfte sind noch lange nicht voll ausgebildet, und selbst wenn, ist es nicht deine Aufgabe, Blocker zu töten.«

»Ihr habt mir nie irgendetwas über meine Bestimmung erzählt oder darüber, wozu diese Zauberkräfte taugen. Wie soll ich da wissen, was meine Aufgabe ist? Und dann kommt dieser Aimes und erzählt mir, dass ich für den Sturz der Welt in die Dunkelheit verantwortlich bin!«, sprudelte es aus Emily heraus. »Das mit Finn war purer Zufall! Er hat meine Kräfte gesehen und ich seine, und wozu er sie benutzt. Ich wollte nicht mehr herumsitzen und auf mein Schicksal warten.«

»Ich habe die Regeln nicht aufgestellt. Eure Kräfte entwickeln sich allmählich, wenn ihr älter werdet. Bei dem einen langsamer, beim anderen schneller. In seltenen Fällen kommt es vor, dass Hexen ihre Kräfte schon vor der Pubertät bekommen. Doch das ist eher die Ausnahme. Bis zu eurem achtzehnten Lebensjahr macht ihr die jeweils nötigen Rituale mit, um eure Kräfte aufzuladen, da sie an eure Lebensenergie gekoppelt sind. Doch erst danach beginnt ihr, eure individuellen Kräfte zu entwickeln, und dann erst übernehmt ihr Aufgaben. Mondhexen erschaffen mit ihren Fähigkeiten die Tag-Nacht-Grenze, und Sonnenhexen vernichten die Wesen, die trotzdem von Zeit zu Zeit von der anderen Seite hindurch kommen. Also ab sofort überlasst ihr das den ausgebildeten Sonnenhexen!«

»Keine Angst, das hat sich erledigt. Finn und ich gehen uns wieder aus dem Weg. Genau wie früher.«

»Was ist passiert?«

»Das ist eine lange Geschichte.«

»Wenn du magst, erzähl sie mir.«

»Nicht heute, Dad.«

»In Ordnung, Schatz.« Damit ließ ihr Vater sie endlich essen.

Nach vier Tagen zu Hause fiel Emily bereits die Decke auf den Kopf. Finn nicht zu sehen, war unerträglich. Emily konnte nicht abwarten, wieder in die Schule zu dürfen. Susan und Meggie kamen am Samstagvormittag vorbei und brachten Emily die Hausaufgaben, die sie während ihrer Woche im Krankenhaus verpasst hatte, sowie die neuesten Klatsch- und Tratschgeschichten. Die meisten Gerüchte drehten sich allerdings um Finn und

Emily. »Keiner weiß, was wirklich passiert ist, aber es gibt die unterschiedlichsten Gerüchte. Mark Jacobs erzählt, dich hätte ein Auto angefahren, und Laurel aus der Klasse über uns behauptet, Finn hätte dir die Wunde beigebracht. Sie sagt, sie hat euch beide zusammen aus dem Kino in Burrows kommen sehen. Wir haben ihr gesagt, dass das unmöglich sei«, berichtete Meggie aufgeregt. Emily musste losprusten, und Meggie und Susan taten es ihr gleich, auch wenn sie nicht wussten, wieso.

»Und was ist die Wahrheit?«, forschte Susan weiter, als sie sich wieder beruhigt hatten.

»Was hat denn Finn erzählt?«

»Gar nichts. Der hat sich nur darüber ausgeschwiegen.« Weil Emily nichts Besseres einfiel, blieb sie recht nah an der Wahrheit. »Wir wurden angegriffen, ich wurde verletzt und Finn hat den Kerl in die Flucht geschlagen.« Meggie und Susan starrten Emily mit offenen Mündern an. »Und ja, ich war mit Finn MacSol im Kino«, musste sie bestätigen.

»Wieso warst du mit ihm im Kino?« »Wer hat euch angegriffen?«, wollten Meggie und Susan gleichzeitig wissen.

»Ich weiß nicht, wer mich angegriffen hat. Es ging alles so schnell. Auf einmal kam ein Mann aus dem Gebüsch gesprungen, und dann war da auf einmal ein Messer.«

»Oh, mein Gott«, kam es von Meggie und Susan wie aus einem Mund.

»Vielleicht war es einer dieser Kriminellen, die aus dem Gefängnis in Mayen ausgebrochen sind. Vor ein paar Wochen stand etwas darüber in der Zeitung. Wenn Finn nicht gewesen wäre …«, spekulierte Susan.

»Und wieso warst du mit Finn im Kino?«, ließ Meggie nicht locker.

»Naja, also während der Referatsausarbeitung haben wir uns ganz gut verstanden. Also dachten wir, wir gehen mal zusammen ins Kino.«

»Derselbe Finn, mit dem du nicht mal im gleichen Raum sein wolltest? Kann mich mal einer zwicken, ich glaube, ich träume.« Susan kniff Meggie in den Oberarm.

»Aua.«

Und wieder mussten die Drei loslachen.

»Was läuft zwischen dir und Finn?«

»Susan!« Meggie warf Susan einen bösen Blick zu.

»Was? Wir sind ihre besten Freundinnen, wir haben ein Recht darauf zu erfahren, wenn Emily einen Freund hat.«

»Das ist kompliziert. War es zumindest.«

»War?«

Emily holte tief Luft, bevor sie versuchte, das Unfassbare auszusprechen.

»Er hat gesagt, dass es besser ist, wenn wir uns nicht mehr sehen.«

»Wieso?«

»Das ist eine lange Geschichte. Erzählt mir lieber, was sonst so in der Stadt los ist«, versuchte Emily das Thema zu wechseln.

»So leicht kommst du uns nicht davon! Wir wollen alles wissen! Von Anfang an!«

»Hast du ihm den Zwischenfall von damals verziehen?«, wollte Susan wissen.

»Ich denke schon. Doch es spielt keine Rolle mehr. Seiner Meinung nach sollten wir nicht zusammen sein, weil er mir immer nur weh tut.«

»Aber Finn ist doch hieran gar nicht schuld.« Meggie deutete auf Emilys verletzte Seite.

»Er gibt sich aber die Schuld.«

»Und das glaubst du ihm?«

»Was meinst du, Susan?«

»Vielleicht hat er das nur vorgeschoben, um den wahren Grund zu verschleiern.«

»Und was sollte dieser wahre Grund sein?«, fragte Meggie. Emily grübelte. Vielleicht hatten ihre Freundinnen Recht.

»Keine Ahnung.«

»Zeigst du uns jetzt die Bilder aus New York?«, erkundigte sich Meggie, um Emily wieder auf andere Gedanken zu bringen.

»Ja klar«, antwortete Emily abwesend, noch immer damit beschäftigt zu überlegen, warum Finn sie nicht mehr sehen wollte.

Der erste Schultag nach Emilys zweiwöchiger Krankenphase war die Hölle. Meggie und Susan hatten noch untertrieben. Emily wurde von allen blöd angeglotzt. Und das würde so bleiben. Zumindest so lange, bis etwas anders Aufregendes geschehen und zum neuen Gesprächsthema Nummer Eins aufsteigen würde. Der einzige, der ihr aus dem Weg ging, war Finn. Sie konnte ihn ein paar Mal dabei ertappen, wie er um irgendeine Ecke bog, Emily sah und sofort wieder umdrehte. Und noch ehe sie ihm nacheilen konnte, verschwand er jedes Mal in der Menge der Mitschüler. Sie sah ihn nur in Mathe, Geschichte und Literatur, und selbst da rutschte er erst Sekunden vor dem Schulgong auf seinen Stuhl. Emily konnte ihren Blick nicht von Finn abwenden. Sie musterte ihn eindringlich. Von der Seite sah sie seine langen gebogenen Wimpern und die wohlgeformte Nase. Doch Finn sah ihr kein einziges Mal in die Augen.

Finn konnte Emily nicht in die Augen schauen. Er konnte es nicht. Er hatte sie so sehr verletzt, dass er sie nicht ansehen konnte, denn dann würde er seinen Blick wahrscheinlich nie wieder von ihr abwenden können.
Sie fehlte ihm.
Sie fehlte ihm so unglaublich.
Jeden Tag.

Finn war nach der gemeinsamen Stunde so schnell verschwunden, dass Emily sich wunderte, keinen Kondensstreifen hinter Finn zu sehen. Er antwortete nicht auf Emilys Mails und SMS, und obwohl er beim Chatten online war, reagierte er nicht auf sie. Emily klickte immer wieder auf seine Facebookseite und hoffte, dass die Statusupdates ihr etwas Neues berichten würden. Doch Finn hielt sich nur äußerst selten in dem sozialen Netzwerk auf. Und so blieb Emily nichts anders übrig als ständig die paar Bilder in seinen Fotoalben sehnsuchtsvoll zu betrachten.

Nach über einer Woche Funkstille hielt Emily es nicht mehr aus. In der Morgendämmerung brach sie auf, um endlich mit Finn zu reden. Emily wollte es nicht zugeben, aber sie vermisste Finn. Seine völlige Abwesenheit lähmte sie, sie brauchte ihn.

»Ich wusste, dass ich dich hier auf der Lichtung finden würde.«
»Was machst du hier? Emily, geh wieder, okay? Das ist nicht der richtige Ort für dich.«

»Du gehst mir aus dem Weg, du siehst mich nicht mehr an, du sprichst nicht mehr mit mir ... Warum tust du das?«, fragte Emily und versuchte, ihre Verzweiflung vor Finn zu verheimlichen.

»Es ist besser so.« Finn ließ Emily stehen und stapfte weiter durch den Wald, ohne Rücksicht auf sie zu nehmen. Emily folgte ihm.

»Falls du's nicht bemerkt hast, das ist dein Stichwort, um dich schnell davonzumachen.« Finn drehte sich plötzlich um und blieb so schlagartig stehen, dass Emily ihn fast umgerannt hätte.

»Und wenn ich gar nicht mehr wegrennen will? Ich habe keine Angst vor dir oder vor dem, was ich gesehen habe. Ich glaube nicht, dass du mir wehtun wirst.«

»Aber das habe ich doch schon! Und zwar mehr als einmal!«

»Das waren Unfälle! Warum willst du wirklich nicht mit mir zusammen sein? Glaubst du tatsächlich, ich falle darauf herein? Glaubst du tatsächlich, ich könnte dich nach allem so sehr hassen, um dich mit dem, was ich gesehen habe, alleine zu lassen?«

Er sagte nichts. Emily konnte seinen Atem hören.

»Warum, Emily? Warum ich? Warum tust du dir das an?«

»Du hast mir eine neue Welt gezeigt. Ich kann nicht mehr zurück. Ich kann nicht mehr so tun, als wüsste ich von nichts.«

Alles in ihr schrie förmlich.

»Es ist nicht deine Aufgabe. Mondhexen benutzen ihre Kräfte, um den Grenzschild an der Tag-Nacht-Grenze aufrechtzuerhalten, und nicht, um Schattenwesen auszuschalten.«

»Falls es dir noch nicht aufgefallen ist, aber was es auch ist, es kann diese Grenze überschreiten – wann immer es will … Wir sollten also anfangen uns zu überlegen, was hier schief läuft! « Das brachte ihn erst mal zum Schweigen.

»Du hast mich am See gefragt, ob ich dich so sehr hassen würde …« Emily ging langsam auf Finn zu, sie stand etwas erhöht auf einer kleinen Unebenheit, so dass sie jetzt auf einer Augenhöhe mit Finn war. »Ich hasse dich nicht!« Nicht einmal eine Handbreit Luft lag zwischen ihnen. Finn hob seine Hand, als wollte er sie an der Wange berühren, seine Finger schwebten so nah über ihr und widerstanden doch. Emilys Herz begann wild in ihrer Brust zu hämmern, sie konnte sich nicht rühren. Atmete sie noch? Sie wusste es nicht. Sie erwartete seine Berührung leicht auf ihrer Haut zu spüren, doch sie kam nicht.

»Du solltest jetzt besser gehen!«, wies Finn sie an. Seine Stimme klang kühl und abweisend.

»Es ist egal, was ich sage oder tue, oder? Du hast das alles schon in deinem Kopf durchgespielt und beschlossen, dass es nicht funktioniert!«

»Es ist zu gefährlich!«

»Ja, richtig! Wir wollen mich ja nicht in Gefahr bringen, oder? Wie edel von dir!«

»Hör mir doch zu, ich …«, versuchte Finn sich zu rechtfertigen.

»›Du hältst dich besser fern, damit ich nicht verletzt werde‹ … Ich verstehe schon.«

»Nein, tust du nicht! Verflucht, Emily! Ich … Ich hätte dich da nie mit reinziehen dürfen!«

»Ähm, wenn ich mich recht erinnere, hast du mich nicht dazu gezwungen, mit dir zu gehen!«

»Ich kann nicht mit dir zusammen sein, auf dich aufpassen und die Verantwortung für deine Sicherheit tragen. Ich kann nicht noch jemanden verlieren.«

»Aber es geht mir gut! Du wirst mich nicht verlieren.« Sie schloss die Augen, zornig auf die Welt, auf Finn und sich selbst. Mit leiser Stimme sagte sie: »Ach Mist.«

»Ja, ich denke, das beschreibt die Situation sehr gut.«

Stille. Nachdem Emily sich nicht regte, hakte Finn ganz vorsichtig nach: »Emily? Was ist mit dir?«

Sie öffnete die Augen, drehte sich um und ging. Als sie Finn stehen ließ, wurde ihr bewusst, dass sie am ganzen Körper zitterte.

»Warte, Emily!« Doch Emily wollte nicht mehr warten. Für sie war das Kapitel Finn abgeschlossen. Er wollte sie nicht. Das hatte sie nun kapiert. Sie gab auf. Es hatte keinen Sinn, hier noch länger herumzustehen. Finn verstellte Emily den Weg. Ohne ihn anzusehen, wich sie ihm aus, doch egal wohin sie floh, er war schneller.

»Was ist los?«

»Nichts.«

»Lügnerin.«

»Ich möchte nicht fühlen, was ich gerade fühle, okay?«, schrie sie ihn an.

»Und was fühlst du, Emily?« Sie ließ die Frage unbeantwortet. Es dauerte einige Sekunden, bis sie sprach. Finn stand so dicht vor ihr, dass sie den Duft seines After Shaves einatmen konnte. »Die Wahrheit ist … ich habe Angst. Vor dir und davor, wie du mich fühlen lässt.«

Sofort wurde er ernst, seine Augen suchten ihre. Doch sie starrte weiterhin auf den Waldboden.

»Ich werde dir nicht wehtun. Und ich werde nicht zulassen, dass dir irgendjemand sonst weh tut.« Finn stieß ein leichtes Knurren aus. »Emily!« Er trat noch einen Schritt näher. »Ich wusste nicht, dass du so empfindest. Ich dachte, dass es ganz leicht wäre, wieder aus deinem Leben zu verschwinden. Am liebsten würde ich mich selbst dafür ohrfeigen, dich damit reingezogen zu haben.« Finn stieß hart den Atem aus, der in der kalten Morgenluft Wolken bildete.

»Scheiße.« Emily lief eine Träne über ihre Wange, ob sie wollte oder nicht. Und sie wollte definitiv nicht vor Finn rumflennen wie ein kleines Mädchen, das nicht bekam, was es wollte.

»Wenn du mich lässt ...«, sagte Finn ruhig und stand nur einen Atemhauch von ihr entfernt.

Ihr stiegen weitere Tränen in die Augen und er machte Anstalten, sie ihr wegzuwischen. »Finn, bitte ... nicht.« Er ließ seine Hand verweilen, ohne sie zu berühren.

Emily seufzte und schloss die Augen, als wüsste sie, welche Richtung seine Gedanken gerade nahmen. »Tu's nicht, wenn es dir nicht ernst ist. ... Berühr mich nicht so, wenn du ... wenn du nichts dabei empfindest.« Er ließ seine Hand von ihrer Wange an ihr Kinn sinken und hob es an, so dass sie ihn ansehen musste. Finn sah in Emilys mit Tränen angefüllte Augen, die sie zum Glitzern brachten.

»Du hast mir gefehlt! Und es verging kein Tag, an dem ich nicht an dich gedacht habe«, gab Finn zu und seine Stimme klang dabei butterweich. Es kostete ihn Überwindung, seine Gefühle so offen zu zugeben.

»Finn, ähm ... ich ... das ... «

Seine Fingerspitzen strichen zärtlich über ihre tränennassen Wangen, bevor er sie küsste, so süß und vorsichtig. Emilys Körper wurde stockstef, als Finn sie berührte.

Erst als sie bemerkte, dass nichts passierte – keine elektrischen Schläge oder Verbrennungen – entspannte sie sich.

Doch Finn schien zu spüren, dass Emily sich verkrampfte und ließ von ihr ab. Emily blieb bewegungslos stehen und legte ihre Hand auf Finns Brust, um nicht gleich in Ohnmacht zu fallen. Sie hielt ihre Augen noch für einen Moment geschlossen, dann blinzelte sie und blickte in die erwartungsvollen blauen Augen von Finn.

»Ich hatte gehofft, das tun zu können.« Seine Hand ruhte noch an ihrer Wange. »Wirst du mich das noch mal tun lassen?«

»Ja.«

Sie war noch immer wie gelähmt und nicht sicher, ob sie es laut aussprach. Finn verstand, und sie ließ ihn gewähren. Sein Kuss war entschlossener und intimer, als er seine Lippen öffnete. Finn war sachte, als er versuchte, mit seiner Zunge in ihren Mund einzudringen. Emily öffnete ihre Lippen und ließ Finns Zunge ein, die sich sanft tastend in ihrer Mundhöhle umsah. Das Vorspiel endete in einem langen atemberaubenden Kuss.

Der Moment war perfekt. Er schien ewig zu dauern. Und er hätte noch länger dauern können. Es war jener magische Moment, den sie nie wieder vergessen würden – und der Anfang von etwas, das weder Finn noch Emily erahnen konnten.

Währenddessen hatte sich die Sonne heimlich über den Horizont empor geschoben. Doch der Mond war noch nicht bereit zu gehen, und so teilten sie sich für eine gewisse Zeit den Himmel, um das Liebespaar dort drunten auf der Erde zu beobachten. Emily und Finn bemerkten nichts von ihren Zuschauern. Wenn es Momente des Schicksals gab, dann war dies hier mit Bestimmtheit einer. Nichts und niemand hatte ihn vorhergesehen. Nichts und niemand konnte es abwenden. So sehr man auch dagegen ankämpfte. Das Schicksal war unveränderlich.

28

Emily und Finn ruhten beide in ihren Betten, jeder in seinem eigenen; nur ungefähr eine Meile Luftlinie lag zwischen ihnen. Es war neun Uhr in der Frühe. Emily war kein bisschen müde, obwohl sie die halbe Nacht mit Finn im Wald verbracht hatte. Sie lag auf dem Rücken und starrte an die Decke. Es war das erste Mal seit längerem, dass sie Zeit hatte, über alles nachzudenken und den Wattebausch in ihrem Gehirn gegen etwas mit mehr Substanz zu tauschen. In den letzten Wochen war so viel passiert. Wo sollte sie anfangen? Ihr ging dieser Kuss von Finn nicht mehr aus dem Kopf. Wenn sie daran dachte, flogen nicht nur ein paar Schmetterlinge in ihrem Bauch, es war eher so, als würde eine ganze Antilopenherde darin herumspringen. In ihr brodelte es und sie fand keine Ruhe. Warum hatten sie sich heute früh auf einmal küssen können? Was war anders gewesen? Warum konnte sie an nichts anderes mehr denken? Wann hatte er sich in ihr Herz geschlichen, ohne dass sie etwas davon gemerkt hatte?

Emily versuchte, die Gedanken zu verdrängen, indem sie sich auf die Seite drehte und ihren Teddybär an sich drückte. Doch es gelang ihr nicht, ihre Gedanken zu bändigen. Aus Verzweiflung hielt sie ihren Teddy von sich, um ihn laut nach seiner Meinung zu fragen: »Ich hasse ihn, oder?« War es für diese Frage nicht schon etwas zu spät? Nach allem, was in den letzten Wochen passiert war? Zu schade, dass Kuscheltiere nicht antworten konnten. Meggie und Susan hatte sie gesagt, sie habe Finn verziehen. Hatte sie Finn verziehen?

Finn starrte unablässig auf die Muster der Holzvertäfelung. Seit bereits einer Stunde lag er so da. Er wusste jetzt genau, wie viele Astlöcher die Vertäfelung hatte und wie viele Holzbalken es waren. Außerdem hatte er sich zu jeder Maserung überlegt, was sie darstellen könnte, so ähnlich wie bei den Wolken am Himmel. Was er allerdings nicht wusste, war, wie das alles mit Emily weitergehen sollte. Der Kuss, es hatte sich alles so richtig und gut angefühlt. Je länger er darüber nachdachte, desto mehr wurde ihm bewusst, dass die Tage mit Emily die ersten seit dem Tod seines Vaters gewesen waren, die er einigermaßen gut überstanden hatte. Dass er sogar wieder gelächelt hatte in ihrem Beisein. Hatte er sich nicht sogar darauf gefreut, Emily zu treffen? Von ihr Abstand halten zu müssen, hatte ihm mehr abverlangt, als sich jede Nacht der Gefahr durch die Blocker auszusetzen. Er hatte wirklich gedacht, es wäre das Beste für sie, auf Abstand zu gehen, und er hatte geglaubt, sie wolle ihn nicht wiedersehen. Als sie dann auf einmal im Wald so verletzlich vor ihm gestanden hatte, hatte er nicht anders gekonnt, als ihre Gefühle zu erwidern und sie zu küssen. Trotz allem, was vorher geschehen war.

Aber warum war bei dem Kuss nichts passiert? Was war heute früh anders gewesen als seinerzeit auf der Lichtung? Er holte seinen Laptop zu sich aufs Bett und rief das Chatprogramm auf.

Ein Piepsen von Emilys Laptop ließ sie aufhorchen. Sie bewegte die Maus, damit der Bildschirmschoner verschwand. Das Chatprogramm. Eine Nachricht von ›Finn18‹ blinkte auf dem Monitor. »Geht es dir gut?«

Emily war sich nicht sicher, ob sie antworten sollte, und vor allem, was.

»Keine Verbrennungen, wenn du das meinst«, tippte sie.

»Gut.«

»Warum konnten wir uns küssen?«

Finn hatte keine Antwort auf die Frage. Er saß vor dem weißen Bildschirm und einem blinkenden, wartenden Cursor.

Finns Antwort ließ lange auf sich warten. Emily biss sich ungeduldig auf die Lippe und spielte in der Zwischenzeit nervös mit einem Kugelschreiber.

»Ich weiß nicht, was los war. Ich weiß gar nichts mehr. Es ist alles so kompliziert.«

»Ich weiß, … aber ich fand es schön.«

Emilys Puls raste, als sie die Worte schrieb. Gespannt saß sie vor ihrem Notebook und wartete auf Finns Antwort.

»Ich auch.«

Außerdem hatte er ihr noch einen Link zu einem Video auf youtube mitgeschickt. Als Emily den Link anklickte, ertönte: »The spill canvas, This is for keeps«.

Von diesem Moment an hatte East Harbour zwei Bewohner mehr, die glücklich und zufrieden ihren Tag beginnen konnten. Sowohl Finn als auch Emily schalteten ihren Laptop mit einem Lächeln auf den Lippen aus.

Am nächsten Tag war Emily früh wach, was ungewöhnlich war. Der Dunst der Nacht hing noch als Nebelschwaden zwischen den Bäumen und ließ die Welt unheimlich erscheinen. Die blattreichen Äste der Bäume, nebelverhangen, so undurchdringlich, hätten auch ihre Gehirnwindungen darstellen können. Die Gedanken in ihrem Kopf waren genauso undurchsichtig und trüb.

Noch in ihrem Snoopy-Schlafanzug setzte sich Emily an ihren Laptop und ließ »This is for keeps« als Endlosschleife laufen, während sie das Chatprogramm startete. Vielleicht war Finn schon online. Emily hielt einen Moment inne. Viel eher schlief er vermutlich noch, weil er wieder die ganze Nacht unterwegs gewesen war. Aber einen Versuch war es wert.

Wieder schwebten Emilys Finger über der Tastatur. Sie suchte nach den passenden Worten. Als sie sich gestern Morgen getrennt hatten ... waren sie jetzt zusammen? Schließlich schrieb sie: »Hast du Lust auf einen Kakao? Du schuldest mir noch einen!«

Gespannt wie eine Katze vor dem Mauseloch saß Emily vor ihrem PC. Sollte sie in der Zwischenzeit bei Facebook nachsehen, ob er seinen Beziehungsstatus geändert hatte? Allerdings hatte sie ihren auch noch nicht geändert. Das sollte ihr also keine Antwort geben können.

Als nach fünf Minuten noch nichts zurückkam, beschloss Emily, erst mal zu duschen.

Finn war total fertig, als er nach einer anstrengenden Nacht in sein Zimmer stolperte. Mit jedem Schritt, den er sich seinem Bett näherte, zog er sich weiter aus. Als Erstes musste er unbedingt eine Portion Schlaf bekommen. Er wollte sich gerade erschöpft auf sein Bett fallen lassen, als eine Mitteilung auf seinem Laptop seine Aufmerksamkeit weckte. Eine Nachricht von Emily. Er hatte das Gefühl, als würde sein Herz einen kleinen Hüpfer vor Freude machen. Begierig las er die Mitteilung und antwortete: »Heute Mittag um drei in Carols Café.«

Das erste was Emily tat, als sie mit einem Handtuch um ihre Haare geschlungen wieder in ihr Zimmer kam, war auf ihren Laptop zu blicken. Finn hatte geantwortet. Emily schrieb zurück, dass sie einverstanden war, und bekam auf einmal ein nervöses Herzflattern, als sie an das bevorstehende Treffen mit Finn dachte.

29

»Hey.«
»Hey.«
Finn und Emily standen sich schüchtern gegenüber.
»Wollen wir einen zum Mitnehmen bestellen?«
»Okay.«
Finn bestellte zwei Kakao zum Mitnehmen, und sie schlenderten mit ihren Pappbechern durch die Straßen. Zum Trinken war der Kakao noch zu heiß, also mussten sie pusten. Das war gut, denn dann hatten sie wenigstens etwas zu tun und liefen nicht verlegen nebeneinander her.
»Danke für deine Nachricht heute früh.«
»Ich konnte nicht schlafen.«
»Ja, ich auch nicht.«
Emily nahm vorsichtig einen Schluck aus dem damp-

fenden Becher. Als sie ihn wieder absetzte, sah sie Finn schmunzeln.

»Du, ähm, du hast da was.« Finn deutete auf den Zwischenraum zwischen ihrer Nase und der Oberlippe. Er wollte Emily nur den Kakaoschaum, der wie ein Schnurbart über ihren Lippen lag, wegwischen, doch stattdessen spürte er wieder dieses kalte Kribbeln, das ihm genau bedeutete bis hier hin und nicht weiter! Er krampfte den Kiefer so fest zusammen, dass in seiner Wange ein Muskel zuckte.

»Hier, ich hab was für dich.« Schnell wechselte er das Thema. Emily spürte, dass es Finn traf, sie nicht berühren zu können.

»Schon gut, ich hab es auch gespürt.« Emily wischte sich den Rest Kakao schnell selbst weg.

»Was ist das?«

»Eine Mix-CD mit ein paar Liedern. Ich habe sie ›Between darkness and light‹ genannt.«

»Danke. Ich werde sie mir zu Hause gleich anhören.«

Sie gingen weiter nebeneinander her, verließen die Stadt und streiften durch die angrenzenden Felder.

»Sollten wir nicht über gestern reden?«

Finn räusperte sich. »Ich hab den Kuss ernst gemeint und auch, dass du mir gefehlt hast.«

»Dann empfindest du also etwas für mich?«, wollte Emily wissen.

Finn trat einen Stein zur Seite und sah zu Boden.

»Ja«, gab er ehrlich und unumwunden zu.

»Wieso hast du dann im Krankenhaus gesagt, dass es besser wäre, wenn ich dir fern bleibe?«

»Weil ich dich immer nur verletze! Ich hielt es für besser, wenn wir uns nicht länger treffen.«

»Aber du hast mir das Leben gerettet! Es war nicht deine Schuld.«

»Und wenn wir uns berühren?«

»Aber gestern ist doch auch nichts passiert.« Emily beförderte ihren leeren Becher in den nächstgelegenen Mülleimer. Finns folgte ihr. Sie bogen von der Straße ab auf einen Feldweg zwischen Äckern, auf denen der Raps gelb und hoch stand. »Machen wir ein Rennen? Bis zur Scheune?« Emily wartete nicht auf Finns Antwort, sondern stürmte davon. Trotzdem war Finn schneller, und kurz vor der Scheune hatte er sie eingeholt. Emily drehte sich zu ihm um, um zu sehen, wie nah er schon war, als er sie an der Hüfte packte und sie mit zu Boden riss. Er federte ihren Sturz mit seinem Körper ab und gemeinsam landeten sie auf einem Heuhaufen. Auf dem Feld war das Gras frisch gemäht worden und in der Luft lag noch dieser süße duftende Geruch. Emily lag mit ihrem ganzen Gewicht auf Finn. Sie legte eine Hand auf Finns Brust. Er fühlte sich stark und muskulös an. Emily näherte sich Finns Lippen, die so verführerisch waren. Bevor sie Finn jedoch küssen konnte, rollte Finn sie beide herum und lag nun oben. Sein warmer schwerer Körper bedeckte den ihren. Jetzt war Finn es, der mit seinem Gesicht näher kam. Emily hielt die Luft an. Mehr gehaucht, als dass er Emily berührte, strich er quer über ihren Hals und hinterließ eine wunderbar knisternde Spur. Unterhalb ihres Ohres verweilte er.

»Du riechst wahnsinnig gut.« Er sog tief Emilys Duft ein, so dass sie eine Gänsehaut bekam. Emily hatte ihre Augen geschlossen und genoss es. Sie stellte sich vor, wie schön es wäre, wenn Finn nicht diesen Sicherheitsabstand halten müsste.

»Wir sollten das nicht tun!«

Finn ließ plötzlich von ihr ab und stand auf. Er bot ihr seine Hand zum Aufstehen, doch da war er wieder, dieser bitterböse Augenblick, der immer alles zwischen ihnen kaputt machen musste. Emily verzichtete auf Finns Hilfe und kletterte alleine aus dem Heuhaufen.

»Tut mir leid, ich habe mich hinreißen lassen«, erklärte Finn, während er einige Heuhalme aus Emilys Haar beseitigte.

Sie gingen ein Stückchen des Weges, ohne zu reden, und weit genug voneinander entfernt, um sich nicht zufällig zu berühren. Der Tag hatte so gut begonnen. Sie hatten Spaß gehabt und zusammen gelacht und sie waren ... glücklich gewesen, bis ... Emily verlangsamte ihre Schritte und setzte sich auf eine Bank am Wegesrand.

Finn hatte Emily nicht widerstehen können, fast hätten sie sich geküsst. Und eigentlich war es auch das, was er wollte, schließlich küsste man seine Freundin. Seine Freundin ... Er sah sich nach Emily um. Sie hatte sich auf eine Bank gesetzt und ließ den Kopf hängen. Also setzte er sich neben sie, wusste aber auch nicht, was er sagen oder tun sollte, um sie aufzumuntern.

»Wann kommt deine Mutter wieder nach Hause?«, fragte Emily nach einer Weile.

»In den nächsten Tagen.«

»Wie geht's ihr?«

»Sie konnte bei ihrer Schwester etwas abschalten.«

»Und wie geht es dir?«

»Ich komme schon klar.« Emily biss sich auf ihre Lippe.

»Ich weiß, was du eigentlich wissen willst.«

»Ach ja?«

»Ich kann es in deinem Gesicht sehen. Du willst wissen, was das ist, was zwischen uns läuft. Hab ich Recht?«

»Wenn ich mit dir zusammen bin, dann bin ich glücklich.«

»Obwohl wir nicht richtig zusammen sein können? Keine Berührungen? Keine Küsse?« Emily sah Finn in seine tiefblauen hypnotisierenden Augen.

»Ich will trotzdem mit dir zusammen sein. Es ist, als gäbe es zwischen uns eine Verbindung. Ich kann das nicht erklären. Und anscheinend versteht es auch keiner … Ich glaube, ich habe mich in dich verliebt.« Emily hätte sich in Finns Augen verlieren können. Er lächelte sie sanft an und griff an Emilys Ohr vorbei und fischte einen weiteren Heuhalm aus ihrem Haar. »Mir geht es genauso wie dir.« Emily spürte, wie gerne Finn sie jetzt geküsst hätte. Sie selbst hatte ein Gefühl in ihrem Bauch wie Achterbahnfahren und Bungeejumping gleichzeitig, auch wenn sie Letzteres noch nie ausprobiert hatte.

»Ich bringe dich noch nach Hause.«

»Gerne.« Finn und Emily nahmen auf dem Rückweg einen Umweg in Kauf, um noch länger zusammen sein zu können, bis sie dann endlich vor Emilys Haustür standen.

»Tja, das wäre dann wohl der berühmte Haustürmoment.« Emily blieb auf der obersten der drei Treppenstufen, die zur Veranda führten, stehen und drehte sich zu Finn um, der unten stehen geblieben war.

»Was passiert dabei?«

»Naja, romantische Musik spielt auf, ein Junge und ein Mädchen stehen sich schüchtern gegenüber und beide warten darauf, dass es zum Kuss zwischen ihnen kommt«, erklärte Emily schwärmerisch.

»Dann habe ich es wohl ordentlich versaut.« In der Stille des Abends bemerkte Emily, dass Finn sie eindringlich musterte. Sie konnte sehen, dass er genau wusste, was sie dachte: Sie beide würden wohl nie so einen Moment erleben. Und es brach ihnen beiden fast das Herz.

»Bis dann, Emily.«

»Warte!« Emily war die Stufen heruntergesprungen und hatte Finns T-Shirt umfasst, um ihn zu sich herunter zu ziehen, so nah, dass nur noch ein Blatt Papier zwischen ihre Lippen passte. Doch Emily spürte Finns Hitze, wie sie ihr Innerstes zum Schmelzen brachte, und zwar auf die ungute Art. Sie hielt an seinen Lippen inne und spürte, wie Finn nichts tat, um den Kuss zu erwidern – er hatte es auch gespürt.

Finn hatte die Augen geschlossen. Emilys Kuss zu widerstehen war unglaublich schwer. Er konnte ihr Parfum riechen, sog es förmlich in sich auf, nahm, was er kriegen konnte. »Bis dann.« Finn wollte die Enttäuschung in Emilys Augen und Gesichtszügen nicht sehen; er wandte sich von ihr ab, bevor er die Augen öffnete.

Emily sah Finn nach, ehe sie ins Haus ging.

»Hab ich dich gerade mit Finn MacSol zusammen gesehen?« Alex stand auf der Treppe mit seinem Handy in der Hand.

»Es ist kompliziert.«

»Kompliziert? Ich dachte, du kannst den Kerl nicht ausstehen?«

»Deshalb ist es ja kompliziert!« Emily ging an Alex vorbei und ließ ihn auf der Treppe stehen.

Emily und Finn hatten den ganzen Tag miteinander verbracht, trotzdem bekam Emily, kaum dass sie in ihrem Zimmer war, eine SMS von Finn. »Vermisse dich schon jetzt, obwohl wir uns gerade erst getrennt haben. F.« Emily tippte in ihr Handy: »Du fehlst mir auch. Pass auf dich auf heute Nacht. E.«

30

»Komm mit.« Finn entführte Emily in der Mittagspause aus der Caféteria. Emily schnappte sich ihre Jacke und Tasche und folgte Finn in die Abstellkammer, die zu ihrem heimlichen Treffpunkt geworden war.

»Ich weiß, zu wem wir gehen können. Der uns erklären kann, was mit uns passiert.«

»Und wer?«

»Aimes. Wenn uns jemand sagen kann, was los ist, dann das Oberhaupt der magischen Gemeinschaft.«

»Und warum sollte er dich dieses Mal anhören?«

»Er hat von dem Übergriff auf dich gehört.«

»Sollten wir nicht doch erst mit unseren Eltern sprechen?«

»Hast du je von ihnen Antworten bekommen, wenn du sie wegen der magischen Welt gefragt hast?«

»Nein, aber bist du sicher, dass Aimes der Richtige dafür ist?«

»Ich gehe nicht gerne zu ihm, aber ich glaube, er ist der Einzige, der uns weiterhelfen kann. Wir treffen uns nach der Schule bei mir.«

»Lass uns gleich gehen!«, bat Emily.

»Was?«

»Lass uns gleich aufbrechen!« Finn sah Emily an, dass sie es ernst meinte und keine Sekunde verschenken wollte, um zu Aimes zu gelangen.

»In Ordnung.« Er sah ihr fest in die Augen. »Alles wird gut.« Sie meldeten sich bei niemandem ab, sondern schlichen sich gleich vom Schulgelände. Emily und Finn holten ihre Räder und fuhren zu Finn. Er rannte schnell in sein Zimmer und Emily sah ihn durch die angelehnte Tür gerade noch in einer seiner Schubladen kramen, bevor sie eintrat. Er förderte ein Stück weißer Kreide zu Tage, dass er triumphierend hochhielt.

»Damit kommen wir zu ihm?«, erkundigte sich Emily ungläubig.

»Das wirst du gleich sehen. Komm mit.« Sie liefen runter in die Küche und Finn zeichnete zwei Kreise auf den gefliesten Boden, einen größeren und einen kleineren, die sich überschnitten. Darum malte er einen größeren Kreis, der die beiden kleineren einschloss, sie aber berührte. Am Ende fuhr er mit der Kreide noch durch den großen Außenkreis, teilte diesen in zwei gleich große Hälften und fuhr dabei durch die Schnittmenge der beiden innenliegenden Kreise.

»Was ist das?«

»Ich hätte dir eigentlich die Augen verbinden müssen, denn das solltest du eigentlich erst nach deiner Initiation sehen. Das ist die ›Vesica Piscis‹. Das Symbol tauchte zum ersten Mal im 12. Jahrhundert in Zusammenhang mit dem heiligen Gral auf. Die beiden ineinander greifenden Kreise symbolisieren die Vereinigung von Himmel und Erde, Geist und Materie, Bewusstem und Unbewusstem. Aimes hat das gleiche Symbol in seinem Haus. Es funktioniert wie so eine Art Portal.«

»Hast du das aus der Enzyklopädie für Zauberer auswendig gelernt?«

»Ich dachte du willst so viel wie möglich über die magische Welt erfahren?«

»Danke, das ist sehr aufmerksam von dir«, neckte Emily zurück. »Wie sieht es da aus? Ist es so, wie ich es mir vorstelle? Ein sagenumwobener Ort, voller düsterer Legenden, dunkler Geheimnisse und durchtränkt von uralter, mystischer Macht?« Das brachte Finn erneut zum Lächeln.

»Das wirst du gleich selbst sehen. Stell dich hier hin.« Finn stellte Emily in den kleinen Kreis, während er sich selbst ihr gegenüber in den großen Kreis stellte, wobei er darauf achtete, dass sein rechter Fuß auf der rechten Kreishälfte stand. Sobald er seinen linken auf der linken Kreishälfte positionierte, begann sich alles um Emily herum zu drehen. Es war, als würde sie mitten durch einen nebulösen Strudel gezogen, bevor sie sich auf dem Boden eines großen Herrenhauses wiederfand. Finn war direkt neben ihr gelandet, allerdings nicht der Länge nach auf dem Boden wie Emily.

»Sorry, ich hätte dich vorwarnen sollen.«

Emily warf ihm einen vorwurfsvollen Blick zu und rappelte sich auf. »Ja, das hättest du allerdings tun können.« Sie fühlte sich, als wäre sie zu schnell Karussell gefahren. Als sie sich wieder einigermaßen klar im Kopf fühlte, kam sie aus dem Staunen nicht mehr heraus. Sie waren in einem großen Raum mit hohen Decken gelandet, in dem es aussah wie in einem Museum. Gemälde mit goldenen Rahmen zierten die Wände. Schwere Vorhänge aus Brokat mit goldenen Bordüren und Satintroddeln verdeckten den Blick nach draußen, und auf dem Boden lagen farbenfrohe Perserteppiche, die aussahen, als wären sie direkt aus dem Orient eingeflogen worden. »Komm schon, Emily. Wir sind nicht zum Vergnügen hier.« Finn zerrte Emily weiter, die wie Hans-Guck-in-die-Luft durch einen weiteren Raum voll Antiquitäten lief, bevor sie durch eine schwere Eichentür auf den Flur hinaus traten. »Wie groß ist das Haus?«, fragte Emily, als sie durch die langen Gänge liefen und mehrfach um Ecken bogen.

»Kein Ahnung. Ich kenne nur den Weg vom Portal zu Aimes Arbeitszimmer.«

»Und du bist nie auf die Idee gekommen, dich hier mal umzusehen?«

»Das ist keine gute Idee, hier gibt's überall Videokameras.« Er zeigte auf kleine Kameras in den Ecken, die Emily noch nicht aufgefallen waren. Sie setzten ihren Weg fort bis sie schließlich zu einer großen Holztür kamen, die von zwei Männern bewacht wurde, die aussahen, als wären sie direkt aus dem Sherwood Forest entsprungen. In ihren grünen Strumpfhosen und merkwürdigen Pumphosen waren sie das Komischste, was Emily heute zu sehen bekommen hatte. Sie verkniff sich aber ein Lächeln, denn die Wächter waren mit einem Degen bewaffnet. Finn wandte sich an einen der Männer und bat, in einer wichtigen Angelegenheit mit Aimes sprechen zu dürfen. Er nannte seinen und Emilys Namen, woraufhin der Typ verschwand.

»Muss ich diesmal kein Redegesuch ausfüllen?«, fragte Finn schadenfroh.

Nach ein paar Minuten schwang die Tür automatisch nach innen auf. Sie gab den Blick auf einen Raum frei, der sowohl einen Holzboden, als auch Holzvertäfelungen an den Wänden besaß. An einem ebenfalls aus Holz geschnitzten Schreibtisch saß Aimes. Emily musste genauer hinschauen, um zu erkennen, was die Schnitzereien darstellten. Der gesamte Tisch war mit den verschiedensten magischen Wesen verziert. Ringsum standen offene Schränke mit Büchern und gestapelten Papierrollen. Ein Feuer im Kamin sorgte für anheimelnde Atmosphäre. Emily fühlte sich wie in der falschen Epoche.

Außerdem hielten sich noch ein paar Ratsmitglieder und Mitarbeiter in dem Raum auf, lasen in dicken Wälzern, die sie aus riesigen Regalen holten, oder schrieben an einem Tisch auf Pergamente. Dazu gebrauchten sie Tinte aus kleinen Tintenfässern und Federkiele. Vermutlich benutzten sie auch noch Brieftauben!

Sobald Finn und Emily den Raum betraten, hielten sie alle inne und starrten die beiden Eindringlinge an. Finn und Emily blieben an der Tür stehen. Aimes erzeugte auch diesmal den Eindruck, als wäre er steinalt. Doch trotzdem war seine Ausstrahlung furchteinflößend. An diesem Schreibtisch wirkte er so mächtig und unnahbar. Dies wurde auch deutlich, als er im Befehlston von den Anwesenden verlangte, dass er mit Finn und Emily allein gelassen werden wollte. Die Angesprochenen reagierten sofort.

»Vielen Dank, dass Sie uns empfangen. Wir sind hier, weil …«, setzte Finn mit lauter klarer Stimme an, um die Entfernung zwischen sich und Aimes zu überbrücken.

»Finn und Emily. Ein MacSol und eine dela Lune. Aber *sie* sollte nicht hier sein.« Aimes blickte zu Emily.

Finn sah sich um und warf Emily einen raschen Blick zu.

»Treten Sie näher! Sie sind groß geworden, Finn MacSol. Das habe ich bereits bei Ihrem letzten Besuch bemerkt. Es tut mir leid, dass ich letztes Mal nicht auf Sie gehört habe. Das war ein Fehler.«

»Ihr Fehler hätte Emily fast das Leben gekostet!«, ließ Finn seinem Unmut freien Lauf.

»Wir haben die Grenze verstärken lassen«, versicherte ihm Aimes ruhig. »Und wir gehen Ihren Hinweisen nach.«

»Das ist nicht genug. Die Blocker können die Grenze ohne Probleme überwinden, und sie rotten sich zusammen. Das haben sie noch nie getan. Wir sind sicher, dass wir den neuen Herrscher gesehen haben. Er bricht den Pakt.« Aimes verzog keine Miene, doch trotzdem sah man, dass er über Finns Worte nachdachte.

»Wir?« Aimes Tonfall war höflich fragend und missbilligend zugleich. Die Frage schien Finn zu überraschen.

»Emily und ich sind in den letzten Nächten selbst patrouilliert, aber das wissen Sie ja wahrscheinlich schon.« Emily war bestärkend neben ihn getreten.

»Ihnen ist klar, dass Sie dazu noch nicht genügend ausgebildet sind? Ihr Vater war einer unserer Besten, und sein Tod hat uns schwer getroffen.« Er machte eine Pause, in der er Finn und Emily eindringlich musterte. »Das, was mit Ihnen passiert ist, tut mir Leid, Miss dela Lune. Deshalb werde ich auf Sie hören, Mr. MacSol, das bin ich Ihnen schuldig.« Aimes betätigte einen Knopf an seinem Schreibtisch. Ein Mann betrat den Raum und Aimes befahl, die Patrouillen nochmals zu verstärken.

»Ich gebe zu, dass ich die Gefahr vielleicht unterschätzt habe. Aber ich versichere Ihnen, dass wir alles unter Kontrolle haben.« Emily konnte erkennen, dass Finn sich etwas beruhigte. Doch wegen der Blocker waren sie nicht hier. Emily wollte endlich zum Wesentlichen kommen, und auch Aimes schien zu spüren, dass es noch um etwas anderes ging.

»Was führt Sie heute wirklich zu mir?«

»Wir wollen wissen, warum wir uns nicht berühren können!«, preschte Emily vor.

»Aahhh.« Aimes war von seinem Schreibtisch aufgestanden und wanderte im Büro auf und ab. Für einen ganz kurzen Augenblick hatte Emily das Gefühl, dass ihn diese Frage mehr überraschte, als er vor ihnen zugeben wollte. Doch Emily konnte sich auch täuschen, denn es war wirklich nur ein Wimpernschlag, in dem sie hätte schwören können, dass Aimes' Mundwinkel nervös zuckte. Aimes blickte einen kurzen Moment sinnierend ins Feuer.

»Ich beantworte Ihre Frage mit einer Gegenfrage: Was passiert, wenn zwei Sternkörper kollidieren?«

Finn und Emily sahen sich nur verständnislos an.

»Ich werde es Ihnen verraten. Es gibt eine Explosion, die irreversible Strukturveränderungen hervorruft.«

»Was hat das mit uns zu tun?«, wollte Finn ungeduldig wissen.

»Tag und Nacht, hell und dunkel, Feuer und Wasser sind gegensätzliche Paare. Jedes Element hat seine Berechtigung, ohne das Eine existiert das Andere nicht. Das steht außer Frage«, fuhr Aimes fort und hob den Zeigefinger. Das Ganze hatte etwas von einer Lehrstunde. »Doch sie können sich auch gegenseitig kontrollieren, nähren oder sogar zerstören. Das dürfen Sie nie vergessen.«

Finn und Emily musterten sich.

»Sprechen Sie eigentlich immer nur in Rätseln?«

»Nein, Sie müssen nur lernen, genau zuzuhören.«

»Sie wollen uns also nicht helfen?«, vergewisserte sich Finn.

»Alles was Sie wissen müssen, habe ich Ihnen gesagt.«

Sie wollten sich schon zum Gehen wenden, als Aimes noch mal das Wort ergriff. »Noch eine letzte Sache: Ich möchte Ihnen einen Rat geben«, verkündete er mit unaufgeregter Stimme. »Die Dunkelheit ist das Königreich des Todes. Vergesst nie die Finsternis, wenn Ihr im Licht seid. Schließt die Augen, habt Ehrfurcht und denkt an das Licht, wenn die Dunkelheit Euch umhüllt.«

»Na toll, noch mehr Rätsel.« Finn wollte gehen, doch Emily hatte noch eine wichtige Frage, die ihr bei Aimes' kryptischen Worten gekommen war.

»Ist … Ist jemals eine Ihrer Prophezeiungen nicht eingetreten?« Finn sah verwirrt zu Emily.

»Wovon redest du?«, fragte er im Flüsterton.

»Ich erklär es dir später!«

»Nein. Ihr Schicksal, Miss dela Lune, ist unabwendbar. Der Weg dorthin, den bestimmen Sie allerdings selbst. Mr. MacSol, ich würde Miss dela Lune gerne einen Moment alleine sprechen.«

Finn sah kurz zu Emily, die ihm mit einem leichten Kopfnicken ihr Einverständnis gab.

»Ich warte dann draußen.«

Obwohl die Tür hinter Finn ins Schloss fiel und sie alleine waren, starrte Aimes Emily nur an. Das machte sie nervös. Auch wenn sie nichts verbrochen hatte, kam sie sich vor wie auf der Anklagebank. Reichte eine vernichtende Vorsehung über die eigene Zukunft nicht völlig aus?

»Es tut mir leid, dass ich Sie bei unserer ersten Begegnung so erschreckt habe, das war nicht meine Absicht.«

»Was war dann Ihre Absicht?«

»Man hat keinen Einfluss auf sein Schicksal. Auch Ihre eigenen Handlungen – die, die Sie steuern können – sind Schicksal. Irgendetwas sagt Ihnen, dass Sie so handeln müssen. Und wenn Sie sich entscheiden, anders zu handeln, als Sie eigentlich wollen, ist auch das Fügung. Seinem Schicksal kann man nicht entkommen. Das müssen Sie verstehen, Miss dela Lune.«

»Und was ist mein Schicksal? Was hat Ihre Vorhersage zu bedeuten?«

»Die Frage ist viel eher: Glauben Sie an das Schicksal? Werden Sie sich ihm ergeben oder werden Sie versuchen, dagegen anzukämpfen?«

»Aber haben Sie nicht gerade eben gesagt, dass man seinem Schicksal nicht entkommen kann?«

»Ja schon, aber der Weg dorthin ist nicht definiert. Er führt nur immer zum gleichen Ziel. Den Weg dorthin müssen Sie allerdings selbst herausfinden, Miss dela Lune.«

»Ich glaube, ich sollte jetzt besser gehen.«

»Wir sehen uns bei Ihrer Initiation. Ich hoffe doch, Sie nehmen sie an?« Emily nickte nur nachdenklich und wendete sich von ihm ab.

Finn wartete vor der Tür auf Emily, die noch einmal zurücksah auf Aimes, der an seinen Schreibtisch zurückgekehrt war, bevor sich die Tür hinter ihr schloss. Sie war noch verwirrter als vorher. Ihre Gedanken kreisten pausenlos um das, was Aimes gesagt hatte. Sie kehrten auf dem gleichen Weg, auf dem sie auch gekommen waren, zurück, allerdings bekam Emily nicht viel davon mit. Wie ein Geist lief sie Finn hinter her. Selbst als Finn sie mit der Vesica Piscis nach Hause schickte und sie in der Küche auf dem Hosenboten landete, nahm sie dies nur stillschweigend hin. Emily war so tief in Gedanken verloren, dass sie zuerst gar nicht bemerkte, dass Finn sie nach draußen auf die Veranda führte. Erst als die Sonne sie blendete und sie blinzeln musste, nahm sie ihre Umgebung wahr.

»Ist alles in Ordnung?«

»Ja, alles bestens«, entgegnete Emily.

»Was wollte Aimes von dir?«

»Ach, er hat nur merkwürdiges Zeug geschwafelt.«

»Tut er das nicht immer?« Finn lächelte schwach.

»Ist wirklich alles in Ordnung?« Es dauerte eine Zeitlang, bis Emily antwortete.

»Nein, eigentlich nicht.« Emily setzte sich auf die Verandastufen und holte ein paar Mal tief Luft, um Kraft zu sammeln, damit sie Finn von Aimes' Vorausdeutung erzählen konnte.

»Als ich Aimes das erste Mal traf, hatte er eine Vorahnung von mir. Er hat in meine Zukunft gesehen und die ...«

»Was hat er gesehen?«

»Er sagte, dass er die Dunkelheit in mir emporsteigen sieht. Ähm ... Seine genauen Worte waren ...« Emily sammelte ihre Gedanken und versuchte sich an den genauen Wortlaut zu erinnern. »*Ich sehe die Dunkelheit in dir emporsteigen. Verborgenen Scheines wirst du sie nicht erkennen. Sie wird sich ausbreiten und die Erde mit ihren dunklen Schatten einhüllen. Und wenn du deinen Fehler erkennst, wird es vielleicht zu spät sein und die Finsternis wird die Erde verschlucken. Dann wird sich dein Schicksal erfüllen.*

Erst wenn zwei Himmelskörper sich vereinen, kann die Dunkelheit besiegt werden und das Universum wird in neuem Gewand erscheinen, während hoch am Himmel der blaue Mond steht.«

Erst als sie fertig war, sah sie Finn in die Augen, der sich nun zu ihr auf die Stufen der Veranda setzte.

»Wow! Komm her.«

Finn zog sie in seine Arme.

»Alles wird gut. Die Zukunft lässt sich ändern, das waren deine eigenen Worte!«

Es half, das Gesicht an seiner Schulter zu vergraben und ihre Arme um ihn zu schlingen. Jemanden zu haben, mit dem man seine Probleme teilen konnte. Finn hielt Emily einfach nur eine Weile fest.

»Lass uns zu dir gehen.« Er wollte aufstehen, doch Emily verharrte.

»Finn?«

»Ja?«

»Was, glaubst du, hat Aimes versucht uns zu sagen?«

»Ich habe nicht den geringsten Schimmer.«

31

Emily ließ sich auf ihr Bett fallen und atmete schwer durch. Finn setzte sich zu ihr. »Geht's dir wieder besser?«

»Ja.« Emily stützte sich auf ihre Unterarme.

»Hör zu, es ist egal, was Aimes gesagt hat, uns fällt schon etwas ein.«

»Was glaubst du passiert, wenn wir uns heute berühren?«, fragte Emily, um Finn zu provozieren.

»Keine Ahnung. Lass es uns herausfinden«, flirtete Finn zurück.

»Finn, das ... das ist alles so verwirrend. Ich meine ... Wie kannst du nur so cool bleiben?« Finns Blick sagte mehr als tausend Worte. Er war genauso unsicher wie Emily.

»Gib mir deine Hand.«

Emily zögerte noch, war aber neugierig.

»Bist du sicher?«

»Nein.«

»Bereit?«

Emily setzte sich auf und streckte Finn ihre Hand entgegen, und sofort spürten sie die elektrische Spannung zwischen ihnen. Gleich nach der ersten leichten Berührung sprühten feurige Lichtfunken.

»Es hat keinen Sinn, wir verletzen uns nur.« Emily wollte vom Bett aufstehen, verharrte aber mittendrin, als Finn sagte: »Warte. Gib mir noch mal deine Hand!«

»Wieso?«

»Hast du das nicht gespürt? Es ist schwächer geworden.« Emily setzte sich wieder auf die Bettkante und überließ Finn ihre Hand; etwas mutlos, da sie es für aussichtslos hielt. Finn nahm vorsichtig ihre Hand und kreuzte ihre Finger mit seinen. Nichts. Keine sprühenden Funken, keine Hitze. Nicht mal ein leichtes Kribbeln in ihrer Hand. Emily sah ihn überrascht an und Finn lächelte verschmitzt zurück.

»Was hast du vor?«, wollte Emily wissen. Finn zog sie noch näher zu sich und legte sie vorsichtig unter sich aufs Bett. Sein Kuss war erst schüchtern, doch da nichts passierte, hielt er sich nicht mehr zurück. Seine Hand glitt behutsam ihren Rücken entlang, um sie noch enger an sich zu drücken. Er schob ein Bein zwischen ihre. Sie wollte nicht, dass er aufhörte, und hob ihren Kopf an, um ihn noch intensiver zu küssen. Seine Lippen wanderten von ihrem Mund über ihr Kinn bis zu ihrem Ohr und hinunter zu ihrem Halsansatz. Emily legte ihren Kopf zur Seite und schnappte nach Luft, als Finn sie dort küsste. Er biss zärtlich zu und saugte. Emily bekam eine Gänsehaut.

»Siehst du?« Sie öffnete benommen ihre Augen. »Nichts passiert.«

Emily legte einen Finger auf seine Lippen. »Schsch«. Dann zog sie ihn wieder zu sich und vergrub ihre Hände in seinen Haaren. Finn und Emily genossen jede Sekunde dieses seltenen Zustands unerwarteter Nähe. Am liebsten hätte Emily Finns Lippen nie wieder von den ihren gelassen, und so gab sie ihm zum dritten Mal einen Abschiedskuss, als Finn um acht Uhr aufbrach. Ausgerechnet heute musste er seine Mutter vom Flughafen abholen.

Emily erwachte gut gelaunt mit einem Lächeln auf ihrem Gesicht und konnte es gar nicht abwarten, Finn nach dem schönen Abend wiederzusehen. Da Finn allerdings Sport hatte und zwischendurch nicht an seinem Spind auftauchte, musste sie sich bis zur Mittagspause gedulden.

Susan, Ben und Finn saßen bereits mit ihrem Essen an einem runden Tisch gegenüber der Essensausgabe. Emily steuerte mit ihrem Tablett in der Hand zielstrebig auf den Tisch zu, Meggie im Schlepptau, als Jason sich den beiden in den Weg stellte.

»Ich habe gehört, was passiert ist. Geht's dir wieder besser?«

»Ja, danke.«

»Es tut mir leid, wie wir uns kennen gelernt haben. Ich war nicht sehr nett zu dir.«

»Das kann man wohl sagen.« Emily ließ ihren Blick uninteressiert durch den Speisesaal schweifen.

»Mein Essen wird kalt.«

»Ähm ja richtig. Ich wollte dir nur ...« Jason kramte in seiner Hosentasche. »Hier, das Geld für einen neuen Reifen.«

»Oh danke. Damit hatte ich nicht mehr gerechnet.« Emily und Meggie setzten sich in Bewegung und ließen Jason stehen.

»Was war das denn gerade?«, fragte Meggie.

»Keine Ahnung.«

»Hier drüben ist noch ein Tisch frei.«

»Wir können uns doch zu Susan, Ben und Finn setzen.«

»Ich glaube, ich habe mich gerade verhört?«

Emily setzte sich neben Finn, während Meggie zwischen den beiden Pärchen Platz nahm. Finn gab Emily vorsichtig einen Kuss, doch als er feststellte, dass es ungefährlich war, küsste er sie leidenschaftlicher.

»Das hier ist kein Kino«, beschwerte sich Finn mit seinem breitesten Grinsen auf dem Gesicht, weil Ben, Susan und Meggie mit aufgerissenen Mündern und großen Augen das frische Liebespärchen anstarrten, als wären sie Gespenster.

»Richtig, es ist viel besser als Kino!«, verkündete Ben. Alle mussten lachen.

»Das heißt wohl, ihr habt euer Kriegsbeil begraben. Wird ja auch endlich Zeit. Aber was ist passiert?«

Emily und Finn sahen sich an. »Das ist eine lange Geschichte.«

»Vielleicht habt ihr ja Lust sie uns später zu erzählen. Susan und ich wollen nach der Schule zur Mall fahren.«
»Klar, warum nicht.«
Meggie hatte noch Klavierunterricht, und so fuhren sie zu viert ins Einkaufszentrum. Die Mall lag an der Strecke zwischen East Harbour und Burrows und war erst vor kurzem fertiggestellt worden. Der gläserne extravagante Bau wirkte wie ein Fremdkörper in der Landschaft von Delaware. Er war unzähligen Petitionen von Umweltschützern zum Trotz gebaut worden. Der riesige Glaskasten glitzerte schon von weitem in der Sonne wie eine Fata Morgana, als Ben, der seit kurzem seinen Führerschein bestanden und von seinen Eltern ein Cabrio geschenkt bekommen hatte, in die Zufahrtsstraße einbog.

Wie immer war in dem Einkaufszentrum jede Menge los und die Vier fanden gerade noch eine letzte Lücke auf dem Parkplatz zwischen einem BMW und einem Hyundai.

Da die beiden Mädchen in fast jedem Klamottengeschäft eine gefühlte Ewigkeit verweilten, beschlossen die Jungs, man solle sich trennen und sich später zum Essen im PizzaHut wieder treffen. Emilys knapp bemessenes Taschengeld führte allerdings dazu, dass nach einem Gürtel, einem Paar Ohrringen und einem T-Shirt Schluss mit Shopping war. Von der sechsten Etage aus hatte man einen guten Blick über den Vergnügungspark in der Mitte der Mall. Daher rasteten Susan und Emily am Geländer, sahen den Kindern beim Karussellfahren zu und beobachteten die Jungs dabei, wie sie in einem Comicladen im vierten Stock verschwanden.

»Jetzt erzähl mal, wie bist du mit Finn zusammengekommen?«

»Ach, wir hatten doch dieses Referat für Mr. Skursky zu halten. Und, na ja ... wir verbrachten gezwungenermaßen Zeit miteinander.« ›Und zufällig ist Finn ebenfalls ein magiebegabtes Wesen – genau wie ich‹, vervollständigte Emily den Satz in ihren Gedanken.

»Und er hat dir das Leben gerettet«, ergänzte stattdessen Susan den Satz. »Aber das weiß ich alles schon. Komm schon, lass dir nicht alles aus der Nase ziehen! Ich will ein paar mehr Details hören, die ich noch nicht kenne. Wie küsst er?«

»Er küsst wahnsinnig gut!«, verriet Emily mit ihrem breitesten Grinsen auf dem Gesicht.

»Oh verdammt. Schon so spät. Wir müssen los.«, erklärte Susan.

Kichernd machten sich Emily und Susan auf den Weg zum vereinbarten Treffpunkt. Sie suchten sich einen Tisch im Fast-Food-Restaurant und kurz danach kamen auch die Jungs. Einige Pizzen und Milchshakes später schlenderten alle vier gemeinsam durch das Zentrum, beobachteten Familien mit nervigen Kindern und streitende Pärchen, fuhren Kettenkarussell und machten Fotos im Fotoautomaten. Emily und Finn hielten Händchen und knutschten herum, wann immer sie konnten. Vergessen waren die funkenschlagenden Berührungen oder die Bedrohung durch die Blocker. Für alle im Einkaufszentrum waren Finn und Emily wie jedes andere frischverliebte Pärchen. Doch irgendwann ging auch der allerschönste Tag zu Ende. Mit offenem Verdeck rauschten die Vier davon, allerdings ohne Musik. Ben fand partout keinen Radiosender mit klarem Empfang, was ihn verstimmte und dazu führte, dass er ständig am Radioknopf drehte. Er sparte bereits für eine richtig gute Anlage mit CD

Wechsler und MP3 Anschluss, wie er jetzt immer wieder betonte. »Du kannst mich bei Emily raus lassen. Ich laufe von dort aus.«, erklärte Finn.

»Irgendwie ist es schon ganz schön merkwürdig, euch beide zusammen zu sehen«, bemerkte Susan.

»Du wirst dich schon daran gewöhnen.« Emily und Finn kletterten aus dem Auto, das mit Vollgas davon raste.

»Siehst du? Wir waren heute ein ganz normales Pärchen.« Finn grinste zufrieden.

»Der Tag war … so normal, traumhaft normal.«

»Ja fand ich auch.«

»Magst du reinkommen und mit uns zusammen Abendessen?«

Finn wurde auf einmal ganz blass im Gesicht.

»Ich bin mir nicht sicher, ob ich wirklich willkommen bin.«

»Hast du schon vergessen? Ein ganz normales Pärchen? Du bist mein Freund! Dann kannst du auch mit meiner Familie und mir essen.«

Da Finns Magen, der Verräter, trotz der Pizza vor ein paar Stunden laut anfing zu knurren, konnte er nichts dagegen vorbringen und folgte Emily ins Haus und in die Küche. Die gesamte Familie dela Lune war bereits am Esstisch versammelt. Als Finn eintrat, erstarb das lebhafte Gespräch.

»Ich habe noch jemanden zum Essen mitgebracht. Ihr kennt ja alle Finn.«

Gott sei Dank war wenigstens Emilys Mum eine gute Gastgeberin und legte schnell noch ein weiteres Gedeck auf. Finn nahm zwischen Emily und Tom am Esstisch Platz. Chicken Wings, Süßkartoffeln und Soße standen auf dem Tisch bereit und jeder griff zu und füllte seinen

Teller. Finn fühlte sich sichtlich unwohl und aß schweigend. Wie auch alle anderen. Emilys Vater begann als erster das Gespräch.
»Das mit deinem Vater tut mir sehr leid.«
»Danke.«
»Wie geht es deiner Mutter?«
»Sie hält sich ganz gut.«
»Das ist schön zu hören. Allerdings halte ich es für keine gute Idee, dass du den Job deines Vaters übernimmst, solange deine Ausbildung noch nicht abgeschlossen ist.«
»Ich komme schon klar.«
»Ich kann dir nicht vorschreiben, was du tun sollst. Aber ich möchte, dass du meine Tochter da raus lässt.« Der Tonfall war hart und nachdrücklich und vor allem unmissverständlich.
Finn sah Emilys Dad offen in die Augen, ohne zu blinzeln. »Ich wollte nie, dass ihr etwas passiert.« Finns Miene drückte Aufrichtigkeit und Ehrlichkeit aus und stimmte Emilys Dad wieder etwas milder. Als er noch eine Frage an Finn richten wollte, ging Emilys Mum dazwischen.
»Henry, lass den armen Jungen jetzt essen!«
Emilys Lippen formten ein lautloses ›Danke‹ in ihre Richtung und sie konnte förmlich hören, wie Finn erleichtert aufatmete.
»Mann, ich dachte dein Vater verhört mich das ganze Essen über und ich müsste alles schnellst möglich hinunterschlingen, um ihm zu entgehen«, erklärte Finn, als sie in Emilys Zimmer ankamen.
Emily grinste. »Ich glaube auch, eine kleine Schweißperle auf deiner Stirn gesehen zu haben.«
»Das ist nicht witzig!«

»Doch, das ist es.«

Finn schnappte sich Emily, um sie dafür durchzukitzeln.

»Stopp, ich gebe auf!« Emily konnte vor Lachen nicht mehr. Sie lag unter Finn auf ihrem Bett und hatte keine Chance gegen ihn. Finn ließ von ihr ab und küsste sie. Sein Kuss war sinnlich und direkt, seine Lippen weich und samtig und sie verschmolzen mit ihren in einem Kuss von fast schon schmerzhafter Zärtlichkeit. Er streifte ihren Mund und sie öffnete ihre Lippen für seine Zunge, sog ihn tiefer auf, während er ihre Unterlippe gefangen hielt. »Das könnte ich ewig machen, aber ich muss los.«

»Schade, musst du wirklich schon los?« Emily sah ihn mit ihrem unschuldigsten Blick an, woraufhin er noch eine halbe Stunde blieb.

Kaum war Finn weg, da klingelte schon Emilys Handy.

»Ich wollte nur deine Stimme hören.«

»Aber wir haben uns doch gerade erst verabschiedet.«

»Ich kann nicht mehr essen, kann nicht mehr schlafen oder mich konzentrieren, weil ich immer nur an dich denken muss. Ich liebe dich.«

»Ich liebe dich auch. Der Tag heute war perfekt. Ich wünschte, es wäre immer so.«

»Schau mal aus dem Fenster!«

Mit dem Telefonhörer am Ohr trat Emily ans Fenster und wurde mit einem atemberaubenden Naturschauspiel belohnt. Am Himmel zeichneten sich grüne und blaue Lichter ab. Die Leuchterscheinung schwebte auf und ab, trieb über den Himmel wie Milchschaum auf einem Cappuccino.

»Siehst du es?«

»Ja, was ist das? So etwas habe ich noch nie gesehen.«
»Das ist die Aurora Borealis. Das Polarlicht.«
»Es ist wunderschön.«

Emily und Finn beobachteten, was sich ihnen darbot. Am Telefon war jeweils nur das leise gleichmäßige Atmen des Anderen zu hören.

»Emily?«
»Ja?«
»Ich liebe dich.«
»Ich liebe dich auch.« Die Erscheinung am Himmel verblasste langsam und Emily beendete das Telefonat. Sie fand, dass sie diesen Tag definitiv als einen der schönsten in ihrem Leben verbuchen konnte. Es war alles perfekt gewesen. Bevor sie das Licht zum Schlafen ausmachte, sah sie sich noch mal den Fotostreifen aus dem Automaten an. Sie und Finn, lachend, küssend, sich umarmend. Es war alles, wie es bei einem frischverliebten Pärchen sein sollte. Danach steckte sie die Fotos an ihren Spiegel und schlief ein.

Nach dem Telefonat mit Emily machte Finn sich auf den Weg hinaus in die Dunkelheit. Er spürte sofort, dass etwas nicht stimmte. Nichtsdestotrotz musste er auf die Suche nach Blockern gehen. Er durfte nicht ruhen, keine Schwäche zeigen. Und er musste nicht lange suchen. Er ertappte einige Blocker dabei, wie sie ein blühendes Stück Land in ein ausgetrocknetes dürres Feld verwandelten und ein schwarzes Loch zurückließen. Doch ehe er es verhindern konnte, kamen drei weitere auf ihn zu. Er wollte einen Lichtball in seiner Hand entstehen lassen, um sie zu vernichten. Doch er spürte die Magie in sich nicht. Finn war verwirrt, dann beunruhigt. Er konzentrierte sich erneut, doch vergebens. Nicht mal ein kleines Leuchten konnte er hervorbringen. Finn war wie ein leeres Feuerzeug, das nicht mehr zündete. Jetzt wusste er, was hier nicht stimmte. Auch nach mehrmaligem Versuch gelang es nicht und dann war es zu spät. Eines der drei Schattenwesen schlug mit seinen Krallen nach Finn und verletzte ihn am Oberarm, Finn taumelte zurück. Ein stechender Schmerz pochte in seinem Arm. Er riss seinen Dolch aus der Scheide, der kurz in der Dunkelheit aufleuchtete, bevor Finn dem Blocker das Messer direkt in die Magengrube rammte. Strahlen schossen aus dem Blocker heraus. Noch während Finn es wieder herauszog, löste sich der Blocker auf. Finn zog auch das zweite Messer und warf beide in rascher Folge auf die zwei verbliebenen Blocker. Während das eine sein Ziel traf, verfehlte das andere den Angreifer knapp. Die eiskalte Hand des Blockers griff nach ihm. Finn duckte sich, doch der Blocker war schneller. Er erwischte Finns Arm. Finn spürte sofort, wie der Blocker seine Gefühle blockierte und begann sie abzusaugen. Alle seine Empfindungen strömten aus ihm heraus. Finn versuchte noch ein letztes Mal, all seine Konzentration zu sammeln und doch noch Licht zu erzeugen. Doch die Magie war weg. Leere breitete sich in ihm aus. Finn ließ den Blocker gewähren, der ihn auf die Knie zwang. Er spürte die Kälte, wie sie begann von seinem Körper Besitz zu nehmen. Wie es ihm immer schwerer viel klare Gedanken zu fassen. Doch ein Rest Selbsterhaltungstrieb ließ Finn am Boden nach irgendetwas tasten, das ihm helfen konnte sich den Blocker wieder vom Hals zu schaffen. Zwischen feuchten Blättern, Pilzen, Steinen und kleinen Stöckchen wühlte Finn bloß in Erde. Er versuchte, sich mit allem was sich ihm bot zu wehren. Warf mit Steinen und Gras nach ihm, um sich zu verteidigen. Er tastete umher und fand endlich einen längeren Stock. Er rammte den Stock mit voller Wucht blindlings in den Blocker. Dieser ließ von ihm ab, und Finn nutzte seine Chance und kroch über den Boden davon. Sobald er einen seiner Dolche erreicht hatte, drehte er sich noch auf dem Boden liegend um und warf ins Schwarze. Finn sah zu, wie der Blocker im Nirwana verschwand, um sich dann endgültig auf den Boden fallen zu lassen. Er schloss vor Erleichterung die Augen und atmete tief durch. Er spürte, wie die Wärme langsam zurück kehrte und seine Gefühle wieder auf ihn einströmten, ihn geradezu überwältigten. Panik stieg in ihm auf. Seine Kräfte waren weg. Warum? Wie lange? Für immer?

»Alles in Ordnung mit dir, Junge?« Zwei von Aimes' patrouillierenden Männern standen vor ihm. »Ihr kommt zu spät Jungs. Aber danke der Nachfrage.« Finn rappelte sich auf und ging, ohne sie eines weiteren Blickes zu würdigen, auf die Suche nach seinem anderen Dolch. Er hatte tausend Fragen. Doch da war er nicht der Einzige.

»Hey Junge, warte mal. Wo ist dein Partner?«, wollte der Dunkelhaarige wissen.

»Darfst du überhaupt schon auf die Jagd gehen?«, fragte der andere misstrauisch.

»Solange da draußen diese Wesen rumlaufen und sich vermehren wie die Fliegen, könnt ihr jeden Cleaner gebrauchen!« Damit kehrte Finn den beiden den Rücken zu. Nachdem er seinen Dolch gefunden hatte, machte er sich auf den Weg nach Hause. Es hatte keinen Sinn, weiter zu jagen ohne seine Fähigkeiten, so verrückt war er nicht.

Sein Elternhaus lag im Dunkeln. Seine Mum, die vergangene Woche heimgekehrt war, schlief schon und Marilyn würde gleich von der Spätschicht kommen, also würde er sie fragen, was mit ihrer Kraft war. Er verkürzte sich die Wartezeit mit einem Käsebrot. Es dauerte keine fünf Minuten, bis Marilyn zur Tür herein kam. Finn hatte auch für sie ein Käsebrot vorbereitet.

»Oh ich bin am Verhungern.« Marilyn hatte sich schon auf das Käsebrot gestürzt und stopfte es sich in den Mund, bevor Finn etwas sagen konnte. »Pfinn, wasch mascht du denn hier?«

»Meine Kräfte sind weg!«

»Wasch?« Marilyn nahm einen weiteren großen Bissen.

»Ich wäre heute Nacht fast draufgegangen bei dem Versuch, Blocker zu töten! Also bitte sag mir, dass deine Kräfte heute auch nicht existent waren.« Marilyn konzentrierte sich kurz, bevor ... nichts passierte. Marilyn war verwirrt. Sie probierte es nochmal, doch nichts geschah. Normalerweise begann ihr ganzer Körper zu leuchten wie ein Glühwürmchen. Früher hatte sie ihre Fähigkeit dazu benutzt, um unter der Bettdecke zu lesen, auch wenn sie schon längst schlafen sollte.

»Vielleicht hat es etwas mit den Polarlichtern zu tun. Ich habe gerade Kaffeepause gemacht, als meine Kollegin mich ans Fenster rief. Du hast keine Ahnung, auf was unsere Kräfte alles reagieren.«

Marilyn hatte Recht. Es brachte nichts, sich den Kopf zu zerbrechen. Das Sonnensystem hatte seine eigenen Regeln, und die Einflüsse verschiedener Himmelskörper und diverser Ereignisse aufeinander waren unberechenbar. Finn trottete ins Bett. Ihm war mittlerweile ein anderer Gedanke gekommen. Er hatte heute keine Kräfte gehabt, deshalb hatte er den heutigen Tag so ungestört mit Emily verbringen können. Deshalb hatte er sie berühren, sie küssen und sie umarmen können.

32

»Em, du ...«

»Was?«

Alex deutete hastig und erschrocken auf eine Stelle an Emilys Hals. Emily begutachtete sich im Spiegel und stellte entsetzt fest, dass an ihrem Hals etwas gold-orange leuchtete, wie ein Glühwürmchen in der Dunkelheit. Dieselbe Stelle, an der Finn sie geküsst hatte. Ein Knutschfleck von Finn! Emily bedeckte schnell die Stelle mit ihrer Hand. Das war's dann wohl mit der Normalität.

»Was ist das?«

»Ich weiß es nicht.« Emily ging in ihr Zimmer und schloss hinter sich dir Tür. Vergebens. Alex wollte es genauer wissen und folgte ihr in ihr Zimmer. Noch bevor sie einen Schal aus ihrer Kommode herausgezerrt hatte, schob Alex ihre Haare aus dem Weg und sah Emily im Spiegel fragend an.

»Das war Finn«, musste sie zu geben.

»Ist das etwa ...?« Noch ehe er seinen Gedanken zu Ende führen konnte, machte Emily sich von ihm los, schlang sich einen Schal um den Hals und bejahte flüchtig Alex' Vermutung.

»Ein Schal? Sehr einfallsreich!«

Emily würde Finn erst in der dritten Stunde sehen, um ihm zu zeigen, was er angerichtet hatte. Allerdings überraschte Finn Emily, als sie in der ersten kurzen Pause an ihrem Spind ihre Bücher austauschte. »Hey, du Hübsche.«

»Hey. Können wir kurz reden?« Emily wartete nicht auf Finns Antwort, sondern knallte ihren Spind zu und zog Finn an seinem grauen Sweatshirt-Ärmel in den nächstbesten Raum ohne darauf zu achten, was es für einer war. Es war die Mädchentoilette. Es hatte schon geklingelt und die letzten Mädels verließen den Raum, bedachten Emily und Finn aber vorher noch mit amüsierten Blicken.

»Emily, du weißt schon, dass wir in der Mädchentoilette sind – in der ich nichts zu suchen habe!«

Emily ließ Finn los, um sich den Schal vom Hals zu nehmen. Finns Lächeln folgte ein ernster betroffener Gesichtsausdruck.

»Oh Mann.« Er kam vorsichtig näher und Emily drehte ihren Kopf, damit Finn einen noch besseren Blick auf den auffallenden Knutschfleck bekam.

»Tut das weh?«

»Nein. Es …«

»… leuchtet nur?«

»Es leuchtet, funkelt, glitzert, nenn es, wie du willst!«, fauchte Emily.

»Du bist sauer.«

»Nein, ich …« Emily drehte sich von Finn weg, nur um sich kurz zu sammeln, bevor es aus ihr heraus brach: »Warum muss alles – und ich meine wirklich alles – so verdammt kompliziert sein?«

»Em. Sieh mich an.«

Widerwillig sah Emily zu Finn.

»Alles wird gut, in Ordnung? Es wird nicht mehr vorkommen. Ich werde nächstes Mal besser aufpassen.«

»Aber du hast keine Ahnung, wie unsere Körper sonst noch aufeinander reagieren. Ich meine, vorgestern Abend war noch alles im Lot und dann ... das!«

»Also willst du es lieber sein lassen?«

Emily sah erschrocken auf. »Nein!«

Finn zog Emily in seine Arme. »Wir schaffen das. Ich werde herausfinden, warum wir uns manchmal berühren können und manchmal nicht.« Finn sah Emily aufmunternd an, die sich ein paar Tränen aus den Augen wischte und tief durchatmete.

»Und jetzt komm, man redet bestimmt schon über uns!«

Um dieses ganze Dilemma aus dem Kopf zu kriegen, konzentrierte Emily sich heute mal auf den Matheunterricht. Sie tauchte ab in die Welt der linearen Gleichungen und verfolgte aufmerksam Mr. Allisters Erklärungen, der an der Tafel diverse Flächenberechnungen durchführte. Sie versuchte gerade, alles feinsäuberlich in ihren Block zu übertragen, als ein zusammengeknüllter Zettel auf ihrem Pult landete. Ehe Mr. Allister etwas merken konnte, umfasste Emily den Zettel und entfaltete ihn unter ihrem Tisch. Darauf stand: »Would you like to leave this human race, tonight? Finn.« Eine Zeile aus dem Song, den er ihr per Link geschickt hatte. Emily antwortete: »Eternity will never be enough for me.« Als Emily sich zu Finn umdrehte, um ihm ihren Zettel zu zuwerfen, schenkte sie ihm ein kleines Lächeln. Sein Aufmunterungsversuch hatte funktioniert und ihr ging es ein bisschen besser.

Nach der Mathestunde war Physik an der Reihe, worauf Emily sich freute, auch wenn sie in dieser Stunde von Finn getrennt war. Sie mochte die Lehrerin, Mrs. Larkin.

»Sicherlich habt ihr gestern alle das Schauspiel an unserem Abendhimmel gesehen. Aus diesem Anlass schieben wir einen kleinen Exkurs zu Polarlichtern und deren Entstehung ein. Dazu habe ich einen Film mitgebracht, der fast eine Schulstunde dauert, weshalb wir gleich damit anfangen sollten.«

Das Licht wurde ausgemacht und Mrs. Larkin schob eine DVD in das Abspielgerät, welches samt Fernseher von zwei Schülern in das Klassenzimmer geschoben worden war. »Polarlichter – Faszinierende Erscheinungen am nördlichen Nachthimmel« erschien in großen weißen Buchstaben auf dem ersten Bild und ein männlicher Sprecher begann, mit einer sonoren Stimme zu erzählen.

Vierzig Minuten später schaltete Mrs. Larkin den Fernseher ab und fragte die Klasse:

»Polarlichter sind in diesen Breitengraden sehr selten. Das letzte wurde vor fünfzig Jahren gesichtet. Was schließt ihr daraus?«

»Dass es ein starkes Sonnenbeben gegeben haben muss, damit es zu Polarlichtern in dieser Gegend kommen konnte.«

»Richtig. Und zwar gestern am frühen Morgen, weshalb ihr hoffentlich alle gestern Abend das Polarlicht an unserem Himmel sehen konntet.« Zu weiteren Ausführungen kam Mrs. Larkin nicht mehr, denn der Gong beendete die Stunde.

»Wir reden morgen darüber«, kämpfte Mrs. Larkin gegen den Aufbruchslärm in der Klasse an. »Wer sich für das Thema interessiert, kann sich nächstes Jahr für meinen Kurs ›Astrophysik‹ eintragen!«

Finn wartete nach der Schule unter dem Dach auf

Emily, weil es stark regnete. Gemeinsam machten sie sich auf den Weg nach Hause.

»Hey du.«

»Hey.«

Als sie außer Sichtweite des Schulgeländes waren, stellte Emily ihr Schutzschild an, das den Regen um sie herum ablenkte. Mittlerweile beherrschte sie es ganz gut.

»Könntest du nicht auch den Regen um mich herum ablenken?«

»Ich könnte es versuchen!« Emily grinste zu ihm hinüber. Finn war schon klitschnass, seine Klamotten klebten an ihm, genauso wie seine Haare. Er war völlig durchnässt vom Regen, sein helles Haar hing strähnig an Stirn und Wangen. Regenwasser, das immer noch aus seinem Haar und dann weiter an seinem Kinn herablief, machte ihn so unglaublich sexy. Dennoch versuchte sie es. Er sollte sich schließlich nicht erkälten.

Emily konzentrierte sich und erzeugte um Finn herum ebenfalls eine Blase. Es funktionierte auf Anhieb.

»Danke.« Finn tastete danach, traute sich aber nicht, die Blase anzufassen, aus Angst, sie versehentlich platzen zu lassen.

»Wegen gestern. Ich glaube, wir konnten uns berühren, weil durch die Polarlichter irgendwie meine Kräfte außer Gefecht gesetzt wurden.«

»Du hattest gestern keine Kräfte?«

»Ich bin fast draufgegangen bei dem Versuch, Blocker zu töten.«

»Was?« Emily war erschrocken stehen geblieben.

»Mir ist nichts passiert. Aber die Pfeifen, die Aimes zur Patrouille abgestellt hat, hätten von mir aus auch gerne früher auftauchen können.«

»Wir haben heute im Physikunterricht über Polarlichter gesprochen. An den Polarpolen entstehen sie im Grunde durch Sonneneruptionen. Das gestern bei uns wurde allerdings durch ein starkes Beben auf der Sonne verursacht, es ist also durchaus möglich, dass deine Kräfte dadurch gestört wurden. Es waren die ersten Polarlichter in dieser Region seit fünfzig Jahren. Die Teilchen sind weitergezogen, du müsstest deine Fähigkeiten also wieder haben. Hast du es noch nicht ausprobiert?«

»Nein, ich hatte Angst, dass sie noch immer weg sind.«
»Dann küss mich!«
»Was?«
»Küss mich, dann finden wir es heraus.«
»Ich wüsste nicht, was ich lieber täte ...«

Finn schloss die Augen und näherte sich ihr ganz langsam. Kurz bevor ihre Lippen sich berührten, öffnete Emily die Augen und sah in Finns. Die Millionen elektrisierender Nervenenden in ihrer Haut begannen zu reagieren. Finn hatte seine Fähigkeiten wieder.

33

Mai. Die Tage flossen nur so dahin, gleichzeitig wurden sie länger und wärmer. Alles blühte und in der Luft lag dieser erdige Frühlingsduft, so klar, frisch und kühl. Vögel trugen ihren Gesang in die Welt hinaus. Die kalten Tage waren vergessen.

Emily fühlte sich stark und glücklich. Auf dem Weg zur Schule sog sie die Luft in tiefen Zügen ein und genoss dieses Gefühl, als wäre heute alles möglich. Alles fühlte sich gleich viel einfacher an, so viel leichter, wenn die

Sonne schien. Finn wartete bereits an Emilys Spind auf sie.

»Hey. Was machst du denn hier?«

»Ich wollte dich sehen.«

»Was hast du jetzt?«, fragte Emily.

»Kunst. Und du?«

»Physik.«

»Hi.«, grüßte Jason Emily beim Vorübergehen.

»Hi.«

»Wer war das?«

»Jason Noxlin, er ist in meinem Physikkurs und vor kurzem hierher gezogen.« Finn sah Jason hinterher.

»Was ist?«

»Ach, nichts.«

Finn lehnte sich neben Emily an den Spind und beugte sich zu ihr hinüber, um ihr etwas zuzuflüstern. »Ich würde dich jetzt sehr gerne küssen. Denn wenn ich dich heute nicht küssen kann, drehe ich durch!«

Emily ließ ihr Kinn auf ihre Brust sinken. Sie wusste nur zu gut, dass sie Finn seinen Wunsch nicht erfüllen konnte.

»Hey, schon in Ordnung. Wir sehen uns heute Abend!«, versuchte Finn Emily wieder aufzumuntern. Sie sah ihm noch hinterher, bevor sie die entgegengesetzte Richtung einschlug.

Der Tag, den sie mit Susan und Ben im Einkaufszentrum verbracht hatten, schwirrte noch in Emilys Gehirn herum. Finn hatte auf Grund des Polarlichtes seine Kräfte nicht gehabt. An dem Tag waren sie wie jedes andere verliebte Pärchen gewesen. Doch Finn brauchte seine Kräfte. Trotzdem sehnte sich Emily nach diesem Tag zurück.

Sie war die letzte, die ins Klassenzimmer kam. Mrs. Larkin hatte bereits begonnen, die letzten benoteten Arbeiten zu verteilen.

»Ich habe hier Ihre letzten Versuchsanleitungen.« Sie hatte kaum neben Susan Platz genommen, als auch schon ihre Arbeit auf ihrem Tisch landete. Auf Emilys Blatt stand ein großes ›A‹, während Susan sich über ein ›C‹ freute.

»Ich würde Sie gerne kurz nach der Stunde sprechen, Mr. Noxlin«, hörte Emily Mrs. Larkin sagen und drehte sich nach ihm um. Jasons Miene drückte Verärgerung aus. Emily konnte gerade noch sehen, wie Jason seine Arbeit in seinem Rucksack verschwinden ließ. Darauf prangte ein großes rotes ›F‹.

Jason war die ganze Stunde über ziemlich ruhig, und diesmal war es Emily, die ständig zu ihm hinüber sah. Doch sie bekam kein Augenzwinkern, kein Lächeln zurück. Irgendwie tat er ihr leid. Als der Schulgong die Stunde beendete, packte Emily ihre Sachen zusammen. Sie bekam noch mit, wie Mrs. Larkin zu Jason sagte: »Ich kann Ihnen nur empfehlen, sich von einem Ihrer Mitschüler helfen zu lassen.«

Emily wartete vor dem Klassenzimmer auf Jason.

»Hey.«

»Hey.«

»Ich kann dir helfen, wenn du magst. Ich kann dir meine Notizen ausleihen«, bot Emily an.

»Ja, mal sehen.« Jason ging einfach mürrisch weiter, ohne Emily zu beachten. Susan trat neben sie. »Warum hast du das gemacht? Ich dachte, du kannst den Kerl nicht ausstehen?«

»Er hat sich entschuldigt und mir das Geld für einen

neuen Reifen gegeben. Ich bin nicht nachtragend. Außerdem tut er mir leid. Erinnere dich doch mal an die Zeit, als du gerade erst hierher gezogen warst. Da warst du auch froh, als du Freunde gefunden hattest.«

34

Da ihre Mom mit Tom unterwegs war, bereitete Emily das Essen zu. Es kochte bereits auf dem Herd und Emily wollte in eine zweite Pfanne etwas Olivenöl geben, um Gemüse anzudünsten. Allerdings waren nur noch ein paar Tropfen in der Flasche. Sie öffnete den Hängeschrank neben der Dunstabzugshaube und fand eine volle Flasche im obersten Fach. Wieso standen die Dinge immer ganz oben? Emily streckte sich bis auf die Fußspitzen, doch es fehlten noch einige Millimeter. Sie konnte die Flasche praktisch schon berühren, nur zu fassen bekam sie sie einfach nicht.

»Soll ich dir helfen?« Emily fuhr erschrocken herum. In der Hintertür stand der Neue. Jason Noxlin. »Tut mir leid, ich wollte dich nicht erschrecken. Ich habe geklingelt, aber …«

»Ich habe nichts gehört.«

»Kann ich reinkommen?«

»Was willst du hier?«

»Fragen, ob ich mir deine Notizen in Physik ausleihen kann. In meiner alten Schule haben wir anderen Stoff durchgenommen. Das hast du mir doch angeboten?« Emily versuchte nochmals, nach dem Öl zu greifen.

»Ja, richtig.«

»Ich gebe ja zu, dass unser Start vielleicht nicht optimal war. Aber ich schlage vor, wir fangen noch mal von vorne an.«

Sie hatte nicht gehört, dass Jason sich bewegt hatte und hinter sie getreten war. »Warte, ich helfe dir.« Sie bemerkte ihn erst, als er seinen Körper an ihren drückte und sie gegen den Herd presste. Genau in dem Moment als Emily die Flasche zu fassen bekam, umschloss Jasons Hand sowohl ihre Hand als auch die Flasche darin. Ohne Mühe kam er an das Olivenöl. Für einen kurzen Moment dachte Emily, er hätte an ihren Haaren gerochen. Es war ihr unangenehm, so gefangen zwischen Jasons Körper und dem Herd, und sie drehte sich um.

»Danke. Ähm, könntest du ... « Sie legte ihm die Hand auf seine Brust und schob ihn sanft ein Stück von sich weg. Doch Jason trat nicht gleich von ihr zurück, sondern verharrte kurz. Nur um sich ihr dann mit seinem Gesicht zu nähern. Emily wurde nervös. Sie dachte, er wollte sie küssen, doch er beugte sich über ihre Schulter und schnupperte in den Kochtopf.

»Riecht gut. Was ist das?«, flüsterte Jason Emily so nah in ihr Ohr, dass sie seinen Atem auf ihrer Haut spüren konnte. Ein kalter Schauer lief ihr den Rücken herunter. Emily sammelte sich, stotterte aber dennoch. »Ähm ... Ri ... Risotto.« Jason verwirrte sie. Sie starrte ihn unverwandt an und Jason starrte zurück. Es kam ihr vor, als würde er nicht mal blinzeln. Emily wachte erst aus ihrem verzauberten Zustand auf, als Jason seine Mundwinkel zu einem Grinsen verzog. »Die Notizen?«

Emily ging zu ihrem Rucksack hinüber, der auf einem Stuhl am Esstisch stand, und holte ihren Collegeblock heraus, um ihn Jason zu übergeben.

»Danke. Du hast was gut.«

Er verschwand durch die Hintertür und stieß fast mit Tom zusammen, der zwei große Einkaufstaschen trug.

»Wer war das denn?«

»Ach, nur ein neuer Schüler. Hat sich ein paar Notizen von mir geliehen. Hast du Hunger?«

»Ich hole mir nur kurz meinen Pulli, mir lief eben auf einmal ein kalter Schauer über den Rücken.«

35

Finn und Emily lagen nebeneinander in Emilys Bett und sahen sich einfach nur an. »Worte werden überschätzt.«

»Ja«, pflichtete Finn ihr bei. Sie kommunizierten auf einer anderen Ebene. Beobachteten sich, nahmen jedes Detail ihres Gegenübers wahr. Emily hatte die CD eingelegt, die Finn ihr geschenkt hatte, und »This is for keeps« angesteuert. Sänger Nick Thomas sprach ihnen aus der Seele. Der Song würde ewig mit der Erinnerung an Finn verknüpft sein. Zeit spielte keine Rolle. Es gab nur sie und ihn. Finn musterte sie. Ihr Gesicht. Ihren Körper. Sein Blick wanderte von ihren Augen über ihren Hals zu ihren Brüsten und wieder zu ihren Augen. Er nahm jeden kleinen Leberfleck wahr. Jedes noch so winzige Detail. Als er seinen Pulli auszog, strahle eine Welle aus Wärme von ihm ab. Emilys Blick blieb an dem Stückchen nackter Haut hängen, das unter seinem T-Shirt vorblitzte. Ihr Puls begann zu rasen, als ihre Finger über seine Brust streichelten, seine Arme entlang streifen wollten. Emily vergewisserte sich mit einem Blick zu Finn, ob er einverstanden war. Seine Augen willigten ein, indem er kurz blinzelte. Er verfolgte jede ihrer Bewegungen. Emily fuhr seinen Arm nach unten bis zu seinem Handgelenk. Nichts Schlimmes geschah. Er öffnete seine Hand, und Emily zeichnete Finns Lebenslinie nach. Sah sich alles genau an, als hätte sie so etwas noch nie gesehen. »Das kitzelt!«, beschwerte sich Finn. Emily zog ihre Hand zurück und lächelte ihn entschuldigend an. »Mach weiter.« Emilys Puls raste noch schneller, als Finn seine Hand auf ihre Hüfte legte und sie zu sich heranzog. Seine Lippen legten sich auf die ihren. Sein Kuss wurde intensiver, seine Zunge vertrauter in ihrer Umgebung. Sie wollte nie wieder aufhören. Im Gegenteil, sie wollte mehr. Emily rollte sich auf Finn. Vergrub ihre Hände in seinen Haaren, um ihn noch leidenschaftlicher zu küssen.

»Träume ich?«

»Nein.«

»Trotzdem verstehe ich nicht, warum das hier ...«, Emily küsste Finn, »heute früh nicht ging und jetzt schon. Was ist jetzt gerade anders? Wo liegt der Unterschied?«

»Ich werde herausfinden, woran es liegt. Wir finden einen Weg. In Ordnung?«

»Okay.«

»Und solange sollten wir die Zeit genießen.« Emily nickte und Finn küsste sie bedächtig. Ganz langsam drehte er sie auf den Rücken, um sie länger zu küssen. Emily schob Finn ein Stück von sich. Er sah blass aus, trotz seiner sonnengebräunten Haut.

»Du bist ganz kalt.«

»Aber innerlich glühe ich.«

»Geht's dir wirklich gut?«

»Mir ging es nie besser.«, flüsterte Finn und küsste Emily gleich wieder.

Finn und Emily waren zu beschäftigt mit Knutschen und bemerkten nicht, wie schnell die Zeit verstrichen war. Die Dämmerstunde neigte sich dem Ende zu; die Sonne zog ihre letzten wärmenden Strahlen zurück und wich einer noch blassen Mondsichel. Dann war die Sonne endgültig verschwunden und der Mond hatte den Himmel erobert. Er stand nun allein am Firmament und trennte die beiden Liebenden auf unsanfte Weise voneinander. Weder Finn noch Emily hatten es bemerkt. Bemerkten nicht, wie Finns Lippen immer kälter wurden, bis sie eiskalt und fast leblos waren. »Finn? Finn! Du … du bist eiskalt.« Finn reagierte kaum auf Emilys Worte, er war fast weggetreten.

Emily setzte sich auf und wollte Finn berühren, doch das verschlimmerte seinen Zustand, denn nun begannen wieder bei jeder Berührung Funken zu sprühen und Emily bekam einen heftigen Stromschlag. Finn zitterte am ganzen Körper, als würde er gleich erfrieren, und verdrehte die Augen nach oben. Emily bekam Panik, vergaß all ihre guten Manieren und stürmte in Alex' Zimmer, ohne anzuklopfen.

»Du musst mir helfen!«

»Emily, was ist passiert?«

»Schnell, Finn, er …« Sie rannte wieder in ihr Zimmer. Alex folgte ihr. Emily wusste nicht, was sie sagen sollte, wusste nicht mehr, was sie tun oder denken sollte. Finn lag von Krämpfen geschüttelt auf Emilys Bett. Seine Hautfarbe war jenseits seiner sonst so schönen gleichmäßigen Bräune.

»Was ist passiert?«

»Ich … ich habe keine Ahnung. Ich weiß nicht, was ich tun soll.«

»Ruf Marylin an!« Hektisch kramte Emily in Finns Jackentasche nach seinem Handy und fand darauf nach einer unendlich langen Minute Marilyns Nummer. Es klingelte viermal – viel zu lange – bevor sie endlich ran ging.

»Marilyn, hier ist Emily! Finn … er … ich weiß auch nicht … wir haben uns geküsst … und dann …«

»Ganz ruhig, Emily! Was ist mit Finn?«

Emily versuchte tief durchzuatmen. »Er ist ohnmächtig geworden, und er ist ganz kalt.«

»Kannst du ihn zu uns bringen?«

»Ja, ich denke schon. Aber was ist denn mit ihm?« Doch Emily bekam keine Antwort mehr auf die Frage, Marilyn hatte bereits aufgelegt.

Alex trug Finn in eine Decke gehüllt zum Auto und legte ihn auf die Rückbank.

»Pass auf, dass du nicht seine Haut berührst!«

»Das hast du schon tausendmal gesagt. Was passiert denn, wenn ich ihn berühre?«, wollte Alex wissen. Emily antwortete nicht und Alex fragte nicht weiter. Er beschleunigte den Wagen aus der Ausfahrt heraus. Es war kein Verkehr auf der Landstraße und Alex gab Gas. Sie brauchten nicht lange um das kurze Stück zu überwinden und kamen mit quietschenden Reifen vor dem Haus der MacSols zum Stehen. Marilyn erwartete sie schon an der Haustür, die sie weit offen hielt, sodass Alex Finn ungehindert ins Haus tragen konnte. Marylin legte ihre Hand auf Finns Stirn. »Oh mein Gott, er ist eiskalt. Bring ihn runter in den Keller.« Alex folgte Marilyn mit Finn auf dem Arm in den Keller, während Emily besorgt hinterherlief.

»Was ist mit ihm?«

Alex brachte Finn in einen kleinen Raum, in dem außer einer Nähmaschine und Nähzeug auch noch eine Sonnenbank stand. »Leg ihn auf das Solarium. Wir müssen ihm das T-Shirt und die Hose ausziehen, damit seine Haut so viel Strahlung wie möglich aufnehmen kann.« Emily stand im Türrahmen, außerstande, etwas zu tun. Tatenlos sah sie zu, wie Marilyn den bewusstlosen Finn auszog. Ihr Blick haftete unablässig auf ihm. »Er ist schon sehr schwach. Ich spüre seinen Puls kaum. Ich hoffe, dass die Sonnenbank genügt, bis die Sonne in …«, sie sah auf ihre Uhr. »… sechs Stunden wieder aufgeht. Das hier war Rettung in letzter Minute. Wir können jetzt nur abwarten, bis er wieder zu sich kommt.«

»Wie kann ihm das helfen?« Marilyn schloss den Deckel und stellte die Uhr ein, bevor sie endlich auf Emilys Frage antwortete. »Es wird ihn wieder mit Energie aufladen. Das Sonnenlicht besteht aus UV-A, UV-B und UV-C Strahlen. Alle drei kommen in unterschiedlichen Anteilen im Sonnenlicht vor. Die UV-Strahlung im Solarium ist nur ein Teil der Sonnenstrahlung. Daher ist das kein wirklicher Ersatz für die natürliche Sonne. Das Gleiche ist schon mal passiert. Finn war fünf und mehrere Tage lang im Keller, um mit der Eisenbahn seines Großvaters zu spielen. Er hat nicht genügend Tageslicht abbekommen. Es ist wie mit Pflanzen, die kein Sonnenlicht bekommen – sie gehen ein.«

»Nein! Es ist meine Schuld!« Alex und Marilyn starrten Emily verständnislos an.

»Finn war in den letzten Tagen draußen und in der Sonne! Ihm ging es gut, bis …«, Emily blieb der Rest des Satzes im Hals stecken. Sie schluckte und rang nach Luft, ehe sie weitersprach. »… bis wir uns geküsst haben.«

»Aber es ist doch nicht deine Schuld!« Marilyn kam auf Emily zu und nahm so schnell ihre Hände, um sie zu trösten, dass es zu spät war, bis Emily reagieren konnte.

»Au.« Marilyn zuckte zurück.

Als ihre Hände sich berührten, entstanden die bekannten Funken. »Das war wie ein Stromschlag, nur dass er kalt war.« Marylin rieb sich ihre Hand.

»Ich glaube, dass ich Finn alle Energie und Wärme geraubt habe.« Man hätte eine Stecknadel fallen hören können, so still war es in dem Raum. Marilyn starrte geschockt von Emily zu Finn.

»Aber wie ist das möglich?«

»Ich bin eine Mondhexe und Finn ein Sonnenhexer.«

Marilyn wechselte einen Blick mit Alex, der genauso verständnislos drein blickte wie Marilyn.

»Es wird ihm wieder besser gehen!«, beruhigte Marilyn Emily.

»Es … es sind unsere Fähigkeiten, sie reagieren irgendwie aufeinander. Ich weiß auch nicht. Wie lange wird es dauern, bis er wieder zu sich kommt?«

»Das kann ich nicht genau sagen. Wie gesagt, er ist schon sehr schwach.«

»Kann ich hier bleiben?«, fragte Emily besorgt.

»Geh schlafen und komm morgen früh wieder. Du kannst hier nichts für ihn tun.«

Alex nahm Emily in den Arm und führte sie zum Auto. Sie stand unter Schock.

Am nächsten Morgen war Emily schon in aller Herrgottsfrühe auf den Beinen, obwohl sie die halbe Nacht wach gelegen hatte. Mit zittriger Hand klopfte sie an die

Haustür der MacSols. Sie war sich nicht sicher, ob sie wollte, dass die Tür aufging und Finn gesund und munter vor ihr stand, oder ob die Tür lieber geschlossen bleiben sollte. Schließlich hatte sie ihn fast getötet. Was, wenn er sie gar nicht mehr sehen wollte? Vielleicht sollte sie lieber gehen und nach der Schule wiederkommen. Oder darauf warten, dass Finn den ersten Schritt machte. Doch die Entscheidung wurde Emily dadurch abgenommen, dass auch nach dem dritten Klingeln niemand die Tür öffnete. Wollte Finn tatsächlich nicht mit ihr reden oder war er gar nicht zu Hause?

Emily hatte sich noch keinen neuen Reifen gekauft. Also musste sie zu Fuß zur Schule. Zeit genug war ja. In Gedanken versunken, merkte sie zu spät, dass ein Motorrad neben ihr hielt. Emily warf einen kurzen Blick zur Seite. Als der Fahrer das Visier hochklappte, richtete sie ihren Blick wieder nach vorn. Sie musste nicht hinsehen, um zu wissen, wer es war.

»Soll ich dich mitnehmen?«

»Nein danke.« Emily hielt ihren Blick stur geradeaus und sah Jason nicht an.

»Sicher?«

»Ja. Was machst du überhaupt hier schon so früh?«

»Um diese Uhrzeit sind die Straßen noch schön leer und ich kann mein Baby voll aufdrehen.« Er strich über sein Motorrad. »Dann sehen wir uns in der Schule.« Jason klappte sein Visier herunter und gab Gas.

Die acht Schulstunden waren eine endlose Qual für Emily. Sie konnte nach der letzten Stunde nicht schnell genug wegkommen und hatte beim Klingeln bereits ihre Sachen gepackt und war zur Tür hinaus.

Aufgeregt rannte Emily, so schnell sie die Füße trugen. Ab und an hielt sie an, um kurz zu verschnaufen, nur um dann gleich weiter zu rennen. Erst auf der Veranda vor Finns Haus blieb sie endlich stehen und rang nach Luft, bevor sie erneut an Finns Haustür klopfte. Als die Tür dieses Mal aufging, war Emily so überrascht, dass sie kein Wort heraus bekam.

»Emily, lange nicht mehr gesehen!«

»Mrs. MacSol! Ääh ...« Finns Mum musste mindestens genauso überrascht sein wie Emily. Schließlich hatten sich die beiden seit einer halben Ewigkeit nicht mehr gesehen und sie musste sich unwillkürlich fragen, was Emily hier wollte.

Sie wartete auf weitere Worte von Emily, die aber nur verlegen herumstand. »Du willst sicher zu Finn!« Volltreffer.

»Ja. Ist er da?«

»Nein. Er brauchte das Tageslicht. Du findest ihn, wenn du dem Trampelpfad hinter dem Haus folgst.«

»Danke und auf Wiedersehen«, verabschiedete sie sich unsicher. Hatte Marilyn ihr erzählt, was vorgefallen war? Emily ging um das Haus der MacSols herum und fand den kleinen Trampelpfad. Finn lag in mitten auf einer Wiese im frischen grünen Gras und tankte Sonne. In dem saftigen Grün bildeten wilde Mohnblumen rote Farbkleckse. Sein nackter Oberkörper hob und senkte sich beim Atmen. Er hatte die Augen geschlossen und genoss sichtlich die Wärme. Als er Emily kommen hörte, stützte er sich auf die Unterarme auf.

»Hey. Ähm ... deine Mutter hat mir gesagt, wo ich dich finde ... Wie geht's dir?«, fragte Emily.

»Viel besser. Ich brauchte nur ein wenig Sonne.«

Emily stand etwas abseits. Inzwischen erhob Finn sich und zog sein T-Shirt über, bevor er ihr gegenüber trat. So nah, dass sich eine Spannung aufbaute. Es knisterte förmlich zwischen ihnen, im wahrsten Sinne des Wortes.

Als er Emilys ernstes Gesicht sah, verriet sein Gesichtsausdruck, dass auch er das Vorgefallene nicht auf die leichte Schulter nahm.

»Du hast mir Angst gemacht«, begann Emily mit heiserer Stimme.

»Das wollte ich nicht.« Auch seine Stimme klang belegt.

»Ich hatte Angst dich zu verlieren.«

»Was kann ich tun, um es wieder gut zu machen?«

»Es ist nicht deine Schuld. Es ist ... «

Finn wollte sie trösten. Wollte sie berühren und küssen. Wollte alles. Stattdessen nahm er sie nur, so fest er konnte, in seinen Arm, wobei er sorgfältig darauf achtete, dass stets ein Stückchen Stoff eine direkte Berührung verhinderte.

»Wie soll es jetzt weitergehen mit uns?«, fragte sie.

Er antwortete nicht. Konnte er nicht. Hielt sie nur weiter fest. Und drückte ihr einen zärtlichen Kuss in ihre Haare.

»Ich würde es immer wieder tun, Emily. Ich will mit dir zusammen sein, ohne Wenn und Aber. Ohne darüber nachdenken zu müssen, ob ich dich anfassen kann. Ich würde dich jetzt so gerne küssen.« Finn hob seine Hand, um Emily zu berühren.

»Nicht.« Emily wich zurück und vergrößerte die Kluft zwischen ihnen – nicht nur räumlich.

»Ich lasse mir etwas einfallen!« Finn machte einen großen Schritt auf Emily zu, um sie aufzuhalten.

»Das sagst du immer wieder.«

Emily wich weiter rückwärts, um wieder etwas Abstand zwischen sich und Finn zu bringen. Im Schatten blieb sie stehen, während Finn noch immer in der prallen Sonne stand. Es war, als würde jeder dort stehen, wo er hingehörte. Als gäbe es zwei Seiten. Emily wurde klar, dass es immer so sein würde. Dass es immer diese Grenze zwischen ihnen geben würde, die sie trennte.

Sie gehörten nicht zusammen.

Finn sah in Emilys Augen, dass soeben irgendetwas zwischen ihnen passiert sein musste. Er wollte sie nicht verlieren. Er konnte spüren, wie sie ihm entglitt. Finn streckte die Hand nach ihr aus. Emily erwiderte die Geste, doch trafen sich ihre Fingerspitzen nicht, sondern verloren sich, als gäbe es eine unsichtbare Grenze zwischen ihnen.

36

Emily rannte, während ihr dir Tränen nur so die Wangen herunter flossen. Erst zu Hause versuchte sie sie zu stoppen. Vergeblich. Sie verkroch sich in ihrem Zimmer, bis das Abendessen auf dem Tisch stand. Sie ließ sich nichts anmerken, hatte aber keinen großen Hunger, so dass sie nur an ihrem Brot herumknabberte und früh in ihr Zimmer zurückkehrte.

Als Emily am nächsten Morgen aufstand, beschloss sie, Finn für eine unbestimmte Zeit aus dem Weg zu gehen, um sich über einiges klar zu werden. Das war allerdings nicht so einfach, wenn man gemeinsame Schulstunden hatte.

Emily mied in der ersten Pause ihren Spind, weil sie vermutete, dass Finn dort auf sie warten würde. Stattdessen schleppte sie alle ihre Bücher mit sich herum. Ihr Mittagessen nahm sie mit und aß es alleine.

Finn war wie Emily total durch den Wind. Sie war gestern so schnell verschwunden, dass sie gar nicht hatten reden können. Daher wollte er sie unbedingt in der Schule treffen. Er wollte wissen, was gestern Abend zwischen ihnen passiert war. Er suchte Emily überall, doch sie war kein einziges Mal an ihrem Spind und zu Mittag aß sie auch nicht. Ging sie ihm aus dem Weg? In der sechsten Stunde hatten sie gemeinsam Mathe, dort musste sie auftauchen. Finn wartete vor dem Klassenzimmer auf Emily. Sie kam vollbepackt um die Ecke. Als sie ihn sah, stoppte sie abrupt. Dann drehte sie sich um und ging. Noch bevor Finn hinter ihr her konnte, tauchte schon Mr. Allister auf.

»Mr. MacSol, wo wollen Sie denn hin? Hier geht's in den Klassenraum.« Finn kehrte um und trottete ins Klassenzimmer. Was war bloß los mit Emily? Sie schwänzte Mathe, um ihn nicht sehen zu müssen. Er überlegte den ganzen Weg nach Hause, ob er bei ihr vorbei gehen sollte, entschied sich aber dagegen. Zu Hause beschäftigte ihn Emily noch immer. Finn lag auf seinem Bett und starrte zum Fenster hinaus, als sich seine Zimmertür öffnete.

»Finn, kannst du ...?« Marilyn hielt mitten im Satz inne. »Alles in Ordnung mit dir?«

»Ich verliere sie.« Finn drehte sich zu Marilyn, die sich auf Finns Bettkante niederließ.

»Emily?«

»Ja.«

»Sie hat Angst, Finn. Sie hätte dich fast umgebracht!«

»Aber mir ist nichts passiert!« Finn setzte sich energisch auf.

»Aber allein die Möglichkeit, dass sie dich fast umgebracht hätte, beunruhigt sie.«

»Aber es wird nicht nochmal vorkommen. Wir werden aufpassen.«

»Und was willst du dagegen tun? Sie nicht berühren? Du kannst nie ganz ausschließen, dass etwas passiert! Wie habt ihr das überhaupt bemerkt? Das mit euren Berührungen?«

Finn musste lächeln. »Ich habe versucht, sie zu küssen.«

»Du hast was?«

»Ich habe sie auf die Lichtung mitgenommen. Dort wo wir als Kinder gespielt haben.«

»Wo das Feuer ausgebrochen ist?«

»Ja, es war eine dumme Idee. Und sie war total wütend und ist auf mich losgegangen. Ich hab in ihre wunderschönen Augen geblickt und an damals gedacht, als wir noch Kinder waren und die Welt schwarz oder weiß. Und da habe ich sie küssen wollen, doch es gab so etwas wie einen Stromschlag oder so etwas Ähnliches. Kaum hatte ich ihre Lippen berührt, da flog ich auch schon in hohem Bogen von ihr fort.«

»Wow. Hör mal, ich will dir nicht vorschreiben, was du tun sollst. Aber vielleicht hat Emily recht damit, dass es besser ist, wenn ihr euch nicht mehr seht.«

Marilyn stand auf und ließ Finn wieder alleine grübeln. Finn war immer ein Einzelgänger gewesen. Doch dann war Emily in sein Leben getreten und hatte es mit ihrer Anwesenheit bereichert. Jetzt war es wieder leer.

Emily hatte ihren Wecker heute Morgen nicht gehört und war jetzt sehr spät dran. Und die Tatsache, dass sie laufen musste, weil ihr Fahrrad noch immer einen kaputten Vorderreifen besaß, war nicht gerade hilfreich. Da half es auch nicht, dass Jason auf seinem Motorrad angerauscht kam. Als Schutzkleidung trug er wie immer lediglich seinen Helm. »Bist du sicher, dass ich dich nicht mitnehmen soll?«

»Ja, ich bin sicher, danke.«

»Wir haben Mr. Allister in der ersten Stunde. Wenn du zu spät kommst, was du wirst, wenn du läufst, dann halst er dir bestimmt Nachsitzen auf oder irgendeine Strafarbeit.«

Emily blieb stehen. Das war ein Argument!

»Du hast keinen zweiten Helm!«

»Du kannst meinen haben.« Jason nahm seinen Helm ab und hielt ihn Emily hin.

»Also gut.«

Finn wartete schon am Eingang des Schulhofes auf sie und es ließ sich nicht vermeiden, dass er die beiden sah. Jason parkte wie immer sein Motorrad auf dem Lehrerparkplatz und ließ Emily absteigen.

»Bekommst du keinen Ärger, wenn du hier parkst?« Jason zuckte nur mit den Schultern und nahm Emilys Helm entgegen.

»Naja, jedenfalls danke.«

Finn kam auf Emily zu. Irgendwann musste sie wohl

wieder mit ihm reden. Warum also nicht jetzt. Sie ging Finn entgegen.

»Was war das denn?« Sein Blick ging misstrauisch in Richtung Jason.

»Er hat mich *nur* mitgenommen.« Finn umfasste Emily an der Taille und zog sie zu sich ran, bis ihre Hüften sich berührten. Emily legte ihre Handflächen auf Finns Brust, um ihn auf Abstand zu bringen, und schob ihn von sich weg. Er bewegte sich jedoch nicht vom Fleck. Im Gegenteil, er drängte Emily gegen die Wand der Turnhalle. Ihr Atem ging schneller.

»Was hast du vor? Willst du mich hier vor allen küssen? Hast du vergessen, was beim letzten Mal passiert ist?«

»Es war meine Schuld.« Mit seinem ganzen Körpergewicht hielt er Emily an die Wand gepresst, wollte sie küssen. Emily drehte ihren Kopf weg. »Nein, es war *meine* Schuld.« Emily konnte über Finns Schulter Jason beobachten, der wiederum Finn und Emily nicht aus den Augen ließ. Finn wich etwas zurück, so dass Emily unter seinem Arm hindurchtauchen konnte.

Finn atmete tief durch, bevor er Emily folgte.

»Es tut mir leid. Das eben war blöd von mir. Ich wollte dich nicht bedrängen. Emily!«

»Finn, ich bin schon spät dran, lass uns nach der Schule reden. Ich hab am Nachmittag noch Kunst, also komme ich dann später bei dir vorbei!«

»Sind wir noch zusammen oder habe ich dich verloren?« Emily hielt kurz inne, ohne sich zu Finn umzudrehen, dann ging sie weiter. Diese Frage konnte Emily ihm nicht beantworten, denn die Antwort wusste sie selbst nicht.

37

Es dämmerte und der Mond thronte schon blass am Himmel und wartete darauf, dass die Sonne verschwand. Emily stand vor Finns Regal und sah sich alles darin genau an, so als wäre sie noch nie in diesem Zimmer gewesen. Finn beobachtete Emily, wie sie über alles mit dem Finger strich, als wäre es selbstverständlich, über alles mit dem Finger streichen zu können. Doch das war es leider nicht. Und deshalb standen sie jetzt hier in seinem Zimmer. Hörten »Red house painters« mit »Have you forgotten«, wie der Radiomoderator verkündete. Das machte die ganze Stimmung noch deprimierender, weshalb Finn zu seiner Anlage hinüber ging und sie schnell komplett abschaltete. Finn hätte am liebsten gebrüllt, weil Emily schwieg. Er sah sie durchdringend an, während sie am Saum ihres Pullis rumfummelte. Emily holte tief Luft, bevor sie sich umdrehte und endlich etwas sagte.

»So weit dürfen wir es nie wieder kommen lassen. Ich hatte verfluchte Angst um dich.«

Eine lange Minute sagte Finn gar nichts. Er stand einfach nur da.

»Ich werde nicht aufhören. Ich kann nicht aufhören, dich zu lieben!«

»Hast du jemals Sonne und Mond zur gleichen Zeit gesehen?«

»Nein, aber nicht aus allen Konstellationen erwächst etwas Schlechtes; Sonne und Regen ergeben einen wunderschönen Regenbogen! Es gibt doch nicht nur schwarz und weiß, es gibt auch immer etwas dazwischen.«

»Du musst aufhören damit! Wir müssen aufhören uns das anzutun! Oder willst du unbedingt verletzt werden?«

Emily schloss die Augen, wendete sich ab und ließ den Tränen freien Lauf.

Finn wollte seine Hände um ihr Gesicht legen. Vorsichtig prüfte er, wie weit er gehen konnte. Vor dem Fenster hatte der Mond an Kraft gewonnen und zeichnete sich immer deutlicher am Himmel ab. Inzwischen war von der rot-gelben Feuerkugel kaum noch etwas zu sehen. Finn legte seine Hände um ihr Gesicht. Emily war zu schwach, um sich gegen Finns Annäherungsversuch zur Wehr zu setzen. Sie wusste, dass es ihr die meiste Zeit verboten war, seine Haut zu spüren, seinen Kuss oder das warme tröstliche Gefühl seines Körpers an ihrem. Finn beugte seine Knie, um auf ihrer Augenhöhe zu sein. Er heizte die Luft um sie herum auf, doch Emily kühlte sie schnell wieder ab.

»Du musst mich vergessen und dein Leben weiterleben«, sagte Emily und wusste, dass ihre Tränen sie verrieten. Sie konnte sie nicht zurückhalten. Ein grausamer Schmerz breitete sich in ihrer Herzgegend aus. Emily spürte, wie die Trennung von Finn ihr mit einem gewaltigen Schlag den Boden unter den Füßen weg und ein Loch in ihr Herz riss.

»Ich kann das nicht mehr. Jedes Mal, wenn wir uns sehen … Halt dich bitte von mir fern.« Emily wollte gehen.

»Was meinst du?«

»Du konntest mir nicht mal den Kakao aus dem Gesicht streichen!« Emilys verzweifelte Stimme brach.

»Ich brauche dich!«

»Liebe ist nichts, wovor man sich fürchten sollte, Finn.«

»Aber was ist mit jetzt? Hier und heute, jetzt in diesem Moment kann ich dich berühren.«

»Bist du sicher? Denn ich bin es nicht. In dem einen Moment geht es und im nächsten wieder nicht.«

»Ich dachte, wir würden alles schaffen!«

»Manchmal reicht Liebe nicht aus.« Sie ging in Richtung Tür, doch er war schneller als sie und versperrte ihr den Weg. Er war gut eineinhalb Köpfe größer als sie und auch um einiges schwerer. Finn packte sie am Arm, bis sie stehen blieb. Sein Gesicht war vor Wut und Verzweiflung verzerrt. »Das war's? Du gibst einfach so auf?«, schrie Finn sie an und ließ sie los. Er lief unruhig im Zimmer auf und ab. »Hast du so wenig Vertrauen zu uns?«

»Hör auf zu schreien … du machst mir Angst!«, schrie Emily zurück, während ihre Tränen über ihre Wangen liefen. »Ich kann das nicht mehr, Finn! Bitte versteh doch.«

»Wie kann ich das verstehen?« All seine unbändige Wut entlud sich in einer Flamme, die selbst Finn überraschte. Es war kein pures Licht, nein, es war Feuer, das er in seiner Hand hielt. Emily zuckte zusammen und schreckte vor Finn zurück. Finn schleuderte die Flamme in den Papierkorb und beide sahen zu, wie das Papier darin zu Asche zerfiel. Plötzlich war alles wieder da: Die Höhle im Wald aus Ästen und Laub, das Feuer, von dem sie nicht wusste, wo es herkam. Alles, woran Emily sich erinnern konnte, war, dass auf einmal alles um sie herum in Flammen stand, bis das Feuer auf ihrer Haut tanzte. Die Erinnerung daran ließ Emily am ganzen Körper zittern. Doch es war mehr als die bloße Anwesenheit von Feuer, die sie zum Schaudern brachte. »Emily, es tut mir leid, ich lösche das Feuer sofort!« Flashbacks durchkreuzten ihr Gehirn und auf einmal schien alles klar vor ihr zu liegen. »Das Feuer damals ... du warst es ... mit deinen Kräften!«

Emilys tränenfeuchte Augen blickten angsterfüllt auf, weiteten sich, bevor sie sich anschickte, ihm auszuweichen. Er griff nach ihr, seine Hände kamen auf ihren zitternden Schultern zum Liegen. Doch im selben Moment, als seine Fingerspitzen ihre Schultern berührten, riss sie sich los. Sie konnte nur mit dem Kopf schütteln, weil ihr die Tränen die Sicht vernebelten und ihre Schluchzer ihr die Stimme nahmen. Fast blind stolperte sie aus Finns Zimmer und die Treppe hinunter.

Emily lief aus dem Haus in den Wald, ohne darauf zu achten, wohin sie lief oder was um sie herum passierte. Sie rannte, um sich zu verlieren, rannte, in der Hoffnung, Klarheit zu erlangen, rannte, weil sie nirgendwohin konnte. Sie lief, bis sie nicht mehr konnte und ihre Lunge und ihre Beine brannten. Ihr Atem ging stoßweise. Trotzdem rannte sie immer weiter.

Schließlich blieb sie keuchend stehen. Ihre Glieder waren schwer wie Blei und ihre Arme und Beine gehorchten ihr nicht mehr. Erst jetzt bemerkte Emily, dass es regnete. Sie legte ihren Kopf in den Nacken, schloss die Augen und ließ die Regentropfen auf ihr Gesicht fallen. Sie hieß das kalte Nass willkommen. Es filterte die Luft zu dem eigenartigen klaren Geruch, den sie so liebte. Es war, als würde der Regen alles wegwischen und ihre Gedanken reinigen. So stand sie eine halbe Ewigkeit und sog die Luft in vollen Zügen ein. Nur mit Widerwillen öffnete Emily die Augen und blickte in den Himmel. Würde sie seine Schönheit je wieder so sehen wie noch vor ein paar Tagen oder Monaten? Emily fühlte sich unendlich erschöpft. Sie spürte, wie die Müdigkeit sie übermannte, doch sie wollte nicht nach Hause. Ihre Familie hätte sofort gemerkt, dass etwas nicht stimmte, und hätte alles nur noch schlimmer gemacht. Sie wollte hierbleiben, wo die dunkle Nacht sie einzuhüllen begann. Ihr schoss das Lied durch den Kopf, dass sie beim Aufwachen im Radio gehört hatte: »I can't run, I can't shout. Just let me out.« Die Dunkelheit brach herein und Emily ließ sie auch über sich hereinbrechen, wehrte sich nicht dagegen und spürte, wie ihre Glieder matt wurden. Sie fühlte sich taub und benommen. Der dunkle Sog dieser fernen, fremdartigen Welt zerrte an ihr. Sie spürte nicht, wie kalt es schon geworden war und wie um sie herum der Wald in der Dunkelheit verschwamm. Sie dachte, ihr Herz würde aufhören zu schlagen. Ihre Lunge zog sich zusammen und raubte ihr die Luft. Emily fühlte kaum noch etwas. Es war, als würde sie innerlich sterben. Und diesmal waren nicht die Blocker daran schuld.

Verdammt. Das wollte er nicht. Was hatte er getan? Finn stand zu Stein erstarrt in seinem Zimmer und sah noch immer zur leeren Tür, durch die Emily abgerauscht war. Damit hatte er nicht gerechnet. Es war alles schief gelaufen, was schief laufen konnte.

Stunden später hüpfte Finns Handy lautlos auf und ab, um auf sich aufmerksam zu machen. Es war bereits das dritte Mal. Finn wollte eigentlich mit niemandem reden. Er nahm es und wollte es gerade ausschalten, doch das Display verriet ihm, dass es Alex war. Finn wunderte sich – nahm den Anruf aber an.

»Ist Emily bei dir?«

»Alex? Ähm ... nein. Sie ist schon vor einer ganzen Weile gegangen.« Schweigen am anderen Ende der Leitung.

»Wieso?« Finn wurde unruhig.

»Sie wollte schon vor vier Stunden wieder zu Hause sein und sie geht nicht an ihr Handy. Wir wollten zusammen unsere Großeltern besuchen. Jetzt nicht aufzutauchen sieht ihr gar nicht ähnlich.«

»Vielleicht hat sie es vergessen oder es war ihr nicht mehr so wichtig.«

»Habt ihr euch gestritten?«, traf Alex den Nagel auf den Kopf. Finn gab es nicht gerne zu, aber »Ja.«

»Wenn sie trotzdem bei dir auftaucht, kannst du mir bitte Bescheid geben?«

»Klar.« Finn hatte kaum aufgelegt, da hatte er schon seine Jacke übergezogen und war zur Tür hinaus. Er wollte Emily suchen, denn sein Bauch sagte ihm, dass etwas nicht stimmte.

Finn sah Emilys Körper zusammengekauert auf dem nassen Boden unter einem Baum. Sein Herz blieb stehen, als er sie wie tot dort liegen sah. Seine Knie zitterten, als er sich ihr näherte. Doch ihr Brustkorb hob und senkte sich ganz leicht. Sie lebte. Ihr Atem ging flach und regelmäßig. Bevor er sich zurückhalten konnte, hob er seine Hand an ihre Wange und strich ihr die Nässe von der blassen Haut.

»Halt dich fest, ich trage dich.«

Sie hatte keine Angst, denn eine tröstende Wärme umhüllte sie, als hätten sich starke Engelsflügel um sie gelegt und sie emporgehoben. Sie überließ sich dieser warmen Umarmung. Um sich herum nahm sie Stimmen war. Nein, nur eine Stimme. Finn?

Ihre Augen gingen unter den flatternden Lidern träge einen Spalt weit auf. Sie kam zu sich. Finn schlang den einen Arm um ihren Rücken und schob den anderen unter ihren Beinen durch, bevor er sie vorsichtig hochhob. Emily schmiegte sich an ihn, indem sie ihren Kopf an seine Schulter legte. Es fühlte sich richtig an.

Sie war eiskalt und so leicht, dass er sich kaum anstrengen musste. Ihre Haut war noch weißer als sonst. Er trug sie zu sich nach Hause. Als Finn sie in sein Bett legte, schien sie so winzig und zerbrechlich. Wie hätte er sie jemals im Stich lassen können? Ihre Haare klebten feucht an ihrer Stirn. Ihre Haut glühte mittlerweile. Die Unterkühlung war in Fieber umgeschlagen. Er zog ihr schnell die nassen Sachen aus, ohne sie aufzuwecken. An ihren vernarbten Stellen hielt er kurz inne, beeilte sich dann aber, sie in eine Decke einzuhüllen. Sie kuschelte sich darin ein. Finn holte eine Schale mit kaltem Wasser, tauchte einen Waschlappen darin und betupfte mehrmals Emilys fiebrige Stirn. Dann rief er Alex an, erzählte ihm alles und beteuerte mehrmals, dass Emily bei ihm in guten Händen sei. Ihr Fieber schien sich nur langsam zu legen und sie schlief unruhig. Er war sich nicht sicher, ob sie im Schlaf seinen Namen sagte. Er hoffte es, während er nochmal die Decke ordentlich über ihr ausbreitete. Finn legte sich neben sie auf die Decke und verbrachte die halbe Nacht damit, Emily zu beobachten, wie sie schlief. Irgendwann fielen ihm dann die Augen zu.

Alle Kälte war verschwunden. Stattdessen breitete sich von irgendwoher eine wohlige Wärme aus. Emily blinzelte. Sie lag in Finns Bett, das konnte sie erkennen. Es war warm und weich und sie spürte Finns große, schwere Arme, die sie umschlangen. Er lag dicht an Emily gedrückt und atmete gleichmäßig. Er schlief noch. Sie versuchte, sich zu bewegen, ohne ihn aufzuwecken. Langsam hob sie einen seiner Arme an, um darunter herauszukrabbeln.

»Ich will nicht, dass du Angst hast.« Seine Stimme war nicht mehr als ein Murmeln. Er zog seinen Arm weg und entließ Emily, die aufstehen wollte, aber feststellte, dass sie nur Unterwäsche trug. Sie suchte nach ihren Sachen. Gähnend streckte Finn sich. Er stand auf und reichte ihr die mittlerweile getrockneten Klamotten. Dann drehte er sich um und sie krabbelte aus dem Bett und zog sich an. Das Fieber war gesunken, sie fühlte sich noch etwas schwach auf den Beinen. Vermutlich würde sie eine fette Erkältung bekommen.

»Du kannst dich wieder umdrehen. Wie lange habe ich geschlafen?«

Finn war schon so nah bei ihr, dass er nur einen einzigen Schritt brauchte, um direkt vor ihr zu stehen, so nah, dass Emily seinen Atem auf ihrer Haut spüren konnte.

»Es ist früher Samstagvormittag.«

Emily wollte keine Angst haben. Sie wollte mit ihm zusammen sein. Vorsichtig, zitternd hob Emily ihre Hand zwischen sich und Finn. Sie starrte auf seine Lippen. Zog sie mit ihren Fingern in der Luft nach. Ohne sie zu berühren. Doch genau das wollte sie. Sie wollte sie so sehr berühren. Emily hielt inne. Sie musste schlucken. Als Emily direkt in Finns Augen sah, merkte sie, wie ihr eine Träne die Wange herunter lief, deshalb senkte sie den Blick, um sie vor Finn zu verbergen. Doch es war zu spät. Er hatte es bemerkt. Finns Hand fuhr ihre Wange entlang und blieb unterhalb ihres Ohres liegen. Emily schmiegte sich an ihn.

»Dir nah zu sein, aber dir nicht näher kommen zu dürfen. Das bringt mich um. Dieser eine Tag, den wir zusammen hatten, machte mir bewusst, was wir niemals haben können.«

»Aber immerhin hatten wir einen Tag zusammen.«

»Ja und weißt du, wie oft wir uns berühren konnten oder wie oft es hier schon eine Aurora Borealis gegeben hat? Verstehst du nicht, dass dies das Ganze noch grausamer macht? Ich habe gesehen, was wir haben könnten und doch nie bekommen werden. Oder wie schnell es uns wieder genommen wurde.«

»Ich will nicht, dass du dich noch einmal schlecht fühlst wegen mir.«

»Und was soll ich für dich fühlen? Was soll ich bitte für dich empfinden?«

Finn schwieg. »Ich liebe dich, Emily. Ich wusste es. Ich wusste es schon lange vor dir.«

»Doch gerade deshalb. Wie könnte ich weiterleben, wenn ich dich getötet hätte? Wie kann ich weiterleben, wenn ich jeden Tag Angst haben muss, dass es wieder passiert? Ich kann das nicht! Glaub mir, Finn, das ist die schwerste Entscheidung in meinem ganzen Leben. Es tut mir leid.« Emily wandte sich zum Gehen, auch um ihre Tränen vor ihm zu verbergen. Diese blöden Dinger. Gingen ihr die denn nie aus?

»Warte. Bleib. Bitte geh nicht.« Ihre Hand lag schon auf dem Türknauf. Sie tat ihm aber für einen kurzen Moment den Gefallen.

»Vielleicht im nächsten Leben oder in einem Paralleluniversum.« Sein Blick ruhte auf ihr. Das spürte sie.

»Sieh mir in die Augen und sag mir, dass du nicht das gleiche empfindest wie ich.« Emily regte sich nicht.

»Warum siehst du mich nicht an?«

»Weil ich dann nicht mehr tun kann, was ich tun will.« Es brach ihr das Herz, Finn stehen zu lassen.

Emily sah nicht zurück. Sie wusste, sie konnte es nicht, durfte es nicht, sonst würde sie vielleicht schwach werden und nicht den Mut haben, ihn zu verlassen. Als sie die Tür zwischen sich und Finn schloss, lehnte sie mit dem Rücken an die Tür, die Augen geschlossen und versuchte wieder zu Atem zu kommen. Sie legte ihre Hand an das raue Holz der Tür und versuchte, tief Luft zu holen. Ihre andere Hand war gegen ihren Magen gepresst, als sie langsam zu Boden rutschte.

Emily hörte, wie auf der anderen Seite etwas Schweres mit voller Wucht gegen die Tür donnerte. Sie rappelte sich auf und ging. Es fühlte sich an, als würde ihr Herz aufhören zu schlagen. Sie begann zu sterben. Jeden Tag ein bisschen mehr. Ohne Finn.

38

Emily wollte in ihr Zimmer stürmen, sich aufs Bett werfen, das Gesicht in einem dicken Stapel Kissen vergraben und sich die Augen ausweinen. Jedoch nicht ohne vorher eine Packung Schokoladeneis aus dem Eisfach zu entführen. Vielleicht half das ja. Angeblich sollte Schokolade ja glücklich machen, doch anscheinend konnte sie nicht genug davon essen. Dazu schob sie »Wie ein einziger Tag« in den DVD-Player. Sie brauchte jetzt einen Film, bei dem sie in Selbstmitleid versinken konnte. Sie schluchzte schon nach fünf Minuten. Nicht nur, weil Allie und Noah sich so leidenschaftlich liebten, obwohl sie eigentlich keine Zukunft hatten, sondern weil dabei die Erinnerung an Finn kam. Als der Film samt zwei Packungen Taschentücher zu Ende war, war die innere Unruhe in ihr noch lange nicht besänftigt. Sie fühlte sich gleichzeitig müde und doch so aufgebracht, dass sie beschloss, ein heißes Bad würde ihr vielleicht gut tun. Sie ließ warmes Wasser einlaufen und sah dem Badezusatz zu, wie er sich langsam auflöste und nach und nach Schaum bildete. Sie stellte Musik an, ohne zu ahnen, dass noch Finns CD eingelegt war und »Aaron« mit »Angel Dust« zu spielen begann. Sie stand eine Weile vor ihrer Anlage, den Finger auf der Stopptaste. Erst bei der Textzeile des Refrains »Say goodbye to angel dust« drückte sie den Knopf, öffnete das Fach und schleuderte die CD an die Wand, so dass sie hinter ihrer Kommode verschwand. Sie zog ihre Sachen aus und stieg ins heiße Badewasser. Es beruhigte sie und für einen Moment konnte Emily alles um sich herum vergessen. Sie schloss die Augen, genoss das Wasser und die Stille und versuchte, trotz ihrer inneren Zerrissenheit endlich zur Ruhe zu kommen.

»Emily, Essen ist fertig«, verkündete Tom vor der Tür. Emily bemühte sich, ein »Ich hab keinen Hunger« zu antworten und dabei nicht verweint zu klingen. Sie hörte Tom die Treppe herunter laufen.

Sie hatte doch nur versucht, das Richtige zu tun. Aber wenn es das Richtige war, wieso fühlte es sich dann so verdammt beschissen an? Es war zwecklos, im Nachhinein über eine Entscheidung nachzudenken, hin und her zu überlegen, abzuwägen, alles noch mal durchzugehen – denn das Ergebnis war immer das Gleiche: Finn war ein Hexer der Sonne und Emily eine Mondhexe, die auf ihr dunkles Schicksal wartete. Sie war nicht stark, nicht mutig, keine Kämpferin. Man hatte ja gesehen, wohin die nächtlichen Ausflüge mit Finn geführt hatten. Emily wischte den Badeschaum zur Seite. Die Narbe von der OP war winzig und würde irgendwann ganz verblassen. Ihre restliche Haut fing schon an aufzuweichen und ihre Finger sahen schon total verschrumpelt aus. Zeit, das angenehm wohlige Schaumbad zu verlassen, als Alex an der Tür klopfte.

»Ich hab was zu essen für dich.« Emily versuchte Alex zu ignorieren und tauchte unter. Sie wartete kurz, in der Hoffnung, dass Alex wieder verschwinden würde. Allerdings konnte sie auch nicht für immer unter Wasser bleiben. Emily tauchte wieder auf und wischte sich den Schaum aus ihrem Gesicht. »Es gibt Fischstäbchen und Kartoffelpüree!« Alex war hartnäckig. Also stieg sie aus der Wanne, trocknete sich kurz ab und wickelte sich in ihren Bademantel ein, bevor sie die Tür aufschloss. Sie ging in ihr Zimmer, ohne Alex anzuschauen, und setzte sich auf ihr Bett.

»Mum hat gesagt, ich soll dir etwas zu essen bringen.« Alex reichte ihr das Tablett mit dem noch warmen Teller.

»Das ist lieb von euch, aber ich habe wirklich keinen Hunger.« Sie stellte das Essen weg – bis auf den Nachtisch, der aus einem Blaubeermuffin bestand.

»Hast du dir schon wieder ›Wie ein einziger Tag‹ angeguckt?« Er deutete auf die leere Hülle, die auf ihrem DVD-Player lag, und sah sie vorwurfsvoll an. »Was ist passiert?«

Emily verzog ihre Lippen zu einem Schmollmund.

»Komm schon Emily, du guckst den Film sonst nur, wenn es dir wirklich schlecht geht und du einen Grund suchst, damit es dir noch schlechter geht.«

»Ich habe mit Finn Schluss gemacht.«

»Wow, das sind ja endlich mal gute Nachrichten.«

»Alex!« Emily sah ihren Bruder vorwurfsvoll an.

»Tut mir leid. Aber ich denke … «

»Sag jetzt bitte nicht, dass es das Richtige war, sich von ihm zu trennen, und dass es besser für mich ist. Das kannst du dir sparen. Es hat sich einfach gut angefühlt, mit Finn zusammen zu sein – trotz all der Schwierigkeiten und der Probleme. Er hat mich nicht ausgeschlossen, sondern mich an allem teilhaben lassen. Magie gehörte endlich zu meinem Leben. Und nun ist es so, als würde ein Teil von mir fehlen.«

»Du liebst ihn immer noch, oder?«

»Ja, irgendwie schon. Aber, jedes Mal, wenn wir uns berühren … naja, du hast ja gesehen, was dann passiert. Wie sollte es da für uns weitergehen?« Emily pulte einige der Blaubeeren aus dem Teig und aß sie einzeln, bevor sie sich an den Rest des Muffins machte.

»Eure Liebe war sehr intensiv und heftig. Es gab Höhen und Tiefen. Manchmal kann Liebe gefährlich und ungesund sein, wenn sie zu obsessiv wird.«

»Er wäre fast gestorben! Ungesund ist da wohl etwas untertrieben. Warum muss immer alles so kompliziert sein? Warum kann Liebe nicht sein wie ein Blaubeermuffin? Unkompliziert und süß«, grübelte Emily vor sich hin.

»Man kann sich nicht nur die Blaubeeren raussuchen. Sonst fällt der ganze Muffin auseinander. Es gibt euch nur mit euren Kräften.«

Emily ließ sich auf ihr Bett zurückfallen und seufzte. Es war hoffnungslos. Wie man es auch drehte und wendete – sie und Finn würden leiden, auf die eine oder andere Weise. Nur, dass die Trennungsschmerzen irgendwann wieder verschwinden würden. Denn schließlich heilte Zeit doch alle Wunden, oder?

»Die erste große Liebe ist etwas Besonderes. Aber du bist noch jung, du wirst jemand anderen finden.«

»Danke Alex, aber du klingst schon wie Dad!«

»Oh Gott, bloß das nicht!« Alex lachte los und ließ Emily allein.

Am liebsten wollte Emily sich einfach nur auf ihrem Bett einrollen und … sterben – ohne Finn. Der Schlaf übermannte sie schließlich und trug sie von allem fort.

Emily tauchte erst zum nächsten Mittagessen wieder bei ihrer Familie auf und nahm stillschweigend am Esstisch Platz. Obwohl ihre Augen total verweint aussahen, sprach niemand sie darauf an, wofür sie ihrer Familie sehr dankbar war. Während die anderen Hausbewohner wie üblich Konversation betrieben, hielt Emily sich aus jeglichem Gespräch heraus und pickte wie ein Vogel an ihrem Mittagessen herum, bis sie ihre Fassade nicht mehr aufrecht halten konnte. »Ich hab keinen Hunger. Entschuldigt mich bitte.« Sobald sie die Treppe hinauf gerannt war und ihre Zimmertür hinter sich geschlossen hatte, brachen die Tränen wieder aus ihr heraus.

Die nächsten Tage wandelte Emily auf der Erde wie ein Zombie. Sie schlief, trank, aß, atmete – automatisch.

Drei Tage später fiel es den Bewohnern von East Harbour schwer, ein Auge zuzumachen, denn vor ihren Fenstern wütete das erste heftige Sommergewitter. Blitze rissen den Himmel entzwei und erhellten die Nacht. Da war er wieder, der Regen, der gegen das Fenster schlug und zum Verweilen im Haus einlud. Die Regentropfen prasselten so laut nieder, dass Emily keine Ruhe fand. Das Donnerkrachen fuhr ihr in den Magen und ließ sie immer wieder aufschrecken. Rollläden klapperten und Ziegel klimperten. Das Meer warf sich gegen die Küste und fuhr mit seinen Millionen Fingern über Sand, Seegras und Klippen. Der Sturm verbreitete eine Unruhe, die sich auch auf Emily übertrug. Es dauerte ewig, bis sie endlich einschlief.

Am nächsten Morgen hatte der Wirbelsturm Harry alles verwüstet: Dächer abgedeckt, Bäume entwurzelt und den halben Sandstrand in der Bucht hinfort gespült. Genauso wie ihre Liebe, sinnierte Finn, der zur Schule radelte und hoffte, dass die klare Luft auch seine Gedanken klären würde. Der Regen hatte die Erde und die Luft zwar gereinigt, aber auch verwüstet. Und noch eine Parallele erkannte Finn: Der Sturm hatte ein Chaos hinterlassen und es würde noch Monate dauern, bis der Urzustand wie-der hergestellt war. In seinem Herzen herrschte ebenfalls ein solches Chaos. Er kam an Feuerwehrleuten vorbei, die die Straße von entwurzelten Bäumen befreiten. Schade, dass es keine Feuerwehr gab, die in seinem Herzen aufräumte. Er war sich nicht mal sicher, ob er noch ein Herz hatte, oder ob es genauso herausgerissen worden war wie die Wurzeln der Bäume in der vergangenen Nacht.

39

»Finn? ... Finn! Wohin starrst du?« Ben folgte Finns Blick hinüber zu Emily, die am anderen Ende der Cafeteria ihre Pause genoss. Finn starrte sie schon seit fünf Minuten ganz offen an, ohne dass Emily seinen Blick auch nur ein einziges Mal erwidert hätte.

»Was ist mit euch beiden? Habt ihr gestritten?«

»Sie ... Sie hat mit mir Schluss gemacht!« Es laut aussprechen zu müssen, machte das Ganze so fassbar, so wahr. Einfach unumkehrbar. Endgültig.

»Was?« Finn blickte weiterhin stur geradeaus, ohne auf Bens Aufschrei zu reagieren. »Wieso?«

»Finn starrt dich schon die gesamte Pause über an«, erklärte Susan Emily und biss in einen Apfel.

»Es ist besser so – für uns beide«, war Emilys Standardantwort geworden.

»Das sagst du schon die ganze Zeit, wenn man dich fragt, warum du Schluss gemacht hast. So langsam kaufe ich dir das nicht mehr ab. Du und Finn, ihr lauft beide todunglücklich herum. Bist du sicher, dass deine Entscheidung richtig war?«

Emilys Blick wanderte zu Finn und blieb an ihm hängen. Sein Anblick versetzte ihr einen kleinen Stich ins Herz. Es ging nicht anders, redete sie sich weiter ein. Ehe sie über weitere Ausreden nachdenken konnte, trat Jason an sie heran, Emilys Notizen in der Hand. »Danke nochmal.«

Sie schnappte sich die Notizen und rannte an Finn vorbei.

»Was ist denn mit ihr?«, wollte Jason wissen.

»Ich habe keine Ahnung!«, erwiderte Susan und sah Jason an, der sie nicht beachtete, sondern ebenfalls Emily hinterher starrte, die schon längst verschwunden war.

Nachdem Finn eine anstrengende Stunde Politik hinter sich gebracht hatte, wollte er nur noch zu seinem Spind. Auf den Fluren war zum Stundenwechsel viel los. Finn achtete nicht darauf, wo er hinlief, bis er auf einmal fast mit Emily zusammenstieß. Er blieb abrupt vor ihr stehen, genauso wie sein Herz. Sie hatte ihre Bücher im Arm und quatschte und lachte mit Susan. Als sie Finn sah, verstummte sie. Inmitten des ganzen Gewirrs auf dem Flur schien sich die Zeit um Finn und Emily zu verlangsamen und schließlich zum Stillstand zu gelangen. Sie starrten sich wie hypnotisiert an, ohne in der Lage zu sein, etwas zu tun oder zu sagen. Schließlich zerrte Susan Emily mit sich weiter wie eine Marionette.

Es dauerte einige Minuten, bis Emily wieder zu sich kam. Sie hätte nie gedacht, dass es sie so belasten würde, Finn jeden Tag in der Schule zu sehen. Doch das Leben, und damit die Schule, gingen unaufhaltsam weiter. Physik, Deutsch und Politik erforderten Emilys Aufmerksamkeit und sie hatte keine Zeit, um über das Treffen auf dem Flur nachzudenken. Allerdings konnte Schule grausam sein. Und heute war sie besonders grausam. Als der Gong die letzte Stunde beendete, dachte Emily, sie hätte es überstanden. Sie wollte nochmal an ihren Spind, weil sie ihr Portemonnaie darin vergessen hatte. Sie drängelte sich gegen den Strom und hatte ihren Spind schon beinahe erreicht, als sie geschubst wurde, gegen jemanden stieß und zusammen mit ihm gegen die Wand krachte. Als sie von ihrer geprellten Schulter aufsah, blickte sie direkt in Finns blaue Augen. War diese Schule denn wirklich so klein? War denn das Schicksal wirklich so grausam? Warum musste sie heute schon zum zweiten Mal auf Finn treffen? Seine Augen ... Emilys Herz begann zu rasen, und diese Dinger in ihrem Magen fingen wieder an zu flattern, ob sie wollte oder nicht. Finn musste die Situation genauso unangenehm sein wie Emily. Ihr Herzschlag war mittlerweile bei 150 Schlägen pro Minute angelangt und sie hielt die Luft an, als Finns Gesicht sich dem ihren näherte. Doch bevor er sie küsste, was Emily sich so sehr wünschte, flüsterte Finn: »Ich wusste es. Du liebst mich immer noch.« Dann war er weg. Emily schnappte nach Luft, einmal, zweimal, um ihr Herz wieder auf Normalkurs zu schicken. Doch es wollte sich nicht beruhigen. Es protestierte so heftig in ihr, dass sie Angst hatte, es würde in tausend Teile zerspringen. Manchmal war diese Schule einfach zu klein. Sie musste weg von hier. Raus. So weit weg wie nur möglich. Emily rannte ziellos aus dem Schulgebäude, rannte einfach weiter die Straße hinunter. Sie konnte Jasons Motorrad schon von weitem hören und wusste, dass er neben ihr halten würde. Jason war jetzt wirklich der Letzte, den Emily sehen wollte. Sie wollte nur noch weg. Vielleicht zu ihrer Bucht. Noch ehe er seinen Helm abnehmen konnte, fauchte Emily ihn an: »Hast du eigentlich nichts Besseres zu tun, als hier ständig auf und ab zu fahren?«

»Wenn ich dabei so charmante Mädchen wie dich treffe.«

Emily rollte genervt mit den Augen.

»Wohin willst du?«

»Nirgendwohin.«

»Soll ich dich dorthin bringen? ... Na komm schon, gib dir einen Ruck! Ich beiße nicht.« Jasons Lächeln war entwaffnend.

»Kannst du mich so weit weg wie nur möglich bringen?«

»Steig auf. Dein Wunsch ist mir Befehl!«

Emily stieg auf und hielt sich zaghaft an Jason fest. Doch als er Gas gab, grub Emily ihre Finger fester in die schwarze Lederjacke. Ihr gefiel es, sich den Fahrtwind um die Nase wehen zu lassen. Das Gefühl von Freiheit zu spüren. Sie legte sogar den Kopf an seinen Rücken. Doch auch das konnte nicht darüber hinweg täuschen, dass sie wünschte, es wäre Finn da vor ihr auf dem Motorrad. Die Umgebung flog nur so an ihnen vorbei, und sie ließen das »Now Leaving East Harbour«-Schild links liegen, bevor sie das Ortsschild von Burrows passierten. Jason gab Gas und Emily hatte das Gefühl, gleich abzuheben. Das Motorrad legte sich in die Kurven und mehr als einmal überfuhren sie den gelben Mittelstreifen, um ab und an ein Auto zu überholen.

Sie waren dem Küstenhighway gefolgt. Als Jason in einem kleinen Ort den Fuß vom Gas nahm, sah sie sich um. Am Ortsrand wollte er wieder beschleunigen, doch Emily bedeutete ihm, rechts abzubiegen. Sie wies ihm den weiteren Weg, bis die Straße in einem Parkplatz auf einer Landspitze endete. Jason parkte sein Motorrad und Emily stieg vorsichtig ab und nahm den Helm vom Kopf. Zu ihrer Linken stürzten Klippen steil in die Tiefe, an denen die Wellen in weißen Schaumbergen aufschlugen. Zu Emilys rechter Seite verlief ein kleiner Bretterpfad durch die Dünen, der am Fuße eines weißen Leuchtturms mündete. Sie schlug diesen Weg ein und erinnerte sich daran, als Kind mit ihrer Familie hier gewesen zu sein. Der Sand knirschte bei jedem von Emilys Schritten unter ihren Schuhen. Es gab eine Aussichtsplattform direkt unter dem Signalfeuer. Als Kind hatte sie die Stufen hinauf zum Turm gezählt. Jetzt tat sie es erneut. Noch immer waren es exakt 197 Stufen. Der Ausblick war atemberaubend. Emily sog tief die mit Salz angereicherte Meeresluft ein. Das Rauschen der Wellen war beruhigend, und doch konnte Emily Finn nicht ganz aus ihrem Kopf verdrängen. Erst als Jason, der Emily gefolgt war, sie überraschte, indem er ihre Taille mit beiden Händen umfasste und sie an sich zog, bis ihr Rücken an seiner Brust lag. Eine Weile standen sie da und schauten in die Brandung.

»Du kannst dich ruhig anlehnen.« Emily versuchte loszulassen, doch es fiel ihr schwer sich Jason zu öffnen. Sie spürte seinen Herzschlag an ihrem Rücken und unwillkürlich erhöhte sich ihrer. Sie löste sich peinlich berührt von Jason und ging einmal um das Signalfeuer herum.

»Geht's dir besser?« Emily zuckte nur mit den Schultern. Würde es ihr je wieder besser gehen? Konnte ein Herz je frei von jemandem sein, den es geliebt hatte? Würde nicht immer ein klitzekleines Stückchen infiziert bleiben? »Lass uns zurück fahren!« Emily stieg die Treppen hinab, auf einmal wollte sie nur noch nach Hause. »Warte!« Jason hielt sie am Arm fest. »Nur wenn es dir wirklich besser geht.« Emily war vorher nie aufgefallen, wie dunkel Jasons Augen waren. Noch nie hatte sie in so pechschwarze Augen geblickt, die denen von Emily auf eine Weise begegneten, die ihre Magengrube zum Schwingen brachte. Sein Blick hielt den ihren fest. Es war wie Hypnose. Sie konnte seinen funkelnden faszinierenden Augen nicht entkommen, während seine sehnsüchtig in Emilys forschten. Er hielt den Blickkontakt, bis Emily sich abwandte. »Mir geht's schon besser. Danke«, sagte sie, obwohl sie wohl beide wussten, dass es nicht so war.

Jason brachte Emily nach Hause, ohne weitere Fragen zu stellen. Er war einfach nur da, und Emily war ihm dankbar dafür.

Der Rückweg schien viel länger zu dauern als der Hinweg, so kam es Emily zumindest vor. Jason hielt vor dem Haus und Emily stieg ab. Er beugte sich zu Emily und gab ihr so schnell einen Abschiedskuss auf die Lippen, dass Emily keine Chance hatte zu reagieren. Sie zuckte zurück.

»Es tut mir leid. Ich wollte nicht …«, entschuldigte sich Jason.

»Danke für den Ausflug.« Damit gab Emily Jason seinen Helm wieder und ließ ihn einfach stehen und den Kuss unkommentiert. Trotz Jasons liebenswürdiger Ablenkung war es Emily nicht gelungen, Finn zu vergessen. Es war nicht fair. Jemanden zu lieben, den man nicht lieben durfte. Nein. Eher, den man nicht lieben konnte, weil man ihn fast umbrachte, wenn man ihn berührte. Emily knallte die Tür zu ihrem Zimmer hinter sich zu, so dass auch noch im entferntesten Winkel des Hauses jeder wusste, dass Emily schlechte Laune hatte und man ihr besser aus dem Weg ging.

40

»Finn, komm schon, wach auf!«

»Marylin, lass mich in Ruhe, ich will schlafen!«

»Aber heute ist der 21. Juni!«

Während der Litha, der Sommersonnenwende, am längsten Tag und in der kürzesten Nacht des Jahres, waren die Sonnenhexen am machtvollsten. Weshalb es in Finns Familie üblich war, tagsüber zu feiern und der Sonnengöttin zu huldigen, nachts aber ihrer Aufgabe als Cleaner nachzukommen.

»Ich habe keine Lust mitzugehen.«

»Aber du musst mit. Jede Sonnenhexe aus der Umgebung wird dort sein!« Als Finn das Kissen über seinen Kopf zog und sich nicht weiter regte, ging Marylin zum Fenster hinüber und zog die Vorhänge auf. Gleißendes Licht erhellte den Raum.

»Ouah, muss das sein?«

»Ja, das muss sein! Mum und ich fahren in zwanzig Minuten los.«

Finn ließ sich aus dem Bett fallen und schleppte sich unter die Dusche. Normalerweise mochte er die Feierlichkeiten zur Sommersonnenwende. Er mochte den Kranz aus frisch gepflückten Mohnblumen, Lavendel und Kamille, der an der Haustür hing. Er symbolisierte die Kraft der blühenden Pflanzen und des Lebens im Allgemeinen. Und er mochte den Duft des köstlichen Nussbrotes mit getrockneten Früchten, das seine Mutter immer backte. Doch dieses Jahr war ihm einfach nicht zum Feiern zumute. Allerdings wusste er auch, dass Marylin und seine Mutter nicht locker lassen würden. Daher saß er fünfundzwanzig Minuten später mit ihnen in einem

Auto und fuhr zum Furillo. Am Fuße des Berges südlich von East Harbour versammelten sich die Clans der Sonnenhexen aus dem Osten. Als Finn mit seiner Familie ankam, war das Fest schon in vollem Gange. Vor ihnen auf einer grünen Wiese tummelten sich rund zweihundert Sonnenhexen. Auf der Mitte des Platzes war bereits eine Menge Holz aufgeschichtet, und sobald die Dämmerung am Abend einsetzte, würde das Feuer angezündet werden.

»Hey, Marylin!« Ein gutaussehender blonder Mann kam auf Finns Familie zu, und sofort breitete sich ein Lächeln auf Marylins Gesicht aus.

»Da ist Ethan.«

»Seit wann steht Marylin denn auf Ethan Colbridge?«, fragte seine Mum.

»Keine Ahnung.«

Sie sahen Marylin nach, wie sie mit Ethan zu ihren Freunden ging. Auch Finns Mum traf schnell auf alte Bekannte, so dass Finn alleine umherschlenderte. Er sah zu, wie einige Frauen Johanniskraut pflückten, dem besondere Heilkraft zugeschrieben wurde, wenn man es an diesem besonderen Tag erntete. Finn wanderte weiter umher, vorbei an ein paar jungen Mädchen. Alle trugen festliche Kleider und waren dabei, Blumenkränze für ihre Haare zu flechten. Ein Mädchen in einem hübschen blassrosa Kleid lächelte Finn an. Finn lächelte aus purer Höflichkeit zurück. Auf der anderen Seite des Platzes unterhielt sich Marylin noch immer angeregt mit Ethan. Ab und an lachte sie herzhaft. Finn ließ seinen Blick weiter schweifen. Ein paar Jungs kamen auf ihn zu. Er kannte einige von ihnen.

»Hey Finn.«

»Hey Lucas.« Lucas Fillmore blieb stehen und begrüßte Finn, während die anderen weiter liefen.

»Wir gehen eine Runde Fußballspielen und könnten noch einen Spieler gebrauchen. Kommst du mit?«

»Warum nicht.« Finn war unruhig, und da er keinen Sinn darin sah, auf dieser Veranstaltung herumzuhängen, tat etwas Ablenkung ganz gut. Er brauchte ein Ventil für seine Wut. Fußball war eine willkommene Abwechslung zum üblichen Töten von Blockern. Das war das Einzige in seinem Leben, das überhaupt noch Sinn machte, und das kotzte ihn an. Wann war er so verbittert geworden? Erst seit das mit Emily so schief ging? Oder schon viel früher?

Finn schloss sich den Jungs an, die etwas abseits des Geschehens zwei provisorische Tore aufgestellt hatten. Als Begrenzungen dienten zwei Bäume auf der einen Seite und Taschen und Jacken auf der anderen Seite. Schnell fanden sich auch ein paar Zuschauer. Auch die Mädchen, die ihre Blumenkränze nun fertig hatten und auf dem Kopf trugen, feuerten die Fußballspieler an. Das Mädchen, das Finn zugelächelt hatte, lächelte ihn erneut an, als er ein Tor Schoß. Er konnte sehen, wie sie ihrer Freundin etwas ins Ohr flüsterte, woraufhin beide lachten und dann wieder zu Finn blickten.

»Die Kleine steht auf dich!« Lucas war an Finns Seite getreten.

»Was?«

»Sie flirtet mit dir, falls es dir nicht aufgefallen ist. Komm schon, das Spiel geht weiter.« Finn spähte kurz zu dem Mädchen mit dem blassrosa Kleid. Diesmal lächelte er nicht zurück, er wollte ihr keine falschen Hoffnungen machen. Trotzdem schaute Finn während des Spiels ab und an zu ihr. Lucas schien recht zu haben, sie folgte ihm mit ihren Blicken überall hin. Finns Mannschaft verlor am Ende knapp mit 2:3 Toren. Trotzdem hatte es Finn genossen, sich vollkommen auszupowern und für ein bis zwei Stunden Emily, die Blocker und den Tod seines Vaters zu vergessen.

»Für dich.« Das Mädchen, das mit ihm flirtete, hielt ihm eine Wasserflasche hin. »Ich bin Elisa.«

»Danke«, erwiderte Finn kühler als er beabsichtigt hatte.

»Du hast gut gespielt.«

»Naja nicht gut genug, wir haben verloren.«

»Hey Finn, wir gehen alle hinüber zu den Ständen, was essen, kommst du mit?«, fragte Lucas, legte einen Arm um Finns Nacken und zog ihn mit sich.

»Nee danke, ich bin nicht hungrig.«

»Na gut, falls es du es dir noch anders überlegst, komm einfach nach. Vielleicht sieht man sich später noch. Du solltest übrigens auf alle Fälle die Bowle probieren. Brad hat sie noch etwas verfeinert, wenn du verstehst, was ich meine.« Er zwinkerte Finn zu und rannte den anderen Jungs hinter her.

Finn sammelte seine Jacke auf und trottete auf den Festplatz. Er hatte Lucas angelogen. Er hätte jetzt eine ganze Kuh verdrücken können. Aber auf die Gesellschaft der anderen hatte er keine Lust. Über den Versammlungsplatz hinweg ertönte der Gesang einer großen Frau mit langem blondem Haar, die von Trommel, Geige und Flöte begleitet wurde. Finn steuerte auf das Buffet zu, schenkte sich etwas Bowle ein und nahm sich eine Brezel. Er trank einen Schluck und konnte Brads »Verfeinerung« schmecken. Genau das, was er jetzt brauchte. Er beobachtete Lucas, Elisa und die anderen, wie sie aßen und ausgelassen lachten. Er hätte das auch haben können. Er hätte nur mit ihnen gehen müssen. Doch ihm war nicht nach dieser Fröhlichkeit. Sie alle konnten unbeschwert feiern, weil sie nichts von der dunklen Bedrohung ahnten.

Kurz nach Einbruch der Dämmerung verstummte die Musik, und der Abgesandte der Sonnenhexen im Rat trat vor den großen Holzstapel, der in der Mitte des Platzes aufgeschichtet worden war. In den Händen hielt er eine brennende Fackel. »Die heutige Nacht stellt einen Wendepunkt dar. Wir danken der Sonnengöttin, dass sie jeden Tag strahlt und uns mit ihrer Energie nährt. Wir bitten sie, dass diese Quelle nie versiegen möge. Und jetzt lasst uns feiern, bevor die Tage wieder kürzer werden und die Schatten länger.« Mit diesen abschließenden Worten warf er die brennende Fackel auf den Holzstapel, der kurz darauf lichterloh brannte. Der Rauch des Feuers galt als reinigend und sollte böse Geister vertreiben. Doch er konnte längst nicht alles Böse vertreiben. Das wusste Finn nur all zu gut. Er konnte sein Hexendasein nicht feiern, ausgerechnet diesen Teil von ihm, der ihm nur Schmerzen zufügte.

41

Die Tage flogen nur so ins Land und der Sommer hatte East Harbour fest im Griff. Emily hasste diese Jahreszeit, auch wenn sie im Sommer Geburtstag hatte. Nichtsdestotrotz musste sie ständig Sonnenbrillen tragen, weil ihre Augen so lichtempfindlich waren, und lange Klamotten, nicht nur um ihre Narben zu verstecken, sondern auch, weil sie schnell eine Sonnenallergie bekam. Während also alle anderen mit kurzen Röcken und T-Shirts in der Caféteria saßen, trug Emily ihre alten Jeans und ein dünnes Langarmshirt.

»Hey Em, Robert Foster hat gerade unsere gesamte Klassenstufe zu seiner Party am Wochenende eingeladen. Gehst du hin?« Susan hakte sich bei Emily unter und ließ ihr gar keine Möglichkeit zu antworten. »Du musst kommen! Alle kommen! Es wird sogar gemunkelt, dass er sich von Oberstufenschülern Alkohol hat besorgen lassen.«

»Mal sehen.«

»Weißt du schon, was du an deinem Geburtstag machst?«, fragte Susan.

»Nein, das ist ja noch eine Weile hin!«

»Ja, aber es ist dein achtzehnter Geburtstag! Du musst irgendwas unternehmen!«

»Ich werde es mir überlegen.«

»Oh, da ist Ben. Ich muss ihm gleich von der Party erzählen!«

Am Samstagabend entschied Emily sich nach langem Herumprobieren für das braune Shirt mit dem tiefen Ausschnitt. Sie war gerade rechtzeitig im Bad fertig, als es an der Haustür klingelte. Susan hatte nicht lockergelassen, bis Emily nachgegeben und versprochen hatte, mit ihr zur Party zu gehen. Schließlich hatte sie nichts Besseres vor und etwas Ablenkung konnte auch nicht schaden. Außerdem gab es in East Harbour nicht oft Partys, und was immer dort geschah, würde am Montag Gesprächsthema Nummer eins auf dem Schulhof sein.

»Tschüß!« Emily wollte gerade die Tür hinter sich zu ziehen, als ihr Vater aus dem Wohnzimmer schrie: »Du bist bis Mitternacht wieder zu Hause, Emily!«

»Dad!«

»War nur ein Scherz, amüsier dich Schatz!«

Susan, Ben und Meggie holten sie ab, und Ben fuhr sie alle in seinem Wagen zu Roberts Party.

Es standen bereits jede Menge Autos und Fahrräder um das Grundstück herum. Laute Musik drang aus den hell erleuchteten Fenstern des Hauses, das Emily mit gemischten Gefühlen betrat. Auf der einen Seite wollte sie sich auf der Feier amüsieren und mal abschalten. Auf der anderen Seite war sie noch nie eine Partylöwin gewesen.

Die Vier suchten zuerst Robert im Getümmel und gratulierten ihm, bevor Ben ihnen Getränke holte. Während Susan, Meggie und Emily auf der Treppe zum zweiten Stock auf Ben warteten, bekamen sie einen guten Überblick über die anderen Partygäste. Man konnte sehen, wer im Kleiderschrank danebengegriffen hatte, wer mit wem kam und wer versuchte, bei jemandem zu landen. Ben bahnte sich mit vier Bier einen Weg durch das überfüllte Haus und war froh, als die Mädchen ihm die Glasflaschen abnahmen. Emily trank erst mal einen großen Schluck, nicht weil sie Durst hatte, sondern weil sie sich betäuben wollte, denn Finn war soeben auf der Bildfläche aufgetaucht. Sie hatte sich vorgenommen, sich durch ihn nicht verunsichern zu lassen oder ihre scheinbar gute Laune zu opfern. Sie hätte damit rechnen müssen, dass er kommen würde, schließlich war die ganze Klassenstufe eingeladen. Er sah einfach so unglaublich gut aus. Seine Haare lagen perfekt zerzaust über seinen Ohren, und er trug zerrissene Jeans, abgetragene Turnschuhe und ein weißes schnörkelloses T-Shirt. Emily nahm noch einen Schluck Bier und mischte sich unter das Volk. Sie ging in die entgegengesetzte Richtung, weg von Finn, als der auf

Ben zugesteuert kam. Wahrscheinlich hatte Ben Finn genauso überredet, wie Susan Emily.

Emily sah sich in dem riesigen Haus um. Fast die gesamten Schüler der Oberstufe waren da. Alle möglichen Leute begrüßten sie. Es schien, als hätten alle Spaß. Die Tanzfläche war gut gefüllt. Doch Emily war nicht nach Tanzen zu Mute, und so blieb sie am Rand stehen, hielt sich an ihrer fast leeren Bierflasche fest und beobachtete die Pärchen auf der Tanzfläche, bis ihr Blick an Finn hängen blieb. Er stand auf der anderen Seite, ebenfalls ein Bier in der Hand, und sah zu ihr hinüber. Emily nahm den letzten großen Schluck aus ihrer Flasche und ging dann in die Küche, um sich ein Neues zu holen. Doch als Emily sich ihre Flasche aus dem Kühlschrank genommen hatte und sich umdrehte, stand Finn auf der anderen Seite des Küchentresens.

»Wie geht's dir?«

»Gut«, log Emily. »Und dir?«

»Ich kann leider nicht so gut lügen wie du.« Emily ließ den Blick sinken.

»Ich weiß, dass es dir genauso schwer fällt wie mir«, fuhr Finn fort. »Ich kann es dir ansehen.«

»Finn ... bitte. Hör auf.« Emily ging um den Tresen herum und an Finn vorbei. Sie konnte sich nicht länger gegen Finn wehren. Sie wollte raus aus diesem Raum.

»Wieso, Emily?« Finn hielt Emily grob am Arm fest.

»Deshalb!« Emilys Blick fiel auf seine Hand an ihrem Arm. Sie riss sich los und ging. Sie floh vor Finn auf den Balkon in der Hoffnung, dass sie dort ungestört war. Sie trat nach draußen und atmete erleichtert aus. Jemand räusperte sich neben ihr. Emily zuckte erschrocken zusammen.

»Sorry, ich dachte, ich könnte hier ungestört eine rauchen«, unterbrach Jason Emilys Einsamkeit. »Willst du auch eine?«

»Nein, ich rauche nicht.«

»Was ist dann deine Ausrede, um hier draußen zu sein, während sich alle da drin amüsieren? Alles in Ordnung bei dir?«

»Nein, eigentlich nicht.« Emily hatte keine Lust mehr auf diese Versteckspiele. Ihr ging es elend ohne Finn. Ihn tagein, tagaus zu sehen ... Aber was hatte es für einen Sinn, wenn sie den Geliebten nicht berühren, nicht küssen konnte?

Jason umrundete einen kleinen Tisch und kam zu ihr hinüber. Er sah ihre Tränen, bevor sie es verhindern konnte.

»Du ... ähm ... du hast da ....« Er kam noch näher und wischte mit seinem Daumen ihre verlaufene Wimperntusche weg. Seine Geste war so intim, dass Emily die Luft anhielt.

»So, jetzt kannst du dich wieder unter die Leute mischen, ohne dass jemand etwas bemerkt.«

»Danke«, brachte Emily mühsam über die Lippen.

Was war das denn gerade gewesen? Emily schob sich an Jason vorbei nach drinnen. Auf der Tanzfläche herrschte reges Gezappel zu einem Song der »Black Eyed Peas«.

»Wie wär's, wenn wir dich auf andere Gedanken bringen? Hast du Lust?« Jason nickte in Richtung der Tanzenden. Emily sah Finn auf der anderen Seite stehen, wie er Emily nicht aus den Augen ließ. Vielleicht war es keine schlechte Idee. Vielleicht war das die Ablenkung, die sie brauchte. Ein Schnitt, den sie benötigte. Sie beide.

»Okay.«

Emily und Jason hatten kaum die Tanzfläche betreten, als die Musik wechselte. James Blunt hauchte etwas ins Mikro, und ringsum fielen sich Pärchen um den Hals, um engumschlungen miteinander zu tanzen. Ehe Emily es sich versah, hatte Jason seine Hände auf ihren Hüften und zog sie an sich. Zaghaft legte sie den Kopf an seine Schulter. Jasons Hände strichen ihr über die Schultern und wanderten tiefer, so langsam, dass er es offensichtlich genoss, und landeten eindeutig etwas zu weit unten. Emily korrigierte Jasons Hand und legte ihre Eigene auf Jasons Schulter, die Andere ruhte in seinem Nacken. An Jason vorbei sah sie Finn, der sie noch aufmerksamer als vorher beobachtete. Sie wusste, dass sie ihm damit weh tat. Trotzdem fuhr Emilys Hand von Jasons Nacken über seinen Hals und blieb auf seiner Brust liegen, ohne dass sie Finn aus den Augen verlor. Die Feindseligkeit in seinem Blick ließ sie zusammenzucken. Sie konnte ihm ansehen, wie sehr er litt und hoffte, dass sie sich nicht verriet. Seine Augen waren trauriger, als sie es sich jemals hätte vorstellen können.

»Sieht er her?«, fragte Jason an Emilys Ohr.

»Wer?« Emily sah Jason verwirrt an.

»Finn! Er ist doch derjenige, den du eifersüchtig machen willst, oder?« Emily war unfähig zu antworten.

»Dann werde ich dich jetzt küssen.« Emily hatte keine Zeit zu widersprechen. Jasons Lippen waren unglaublich weich und er schmeckte nach … irgendwie bitter und doch süß. Ihn zu küssen war ganz anders, als es mit Finn gewesen war. Als Emily sich von Jason löste, sah sie zu der Stelle, an der Finn gestanden hatte. Er war nicht mehr da. Sie spürte, wie ihr Herz erneut zerriss. Sie wusste, dass es ihn getroffen hatte. Doch sie hoffte, dass es ihm helfen würde, sie endlich loszulassen.

»Und hat es gewirkt?«

»Nein, nicht wirklich.«

»Vielleicht sollte ich dich jetzt nach Hause bringen?«

»Sei mir nicht böse, aber ich wäre jetzt lieber alleine.« Emily verschwand in der Menschenmenge und ließ Jason auf der Tanzfläche zurück, obwohl der Song noch nicht zu Ende war.

Verdammt, er war ja so ein Idiot. Emily hatte Recht. Sie hatte ja so Recht. Und er musste das endlich einsehen. Was, wenn Emily vorhin nicht ihre Jacke getragen hätte? Dann hätte er sie wieder verletzt. Niedergeschlagenheit machte sich in ihm breit. Finn konnte nicht verstehen, warum Emily diesen Jason geküsst hatte. Er verstand überhaupt nichts mehr. Natürlich konnte sie tun und lassen, was sie wollte, schließlich hatte sie mit ihm Schluss gemacht. Doch scheiße, tat es weh, sie mit einem Anderen zu sehen. Sie hatte auf Finns Herz gezielt, getroffen und es herausgerissen. Und nun fühlte es sich an, als würde da, wo vorher sein Herz gewesen war, nur noch ein großes schwarzes Loch klaffen. Er rannte los. Wut und Verzweiflung keimten in ihm auf. Er wusste nicht wohin mit sich, mit seinem Zorn. Schließlich landete er am Grab seines Vaters.

»Hey Dad. Tut mir leid, dass ich so lange nicht hier war. Es hat sich viel verändert seit dem. Ich habe ... nein, ich hatte eine Freundin. Und du wirst nie erraten, mit wem ich zusammen war: Emily dela Lune. Kaum zu glauben, nicht wahr? Nach allem, was uns als Kindern widerfahren ist, vor allem ihr. Sie hat mir die Sache mit dem Feuer vergeben, sogar nachdem sie erfahren hat, dass es meine Kräfte waren, die das Feuer ausgelöst haben, hat sie mir vergeben. Aber es hat nicht funktioniert. Wir waren ... zu unterschiedlich. Und dann gibt es ja auch noch die Blocker. Ich werde sie vernichten, Dad. Aber es sind einfach so viele. Und sie haben einen Anführer! Ich habe ihn gesehen. Es ist nicht mehr so wie früher, als Einzelne durch Zufall durch die Grenze gestolpert sind. Sie haben einen Weg gefunden, die Grenze gezielt zu umgehen ... Ich verstehe nicht, wie sie dich töten konnten. Du warst so stark und ... unverwundbar. ... Ich werde nicht so viel Zeit verstreichen lassen, bis ich dich das nächste Mal besuche, das verspreche ich.«

Jason sah Emily hinterher. Unbewusst ballte sich seine Hand zu einer Faust. Er verließ die Party und ging ohne Umwege in den Wald. Als er sich unbemerkt wähnte, umhüllte ihn aus dem Nichts ein schwarzer Umhang.

42

Immer wenn der Herrscher von der anderen Seite zurückkam, in die Dunkelheit, die sein Vater gewählt hatte, hasste er diese mehr. Der Herrscher war sauer und er ließ seine Wut an allem aus, was ihm in den Weg kam. Unerbittlich. Sie liebte diesen Finn. Sie liebte ihn noch immer. Er hatte gedachte, sie könnte sich wirklich in seinesgleichen verlieben. Aber dem war nicht so. Ihr Herz gehörte Finn MacSol. Und dafür hasste er ihn.

Er dachte, dass sie sich in ihn, den Herrscher der Dunkelheit, verlieben würde, doch das würde sie nie. Er hatte es bei dem Kuss gespürt. Sie hatte ihn nur geküsst, um Finn zu verletzen. Ihre Lippen waren unglaublich weich gewesen. Er wollte mehr davon. Wollte sie immer wieder küssen. Also musste er etwas nachhelfen. Er hatte immer bekommen, was er wollte. Immer. Und so würde es auch diesmal sein. Seine Großmutter väterlicherseits hatte ihn einiges gelehrt, sie war eine Memoria. Sie hatte ihm gezeigt, wie einfach es war, in den Geist eines Menschen einzudringen.

Das erste Mal die Gedanken eines anderen Wesens zu manipulieren war nicht einfach. Man musste die richtige Stelle finden, an der man sich einklinken konnte. Beim zweiten Mal wurde es schon einfacher, weil man immerhin schon wusste, wo man ansetzen konnte. Doch das komplexe menschliche Gehirn auszutricksen war schwierig. Viel einfacher war es, einen Gedanken aufzuwecken und zu formen, der bereits irgendwo im tiefen Unterbewusstsein schlummerte. Er hoffte, dass bei Emily ganz tief verborgen möglicherweise ein wenig Zuneigung für den Jungen mit dem Motorrad schlummerte. Er musste vorsichtig sein und durfte sich nicht verraten, während er an anderer Leute Gehirn experimentierte. Er war noch nicht so gut wie seine Großmutter. Er konnte nur Impulse geben, keine Bilder oder Realitäten verändern. Begrenzt wurde seine Kraft allerdings durch eine Macht, die viel schwerer wog und jeder Beeinflussung standhielt: die Liebe.

Emily fand Susan und Ben wild knutschend in einer Ecke. Meggie unterhielt sich angeregt mit einem Typen, weshalb sie noch bleiben wollte. Im Gegensatz zu Emily. Obwohl sowohl Finn als auch Jason sich verkrümelt hatten, kam bei Emily keine rechte Partystimmung auf. Doch weg konnte sie auch nicht ohne den Rest der Clique. Irgendwann landete Emily wieder in der Küche, wo sie ein weiteres Mal ihre leere Bierflasche gegen eine volle tauschte. Damit drehte sie erneut eine Runde im ersten Stock und ging dann in den zweiten, wo sie aber nur auf knutschende Pärchen traf. Also stapfte Emily die Stufen wieder herunter, einsam inmitten all der Anderen, die sich amüsierten.

»Hey Em, hier, probier mal.« Kim aus ihrer Klasse stand auf einmal vor ihr, definitiv schon angeheitert, mit einem Tablett voller grüner Shots. Emily stand eigentlich nicht so auf harten Alkohol, da sie aber im Moment nichts zu verlieren hatte, nahm sie sich ein Glas und kippte das Zeug herunter.

»Was ist das?« Emily verzog ihr Gesicht.

»Wackelpudding mit Wodka. Noch einen?«

Emily nahm sich noch einen, bevor Kim weiter die Runde machte.

Der Zweite war in jedem Fall besser als der Erste, der Dritte schmeckte schon fast gut, und so ging es dann irgendwie weiter, bis Ben, Susan und Meggie gegen ein Uhr genug hatten und nach Hause wollten. Emily hatte mittlerweile aufgehört, die Schnäpse zu zählen, und dementsprechend ging es ihr auch. Nämlich super. Sie musste nicht mehr an Finn denken und konnte sich endlich mal amüsieren. Doch die Welt wollte nicht aufhören, sich einen Tick zu schnell zu drehen. Auf dem Weg zum Auto übergab sich Emily hinter den nächsten Busch, während Meggie ihr die Haare aus dem Gesicht hielt. Das Hochgefühl verflog und Emily fühlte sich hundeelend.

Sie erwachte erst gegen elf Uhr am nächsten Morgen mit einem riesigen brummenden Schädel. An den Rückweg oder daran, wie sie in ihrem Bett gelandet war, erinnerte sie sich nicht. Ihre Laune hatte sich nicht gebessert. Der Alkohol hatte nur für ein paar Stunden ihre Probleme verdrängt. Es war definitiv keine Lösung, sich zu betrinken. Noch immer schwirrte ihr Finn im Kopf herum.

43

Am nächsten Mittwochmorgen blieb Finns Platz leer. Das war eigentlich nichts Neues. Seit Emily mit ihm Schluss gemacht hatte, kam er häufig zu spät, sah aus, als wäre er in eine Kneipenschlägerei geraten und als hätte er nicht geschlafen, was wahrscheinlich den Tatsachen entsprach. Aber jetzt lief der Unterricht bereits seit zwanzig Minuten und Finn hatte sich immer noch nicht blicken lassen. Emily starrte Finns leeren Stuhl an, als könnte er ihr verraten, wo sein Besitzer sich gerade herumtrieb. Es stand ihr nicht zu, sich Sorgen zu machen. Dieses Recht hatte sie verwirkt.

Finn kam irgendwann im Laufe der zweiten Stunde. Als sich die Tür ohne Vorwarnung öffnete und Finn, kaum erkennbar in einem übergroßen Kapuzenpulli, in den Raum schlurfte, stockte Emily der Atem.

»Ah, Mr. MacSol, ich dachte schon, wir würden uns diese Woche gar nicht mehr sehen. Bitte nehmen Sie ihre Kapuze ab.«

Finn ließ nur widerwillig seine Kapuze vom Kopf gleiten und sich auf seinen Platz sinken. »Oh mein Gott!« Emily musste sich die Hand auf den Mund pressen, um nicht laut aufzuschreien. Finns Gesicht sah aus, als wäre es als Punchingball benutzt worden. Er hatte ein blaues Auge, mehrere Prellungen und Schnittwunden.

»Vielleicht sollten Sie erst mal die Schulkrankenschwester aufsuchen?«

»Mir geht es gut.«

Wie nah man doch neben jemandem sitzen und dennoch meilenweit von ihm entfernt sein konnte. Es stand Emily nicht mehr zu, sich Sorgen um Finn zu machen, doch wenn sie daran dachte, wo er letzte Nacht gewesen war und was er den Verletzungen nach getan hatte, wurde ihr ganz schlecht. Sie konnte nicht anders als Finn die ganze Stunde über anzustarren. Die Schulklingel beendete die Stunde. Emily musste raus, nachdem sie sah, wie Finn mehr humpelnd als aufrecht den Raum verließ. Auf einmal war die Luft verdammt dünn geworden. Emily stürzte ans Fenster und riss es auf. Sie atmete tief ein. Ihre Brust weitete sich, doch es kam trotzdem nicht genügend Luft herein. Je hektischer Emily versuchte Luft zu bekommen, desto weniger bekam sie welche, bis sie sich hyperventilierend am Treppengeländer festklammerte. Ihr Brustkorb zog sich eng zusammen, als würde ein Elefant auf ihrer Brust sitzen. Sie schnappte nach Luft. Alles, was ihr blöder Körper tun musste, war zu atmen. Das konnte doch nicht so schwer sein. Emily sank auf die Knie, eine Hand am Geländer, eine auf ihrer Brust. »Em, hey, du musst langsam atmen – ein und aus. Ein und aus.« Meggie stand dicht neben ihr und strich ihr über den Rücken. Emily versuchte, auf ihre Freundin zu hören. »Geht's wieder?« Ihre Atmung normalisierte sich und endlich hatte sie das Gefühl, dass auch wieder Luft in ihre Lungenflügel drang.

»Ja, danke.«

»Was war denn los?«

»Keine Ahnung, nur als ich Finn so gesehen habe ...« Emily musste sich setzen. Sie wollte wissen, ob es ihm trotz der Verletzungen gut ging, und so wartete sie nach der Unterrichtsstunde an seinem Klassenzimmer auf ihn. Als seine Mitschüler aus der Klasse gestürmt kamen, war Finn mitten unter ihnen und bog gleich rechts ab, so dass er Emily nicht sah. Obwohl er durch seine Verletzungen langsamer war, schaffte er es beinahe, Emily abzuhängen. Sie musste sich einen Weg durch die Klassenkameraden bahnen und nach ihm rufen, damit er stehen blieb.

»Finn!« Finn zögerte einen Augenblick lang und setzte dann seinen Weg fort, doch Emily hatte es bemerkt. So schnell würde sie nicht aufgeben. »Finn!« Nach mehrmaligem Rufen blieb Finn endlich stehen. Emily schloss zu ihm auf und kam gleich zur Sache.

»Geht's dir gut?«

»Lass gut sein, Emily!« Er ließ sie einfach stehen. Was hatte sie sich denn dabei gedacht? Und vor allem, was hatte sie erwartet? Sie hatte mit ihm Schluss gemacht. Warum sollte er ihr also erzählen, was vorgefallen war?

»Pass auf dich auf!«, rief sie ihm nach. Leiser, da er eh schon außer Hörweite war. Emily hatte noch eine Doppelstunde Sport. Beim Sportfest vor den Sommerferien mussten sie im Volleyball gegen die anderen Oberstufen aus dem Umkreis antreten und noch fleißig üben. Vor allem Emily hatte auf Grund ihrer Operation lange pausiert.

Nach der Schule war Emily nicht scharf darauf, nach Hause zu gehen, weswegen sie noch durch die Wälder streifte.

Finns Gesicht, als sie Jason geküsst hatte. Es brach ihr das Herz, ihm das seine brechen zu müssen. Doch so war es am besten, das redete sie sich zumindest immer wieder ein. Was war denn bitte schon die Alternative? Mit Finn zusammenzubleiben und sich nicht anfassen zu dürfen, oder Russisch Roulette zu spielen mit seinen Berührungen. Wie lange hätte er das noch ausgehalten, sie nicht zu berühren, sie nicht zu küssen? Immerhin war jetzt alles wieder so wie früher, naja, fast: Jetzt hasste er sie und nicht umgekehrt.

Emily sah sich um, sie war einfach gelaufen, ohne auf ihren Weg zu achten. Sie musste ganz in der Nähe der Lichtung sein.

Finns Lichtung.

Emilys Lichtung.

Ihrer Lichtung.

Sie beschloss kurz vorbeizuschauen, doch beim Näherkommen sah sie Finn, der wie immer mit nacktem Oberkörper in der prallen Sonne lag. Sofort drehte sie um.

Finn hörte einen Stock zersplittern und fuhr sofort herum. Er konnte gerade noch sehen, wie Emily zwischen den Bäumen verschwand. »Emily!«

Es war wahrscheinlich nicht ganz fair gewesen, sie auf dem Flur so abzufertigen. Finn ließ sie ziehen und sich dann wieder ins Gras zurück fallen, wo er seine Arme unter dem Kopf verschränkte. ›Sie hat mit dir Schluss gemacht, raff das doch endlich, du Idiot!‹, sagte ihm sein Verstand. Doch ein Herz konnte man nicht so leicht zum Narren halten. Dass Emily gleich einen Anderen küsste, hatte ihn ziemlich getroffen. Auch der gnadenlose Kampf mit den Blockern letzte Nacht konnte ihm diesen Schmerz nicht nehmen. Das Bild von Jason und Emily hatte sich in sein Gehirn gebrannt. Er musste nur daran denken und sein Herz begann zu schmerzen. Er betrachtete die zahlreichen Wunden an seinem Körper. Emily jedoch hatte ihm die Schlimmste von allen zu gefügt. Eine, die nicht einfach wieder heilen würde. Eine, die für immer eine Narbe hinterlassen würde. Gestern Nacht war es härter zur Sache gegangen als je zuvor. Die Blocker hatten sich auf ihn gestürzt und es hatte gut getan, bis aufs Blut zu kämpfen. Der Kampf hatte Finns Gehirn leer geblasen – zumindest, solange er andauerte.

44

Verdammt, diese verräterischen Zweige hatten sie verpetzt. Sie hörte, wie Finn ihr hinterher rief. Es war ein Fehler gewesen, hierher zu kommen. Sie lief nach Hause und kam keuchend dort an, wo sie auf Alex traf.

»Sind Blocker hinter dir her, oder warum bist du so außer Atem?«

»Das ist nicht witzig. Warum bist du nicht bei Catherine?«

»Sie hat Tanz-AG. Wir treffen uns später.«

Alex ließ sich auf einem Küchenstuhl nieder und blickte erwartungsfroh drein. »Was ist los?«

»Wie kommst du darauf, dass etwas los ist?«

»Weil ich dich kenne, Emily.«

Emily nahm sich eine Flasche Wasser aus dem Kühlschrank. Sollte sie wirklich schon wieder und ausgerechnet mit Alex ihre Probleme wälzen? Auf der anderen Seite hatte er gesehen, was passiert war und war damit besser als jeder andere geeignet, mit ihr über Finn zu sprechen.

»Ich sehe Finn ständig in der Schule, jeden Tag und dann eben …« Emily spielte abwesend mit der Wasserflasche, anstatt sich etwas einzuschenken.

»Zweifelst du an deiner Entscheidung?«

»Nein. Es war richtig.« Emily stellte die Wasserflasche zurück, ohne etwas getrunken zu haben.

Die nächsten drei Wochen war Klausurenphase. Alle waren am Lernen und ziemlich gestresst und angespannt. Hinzu kam eine Hitzewelle, die die ganze Stadt bei Temperaturen von bis zu 37 °C zum Schwitzen brachte. Die unteren Klassen hatten hitzefrei, doch die Älteren standen kurz vor ihren Semesterabschlussprüfungen. Emily hatte sechs Prüfungen zu absolvieren und keine Zeit, an Finn zu denken. In den Freistunden sah man niemanden mehr ohne Buch. Auch Emily saß in einer Nische in der Caféteria, als Jason an sie herantrat.

»Können wir eventuell zusammen für die Physikklausur lernen? Ich habe festgestellt, dass ich durch den Umzug doch einige Lücken habe. Deine Notizen haben schon geholfen, aber vielleicht könnten wir den Stoff nochmal zusammen durchgehen?«

»Ähm, okay. Wieso nicht. Kann ja nicht schaden.«

»Super. Können wir uns vielleicht bei dir treffen?«

»Klar. Morgen um drei?«

Jason ließ Emily weiter lernen und ging an Susan vorbei, die mit zwei Wasserflaschen auf Emily zusteuerte und Jason misstrauisch hinterher guckte.

»Hier.« Susan hielt Emily eine Flasche Wasser hin.

»Danke.«

»Emily ist dir schon mal aufgefallen, dass Jason mit keinem außer dir mehr als drei Worte wechselt?«

»Ach Unsinn!«

Susan sah Emily mit hochgezogener Augenbraue an.

»Er ist bei mir in Spanisch, nur dass er da kaum auftaucht! Alle Mädchen himmeln ihn an, doch er ignoriert jede von ihnen. Die Einzige, mit der er redet, bist du.«

Emily hatte keine Lust darauf, mit Susan darüber zu streiten. Doch die Worte ihrer Freundin hallten noch länger in ihr nach. Emily grübelte, weshalb Jason ausgerechnet sie als Gesprächspartner so schätzte. Insgeheim ließ sie einige Szenen nochmal Revue passieren, um zu überprüfen, ob in Susans Erkenntnis doch ein Funken Wahrheit steckte. Sie war sich ob des Ergebnisses nicht sicher. Jason war ein Einzelgänger und sprach generell recht wenig mit seinen Mitschülern. Sie verdrängte den Gedanken schnell wieder und widmete sich Wichtigerem, nämlich dem Lesestoff von Mr. Skursky. Der Lehrer hatte, wie nicht anders zu erwarten gewesen war, extrem hohe Ansprüche.

Die Hitzewelle, die über die Stadt rollte, hielt die Menschen unerbittlich in ihrem Zaum. Tagsüber lagen die Temperaturen weiterhin selten unter 35° C, und selbst nachts fielen sie selten unter die 30°-Marke und verschafften damit kaum eine Abkühlung. Ventilatoren waren im ganzen Bundesstaat ausverkauft, die Schwimmbäder überfüllt und vor den Eisdielen bildeten sich lange Schlangen. Eine Dürre legte sich über das Land. Das Wasser in den Seen und Flüssen war zurückgegangen, so dass die Mondhexen sehr sparsam mit ihren Kräften umgehen mussten. Ein weiterer Grund, weshalb Emily den Sommer nicht mochte.

Es war in der letzten Zeit so viel vorgefallen, dass sie es nicht mal an ihre Bucht geschafft hatte. Emily brauchte eine Pause vom Lernen, nachdem die erste Klausur nicht schlecht gelaufen war. Also schnappte sie sich ihre Badesachen und schlenderte durch den etwas kühleren Wald zu ihrer Bucht. Alles hier war so friedlich und die Luft, die sie tief in ihre Lungen zog, tat gut. Das Wasser war klar und warm. Emily fühlte sich frei. Sie ließ das weiche Nass durch ihre Finger gleiten, schwamm und tauchte wie ein Fisch. Das war ihr Element. Als sie aus dem Wasser stieg, stand Finn plötzlich vor ihr. Wie vom Blitz getroffen, rührte sie sich nicht und auch Finn konnte sich nicht weg bewegen. Das Wasser lief an Emilys Körper herunter, tropfte ihr von der Nasenspitze und ihren Fingern und hinterließ schon eine Pfütze unter ihren nackten Füßen. Ihre Haare umrandeten in Strähnen ihr Gesicht.

Finn scannte Emilys Körper mit seinen Rundungen. Er musterte die Wölbung unter dem schwarzen Bikini, der ihre Haut vor seinen Blicken schützte. Schließlich blieb sein Blick an ihren Narben hängen. Emily bemerkte es und schnappte sich schnell ihr Handtuch.

»Finn, wie hast du mich hier gefunden?«

»Meggie hat mir von der Bucht erzählt. Es tut mir leid. Ich möchte mich bei dir entschuldigen, für alles, was ich dir angetan habe.«

»Nicht. Du musst nichts sagen.«

»Doch. Oder soll es ab jetzt immer so sein, dass wir uns nur noch aus dem Weg gehen? Ich habe bemerkt, dass du bei der Lichtung warst und abgehauen bist, als du mich gesehen hast.«

»Ich brauchte nur etwas Zeit für mich. Es war nicht allein deine Schuld, was passiert ist.«

»Ich wünsche dir und Jason alles Gute.« Emily nickte nur. »Ich hoffe, du wirst glücklich.« Dann verschwand er einfach wieder zwischen den Bäumen.

Es dauerte einige Sekunden, bis Emily wieder zu sich kam und wieder anfing zu atmen. Als Finn aus dem Nichts aufgetaucht war, hatte sie die Luft angehalten vor glückseliger Erwartung. Seine Worte hatten sich angehört wie ein Abschied. Er hatte sie losgelassen, sie war frei. Und sie hatte ihn in dem Glauben gelassen, dass da etwas zwischen ihr und Jason lief.

Donner grollte auf und kündigte ein Sommergewitter an. Eilig suchte Emily ihre Sachen zusammen. Kurz danach zuckte bereits der erste Blitz über den Himmel. Sie schaffte es nicht ganz bis nach Hause. Unterwegs wurde sie vom Regen überrascht. Doch es war ein warmer weicher Sommerregen, der nicht nur den ausgetrockneten Pflanzen gut tat, sondern auch Emily befreite. Finn hatte ihr seinen Segen gegeben, sie losgelassen. Anstatt den Regen um sie herum abzuleiten und ein Schild aufzubauen, blieb Emily an einer lichten Stelle stehen und genoss das Gefühl der Regentropfen auf ihrer Haut. Sie schloss die Augen, breitete die Arme aus und fing an, sich langsam im Kreis zu drehen. Sie legte den Kopf in den Nacken und schmeckte den Regen auf ihrer Zunge. Es dauerte nicht lange, bis sie völlig durchnässt war.

45

Nur zu Hause bei ihrer Familie trug Emily lässige kurze Shorts und Tops, wie jetzt. Sie lag bäuchlings auf ihrem Bett und versuchte zu lernen, aber es war einfach unerträglich heiß. Unter dem Dachgeschoss sammelte sich die Wärme, so dass Emily sich kaum konzentrieren konnte. Allein vom Nichtstun schwitzte sie, und die Kleidung klebte ihr am Körper. Dazu trug sie Kopfhörer, weil Tom zu laut Musik hörte, um sich aufs Lernen konzentrieren zu können. Plötzlich stand Jason vor ihr. Emily sprang vom Bett auf und nahm die Kopfhörer ab.

»Jason? Ich dachte, wir wollten uns erst um drei treffen? Oh Gott wie ich aussehe ...« Sie schnappte sich schnell eine dünne Strickjacke und zog sie über. Es war ihr unangenehm, dass er ihre Narben gesehen hatte.

»Es ist drei!«

»Oh.« Emily warf einen kurzen Seitenblick auf ihren Wecker. Er hatte Recht.

Sie ließ sich wieder im Schneidersitz auf ihrem Bett nieder. Jason setzte sich ihr gegenüber ans Fußende und packte seine Unterlagen aus. Emily hatte bereits ihre Bücher ausgebreitet und zog jetzt eines auf ihren Schoß.

»Woher hast du das?« Er deutete auf ihren Oberschenkel, wo die kurze Hose und das Buch ihre Narben nicht verbergen konnten. Sie versuchte, ihre Hose darüber zu ziehen. Doch es nützte nichts. Emily hatte nicht vor, Jason die Ursache für ihre Entstellung zu erzählen.

»Wir sollten gleich anfangen. Welche Kapitel genau willst du noch mal durchgehen?«

»Du bist wunderschön.«

»Warum sagst du das?«

»Weil es stimmt.«

»Ich glaube, wir sollten jetzt wirklich loslegen.«

»Ich würde gerne Kapitel fünf und acht nochmal durchgehen.« Sie war unkonzentriert, weil sie daran denken musste, was er gesagt hatte: dass er sie trotz der Narben wunderschön fand. Vielleicht meinte er es aber auch gar nicht so.

»Ziemlich heiß hier drinnen!«

Jason hob sein T-Shirt, um sich damit Luft zu zuwedeln. Dabei blitze ganz kurz die nackte Haut darunter auf. Emily konnte nicht umhin, einen Blick zu riskieren.

»Ist dir in dem Ding nicht viel zu warm?« Er deutete auf ihre Strickjacke, die sie sich übergezogen hatte, um die Brandnarben auf ihrem Arm zu verbergen.

»Ähm nein, die ist ganz dünn«, schwindelte Emily, um sich danach aufs Lernen zu konzentrieren. Schließlich schrieben sie morgen eine schwere Physikklausur. Mrs. Larkin war dafür bekannt, ihren Schülern alles abzuverlangen.

Zwei Stunden später lehnte Jason sich stöhnend zurück. »Ich glaube, ich kriege nichts mehr in meinen Kopf rein. Lass uns eine Pause machen!«

»Ja, gute Idee.« Emily ließ sich erschöpft zur Seite fallen und stützte sich auf ihrer Hand ab. Dabei fiel das Buch von ihrem Schoß und gab erneut den Blick auf ihre Narben frei. Jasons Blick fiel sofort darauf.

»Woher hast du die?«

»Ich möchte eigentlich nicht darüber reden.«

»Das war Finn, oder?« Seine Stimme war hart und kalt geworden, als er Finns Namen aussprach, sein Blick forschend und argwöhnisch.

»Wie kommst du darauf?«

Emily war aufgestanden und Jason folgte ihr an ihr Bücherregal, wo sie so tat, als würde sie nach einem bestimmten Buch suchen.

»Also stimmt es. Deine Reaktion sagt mehr als tausend Worte.«

Sein Stimmungswechsel kam überraschend. Jason war auf einmal aufgebracht. So voller Wut hatte Emily ihn noch nie gesehen in der kurzen Zeit, seit dem sie ihn kannte.

»Er wird dafür bezahlen!«

Er machte ihr Angst. »Jason, beruhig dich. Es war ein Unfall! Wir waren Kinder!«

»Das ändert nichts daran, er hätte besser aufpassen müssen!« Beim harten Klang seiner Stimme schrak sie zurück. Emily ging zur Tür und hielt sie Jason auf.

»Du solltest jetzt besser gehen!«

Er schleuderte die Tür wieder zu, an dessen Knauf Emily noch immer hing. Durch die Wucht wurde sie an die Tür geschleudert, wo Jason sie mit seinen Armen gefangen hielt. Vor Schreck riss Emily bestürzt die Augen auf.

»Es tut mir leid, ich wollte dir keine Angst einjagen.« Er strich ihr mit dem Zeigefinger über die Wange, eine Berührung, so leicht wie eine Feder. Seine andere Hand hielt noch immer die Tür zu, so dass Emily sich fühlte wie eine Maus in der Falle. In seinen Augen und seiner nun wieder weichen Stimme lag Bedauern, als er seinen Blick von ihr abwandte und seinen Kopf sinken ließ.

»Ich kann nur nicht ertragen, wenn dir jemand weh tut. Tut mir leid, dass ich so ausgerastet bin.«

Emily versuchte ruhig zu bleiben. Jason war viel größer als sie. Sein Kopf sank weiter ihrer Schulter entgegen, so nah, dass er ihren Duft wahrnehmen konnte. Er roch an ihrem Hals, an der Stelle, wo sie normalerweise ihr Parfum aufsprühte. Emily lief ein kalter Schauer über den Rücken. Sie war sich nicht sicher, ob vor Furcht oder Erregung.

»Ich kann ihn noch überall an dir riechen.« Er klang angewidert und so, als müsste er sich vor Ekel gleich übergeben. Doch da war noch etwas Anderes in seiner Stimme: Traurigkeit und Hoffnungslosigkeit, wie bei einem verletzten kleinen Kind, das Trost brauchte. Ganz behutsam legte sie ihre Hand an seine Brust und tastete sich bis zu seiner Wange vor, wo sie ihre zweite Hand hinzunahm und an seine andere Wange legte. Sie hob seinen Kopf an, so dass sie ihm wieder in die Augen sehen konnte. Zwei schwarze Abgründe, tief und bekümmert. Dann schloss sie ihre Augen und gab ihm einen zarten Kuss, nur so, dass ihre Lippen gerade mal seine berührten. Nicht mehr als ein Windhauch. Als sie ihre Augen öffnete, hatte Jason sich wieder gefasst.

»Ich werde jetzt gehen.« Emily rührte sich nicht vom Platz, sie war wie festgewachsen und beobachtete Jason dabei, wie er seine Sachen zusammenpackte. Erst als Jason durch die Tür wollte und sie ihm im Weg stand, machte sie ein paar Schritte zur Seite.

»Wir sehen uns!«

»Bis dann!«, brachten Emilys Lippen eher automatisch heraus.

Als Jason weg war, atmete sie einmal tief durch, um ihre Herzfrequenz und ihren Blutdruck wieder zu normalisieren. Das Adrenalin, das gerade durch ihren Körper geschossen war, baute sich nur langsam wieder ab. Sie war sich allerdings nicht sicher, ob diese Andeutung von einem Kuss oder diese merkwürdige American Psycho Nummer, die er gerade abgezogen hatte, an der Hormonausschüttung schuld war und ihr Herz so zum Rasen gebracht hatte. Sie fühlte sich wie von einem Hurrikan überrollt, nur das der Hurrikan den Namen Jason trug. Emily zog ihre Strickjacke aus und musterte ihre Narben im Spiegel. Die von der Milzentfernung war kaum sichtbar, dank modernster Technik.

So viele Narben. Sie waren alle in irgendeiner Form von Finn, und auch die nicht sichtbaren, die tief in ihrem Herzen vor Blicken verborgen waren, hatte Finn verschuldet.

Emily ließ sich mit einem Stöhnen rücklings auf ihr Bett fallen. Mit Finn gab es eine Vergangenheit, doch definitiv keine Zukunft. Jason hingegen war ein weißes Blatt, unbeschrieben und dadurch ohne Probleme. Es war ja auch eigentlich ganz süß von Jason gewesen, so beschützend sein zu wollen.

Ihre Grübeleien brachten sie nicht weiter. Es war sinnlos, über Dinge nachzudenken, die nicht zu ändern waren. Sie schüttelte ihren Kopf, um Finn endlich aus ihren Gedanken zu entfernen, bis ihr ganz schwindelig wurde. Ein Piepsen verriet ihr, dass sie eine SMS bekommen hatte.

Mann, er war ja gerade vor Emily total ausgeflippt. Er musste lernen, sich besser zu beherrschen. Er sollte sich bei ihr entschuldigen. Und zwar gleich. Jason zog sein Handy aus seiner Hosentasche und schrieb eine Entschuldigungs-SMS an Emily. Er hoffte, dass er damit die Wogen wieder glätten konnte. Dann beschloss er, einen neuen Reifen für Emilys Fahrrad zu besorgen und ihn gleich gegen den Platten auszutauschen. Obwohl er ihr das Geld schon gegeben hatte, war Emilys Fahrrad noch immer nicht repariert.

Emily schien ziemlich erschrocken zu sein, als er ausgerastet war. Aber sie so zu sehen ... Von Tag zu Tag hasste er Finn mehr. Andererseits hatte sie ihn heute geküsst. Und es war definitiv ein ehrlicher Kuss gewesen, kein vorgeschobener wie auf der Party. Jason würde nicht aufgeben. Emily würde ihm gehören. Ihre sinnlich samtigen Lippen hatten sich so unglaublich gut angefühlt, viel besser, als er es in Erinnerung gehabt hatte. Und er wollte mehr davon. Er konnte an nichts anderes mehr denken. Dass er sich auch um andere Dinge kümmern musste, machte ihn ganz krank und wahnsinnig. Doch sie würde ihm schon bald folgen. Er musste sich beherrschen, durfte nicht ungeduldig werden, denn er wollte, dass sie sich in ihn verliebte – ohne dass er seine Kräfte benutzen musste. Und er spürte, dass sein Plan aufgehen würde. Nichtsdestoweniger hatte er nicht mehr viel Zeit, denn er durfte auch sein Hauptziel nicht aus den Augen verlieren. Bald würden alle in der gleichen Dunkelheit leben, die auch er so lange ertragen musste.

Emily stand mit ihren anderen Klassenkameraden nach der Physikklausur zusammen, als Jason aus dem Klassenraum trat, wo die letzten Schüler noch ihre Klausuren zu Ende schrieben.

»Hey, Jason, wie lief es bei dir?«

»Na ja, es ging so. Bei Frage drei bin ich nicht ganz klargekommen. Ich hoffe, dass irgendetwas von dem, was ich da aufgeschrieben habe, stimmt. Aber ohne deine Nachhilfe wäre es wohl nicht so gut gelaufen. Danke nochmal.«

»Kein Problem. Mir hat es ja auch geholfen. Und danke für den neuen Fahrradreifen. Ich nehme mal an, das war dein Werk?«

»Ich möchte mich nochmal bei dir entschuldigen. Wegen gestern. Ich wollte dich nicht so erschrecken. Ich bin wohl ganz schön ausgerastet!« Er räusperte sich verlegen. »Ich hoffe, ich habe nicht alles kaputtgemacht und ich bekomme noch eine Chance.« Er wartete auf eine Reaktion von Emily. Als die nicht kam, fragte er: »Vielleicht hast du auch mal Lust, mit mir auszugehen? So als Dankeschön dafür, dass du mit mir gelernt hast. In Burrows ist am Wochenende Laternen- und Lichterfest.«

»Ähm, ich weiß nicht.«

Jason hatte gehofft, dass Emily von sich aus zusagen würde, ohne dass er seine Kräfte gebrauchen musste. Doch er wollte nicht so lange warten. Er konzentrierte sich, um sich in Emilys Gedankenwelt zu hacken, wie andere Leute in einen Computer.

»Komm schon. Ich lade dich auf eine Portion Popcorn und eine Coke ein.«

»Warum eigentlich nicht.«

»Gut, dann hole ich dich Samstagabend nach dem Sportfest ab.«

46

Trotz der hohen Temperaturen konnte das jährliche Sportfest in der letzten Schulwoche vor den großen Sommerferien stattfinden. Während die unteren Klassen ihren Wandertag nahmen, mussten die Schülerinnen und Schüler ab der 10. Klasse sich im Sport messen. Dieses Jahr war der Austragungsort ihre High-School. Die Jungs konnten sich mit anderen Schulen im Fußball vergleichen und die Mädchen spielten auf einem Sandfeld neben dem Fußballrasen Volleyball. Außerdem trugen die Leichtathleten noch ihre Meisterschaft im 100-Meter-Sprint aus, sodass die Startpistole dann und wann abgefeuert wurde und ihr Knall über das ganze Gelände hallte. Am Rande des Sportfelds gab es Stände mit verschiedenen Verpflegungsmöglichkeiten. Peinlicherweise hatte auch eine Reihe von Eltern auf der Tribüne Platz genommen, die laut schreiend ihre Kinder anfeuerten. Emilys Mannschaft lag im zweiten Satz mit zehn zu sieben vorne, als die gegnerische Mannschaft eine Auszeit nahm. Emily und die anderen aus ihrer Mannschaft griffen zu ihren Trinkflaschen, um die kurze Pause zu nutzen. Emily spielte gerne Volleyball und letztes Jahr hatten sie den dritten Platz belegt. Sie war froh, dass sie eine Ausnahmeregelung bekommen hatte und unter den kurzen Shorts und dem Trikot noch lange dünne Sachen tragen durfte. Mittlerweile fragte keiner mehr, was Emily darunter zu verbergen hatte. Und heute trug sowieso jeder eine Basecap und eine Sonnenbrille, weil es so heiß war.

Auch die Jungs beim Fußball hatten gerade Halbzeit und stürmten zu ihren Trinkflaschen. Die Sonne knallte unentwegt auf den schattenfreien Platz. Die Jungs entledigten sich zur Erfrischung ihrer Trikots, um sich zusätzlich abzukühlen. Dies führte dazu, dass Kim und Sarah aus Emilys Mannschaft ganz unauffällig auffällig zu ihnen hinüber starrten.

»Wow, Jason hat wirklich einen super Körper«, schwärmte Kim.

Auch Emily konnte sich einen Blick nicht verkneifen

und beobachtete Jason, wie er mit nacktem Oberkörper da stand und so schnell Wasser in sich hinein kippte, dass es ihm zu beiden Seiten aus den Mundwinkeln rann und auf seinen verschwitzten Oberkörper tropfte. Leider drehte sich Jason genau in dem Moment um und ertappte Emily dabei, wie sie ihn anstarrte. Er lächelte ihr zu. ›Oh Gott, Emily du stehst hier und gaffst ihn an, als wäre er ein Sexobjekt. Verdammt. Und jetzt kommt er noch genau auf dich zu‹, schimpfte Emily sich in Gedanken aus.

»Gefällt dir, was du siehst?«, fragte Jason spitzbübisch.

»Eingebildet bist du gar nicht, oder?«

Ein Pfiff beendete das kurze Gespräch und die Auszeit war vorbei, das Spiel ging weiter.

»Na los zeig's ihnen, Emily.« Jason ging wieder zurück zu seiner Mannschaft und Emily sah ihm nach. Dabei streifte ihr Blick die Ersatzbank, wo Finn wegen seiner zahlreichen Verletzungen verweilen musste. Ihr Lächeln erstarb und sie hatte sofort ein schlechtes Gewissen. Sie wusste ganz genau, dass Finn sie und Jason beobachtet hatte, denn er verließ wortlos den Platz. Emily musste sich jetzt aber wieder auf ihr Volleyballspiel konzentrieren.

Ihre Mannschaft gewann auch den zweiten und den dritten Satz und stand mit diesem Sieg im Finale des Turniers. Sie hatten jedoch noch Zeit, vor ihrem Endspiel das Ende des Fußballturniers zu sehen. Die Jungs standen ebenfalls im Finale und hatten etwas mehr zu kämpfen, gewannen am Ende dann aber doch knapp mit einem Treffer von Ben, was einen weiteren Pokal für ihre High-School bedeutete. Unter den Anfeuerungsrufen von Jason und den anderen aus der Fußballmannschaft schafften Emily und ihre fünf Mitstreiterinnen das Unmögliche und gewannen auch das letzte Spiel. Emily fiel Jason vor Freude um den Hals. Er hob sie hoch und wirbelte sie herum.

»Wir haben gewonnen!«

»Du warst super!«

Als Jason Emily vorsichtig wieder absetzte, entstand ein merkwürdiger Moment, in dem sich beide in die Augen sahen. Ein Moment, in dem nichts weiter zählte als das Gegenüber. Ihre Hände lagen noch auf seinen Schultern. Obwohl Emily schon wieder festen Boden unter den Füßen hatte, hielt Jason sie noch in den Armen. Wäre ihre Teamkollegin Lisa nicht freudestrahlend auf Emily zu gekommen, hätte Jason sie geküsst, da war Emily sich sicher. »Das war Wahnsinn!« Auch ihre anderen Mitspielerinnen kamen hinzu.

»Ich hätte echt nicht mehr gedacht, dass wir das Spiel noch gewinnen können.«

»Ja, nach dem zweiten Satz sah es gar nicht gut aus.« Gemeinsam nahmen sie den Pokal entgegen, der bald die Vitrine vor dem Lehrerzimmer schmücken würde.

Emilys gute Laune verflog allerdings, als sie ihr Fahrrad mit einem Platten vorfand. Sie war wohl über irgendetwas Scharfes gefahren, und das, obwohl Jason ihr gerade einen neuen Reifen besorgt hatte. Ihr Flickzeug lag wie immer zu Hause, was bedeutete, dass sie wohl oder übel schon wieder laufen musste.

»Soll ich dich fahren?« Jason war neben sie getreten. Trotz der Hitze trug er seine Motorradjacke.

»Ja, das wäre nett.« Emily kettete ihr Fahrrad wieder an. Jason brachte Emily schnell und sicher auf seiner Maschine nach Hause. Sie stieg von dem Motorrad ab und gab ihm seinen Helm wieder, den sie beide nun festhielten und der als Puffer zwischen ihnen verweilte, während sie sich etwas verlegen gegenüberstanden.

»Du warst heute wirklich super!«

»Danke, du hast auch gut gespielt!«

»Ich fahr dann mal. Wir sehen uns ja später.«

»Ja, bis dann!«

Sie sah Jason noch nach, bevor sie in Richtung Haus verschwand, wo Alex und Catherine sich auf der Veranda mit einem Kuss verabschiedeten.

»Ich muss los!«, erklärte Catherine, als Emily die Veranda betrat. »Hey, Em.«

»Tschau, Catherine.«

»Wer war das?«, erkundigte sich Alex.

»Jason Noxlin. Er ist neu an unserer Schule. Wieso?«, fragte Emily argwöhnisch.

»Ich weiß nicht. Mit lief nur gerade so ein kalter Schauer über den Rücken.«

»Komisch, das Gleiche hat auch Tom gesagt.« Emily blickte erneut in die Richtung, in die Jason entschwunden war.

»Ich hab dich lange nicht mehr so ausgelassen und fröhlich erlebt.«

»Wir haben beim Volleyball gewonnen!« Emily grinste und ging ins Haus, während Alex noch etwas an der frischen Luft blieb. Vielleicht lag es auch ein bisschen an Jason, dass sie seit langem mal wieder so unbeschwert war.

Nach dem Abendessen musste sie noch mal über das Gespräch mit Jason nachdenken. Sie mochte ihn, er war ein wirklich netter Kerl. Aber er war eben nicht Finn.

Schon lange war sie nicht mehr nachts ans Fenster getreten, aus Angst, dann an Finn zu denken und daran, ob es ihm gut ging. Was, wenn sie das Aufflackern seines Lichts sehen würde? Doch heute trat sie ans Fenster ihres Zimmers und zog die schweren Gardinen zur Seite. Sie würde sich ihre gute Laune nicht verderben lassen. Emily hatte die Vorhänge noch in der Hand, da hätte sie schwören können, dass sie für einen Wimpernschlag Finn sah, wie er am Waldrand stand und das Haus beobachtete. Doch im nächsten Moment war er schon wieder weg und sie konnte nur in die Schwärze der Nacht blicken.

Finn war wie jeden Abend, bevor er zur Jagd aufbrach, an den Waldrand getreten und hatte zu Emilys Fenster hochgestarrt. Er hatte sich ausgemalt, was sie gerade machte, was sie dachte, fühlte, oder welche Kleidung sie gerade trug. Er hatte gelernt, seine Schmerzen in Stärke umzuwandeln. Einzig und alleine durch das Loch in seiner Brust, das Emily dort hinterlassen hatte, wusste er noch, dass er lebte. Die Schmerzen vergingen nicht, wurden nicht weniger oder das Loch kleiner. Auch wenn er Emily etwas anderes erzählt hatte. Als sie in ihrem Bikini so vor ihm gestanden hatte, so vollkommen überrumpelt von seiner Anwesenheit und seinen Worten, hatte er es fast nicht über sich gebracht, ihr zu sagen, was er sagen wollte. Er wollte der Starke für sie sein, der Unnahbare, und ihr die Möglichkeit geben, mit diesem Jason glücklich zu werden, wenn es das war, was sie wollte. Und dann hatte er sie beobachtet, wie sie im Regen getanzt hatte, bis sie ganz durchnässt gewesen war. Am liebsten hätte er seine Worte zurückgenommen, hätte sie geküsst und dann nie wieder losgelassen.

47

Pünktlich bei Anbruch der Dunkelheit stand Jason auf der Matte, um Emily abzuholen. Seine Haare waren frisch zerzaust und er trug wie immer seine schwarze Bikerjacke. Darunter hatte er ein hautenges schwarzes Shirt mit kurzen Ärmeln, die eng an seinen Oberarmmuskeln klebten. Er sah wirklich gut aus, musste Emily feststellen. Ganz im Gegensatz zu ihr hatte er sich richtig rausgeputzt. Emily trug ihre Chucks, eine zerrissene Jeans und ein schlichtes blaues T-Shirt mit einer Strickjacke darüber.

Das Laternenfest war ein Jahrmarkt mit Riesenrad, Schießständen, Losbuden, Zuckerwatte und Popcorn. Nur war alles mit tausenden von Lichtern geschmückt. Überall an den Karussells und den anderen Fahrgeschäften hingen Lampions und Lichterketten. Die Buden waren unten am Hafen aufgebaut und die Lichter spiegelten sich wie tausend Sterne auf der Wasseroberfläche.

Es herrschte reger Betrieb. Jason und Emily schlenderten über das Gelände und Jason lud Emily auf eine Cola und eine Tüte Popcorn ein. Überall liefen Kinder mit Luftballons herum. Am Schießstand trafen sie auf Ben, Susan und Meggie. Und Finn.

»Hey.«

»Hey, was macht ihr denn hier?« Meggie war sichtlich überrascht, Jason und Emily zu sehen.

Als Jason Finn bemerkte, nahm er Emilys Hand und hielt sie fest. Finns Blick fiel sofort darauf und Emily fühlte sich ihm gegenüber irgendwie unwohl, doch seine coole undurchdringliche Maske verriet nichts. Dem Anschein nach machte es Finn entweder nichts aus, oder er war ein großartiger Schauspieler. Vielleicht hatte er aber auch eingesehen, dass es besser für sie beide war. Und deshalb entzog Emily Jason ihre Hand nicht. Im Gegenteil, es fühlte sich irgendwie gut an. Seine Hand war größer als die von Emily und rauer. Ihre Finger kreuzten sich mit denen von Jason, und sie bewegte sie zwischen seinen, um seine Haut auf ihrer spüren zu können.

»Hier – eure Gewehre.« Finn und Ben nahmen dem Budenbesitzer die Luftgewehre ab. Finn musste sich nicht lange konzentrieren und gab zielsicher seine fünf Schüsse ab. Bei jedem seiner Treffer klappte ein schwimmendes gelbes Entchen um. Als Preis bekam er einen übergroßen kitschigen lila Teddy, der ein rotes Herz in seinen Pfoten hielt, auf dem »Ich liebe dich« stand. Er drückte ihn wortlos Meggie in die Hand. Dann verschwand er in der Menschenmenge. Ben hingegen war nicht ganz so zielsicher und bekam für seinen einzigen Treffer nur eine Plastikrose.

»Tut mir leid, Schatz«, entschuldigte er sich bei Susan, die trotzdem überglücklich war und ihrem Freund einen Kuss gab.

»Für mich bitte auch eines.« Jason bezahlte den Budenbesitzer und zögerte ebenfalls nicht lange, um seine fünf Schuss abzufeuern. Überraschenderweise trafen auch seine Schüsse alle ihr Ziel. Er gewann wie zuvor schon Finn den großen lila Teddybär.

»Tja, da muss ich wohl noch etwas üben«, musste Ben kleinlaut zugeben. Offensichtlich war es ihm peinlich, dass die anderen Jungs viel besser schießen konnten.

»Du bist trotzdem mein Held!« Susan fiel Ben um den Hals. »Und jetzt hab ich Hunger auf Zuckerwatte.« Mit diesen Worten hakte sie sich bei ihm unter und zog ihn weiter. »Wir sehen uns ja vielleicht noch«, rief sie Jason und Emily zu. Bevor Meggie den beiden hinterher trottete, nahm Emily Meggie zur Seite. »Was macht Finn denn hier?«

»Ben hat ihn überredet, mitzugehen. Wahrscheinlich, damit ich mich nicht als drittes Rad am Wagen fühle. Wie du siehst, funktioniert es großartig. Und wie läuft dein Date?«

»Das ist kein ...«

»Magst du auch Zuckerwatte?« Jason war an ihre Seite getreten.

»Ich erzähl dir Montag alles«, verabschiedete Emily sich von Meggie.

»Alles klar. Viel Spaß Euch beiden noch.« Meggie zwinkerte Emily zu und schloss zu Ben und Susan auf. Finn konnte Emily allerdings nicht mehr sehen.

»Lass uns lieber ein Irrlicht kaufen, bevor es keine mehr gibt!«, wandte Emily sich an Jason. »Irrlicht?«

Emily lief voraus und winkte Jason herbei. »Komm mit. Dann zeige ich sie dir.«

Fünf Minuten später standen Jason und Emily am Ufer der Bucht und hielten jeweils ein kleines, aus Blättern und Holz bestehendes Boot in den Händen. Stabilisiert durch Korken, konnte jedes davon eine kleine Kerze tragen. Jason und Emily hatten ihre Irrlichter angezündet und ließen sie vorsichtig zu Wasser.

»Und jetzt musst du dir etwas wünschen!«

Emily beobachtete Jason, wie er die Augen schloss und sich etwas wünschte, und tat es ihm gleich.

»Eigentlich sind Irrlichter seltene Leuchterscheinungen, die insbesondere nachts in Sümpfen und Mooren beobachtet werden. Und ursprünglich trugen die Boote den Namen ›Wunschschiffchen‹. Man zündet eine Kerze an und wünscht sich was. Wenn die Boote dann verbrennen, bevor sie die Bucht verlassen haben, geht dein Wunsch in Erfüllung. Erlischt die Kerze einfach nur, wird er nicht in Erfüllung gehen. Doch gleich im ersten Jahr führten die Wunschschiffchen fast zu einer Katastrophe. Die Lichter sind zu weit aufs Meer hinaus getrieben und haben die Schifffahrt lahmgelegt. Seitdem heißen sie Irrlichter, weil sie die Kapitäne in die Irre und zu nahe an die Klippen geführt haben. Es ging noch mal alles gut und keinem ist etwas passiert«, erklärte Emily.

»Und, hat sich schon mal einer deiner Wünsche erfüllt?«

»Irgendwie schon.«

»Sagst du mir, was du dir heute gewünscht hast?«

»Ausgeschlossen, dann geht er ja nie in Erfüllung!«, protestierte Emily gespielt empört.

Sie sahen ihren Schiffchen hinter her. Bevor sie die Bucht verließen, fing das von Jason Feuer, und es dauerte nicht lange, bis es unterging. Währenddessen geriet Emilys Schiff irgendwann außer Sicht, ohne vorher in Flammen aufgegangen zu sein, weshalb sie einigermaßen enttäuscht war.

»Tut mir leid, dass dein Wunsch nicht wahr wird.«

Emily redete sich ein, dass sich ihr Wunsch trotzdem erfüllen würde, schließlich war das hier doch nur kindischer Aberglaube, der keinerlei Einfluss auf ihr Schicksal hatte.

»Hast du Lust, mit dem Riesenrad zu fahren? Von da aus soll man einen tollen Ausblick über den Hafen haben«, lud Jason sie ein. Ein paar Minuten später standen sie in der Schlange zum Riesenrad. Als sie an der Reihe waren, setzten sie sich in die rote Zweiergondel und schoben den antiquierten Riegel vor. Es war ein altmodisches Modell, bei dem schon der Lack abblätterte, und dazu noch schlecht gepolstert und ohne Dach. Dafür hatte man, als das Riesenrad oben anhielt, eine herrliche Aussicht über die beleuchteten Buden des Rummelplatzes und die vor Anker liegenden Schiffe im Hafen sowie die Irrlichter in der Nachbarbucht. Sie sahen aus wie glitzernde Sterne am dunkelblauen Nachthimmel. Jason legte seinen Arm um Emily und drückte sie an sich. Seine andere Hand legte er an ihre Wange und drehte ihren Kopf langsam zu sich, so dass sie ihm direkt in seine unglaublichen schwarzen Augen mit den pechschwarzen langen Wimpern sehen musste. Als sein Gesicht sich ihrem näherte, blickte sie auf seine Lippen, bis sie schließlich auf ihre trafen. Sie passten perfekt aufeinander. Erst dann schloss sie ihre Augen und ließ sich auf ihn ein. Sie leistete keinen Widerstand, als seine Zunge sich zwischen ihre Lippen schob. Es wurde kein Eifersuchtskuss wie bei der Party oder ein Mitleidskuss wie in Emilys Zimmer. Sein Kuss überwältigte sie so vollkommen ganz und gar – und zwar auf die gute, unglaubliche Weise. Es war, als würde sie unter Hypnose stehen.

»Emily, ich hab mich in dich verliebt«, flüsterte Jason an Emilys Ohr. Dann setzte sich das Riesenrad mit einem Ruck wieder in Bewegung und holte Emily aus ihrem hypnotischen Zustand zurück. Sie war sprachlos von Jasons offenem Geständnis. Aber waren seine Gefühle nicht von Anfang an ziemlich offensichtlich gewesen? Selbst Susan waren sie aufgefallen. Emily hatte sie nur nicht wahrhaben wollen. Dafür war es jetzt leider zu spät. Die entscheidende Frage war nun: Was fühlte sie für Jason?

»Jason ...« Doch auch keine Antwort konnte eine Antwort sein.

»Ist es wegen diesem Finn? Warst du nicht diejenige, die mit ihm Schluss gemacht hat? Ich dachte, als ich vorhin deine Hand nahm, dass ... da etwas zwischen uns war.«

Sie mochte Jason – aber ... Finn hatte sie *geliebt*. Sie hatte noch nicht darüber nachgedacht, ob sie einen neuen Freund haben wollte. War sie schon wieder bereit für eine neue Beziehung? Jason war ganz unerwartet auf der Bildfläche aufgetaucht. Doch er war auch von Anfang an da gewesen, wenn sie ihn brauchte.

Nach dem Kuss neulich, für den er nicht mal seine Kraft hatte einsetzen müssen, war Jason davon ausgegangen, sie wäre über Finn hinweg. Doch nun verstand er, dass sie Finn immer lieben würde und er keine Chance bei Emily hatte, wenn er nicht nachhelfen würde. Das machte ihn wütend. Sie würde ihn lieben, dafür würde er sorgen ... Er war der Herrscher über das Reich der Dunkelheit. Er bekam immer, was er wollte. Und er wollte dieses Mädchen! Schluss mit der Zeitverschwendung. Er wollte, dass sie nur noch an ihn dachte. Und an nichts anderes mehr.

Er wendete seine ganze Kraft auf, um dem natürlichen Prozess nachzuhelfen und zu beschleunigen. Jason forschte in ihrem Gedächtnis nach einem Anknüpfungspunkt, an dem er Emilys Gedanken verändern konnte. Noch nie zuvor war er so weit in den Geist eines Menschen eingedrungen und hatte ihn für seine Zwecke manipuliert. Doch er brauchte Emily. Brauchte sie als seine zukünftige Königin.

»Jason, du ...«

»Schon okay, du musst nichts sagen.« Emily bemerkte, dass ihre Zurückweisung ihn verletzt hatte und dass sie ihm gegenüber nicht fair war. Als sie aus dem Riesenrad ausstiegen, fröstelte Emily, obwohl es ein lauer Sommerabend war. Außerdem hatte sie auf einmal Kopfschmerzen bekommen. Jason hängte ihr seine schwarze Lederjacke um und hielt sie einen Moment länger fest als nötig. Dabei sah er ihr noch einmal tief in die Augen. Es waren die wundervollsten Augen, in die Emily je geblickt hatte. Sie verlor sich darin – jedes Mal wieder aufs Neue. Und alles, woran sie denken konnte, war, dass sie sich augenblicklich in diese Augen verliebt hatte. Er sah ihr so tief in ihre Seele. Ihr wurde klar, dass sie ihm endlich ihr Herz öffnen musste, nur so konnte sie Finn vergessen und würde bereit sein für etwas Neues. Sie war wieder wie hypnotisiert von seinen Augen, fast wäre sie erneut heillos an ihn verloren und hätte ihn geküsst. Erst als Jason sich löste, weil sein Handy piepste, kehrte ihr Verstand wieder in die Realität zurück. Es überraschte sie, dass er die Situation nicht ausgenutzt hatte.

»Ich muss jetzt los.«

»Ähm, aber wohin musst du?« Emily war noch ganz benommen von diesem Moment und nun verwirrt. Er hatte die SMS nicht mal gelesen, von wem sie auch immer kam. Das Piepsen genügte und er ließ alles stehen und liegen.

»Ich will dich am ersten Abend nicht gleich zu spät nach Hause bringen.«

»Wir haben noch nicht mal elf!«

»Ich will einen guten Eindruck bei deinem Vater machen! Komm, lass uns gehen, ich bring dich noch nach Hause.«

Während sie über die Landstraße rasten und Emily sich fest an Jason klammerte, ließ sie ihren Gedanken freien Lauf. Warum wehrte sie sich überhaupt so gegen Jason? Wofür? Um Finn hinterher zu trauern? Sie wollte, nein sie musste die Vergangenheit mit Finn hinter sich lassen. Etwas Ablenkung würde ihr bestimmt gut tun, und Jason war ein gutes Trostpflaster. Ein gutaussehendes, charmantes, nettes Trostpflaster. Vielleicht sollte sie ihm eine Chance geben. Er hatte es verdient. Mit ihm konnte sie alles haben, was sie mit Finn nicht haben konnte. Sie musste Finn vergessen. Sollte es da nicht eigentlich eine einfache Entscheidung sein?

Als sie vor Emilys Haus hielten, war Jason kurz angebunden und verabschiedete sich lediglich mit einem »Also dann, bis Montag in der Schule!«, während er schon seine Maschine wendete. Er wollte gerade Gas geben.

»Jason!«, hielt Emily ihn auf. Sie wollte ihm eine bessere Antwort geben als die auf dem Riesenrad. Sie wollte nicht, dass er so fuhr. Er sollte wissen, dass sie etwas für ihn empfand, wenn auch nicht das Gleiche wie er für sie. Jason wendete abermals und hielt vor Emily an, ohne von seiner Maschine zu steigen oder den Motor abzuschalten.

»Es ist nicht wegen Finn. Du hast mich nur überrascht. Das habe ich nicht erwartet.«

Ebenso wenig, wie sie das nun Folgende erwartet hatte. Jason zog seinen Motorradhelm aus und sie zu sich heran, senkte seinen Kopf, und als seine Lippen die Entfernung zwischen ihren Mündern schlossen, drehte sich die Welt nur noch im Zeitlupentempo. Emilys Knie wurden weich bei seinem sinnlichen direkten Kuss, und sie öffnete ihre Lippen für ihn und ließ seine Zunge ein. Genauso wie sie ihn in sein Herz ließ.

Jason drückte sie fester an sich und schlang seine Arme um sie. Mit den Worten »Jetzt habe ich die Antwort, die ich wollte«, entließ er sie atem- und sprachlos. »Träum schön von mir.« Zum Abschied strich er sanft mit seinem Daumen über ihre Wange und sah ihr in die Augen, bevor er in die Nacht hinaus verschwand.

Emily stand am Fenster und starrte in die dunkle Nacht hinaus. Jasons unglaublicher Kuss hielt sie noch wach. Sie konnte ihn noch schmecken. Der Vollmond stand der Sonne tagsüber genau gegenüber, weshalb er um Mitternacht nur eine bescheidene Höhe über dem Südpunkt am Horizont erreichte. So stand der Mond auch heute Nacht nur knapp über dem Wald.

Als sie anfing zu gähnen, ging sie ins Bett, wo sie irgendwann von der Müdigkeit übermannt wurde und ins Land der Träume driftete.

Sie stand Finn auf der Lichtung gegenüber. Es musste Sommer sein, denn die Bäume und Sträucher standen in voller Blüte und alles rings um sie herum war leuchtend grün. Finn kam langsam auf sie zu. Er sagte nichts. Er küsste sie einfach, als wäre es das Normalste auf der Welt. Sein Kuss war so, wie Emily ihn in Erinnerung hatte. Atemberaubend. Umwerfend. Fiebrig. Doch dann begann ihr Körper, sich zu erhitzen. Sie löste sich schweren Herzens von Finns weichen süßen Lippen und sah auf ihre Hände, wo Flammen ihre Arme entlang züngelten.

Ihr Körper stand in Flammen, innerlich und äußerlich. Sie geriet in Panik, wollte schreien, sie abschütteln, doch bevor die Flammen auf ihren restlichen Körper übergreifen konnten, waren sie urplötzlich erloschen und Emily stand wieder alleine auf der Lichtung. Finn war verschwunden. Sie sah sich nach allen Seiten um, verdutzt und verstört, was das alles zu bedeuten hatte. Dann stand ihr auf einmal Jason gegenüber. Sie blickte ihm in die Augen und wusste, dass er sie gleich küssen würde. Sie konnte seine Liebe zu ihr und seine Entschlossenheit spüren. Mit Jason war es ganz anders. Sein Kuss war ganz ohne magische Komplikationen und gleichzeitig welterschütternd. Wahnsinnig. Mitten in ihrem Kuss war er auf einmal weg und Emily befand sich als Zuschauerin am Rand der Lichtung.

Jason und Finn standen sich wie bei einem Duell in einem Western gegenüber. Finn griff Jason mit einem Energieball an. Emily wollte dazwischen gehen, Jason schützen. Jedoch war es nicht nötig. Jason hüllte sich in eine schwarze Wolke, und … Bevor sie erfahren konnte, wie das Duell ausging, erwachte sie schweißgebadet und keuchend vor Angst. Sie musste ihre feuchten Laken wechseln, bevor sie versuchen konnte, weiterzuschlafen, auch wenn das nach diesem Traum eher schwierig werden würde. Jedenfalls, solange sie keine Erklärung für das merkwürdige Ende dieses Traumes hatte.

Die Sonne war schon seit Stunden untergegangen, trotzdem war die Nacht noch warm. Zu Beginn hatte Finn drei Blocker erwischt, wie sie über einen Mann, der seinen Hund ausführte, herfallen wollten. Der Mann hatte nicht mitbekommen, warum sein Hund den dunklen

Wald angebellt hatte. Dann war zwei Stunden lang alles ruhig geblieben, doch jetzt sah er wieder jemanden. Er konnte in der Dunkelheit nur einen Schemen erkennen, der fast unsichtbar durch den dunklen Wald huschte. In der Nähe war eine Landstraße. Ab und an erleuchteten die Scheinwerfer eines Autos den Wald. Finn dachte zuerst an einen weiteren Spaziergänger und wollte sich schon abwenden. Doch die Gestalt sah sich immer wieder nach allen Seiten um, als hätte sie etwas zu verbergen. Das erregte Finns Aufmerksamkeit. Er folgte ihr, ebenfalls verborgen zwischen den Bäumen. Er konnte weder das Gesicht der Gestalt noch sonstige Einzelheiten erkennen, doch es war kein Blocker. Blocker liefen nicht so schnell und zielstrebig, sondern eher wie Zombies. Die Erscheinung schlich durch ein Fichtenwäldchen, in dem die Bäume nah beieinanderstanden. Dabei streifte sie mit ihren Fingerspitzen über Baumstämme und Blätter. Wieder wurde der Wald erleuchtet. Im kurzen Moment des Lichtkegels konnte Finn sehen, wie von dort wo die Gestalt die Pflanzen berührte, sich die Schwärze fraß. Augenblicklich zerfielen die Bäume und Sträucher zu Staub. Geschockt blieb Finn stehen. Eine Kältewelle erfasste ihn. Zwischen den Schatten der Bäume verlor er die Gestalt aus den Augen. Das war kein normaler Blocker, das hier war ihr Anführer.

Jason hätte gerne noch etwas Zeit mit Emily verbracht. Nach diesem Abend wollte er nicht länger warten. Nicht, nachdem er ihre süßen Lippen auf diese Weise geschmeckt hatte. Nur zu dumm, dass ausgerechnet an diesem Abend das Signal gekommen war. Auf der dunklen Seite hatten sie alles vorbereitet und waren in Stellung gegangen. Er musste nur noch die Grenze öffnen, dann würden sie endlich diese abscheuliche Welt, die jeden Tag das Glück hatte von der Sonne beschienen zu werden, in die Dunkelheit stürzen. Eigentlich hätte er Emily schon heute mitnehmen wollen, doch sie war noch nicht so weit. Aber schon bald würde er Emily in alles einweihen, und dann würde sie ganz ihm gehören. Sie würde die Grenze für ihn aufbrechen, damit er seine Armee in das Sonnenlicht führen konnte. Obwohl Jason es eilig hatte, war er trotzdem vorsichtig und nahm ein paar Umwege in Kauf. Sobald er die Grenze ein letztes Mal überschritten hatte, würde sich alles ändern.

Es war bereits Dienstagmorgen. Emily hatte Jason seit seinem mysteriösen Verschwinden am Samstagabend nicht mehr gesehen. Und auch nichts mehr von ihm gehört. Kein Anruf, keine SMS. Nada, niente, nichts. Und er war seitdem auch nicht mehr in der Schule aufgetaucht. Als sie jetzt in der Mittagspause beim Essen saß, sah sie sich ohne große Hoffnung und ohne Erfolg um. Da kam Susan erst recht ungelegen, die sich erkundigte, wie es denn am Wochenende mit Jason noch gewesen sei, nachdem man sich auf dem Rummel getroffen hatte. Emily nahm schnell ein großes Stück Zucchini auf die Gabel, um der Frage auszuweichen, obwohl sich ihr Appetit bei dem Schulessen in Grenzen hielt.

Tja, was sollte sie schon antworten? Es war eigentlich ganz schön gewesen – bis zu dem Zeitpunkt, als er einfach verschwand. Sie hatte an dem Abend endlich mal alles vergessen – vor allem Finn. Allerdings auch nur fast. War sie nun sauer auf Jason, dass er sich nicht mehr gemeldet hatte? Doch wieso? Sie war nicht seine Freundin, er musste sich nicht bei ihr melden oder Rechenschaft darüber ablegen, wo er war. Aber der Kuss auf dem Rummelplatz ... und erst der vor ihrem Haus. Emily bekam schon bei dem Gedanken daran ein Kribbeln in der Magengegend. Er weckte einfach Gefühle in ihr. Gefühle, auf die sie nicht vorbereitet war. Gefühle, nach denen sie sich zutiefst sehnte. Musste sie sich also noch fragen, was sie eigentlich zu bedeuten hatten? Hatte sich die Frage nicht schon dadurch beantwortet, dass Jason für Emily da war und dass mit ihm alles normal sein konnte? Händchen halten, küssen, turteln und was man sonst so tat als Pärchen. Emily schwirrte mal wieder der Kopf. Eigentlich war das ja mittlerweile ein Dauerzustand. Ihre Gefühle waren total durcheinander. Jason – Finn. Finn – Jason. Sonnenhexen. Mondhexen. Blocker. Dunkle Wesen. An Finn hafteten so viele Altlasten. Jason war nur Jason. Keine Vergangenheit. Keine Komplikationen. Jede Berührung, jeder Kuss war mit Finn ein gefährliches Abenteuer. Mit Jason war alles so einfach und unkompliziert. Keine Verbrennungen oder Erfrierungen. Eine gesunde Liebe, die ihr keine neuen Narben zufügen, sondern die Alten heilen würde.

In ihrem Kopf spukte immer wieder ein Gedanke herum, den sie einfach nicht loswurde: Jason war der Richtige für sie. Dieser Gedanke war da, einfach unauslöschlich.

»Dein Blick genügt mir als Antwort«, bemerkte Susan zufrieden.

»Häh?«

»Du hast diesen verklärten Blick, den Verliebte immer haben.«

»Wirklich?«

»Glaub mir! Änderst du jetzt deinen Facebookstatus? Schließlich verbringst du ziemlich viel Zeit mit diesem Jason.«

»Mal sehen.« Emily musste grinsen.

»Wenn man vom Teufel spricht.« Susan nickte in Richtung Eingangstür, wo Jason auftauchte und direkt auf ihren Tisch zusteuerte. Ihre gute Laune schien verflogen. Offenbar konnte sie ihn immer noch nicht leiden. Zielstrebig hielt Jason auf sie zu. Er hatte nur Augen für Emily. Obwohl sie sauer auf ihn sein wollte, weil er sich so lange nicht gemeldet hatte, erlag sie seinem charmanten Lächeln augenblicklich.

Er zog einen Stuhl näher an Emilys heran, bevor er ihn umdrehte und sich auf ihm niederließ. Nun konnte er sich auf der Rückenlehne mit seinen Armen abstützen.

»Es tut mir leid, dass ich am Samstag so schnell weg musste. Ich weiß, du bist sauer. Aber es war wirklich wichtig.« Das war alles?

»Du bist mir keine Rechenschaft schuldig«, schmollte Emily und stocherte in ihrem Gemüseauflauf herum. Eigentlich wollte sie aber schon wissen, was so wichtig gewesen war, dass er mitten in einem Date Hals über Kopf weg musste – denn auch wenn es anfangs nicht als Date geplant gewesen war, so war es doch am Ende eines geworden.

»Gibst du mir noch eine Chance und kannst mir verzeihen?« Dazu setzte er sein charmantestes Lächeln auf und zog als Entschuldigung einen roten herzförmigen Lolli aus der Tasche.

Emily nahm ihm den Lutscher aus der Hand. Jasons Grinsen wurde noch breiter, wenn das überhaupt möglich war.

»Na schön. Aber was war so wichtig?«

»Ähm, nur so eine Familiengeschichte, die ich total vergessen hatte.« Aha.

»Wo hast du den denn her?« Emily drehte den Lutscher zwischen den Fingern, bevor sie das durchsichtige Plastikpapier abschälte und den Lutscher in den Mund schob.

»Schmeckt er dir?«

»Ja.«

»Wo der herkommt, gibt's noch mehr«, erklärte er keck.

»Und wo wäre das? In Willi Wonkas Schokoladenfabrik?« Susan fing sich mit dieser schnippischen Frage einen bösen Blick von Jason ein, dessen Charme bei ihr wohl nicht zog, während Emily verlegen lächelte.

»So ungefähr«, konterte er und achtete nicht weiter auf Susan. »In Saint Luis gibt es einen neuen Laden, der nur Süßigkeiten verkauft. Ich dachte, wir könnten heute Nachmittag da zusammen hinfahren. Die haben da allein zehn verschiedene Sorten an sauren Drops und einen Schokoladenbrunnen!«

»Man braucht zwei Stunden nach Saint Luis!«, gab Susan zu bedenken und fing sich jetzt einen bösen Blick von Emily ein.

Emily bemerkte Jasons Unsicherheit. Auf einmal lief ihr ein kalter Schauer über den Rücken, obwohl es in der Cafeteria angenehm warm war. Sie rieb sich über den Arm, um die Gänsehaut weg zu rubbeln. »Ich komme gerne mit.« Jasons nervöse Anspannung fiel von ihm.

»Okay, super, ich hole dich nach der Schule am Haupttor ab. Ich muss jetzt los.«

»Familienangelegenheiten?«, fragte Susan spöttisch und ließ Jason ihre Abneigung ihm gegen über deutlich spüren.

»Nein, Mathe!« An Emily gewandt, fügte er hinzu: »Wir sehen uns dann später.«

Ben, Meggie und Katja aus der Parallelklasse kamen mit ihren Tabletts an den Tisch, während Jason ihn verließ.

»Seid ihr beiden jetzt ein Paar?«, wollte Meggie wissen.

»Sei nicht so neugierig. Und du könntest ruhig etwas netter zu ihm sein, Susan. Ich verstehe nicht, warum du ihn nicht leiden kannst.«

»Ich finde ihn irgendwie merkwürdig. Außerdem dachte ich, du wolltest heute Nachmittag zu deinen Großeltern fahren?«

»Ähm, ja, das wollte ich eigentlich«, grübelte Emily und überlegte, wieso ihr das gerade entfallen war.

Der kleine Süßigkeitenladen war an Nostalgie kaum zu überbieten. Er lag eingequetscht zwischen einem großen Sportgeschäft und einer eleganten Modeboutique direkt an der Hauptstraße von Saint Luis. Das Schild über dem Eingang sah aus, als würde es aus dem letzten Jahrhundert stammen. Ein großer rot-weißer Lutscher zog die Aufmerksamkeit der Passanten auf sich und lockte den einen oder anderen in das Geschäft. Drinnen gab es einen Popcornwagen, wie man sie normalerweise auf dem Rummel sah. Fütterte man ihn mit Kleingeld, spuckte er frisches Popcorn aus. Überall standen Dosen und Gläser, voll mit jeder Leckerei, die man sich nur erträumen konnte: Lakritzschnecken, saure Drops, Gummibärchen,

Lutscher, Bonbons, Kaugummis, Zuckerstangen und kandierte Nüsse. Aber das Beste war der Schokoladenbrunnen, in den man verschiedene Früchte tauchen konnte. Jason und Emily probierten alles von den Äpfeln, Erdbeeren und Bananen bis hin zu den Mangos und fütterten sich auch gegenseitig. Als sie ihm eine Traube in den Mund schieben wollte, traf sie – natürlich ganz aus Versehen – nicht seinen Mund, sondern verschmierte etwas Schokolade über seiner Lippe und auf seiner Wange. Emily musste lachen und steckte damit auch Jason an. Sie machte es aber auch wieder gut, in dem sie ihm die Schokolade mit ihrem Finger wegwischte, den sie sich dann genüsslich ableckte.

Emily kam sich wirklich vor wie in Willi Wonkas Schokoladenfabrik oder wie im Schlaraffenland. Bevor sie sich wieder auf den Weg nach Hause machten, kaufte Jason Emily eine Tüte roter Drops mit Brausefüllung, die auf der Zunge so schön prickelte. Am Motorrad hielt Jason inne.

»Emily, das beim Riesenrad, was ich dir da gesagt habe ...« Emily wollte nicht hören, was Jason zu sagen hatte, und bevor er weiter reden konnte, stopfte sie ihm einen sauren Drops in den Mund. Sie ließ ihren Finger auf seinen Lippen liegen, die er leicht öffnete.

»Du musst nichts mehr sagen. Ich glaube, ich bin jetzt dran. Ich muss mich bei dir entschuldigen. Du hattest Unrecht. Das mit Finn ist vorbei.« Langsam ließ sie ihren Finger von seinen Lippen gleiten, und ihre Hand verweilte auf seiner starken Brust.

»Ich bin dir noch eine Antwort schuldig.«, erklärte Emily. Die hatte sie sich insgeheim schon gegeben. Emily musste nach vorne sehen. Sie war es schließlich gewesen, die mit Finn Schluss gemacht hatte. Sie und Finn konnten nicht zusammen sein. Das hatte sie jetzt akzeptiert.

Emily war jetzt ganz nah an ihn herangetreten und näherte sich langsam seinem Gesicht. Sie beobachtete ihn, wie er seine Augen schloss und auf ihre Berührung wartete. Und sie ließ ihn nicht lange warten. Jason schmeckte noch nach dem sauren Himbeerdrops. Er erwiderte ihren Kuss, legte seine Arme um sie und hob sie hoch. Ihre Füße verloren den Bodenkontakt und sie schwebte davon ins Land der Liebe, bis Jason sie wieder vorsichtig auf dem Boden absetzte. Er hielt sie aber weiter in seinen Armen. Ein Lächeln breitete sich auf Jasons Gesicht aus und ließ seine makellosen weißen Zähne aufblitzen. Er warf ihr einen Blick zu, den sie schwer zu deuten fand.

»Was ist los?«, wollte Emily wissen.

»Das habe ich mir schon lange gewünscht.« Und dann küsste sie Jason nochmals.

48

Am nächsten Morgen wartete Jason bereits vor dem Haus, um Emily mit zur Schule zu nehmen. Er reichte ihr seinen Helm und sie gab ihm als Tausch dafür einen Kuss, bevor sie sich den Helm überzog und aufs Motorrad stieg. Jason brauste davon und ließ bei seiner rasanten Ankunft in der Schule jeden wissen, dass er da war, indem er dem Motor nochmal ordentlich die Sporen gab, so dass die anderen Mitschüler aufgeschreckt zur Seite sprangen.

Als Emily den Helm wieder absetzte und Jason übergab, beugte er sich zu ihr hinüber und gab ihr einen langen Kuss.

»Damit hat sich wohl meine gestrige Frage geklärt.«
Susan und Meggie waren zu Jason und Emily getreten und unterbrachen kichernd das neueste Liebespaar der William-Adams-Highschool.

Emily schloss sich ihren Freundinnen an, die anfingen, Emily zu löchern, sobald sie außer Hörweite von Jason waren.

»Bist du jetzt wirklich mit diesem Jason zusammen?«, erkundigte sich Meggie und Susan forschte: »Was ist gestern Nachmittag passiert?«

»Ich habe mich nur entschlossen, Finn endgültig hinter mir zu lassen. Und Jason ist wirklich ein toller Typ. Der gestrige Nachmittag war einfach nur perfekt.« In Gedanken fügte Emily hinzu: Keine Blocker oder sonstigen magischen Komplikationen. Sondern Normalität. Stinknormale Normalität. Naja, die Teenager-Version von Normalität.

Zu dritt betraten sie den Klassenraum, in dem sie gleich Kunst haben würden. Sie freuten sich auf den Unterricht, weil heute Praxisphase war und sie selbst zeichnen konnten.

Ein Tiefdruckgebiet hatte das Hoch vertrieben und alles wieder abgekühlt. Das Leben ging weiter, ob man wollte oder nicht. Finn war wieder in sein altes Verhaltensmuster zurückgefallen: Er kam oft zu spät oder gar nicht. Und wenn er mal da war, dann hatte er seinen Kapuzenpulli tief ins Gesicht gezogen, um seine kellertiefen Augenringe zu verbergen. Doch für Emily fühlte es sich anders an als noch nach den Ferien: Nun wusste wie, womit Finn sich die Nächte um die Ohren schlug. Und sie wusste, woher er seine Verletzungen hatte. Doch Finn war alt genug, um zu wissen, was er tat. Alles, was nun zählte, war Jason. Mit ihm wollte sie endlich glücklich werden. Mit Finn hatte es nur diesen einen normalen und glücklichen Tag in der Mall gegeben. Doch mit Jason war sie erst auf dem Jahrmarkt gewesen und dann im Süßigkeitenladen. So sehr sie sich auch gewünscht hatte, mehr von ihrer magischen Seite zu erfahren, umso glücklicher war sie jetzt, mit Jason die ganz normalen Dinge im Leben tun zu können.

49

Heute war Emilys großer Tag: Ihr achtzehnter Geburtstag und damit der Tag ihrer Initiation. Schon in aller Frühe war Emily wach. Obwohl sie erst heute in alles eingeweiht werden sollte, wusste sie bereits, welche Rolle Mondhexen im magischen Gefüge spielten und ebenfalls, wie es sich mit der Bedrohung aus der Schattenwelt verhielt. Sie konnte den heutigen Abend kaum abwarten. Sie wollte endlich richtig dazugehören und ihrer Aufgabe nachkommen. Sie wollte nicht mehr das Zimmer verlassen müssen, wenn ihre Eltern und Alex etwas besprachen. Und obwohl sie mit Jason jetzt einen Freund hatte, der nichts mit der magischen Welt zu tun hatte, konnte sie doch diesen Teil ihrer Persönlichkeit nicht verleugnen.

Gleich nach dem Frühstück klingelte es an der Tür und Jason wartete mit einem riesigen Strauß roter Rosen.

»Happy Birthday!«

»Oh, wow, die sind wunderschön.« Es war das erste Mal, dass ihr jemand rote Rosen schenkte, und dann auch noch so wundervoll perfekte wie diese. Emily schälte die Rosen ganz aus ihrem Papier. Keine welken oder schwarzen Blätter trübten das reinste Rot und die klarsten Blüten. Emily steckte ihre Nase tief in eine der Blüten und sog ihren Duft auf. »Na, wenn du dich schon über die Rosen so freust, dann mach das hier mal auf.« Jason zog noch ein buntes Päckchen aus der Tasche seiner Bikerjacke. Emily nahm es entgegen, begutachtete es von allen Seiten und schüttelte es vorsichtig.

»Was da wohl drin ist?«, überlegte Emily.

»Mach's auf!«

»Okay.« Emily riss gespannt das bunte Geschenkpapier herunter, so dass eine weiße Schachtel darunter zum Vorschein kam. Sie hob den Deckel und fand eine kleine Flasche Parfum. Emily sprühte es auf ihr Handgelenk und roch daran. Es war genau ihr Geschmack: süß und fruchtig. Zum Dank fiel sie Jason um den Hals, löste sich dann aber wieder von ihm.

»Ähm, ich würde dich ja herein bitten, aber …«, Emily sah kurz hinter sich ins Haus, wo augenblicklich die Vorbereitungen für das große Fest nach ihrer Initiation stattfanden.

»Meine Mum ist noch bei den Vorbereitungen, aber du kommst doch später, oder?«

»Ich werde da sein, ich hab jetzt sowieso noch etwas zu tun.« Emily war deshalb eingeschnappt. Er hatte an ihrem Geburtstag keine Zeit für sie?

»Hast du noch eine Freundin?«

Jason sah etwas verwundert drein. »Naja, ständig verschwindest du einfach«, erklärte Emily.

Über Jasons Gesicht breitete sich ein fettes Grinsen aus, das Emily noch mehr in Rage brachte.

»Ich bin also dein Freund?« Sie bemerkte erst jetzt ihren Ausrutscher. Jason legte eine Hand an die Haustür, in der Emily noch immer stand. Sein Gesicht näherte sich dem ihren und sein Blick nahm sie gefangen. Er wartete auf eine Antwort. Emily war unfähig zu denken oder zu sprechen. »Bist du?«, stammelte sie. Jason senkte den Kopf und küsste sie so lang und innig, dass Emily ganz schwindelig wurde. Nur ungern lösten sie sich wieder voneinander und Emily brauchte einen Moment, um ihre Augen zu öffnen. Ihr Herz raste noch wie wild.

»Ich denke, das beantwortet deine Frage.«

Finn hatte Emilys Geburtstagsgeschenk schon seit Monaten. Und obwohl sie nicht mehr zusammen waren, hatte Finn beschlossen, Emily trotzdem ihr Geschenk zu überreichen. Gleich morgens machte er sich auf den Weg zu ihr.

Unter den Bäumen vor Emilys Haus hielt er inne. Jason und Emily unterhielten sich auf der Veranda. Emily packte gerade ein kleines Päckchen aus. Offensichtlich Jasons Geschenk. Dazu hatte er rote Rosen mitgebracht. Er war gut. Er war wirklich gut. Finn sah, wie Emily Jason um den Hals fiel. Was in dem Päckchen war, konnte Finn nicht erkennen, aber er musste einsehen, dass die Idee, die er zuvor noch für so großartig gehalten hatte, idiotisch war. Finn musste mit ansehen, wie Jason Emily küsste. Schon wieder. Und wenn sein Herz nicht schon gebrochen gewesen wäre, so wäre es spätestens jetzt mit einem lauten Knall entzweigesprungen, der womöglich noch auf der anderen Hälfte der Weltkugel zu hören gewesen wäre. Und ihn in seinem Versteck verraten hätte.

Emily hatte Jason gewählt und das war besser so. Es war ihm klar geworden, als er die beiden zusammen beobachtete, wie sie sich berührten und küssten.

Jason verabschiedete sich von Emily und entfernte sich dann vom Haus in Richtung Straße. Finn fühlte sich wie ein Idiot. Warum war er hergekommen? Er wusste, dass es ihn verletzten würde, Emily zu sehen. Doch sie jetzt auch noch mit Jason zu beobachten …

Sobald Emily die Tür hinter sich geschlossen hatte und Jason sicher war, dass ihn niemand beobachtete, änderte er seine Richtung. Finn verbarg sich hinter einer dicken Eiche und Jason lief an ihm vorbei, ohne ihn zu bemerken. Jason holte sein Telefon aus der Hosentasche.

»Sie ist bald so weit. Bereitet alles vor.«

Finn stutzte. Der Anruf war merkwürdig, daher beschloss er Jason zu folgen. Sein Geschenk würde er später auf die Veranda stellen, damit Emily es finden konnte.

Jason bewegte sich schnell und sicher durch den Wald. Doch Finn konnte ihm gut folgen. Je länger er Jason beobachtete und je tiefer sie in den Wald vordrangen, desto seltsamer fand Finn Jasons Verhalten. Gerade hatte er Jason zwischen den Bäumen für einen Augenblick aus den Augen verloren, als ein erstickter Schrei Finn aufhorchen ließ. Er rannte in die Richtung, aus der er den Schrei vermutete, bis er abrupt innehielt. Durch die Baumstämme konnte er auf den Weg blicken, der von Emilys Haus zur Bucht führte. Ein Blocker näherte sich einem Mann mittleren Alters. Jetzt, am helllichten Tag! Allem Anschein nach einem Spaziergänger. Finn begann wieder zu rennen, in der Hoffnung, den Mann zu erreichen, bevor der Blocker ihn berührte. Er bereitete sich darauf vor, einen seiner Energiebälle abzufeuern. Doch dieser Blocker musste den Mann nicht berühren, er tötete ihn aus der Entfernung. Mit einer einzigen Handbewegung entzog er dem Mann seine Seele. Weiß und geisterhaft glitt sie aus dem Mann heraus, während der Körper zu Boden sank, wo er leblos liegen blieb. Finn hielt abrupt inne, viel zu geschockt um zu agieren. Er hatte noch nie gesehen, dass ein Blocker so etwas konnte. Die schwarzgehüllte Gestalt beugte sich über die Leiche und nahm die Seele des armen Mannes auf.

Es war helllichter Tag. Er tötete anders.
Er war kein gewöhnlicher Blocker.
Er war ihr Anführer.

Das erkannte Finn jetzt. Und der Anführer der Blocker sah Finn direkt an. Er hatte ihn entdeckt. Alles was Finn sah, waren zwei glühend rote Augen. Gefesselt von ihrem Anblick, unfähig zu handeln, musste Finn ihn gehen lassen und mit ansehen, wie er direkt auf die nahe Grenze zu schritt, die für den Spaziergänger nicht sichtbar gewesen war. Kurz bevor er auf die dunkle Seite wechselte, verwandelte sich der Schattenbringer wieder in die Gestalt, unter der man ihn in dieser, von der Sonne hell erleuchteten Welt kannte. Sein dunkler Mantel verschwand und als sich die Erscheinung umdrehte, blickte Finn geradewegs in das Gesicht von Jason. Er hätte Finn mit einer einzigen Handbewegung töten können, so wie den alten Mann, doch stattdessen grinste er Finn an, bevor er einfach durch die Grenze schritt, als wäre es das Einfachste auf der Welt.

Finn konnte nicht glauben, was er da sah. Es war Jason. Er war der Herrscher der Schattenwelt, der die Seiten wechseln konnte, als existiere gar keine Grenze zwischen den Welten. Es war die ganze Zeit direkt vor seinen Augen gewesen: Jason Noxlin. »Nox« wie lateinisch für die Nacht! Der Zeitpunkt, an dem auf der Erde die Dunkelheit vorherrscht! Er hatte sich nicht mal die Mühe gemacht, es zu verbergen.

»Hey Em, hier ist noch ein Geschenk für dich hinterlassen worden.«

»Von wem ist es?« Emily nahm es von Tom entgegen; ein kleines rechteckiges Päckchen, eingewickelt in hellblaues Geschenkpapier und verziert mit einer dunkelblauen eleganten Schleife. Ein Absender stand nicht darauf. Nachdem das Papier vorsichtig herunter geschält war, kam eine kleine Schachtel zum Vorschein. Emily öffnete sie. Darin lagen ein Zettel und zwei herrliche Ohrringe mit einem türkis-blauen Edelstein. Auf dem Briefchen stand: »Alles Gute zum Geburtstag. Finn.« Sie waren wunderschön. Und sie waren von Finn! Emily hätte nie damit gerechnet, dass er ihr etwas schenken würde. Sie zog sie gleich an, um sie bei ihrer Initiation zu tragen.

»Bist du bereit?« Ihr Vater stand in der Tür ihres Zimmers, ein Tuch in der Hand.

»Ja. Ich bin so weit.«

Ihr Vater verband ihr die Augen, auch wenn Emily genau wusste, was jetzt kam. Eigentlich sollte sie es noch nicht wissen und schon gar nicht sollte ihr Vater wissen, dass Emily es wusste. Sie merkte, dass sie nach draußen gingen. Ihr Vater stellte sie an eine bestimmte Stelle, in die Vesica Piscis, wie Emily vermutete.

»Bleib ganz ruhig Schatz. Es ist beim ersten Mal noch etwas gewöhnungsbedürftig. Aber dir wird nichts passieren. Wir warten dann auf dich bei der Zeremonie«, erklärte ihre Mutter, was Emilys Nervosität nicht linderte. Das bereits bekannte Schwindelgefühl stellte sich ein und Emily landete wieder etwas unsanft auf dem Po. Offensichtlich musste sie das noch üben, bevor sie den Bogen raus hatte. Die Augenbinde wurde ihr abgenommen. Die Wachen warteten schon auf sie. Emily folgte den Wachposten und ihre Familie entfernte sich in die entgegengesetzte Richtung. Emily war noch immer beeindruckt ob des opulenten Anblicks, der sich ihr erneut in dem feudal eingerichteten Herrenhaus bot. Sie kannte bisher nur den Gang zu Aimes Zimmer und das Arbeitszimmer selbst. Ihr Weg führte sie nun aber in die andere Richtung. Und nachdem sie nun schon um die dritte Ecke gebogen waren, fragte sich Emily erneut, wie groß das Anwesen wohl war und was sich alles hinter den verschiedenen Türen verbarg. Endlich öffnete sich eine der Türen und Emily wurde in einen kleinen Raum geführt, in dem vier weitere Hexenneulinge warteten. Von jeder Gruppe war eine Junghexe vertreten, die im Monat Juli Geburtstag hatte und heute in den Kreis der Ältesten aufgenommen wurde. Es war Zufall, dass der Tag der Initiation genau an ihrem Geburtstag stattfand. Manchmal fanden mehrere Initiationen im Monat statt, doch immer waren es Hexen aus jedem Clan. Die vier Anderen standen auf um Emily zu begrüßen. Emily war kurz überrascht, sie hatte nur mit drei weiteren Kandidaten gerechnet.

»Hi. Ich bin June Elair«, stellte sich ein großes, schlankes Mädchen überschwänglich strahlend vor. »Ich gehöre zum Stamm der Lufthexen.« Sie reichte Emily ihre Hand und ihre langen blonden Haare, die ihr bis zur Hüfte reichten, schwangen hin und her.

»Hi, Emily dela Lune, Mondhexe.«

»Hi, wir sind Sam und Sky Terraia, Erdhexen«, kam es wie aus einem Mund von den beiden Erdhexern.

»Ihr seid Zwillinge.« Das erklärte, warum sie diesmal zu fünft in den Rat eingeführt wurden.

»Das lässt sich leider nicht leugnen«, sagte der Eine der beiden blonden Jungen, der seine Haare wild zerzaust trug, im Gegensatz zu seinem Bruder.

»Hi und ich bin Lucas Firelli.« Der Letzte im Bunde, ein Sonnenhexer, streckte Emily seine Hand entgegen.

»Ähm, ich denke, das ist keine gute Idee.«

»Wieso?« Verdutzt schaute Lucas auf seine Hand.

»Feuer – Wasser, keine gute Kombination!«

»Okay. Wie du meinst.« Er setzte sich wieder.

Emily nahm auf einem der drei Sofas Platz und beobachtete die Anderen. Ihr gegenüber ließ Lucas ein paar Flammen zwischen seinen Fingern tanzen. Finn hatte erzählt, dass sein Vater auch Feuer beeinflussen konnte. June, Sam und Sky unterhielten sich. Emily hatte das Gefühl, als würden sie sich schon länger kennen. Sie selbst war viel zu aufgeregt, um einen klaren Gedanken zu fassen. Doch sie mussten nicht lange warten, bis einer der Wachtposten sie abholte und in den Festsaal brachte.

Der Festsaal bot einen überwältigenden Anblick. Alles war festlich geschmückt mit Blumen, die Emily noch nie gesehen hatte. Sie blühten in allen Farben und verströmten einen wohlig angenehmen, fast schon betörenden Duft. Rechts und links säumten holzgeschnitzte Bänke, wie in einer Kirche, den Raum und ließen nur einen schmalen Mittelgang, der direkt auf den Altar zulief. Jede der fünf Junghexen trug seine symbolische Gabe in den Händen, als sie hintereinander den schmalen Gang zwischen den Versammelten entlang zum Altar herunterliefen. Ihre Familie stand an der Seite und nickte ihr lächelnd zu. Emily ließ ihren Blick kurz über die Menge schweifen und hätte schwören können, unter den vielen Gesichtern auch Finn erblickt zu haben, doch das konnte nicht sein. Er würde nicht kommen.

Zusammen mit Emily knieten sich die Junghexen vor den Altar und legten die Gaben für die Göttin ab. Von jedem Element etwas: eine Schale mit Wasser, eine brennende Kerze, eine Schale voller Erde und eine Feder für das Element Luft.

Aimes rief mit einem lateinischen Zauberspruch Fair, die Hüterin der Magie, an. Es dauerte keine fünf Sekunden, bis sie erschien, eingehüllt in gleißendes Licht. Emily konnte kaum ihre Umrisse erkennen, so grell war das Licht. Erst als das strahlende Leuchten etwas abklang, konnte sie Emily zum ersten Mal richtig sehen. Und sie war das Schönste, was sie je gesehen hatte. Lange leuchtend weiße Haare umrahmten ihr Gesicht und fast farblose Wimpern ihre Augen. Ihr Gewand war aus purer weißer Seide, ebenso schien ihre Haut aus Seide zu sein, so ebenmäßig und glatt war ihr Teint. Wie ein Engel, nur ohne Flügel. Als Kind hatte Emily ein Bild von ihr gesehen und ihre Mutter hatte ihr erzählt, dass Fair die Gabe besaß, alle vier Elemente zu beherrschen. Das konnte sonst kein anderes magisches Wesen auf diesem Planeten, weshalb sie als das Mächtigste galt.

»Warum habt ihr mich gerufen? Was ist euer Anliegen?« Ihre Stimme war sanft und majestätisch gleichermaßen. Als Emily sich an ihre Helligkeit gewöhnt hatte, sah sie, dass ihr Gesicht lieblich und freundlich war, ihre ganze Gestalt war grazil und feingliedrig.

»Diese fünf jungen Menschen sind bereit, in den magischen Zirkel aufgenommen zu werden. Bitte prüft, ob sie sich als würdig erweisen«, bat Aimes, während er sich ehrerbietig vor ihr verbeugte.

»Ich werde tun, was in meiner Macht steht.« Fair erwiderte Aimes Ehrerweisung ebenfalls mit einer tiefen Verneigung. Emily wurde langsam nervös. Ihr und den Anderen war zwar vorher erklärt worden, was passieren würde, doch was, wenn sie es nicht richtig machte? Wenn sie die Prüfung nicht bestand und ihre Kräfte nicht demonstrieren konnte, weil sie sie noch nicht fehlerfrei beherrschte? Als Fair wieder sprach, war ihr Ton fest und bestimmt.

»Luft, Wasser, Feuer und Erde. Alles Sein besteht aus diesen vier Grundelementen. Zusammen bilden sie die Summe aller Kräfte. Passive und aktive Kräfte im Gleichgewicht. Ihr fünf verkörpert diese Kräfte heute.« Dann hielt sie kurz inne, senkte den Kopf und konzentrierte sich. »Feuer.« Sie sah wieder auf, sprach mit klarer ruhiger Stimme und in ihren Händen, die zu einer Schale geformt waren, loderte eine kleine Flamme. Lucas erhob sich, ebenfalls Feuer in seinen Händen haltend.

»Zielstrebig, ehrgeizig, temperamentvoll und willensstark. Sonnenhexen sind selbstbewusst, wissen was sie wollen und streben danach die Welt zu bewegen und zu verändern. Wenn sie einmal entflammt sind, kann sie so leicht nichts mehr bremsen. Dann entwickeln sie einen starken Ehrgeiz und kämpfen mit fester Entschlossenheit für ihr Ziel bis zum bitteren Ende. Wie Flammen, die nach oben lodern, will auch eine Sonnenhexe Höheres erreichen. So leidenschaftlich sie sich für etwas einsetzen, so ungeduldig, übermütig und kampfbereit sind sie auch.«

Sie hielt inne und senkte den Kopf. Als sie ihn erneut hob, hob sie auch ihre Hände in die Höhe. Dann breitete sie ihre Arme aus und die Flamme schwebte vor ihr und schwoll an zu einem Feuer. Emily wurde nervös. Sie war die Nächste. Hoffentlich konnte sie ihr Element beherrschen. Sie sah sich im Raum um und ihr Blick fiel auf das riesige Deckengemälde, das die ganze Fläche der Decke einnahm. In der Mitte war die Weltkugel abgebildet. Von ihr aus zu den Ecken war die Decke in vier Bereiche eingeteilt. Jeder Bereich war einem Element zugestanden worden und mit den schönsten Fresken verziert, die Emily je gesehen hatte. Das Grundelement Luft war mit einem wolkendurchzogenen Himmel dargestellt worden, in dem erhabene Greifvögel kreisten. Sie hatte das Gefühl, als könnte sie ihre Rufe hören. Dem Element Erde zu Ehren wurde ein ganzer Urwald so lebendig dargestellt, dass Emily dachte, eines der Blätter würde sie beim nächsten Schritt an der Nase kitzeln. Und dann waren da noch die Elemente Feuer und Wasser. Das Korallenriff in der Unterwasserwelt war bevölkert von Fischen aller Art. Am liebsten wäre Emily sofort darin abgetaucht. Gegenüber lag das Bild des Feuers. Hier loderten mächtige rot-orangene Flammen aus einem Stapel Holzscheite. Kleine Funken stoben in die Luft und bildeten einen Kontrast zu dem tief dunkelblauen Himmel des Elements Luft. Es strahlte eine unglaubliche Ruhe und doch eine unbändige Kraft aus. Handgemalt bis ins letzte Detail musste es Monate, wenn nicht Jahre gedauert haben, bis der Künstler oder die Künstlerin sein Werk fertiggestellt hatte.

Lucas ahmte Fairs Bewegungen nach und aus ihren beiden einzelnen Feuern entstanden jeweils mehrere kleine Flammen, die in einem Kreis in der Luft tanzten. Sie rotierten, bis aus ihnen wieder ein Ring wurde. Fair und Lucas führten ihre Bewegungen elegant und nahezu synchron aus. Nach einer weiteren Bewegung schwebte der Kreis nicht mehr senkrecht, sondern waagrecht vor ihnen, ähnlich einer Scheibe. Fair und Lucas legten ihre Hände wie im Gebet zusammen und schlüpften von unten durch den Kreis, den sie damit sprengten wie Fesseln, ohne jedoch das Feuer zu berühren und sich somit zu verbrennen. Der Feuerring zerbarst in Abermillionen kleine Teile, die wie Feuerwerk über ihren Köpfen niederrieselten und sich dann in Luft auflösten.

Lucas verneigte sich vor Fair und leistete seinen Eid. Dann kniete er sich wieder hin. Er hatte seine Aufnahmeprüfung hinter sich.

»Wasser.« Diesmal bildete sich in der Schale von Fairs Händen eine kleine Wasserlache, und Emily war nun an der Reihe, sich zu erheben. Auch sie verneigte sich und manifestierte etwas Wasser in die Schale ihrer Handflächen.

»Sanft, nachgiebig, weich und feinfühlig. Mondhexen sind sehr empfindsam und nehmen die Welt über ihre Gefühle wahr. Sie erfühlen förmlich, was um sie herum geschieht und versinken oft tief in ihren Gedanken. Um sich nicht in einem Meer von äußeren Eindrücken zu verlieren, müssen sie sich zurückziehen können. Das fließende Element steht auch für Reinigung und Erneuerung. Wasser kann alles hinfort spülen. Im Übermaß kann es überwältigen und Angst auslösen. Das Meer besitzt viele tiefe Abgründe. Und so lassen sich auch Mondhexen von allem Unergründlichen in den Bann ziehen. Denn gerade dem Dunklen und Geheimnisvollen wollen sie auf den Grund gehen.«

Emily ließ das bisschen Wasser aus einer kleinen Höhe von einer Hand in die andere fließen und wieder zurück, bevor sie begann, sich wie Fair im Kreis zu drehen. Das Wasser folgte ihr, als würde sie es an einer Schnur hinter sich herziehen. Es wurde immer mehr und umhüllte Emily und Fair wie ein langes Band. Irgendwann blieben die Beiden stehen und waren ganz in Wasser eingehüllt. Eine große Blase hatte sich um die Frauen gebildet, die sie aber gleich wieder platzen ließen wie Seifenblasen, so dass ein Nieselregen auf sie niederregnete.

»Emily, bist du bereit, der magischen Gemeinde zu dienen?«

»Ja, ich bin bereit.«

»Schwörst du, unsere Geheimnisse und unsere Welt mit allen dir zur Verfügung stehenden Mitteln zu bewachen, zu beschützen und zu verteidigen – zur Not auch mit deinem Leben?«

»Ja, ich schwöre.«

»Deine Kräfte als Solarer Terminator in den Dienst des Rates zu stellen?«

»Ja, ich schwöre.«

»Schwörst du deine Kräfte nie gegen Deinesgleichen anzuwenden?«

»Ja, ich schwöre.«

Fair überreichte Emily ein kleines offenes Kästchen aus Mahagoniholz, das prachtvoll verarbeitet war. Die Insignien darin waren in wertvolle Seide eingeschlagen. Es enhielt ein Stück Kreide, um das Portal zum Hauptsitz des Rates öffnen zu können. Von außen betrachtet sah es aus wie jedes andere Stückchen Kreide in der Schule auch, doch es würde sich niemals abnutzen. Außerdem erhielt sie endlich ihr eigenes Grimoire.

Emily war jetzt ein vollständiges Mitglied der magischen Gemeinde und nahm erleichtert Platz.

Die hübsche June war die Nächste.

»Luft«. Eine makellose weiße Feder mittlerer Größe, vielleicht von einer Taube, schwebte knapp über Fairs Handflächen und eine, die wie eine exakte Replik aussah, vor June.

»Quirlig, flexibel, veränderungsorientiert und nachdenklich. Lufthexen erfassen die Welt mit dem Verstand. Ihr wacher Geist steckt voller phantasiereicher Ideen. Von ihrer Neugier angetrieben sind sie wie der Wind, überall und nirgends. Es gibt so viel zu entdecken und zu lernen. Bevor sie sich aber intensiver mit einem Thema befassen, hat schon wieder etwas Neues ihren Forschergeist geweckt. Offen und kontaktfreudig, schnappen sie von überall Wissen auf. Dieses freiheitsliebende Element lässt sich nicht anbinden, genießt aber das gesellige Zusammensein und den intensiven Austausch mit anderen. Jenem feinsten und leichtesten aller Elemente – wirbelnd, schwirrend, verbindend – sind die Menschenwesen über die Atmung innig verbunden. Sie hält die meisten Wesen am Leben und lässt Energie durch unsere Körper strömen.«

Zu der einen Feder kamen weitere weiße Federn, die ungeduldig in der Luft hin und her tanzten, immer schneller. Sie verschwanden jeweils in einem Strudel aus Luft, der zu einem Tornado anschwoll. Doch bei dem einen Tornado blieb es nicht. Fair und June ließen weitere kleinere Wirbelstürme entstehen. Die Trichter fegten über den Boden, und wenn ihnen etwas im Weg gestanden hätte, so wäre es davon geweht worden. Nach der Demonstration ihrer Kraft vereinigten sich die Tornados zu einem großen, der langsam schwächer wurde und bald nur noch ein laues Lüftchen war. Die Federn landeten wieder sicher in den Händen von June und Fair. Wie zuvor schon Lucas und Emily, war June nach ihrer Eidablegung ein vollwertiges Mitglied der magischen Gesellschaft geworden, die sie zu beschützen schwor, sowohl vor der Entdeckung der Menschen als auch vor ihren Feinden.

»Erde.« Sky und Sam, das Zwillingspärchen, das sich glich wie ein Ei dem anderen, war an der Reihe. Auch sie bildeten, wie die anderen zuvor, eine Schale mit ihren Händen und das Element, dass sie beherrschen, erschien in ihren Handflächen: »Erde. Festgefügt, starr, beständig und tatkräftig. Erdhexen stehen mit beiden Beinen auf dem Boden. Sie richten ihre Aufmerksamkeit auf das, was greifbar und verständlich ist, anstatt Luftschlösser zu bauen.

Das Element Erde steht für den Anfang, den Beginn, das Wachsen, Entstehen und Gebären. Es repräsentiert den Osten, wo die Sonne jeden Tag aufs Neue aufgeht und damit dafür sorgt, dass das Leben weiter geht. Erdhexen gehen tatkräftig, konzentriert, gründlich und mit einem Plan ans Werk. Was sie angefangen haben, bringen sie zu einem klaren Ende und übernehmen gerne Verantwortung. Sie haben aber auch gleichzeitig ein großes Bedürfnis nach Sicherheit. Diese finden sie in dem, was ihnen vertraut ist. Darum bemühen sie sich, alles Bestehende zu erhalten. Sie fassen nur langsam Vertrauen, entwickeln dann aber eine unzerbrechliche Treue und den stärksten Zusammenhalt. Neuem gegenüber sind sie eher misstrauisch, aber für Familie und Freunde sind sie gern der Fels in der Brandung.

Erde ist das friedliebendste Element von allen. Erdhexer sind gutmütig und nur schwer zu verärgern. Wenn ihr Vertrauen aber einmal enttäuscht wird, sind sie sehr verletzt und brauchen lange, um darüber hinwegzukommen. Deshalb sind sie vorsichtig und zurückhaltend. Ruhe und Ausgeglichenheit gehören zu ihren positiven Eigenschaften.«

Die Erde in den Händen der Drei war so fein und weich, wie sie nur noch auf dem unberührtesten Fleckchen Erde zu finden sein musste. Sie umschlossen sie mit einer Faust und ließen sie in einem feinen Strahl herausrieseln. Doch die Erde kam nie auf dem Boden an, sie verteilte sich in der Luft, kaum sichtbar für das bloße Auge, so fein waren die einzelnen Partikel. Eine schnelle Handbewegung, synchron durch die drei ausgeführt, und die Erdteilchen vereinigten sich wieder. Fair, Sam und Sky, jeder für sich war eingehüllt in einen Sturm aus feinkrümeliger Erde. Der Hurrikan wirbelte so schnell um sie herum, dass man sie kaum noch sah. Dann mit einem Schlag, folgte der erdige Strahl dem Befehl seiner Gebieter und landete, angelockt wie der Dschinn einer verwunschenen Lampe, in der aufgehaltenen Hand. Sam und Sky verneigten sich zum Abschluss, doch bevor sie sich setzten, wuchs aus der Erde noch jeweils eine wunderschöne weiße Orchidee, die sie Fair überreichten und für die sich die Göttin mit einem stummen Nicken bedankte.

»Ihr fünf seid nun dem inneren Kreise beigetreten, habt geschworen, eure Fähigkeiten zum Schutz unserer Welt einzusetzen und unser Geheimnis zu bewahren und, wenn es so weit ist, auch an eure Kinder weiter zu geben.« Sie verneigte sich ein letztes Mal vor allen, dann wurde der Raum in ein blendend helles Licht getaucht, so dass Emily sich die Hand zum Schutz vor die Augen halten musste, und als das Licht verschwand, war auch Fair verschwunden.

50

Emily war erleichtert, als sie alles hinter sich hatte und mit ihrer Familie und ihren Freunden am späten Nachmittag bei einem Stück Kuchen saß. Als es an der Tür klingelte, wusste Emily, dass es Jason war, weil er der Einzige war, der noch fehlte.

»Erwartest du noch jemanden?«, fragte Emilys Mum etwas überrascht. Ihre Tochter, die schon auf dem Sprung zur Haustür war, überhörte es einfach. Nur Tom, Alex, Meggie, Susan und Ben grinsten wissend und amüsiert über Emilys Situation. Emily führte Jason ins Esszimmer, wo sich alle Anwesenden nach dem neuen Gast umsahen. Emily stellte Jason als ihren neuen Freund vor.

»Freut mich dich kennenzulernen Jason, setz dich doch.«, hieß ihre Mutter Jason willkommen. Er schien etwas unruhig und nervös. Auch bei Kaffee und Kuchen entspannte er sich nur kurz, bis ihre Mutter mit dem Smalltalk begann.

»Und Sie sind noch ganz neu in East Harbour?«

»Ja, ich bin mit meiner Familie hier hergezogen.«

»Wo haben Sie vorher gelebt?«

»Portland.«

»Wow, muss eine ganz schöne Umstellung sein von Portland nach East Harbour zu ziehen. Wie kam es dazu?«, fragte Ben neugierig und wollte sich gerade ein weiteres Stück Kuchen in den Mund schieben.

»Mein Vater ist gestorben. Ich lebe jetzt bei meinen Großeltern.«

»Oh, tut mir leid.« Danach traute sich keiner mehr Jason noch etwas zu fragen.

Dummerweise hatte er es nicht mehr geschafft, Emily vor ihrem 18. Geburtstag zu sich zu holen. Er wusste, dass sich ihre Kräfte dann voll entfalten würden. Nun musste er überlegen, wie er sie trotz ihrer Fähigkeiten über die Banngrenze bringen konnte, denn sie funktionierte in beide Richtungen. Die Wesen der dunklen Seite kamen nicht in diese Welt, aber andere magische Wesen kamen auch nicht auf die dunkle Seite hinüber. Jason war aufgefallen, dass Emily eine Kette mit einem Stein trug, der sich zu verändern schien. Darauf angesprochen, wich sie ihm aus. Also musste der Stein irgendetwas mit ihrer magischen Welt zu tun haben. Er beschloss, die Kette zu entwenden und alles auf eine Karte zu setzten.

Jason blieb nicht viel Zeit zum Handeln. Zum Abschied legte er seine Arme um Emily, küsste sie erst auf die Lippen, dann zog er eine Spur von Küssen vom Kinn über ihren Hals zu ihrem Schlüsselbein. Emily bemerkte nicht, wie er ihr sanft die Kette vom Hals gleiten ließ, während er ihr suggerierte, dass sie die Kette noch immer trug.

51

Emily startete gut gelaunt in den nächsten Schultag, obwohl sie die halbe Nacht in ihrem Grimoire geblättert hatte. In dem Zauberbuch mit den goldenen Initialen seines Besitzers auf dem ledernen Umschlag, stand alles über die magische Welt geschrieben. Die Geschichte vom Ursprung des Krieges, von dem Emilys Vater ihr erzählt hatte. Die Aufgaben, die jede Hexe innehatte, um zum Schutz ihrer Welt beizutragen. Informationen über ihre beherrschbaren Elemente, aber auch einiges über die Blocker. Alles, was Finn ihr erklärt hatte.

Es war der letzte Schultag vor den Sommerferien, was bedeutete, dass es Zeugnisse gab und damit entweder freudige Gesichter oder aber betrübte Mienen. Meggie hatte Emilys Ohrringe bewundert, von denen sie Jason verheimlichte, wer sie ihr geschenkt hatte. Schon den ganzen Tag über musste sie sich unwillkürlich ans Ohr greifen, sobald Finns Name fiel. Emilys Zeugnis strotzte vor guten Noten und sie wollte nur noch nach Hause und genauso wie ihre Klassenkameraden in die Sommerferien starten. Als Emily jedoch den Schulhof betrat, hatte etwas anderes die Aufmerksamkeit ihrer Mitschüler in ihren Bann gezogen. Eine Ansammlung von Schülern stand kreischend um etwas herum, dass Emily nicht sehen konnte. Sie interessierte sich normalerweise nicht für die kindischen Prügeleien irgendwelcher Jungs und wollte einfach in ihren Klassenraum. Allerdings blieb sie stehen, als sie die Anfeuerungsrufe der grölenden Masse vernahm. Die eine Hälfte war für Finn, die andere für Jason. Die Beiden waren der Mittelpunkt der Menschenmenge, und offensichtlich prügelten sie sich. Entsetzt drängelte sich Emily zwischen ihren Mitschülern hindurch.

»Lass die Finger von ihr!«

»Da kommst du leider etwas zu spät.« Ein schelmisches Grinsen erschien auf Jasons Gesicht. Finn schnaubte vor Weißglut.

»Ich weiß, was du bist!«

»Ach ja – und was soll ich deiner Meinung nach sein?«
Emily bemerkte, wie Finn sich leicht nervös umsah. Der Kreis Schaulustiger, der sich um sie herum gebildet hatte, war kein guter Ort, um über Dinge zu sprechen, die Finn glatt ins Irrenhaus bringen könnten.

»Ich habe dich gesehen! Ich habe gesehen, wie du jemanden getötet hast!«

Jason fing einfach nur an laut zu lachen, was Finn nur noch mehr aufbrachte.

Emily musste mit ansehen, wie Finn Jason einen rechten Haken verpasste – nicht den ersten, nach seinem Aussehen zu schließen. Er ging zu Boden.

»Finn!« Ihr Zwischenruf lenkte Finn ab und verschaffte Jason genügend Zeit aufzustehen und zurückzuschlagen. Seine Faust traf Finn mitten ins Gesicht. Sofort strömte Blut aus seiner Nase. »Jason! Hör sofort auf damit. Ihr beide!« Jason hatte Finn nun im Schwitzkasten. Emily redete weiter auf die Beiden ein, doch die zwei Jungs beachteten sie nicht weiter. »Verdammt noch mal, hört endlich auf.« Emily hatte Angst, dass sich die Beiden noch umbringen würden, was wohl auch ihre Stimme verriet, weil Jason Finn jetzt endlich losließ. Bevor Finn nun wieder auf Jason losgehen konnte, stellte sie sich wie ein Ringrichter zwischen sie. Finns Blick war so eisig, dass Emily erschrak. Nun kam auch die Pausenaufsicht und trennte die Beiden. Seine Hand um seine blutende Nase haltend, verschwand Finn zwischen seinen Mitschülern, die schnell vor ihm zurückwichen. Die Gruppe löste sich auf, da es nun nichts mehr zu sehen gab, und Emily blieb mit Jason allein zurück. Sie nahm sein Gesicht zwischen ihre Hände, um ihn zu begutachten. Er sah übel zugerichtet aus.

»Worum ging es bei eurem Streit?«

»Nicht so wichtig.«

»Das hier sieht mir aber nicht nach ›nicht so wichtig‹ aus.« Emily berührte sein linkes Auge und Jason zuckte vor Schmerzen zusammen.

»Finn ging auf einmal auf mich los. Ich habe mich nur gewehrt!«

»Das solltest du unbedingt kühlen.« Emily wollte gehen, da er ihr ja offensichtlich nicht sagen wollte, worum es ging, doch Jason hielt sie am Handgelenk fest. Dann gab er ihr einen Kuss, lang, ungeduldig und irgendwie aufgezwungen. Er war stark und es fiel ihr schwer, sich aus seiner Umarmung zu befreien.

»Es ging um dich! Er ist immer noch in dich verknallt und ich habe ihm klargemacht, dass er sich von dir fernhalten soll.«

»Ich würde gerne selbst entscheiden, wer meine Freunde sind.«

Warum konnten Typen manchmal solche Idioten sein? Sie war auf beide sauer. Warum waren sie auf einander losgegangen? Sagte Jason in Bezug das Motiv der Prügelei die Wahrheit?

Emily ließ Jason allein um auf der Krankenstation Eis zu holen. Zuvor allerdings steuerte sie auf Finn zu, der mit Ben und ein paar anderen Jungen im Gespräch war.

»Wir müssen reden!«, funkte Emily dazwischen, drehte sich um und ging ein paar Schritte weiter. Finn folgte Emily, die erst wieder stehen blieb, als sie außer Hörweite von Finns Freunden waren.

»Warum bist du auf Jason losgegangen?«

»Bist du jetzt mit ihm zusammen?«

»Nein, ich meine ... ähm, keine Ahnung. Ich wüsste allerdings nicht, was dich das angeht!« Finn brachte Emily total aus dem Konzept. »Also?« Urplötzlich verschwand Emilys Wut wieder, als sie Finn in die Augen sah. Da war noch immer etwas zwischen ihnen, und es würde wohl immer etwas zwischen ihnen bleiben.

»Er ist nicht gut für dich.« Finns Wut hingegen schien sich trotz des kleinen Kampfes nicht verflüchtigt zu haben.

»Was meinst du damit?«

»Ich glaube, dass er der neue Herrscher des Schattenreichs ist«, entgegnete er frei heraus und ohne zu zaudern.

»Willst du mich verarschen? Ich glaube, dass du nur nicht willst, dass ich mit ihm befreundet bin.«

»Ich habe ihn gesehen, wie er einfach die Grenze überschritten hat.«

»Das ist unmöglich! Du musst dich täuschen!«

»Ich bin ihm gefolgt, als er von dir kam. Ich weiß, was ich gesehen habe!« Finn ging einen Schritt auf Emily zu. Als er erneut ansetzte, wurde seine Stimme weicher.

»Emily, glaub mir, ich will nur, dass es dir gut geht.«

»Es geht mir gut! Du solltest dich allerdings mal untersuchen lassen, vielleicht hast du bei den ständigen Schlägereien eins zu viel auf den Kopf bekommen!«

»Du glaubst eher ihm, den du erst seit ein paar Wochen kennst, als mir? Merkst du nicht, dass er dich irgendwie beeinflusst?«

Emily schüttelte den Kopf.

»Wo ist deine Kette mit dem Mondstein?«

»Was meinst du?«

Emily griff sich überrascht an den Hals, wo ihre Kette normalerweise zu finden war. Scheiße! Sie war weg! Sie tastete mehrmals danach. Emily unterdrückte die Panik, die in ihr aufstieg. Fiebrig dachte sie darüber nach, wo sie sie verloren haben könnte.

»Ich muss sie nach dem Duschen nicht wieder angelegt haben«, flunkerte Emily Finn vor und ließ sich ihre innere Unruhe nicht anmerken. Sie war froh, dass er nicht weiter bohrte. Sie war die Quelle ihrer Kraft und lebenswichtig für Emily. Ohne sie war sie praktisch eine Mondhexe ohne Hexenfähigkeiten. Einer Panikattacke nahe ging sie in Gedanken die Möglichkeiten durch, wo sie sie verloren haben konnte. War sie irgendwo hängen geblieben und sie war abgerissen? Sie hatte nichts gespürt.

»Halte dich aus meinem Leben raus. Es ist besser so, für uns beide!«

Emily kehrte Finn den Rücken zu und ließ ihn stehen. Sie konnte nicht glauben, dass er so weit ging. Sie verstand nicht, warum er solche Geschichten erfand oder warum er sie anlügen sollte. Sie war verwirrt, und dazu fehlte noch ihre Kette. Sie wusste nicht einmal, seit wann sie schon fehlte. Heute Morgen, als sie in den Spiegel geblickt hatte, war sie noch da gewesen. Sie musste sie unbedingt wiederfinden.

52

Emily radelte so schnell sie konnte nach Hause und stürzte die Treppe hoch in ihr Zimmer. Zuerst suchte sie im Badezimmer nach der Kette. Emily schaute am Waschbeckenrand, an der Dusche. Dann überall auf dem Boden und in den Ecken. Doch im Bad war ihre Kette nicht. Dann stürmte sie zurück in ihr Zimmer, durchwühlte sämtliche Schubladen, ihren Schreibtisch und schließlich ihr Bett. Doch nichts.

»Hey, du bist vorhin einfach verschwunden.« Jason stand in der Tür. Emily beachtete ihn nicht und suchte in ihrem Regal weiter. »Alles in Ordnung?«

»Nein, eigentlich nicht.«

»Was suchst du?«

»Meine Kette. Weißt du, wann ich sie das letzte Mal getragen habe?«

»Nein, keine Ahnung.«

»Hilf mir mal, die Kommode zu verschieben.« Erst als Jason mit anpackte, bewegte sich das Möbelstück. Doch auch hier war weit und breit nichts von ihrer Kette zu sehen. Nur die CD, die Finn für Emily gemacht hatte, und die Emily dahinter gefeuert hatte. Sie hob sie auf und steckte sie lose zwischen andere CD's.

»Mist.« Sie schoben die Kommode zurück und Emily ließ sich auf ihren Stuhl fallen. Sie hatte keine Ahnung, wo sie jetzt noch nach ihrer Kette suchen sollte.

»Ich muss mit dir reden, Emily.«

»Was gibt's denn?«

»Lass uns spazieren gehen.« Emily gab fürs erste auf. Sie hatte ihr ganzes Zimmer auf den Kopf gestellt. »Okay.« Gemeinsam verließen sie das Haus der dela Lunes und gingen in Richtung Wald. Sie folgten einem Weg aus Kieselsteinen und gingen ein Stückchen nebeneinander her.

»Was wolltest du denn mit mir besprechen?«, fragte Emily nach einer Weile. In Gedanken war sie allerdings noch immer bei ihrer Kette. Nicht nur, dass es sich dabei um den Träger ihrer Magie handelte, nein sie war auch ein Erbstück ihrer Urgroßmutter.

Jason sah sich nach allen Seiten um.

»Ich bin nicht so wie du.«

»Was meinst du?«

Jason riss ein grünes Blatt an einem Baum ab, das noch frisch und saftig war, und umschloss es mit der Hand. Als er sie wieder öffnete, war das Blatt ausgetrocknet und braun. Emily war sich nicht sicher, was sie da gesehen hatte und was es zu bedeuten hatte.

»Ich verstehe nicht ganz.«

»Ich glaube, ihr nennt es die dunkle Seite. Ich nenne es ... mein Reich.« Emily hielt die Luft an und musste schlucken. »Du bist ...«

»Ich bin der König derer, die ihr Blocker nennt.« In Emilys Kopf stürzten tausend Dinge auf einmal durcheinander: Finns Ahnung. Die Prophezeiung. Angst. Furcht. Verwirrung. Aber auch eine Art Anziehungskraft.

»Was willst du?«

»Dich.«

Emily wurde ganz ruhig. Die Gedanken verschwanden, wurden ausgeblendet und mit einem Gefühl der vollkommenen Hingabe überdeckt. Die gesamte Last fiel von ihren Schultern. Alles war auf einmal glasklar. Ihr Weg erschien vor ihr wie auf einem silbernen Tablett. Davon hatte Aimes in seiner Prophezeiung gesprochen. »*Ich habe gesehen, wie die Dunkelheit in dir emporsteigt. Verborgenen Scheines wirst du sie nicht erkennen. Sie wird sich ausbreiten und die Erde mit ihren dunklen Schatten einhüllen. Und wenn du deinen Fehler erkennst, wird es vielleicht zu spät sein und die Finsternis wird die Erde verschlucken. Dann wird sich dein Schicksal erfüllen.*

Erst wenn zwei Himmelskörper sich vereinen, kann die Dunkelheit besiegt werden und das Universum wird in neuem Gewand erscheinen, während hoch am Himmel der blaue Mond steht.«

»Komm mit mir.«

»Wohin?«

»In mein Reich.« Er streichelte ihr über ihre Wange und sah ihr wieder tief in ihre Augen. Sie wich nicht zurück. Bei seiner Berührung bekam sie Gänsehaut. Es war, als würde sie schweben. Ihr Gehirn war leer und folgte nur einem einzigen Gedanken. Sie starrte Jason einfach nur an, ohne zu blinzeln. Ihre Bewegungen waren automatisch, wie die einer Puppe, als sie ihren Pakt mit einem Kuss besiegelten, bevor sie aufbrachen.

Die Nacht zeigte heute kein Mitleid mit Finn. Der Mond versteckte sich hinter einer Wolke und es sah nach Regen aus. Irgendetwas war merkwürdig. Finn hatte ein beklemmendes Gefühl in der Brustgegend. Kein Tier war im Wald zu hören, sogar der Kauz war verstummt. Er konnte es noch nicht zuordnen, aber es stimmte etwas nicht. Er begann loszurennen. Er rannte so schnell er konnte. Die kalte Nachtluft brannte in seiner Kehle, doch er ignorierte es. Erst an der Tag-Nacht-Grenze hielt er schwer atmend inne. Unberührt lag das zart leuchtende Band da. Weiße, wie Geisterwesen geformte Nebelschwaden waberten über die kleine Lichtung. Der Mond kämpfte sich durch die Wolken und erhellte mit seinem silbernen Licht die Wipfel der Bäume. Ein kaum vernehmbares leises Rascheln war vom Waldrand zu hören, als eine Gestalt in einem schwarzen Umhang die Stelle erreichte, die zuvor das Mondlicht in einem silbernen Glanz erhellt hatte. Finn nahm seine Angriffsstellung ein, gab sie aber wieder auf, als er sah, dass kurz hinter der Gestalt Emily auf die Lichtung trat. Die schwarze Figur hielt Emily ihre Hand hin und Emily ergriff sie. Gemeinsam schritten sie auf die Grenze zu.

Finns Gehirn verstand nicht, was Emily da tat und was seine Augen ihm für Bilder sendeten. »Emily!« Finns Stimme war nicht annähernd so laut, wie sie sein sollte. Er nahm all seine Kraft zusammen, um nochmal nach Emily zu rufen, gleichzeitig ging er auf sie zu. »Emily. Tu's nicht!«, schrie Finn und Emily erschrak.

»Finn! Nicht, komm nicht näher!«, rief Emily. Die schwarze Gestalt war beschützend vor Emily getreten und ließ ihre Kapuze fallen. Es war Jason.

»Ich verstehe nicht, was tust du da?«

Alex war spät dran. Gleich würde es Abendessen geben. Er stellte das Auto in der Einfahrt ab und nahm seinen Rucksack vom Beifahrersitz, als er Finn Emilys Namen schreien hörte. Es lagen Verzweiflung und Angst in Finns Stimme. Alex ließ seinen Rucksack fallen und rannte in die Richtung des Schreis.

Emily ignorierte Finns Frage und ging weiter auf ihr Ziel zu. Gemeinsam mit Jason steuerte sie auf die Grenze zu. Es war das Richtige. Ihr Schicksal. Es war das, was Aimes gemeint hatte, als er die Prophezeiung aussprach. Den Weg konnte man selbst bestimmen – das Ziel war immer das Gleiche. Emily stand mit Jason vor der Grenze. Sie sah durch den Schleier und zögerte.

»Es ist zu spät, Finn. Das hier ist mein Schicksal und war es immer.«

»Aber du kannst dein Schicksal ändern, Emily, du musst nicht mit ihm gehen!« Finn blieb auf Abstand.

»Es tut mir leid, Finn.«

»Aber das bist nicht du selbst. Ich weiß nicht, wie oder was er macht, aber ich weiß, dass er etwas mit dir macht.« Jason sah Finn direkt und unverwandt an und Finn hätte schwören können, ein kleines Siegeslächeln in Jasons Mundwinkel zu sehen, als er eine Hand auf Emilys Schulter legte. Starr und betäubt sah Finn zu, wie Emily sich langsam zu Jason umdrehte.

»Emily, nicht!« Alex tauchte an Finns Seite auf. Beide schrien wie aus einem Mund. Jason hielt Emily seine Hand hin, und sie zögerte nicht, sie zu ergreifen. Er zog sie zu sich, hinein in das goldene Band der Grenze. Sie ließ ihre Finger durch den Schleier aus sanft schimmerndem Licht gleiten, bevor sie sich gänzlich davon einhüllen ließ.

Finn wollte lossprinten, wollte hinterher.

»Finn, nicht! Sieh doch!«, schrie Alex. Und dann sah Finn es auch. Von der Stelle aus, durch die Emily eben geschritten war, verfärbte sich das gelb leuchtende Band der Grenze dunkel soweit Alex' und Finns Blicke reichen konnten. Die ehemals wabernde Nebelformation erstarrte zu Stein. Gespenstische Stille legte sich über den Platz, bevor es an der Stelle an der Emily verschwand, ein markerschütterndes Knacken gab.

»Emily, was hast du getan?«

Über die Autorin

Eva Maria Höreth wurde am Erntedankfest des Jahres 1981 in Offenbach geboren. Aufgewachsen ist sie in Dietzenbach. Nach dem Abitur studierte sie Germanistik mit medienspezifischem Schwerpunkt an der Johann Wolfgang Goethe-Universität in Frankfurt am Main. Ihre Abschlussarbeit schrieb sie über die  Mythologie in der Fernsehserie »Charmed-Zauberhafte Hexen«. Sie lebt in einem drei Generationenhaus mit ihrem Freund und zwei Meerschweinchen.

 /evamariahoereth

 /eva_m_hoereth

Printed in Germany
by Amazon Distribution
GmbH, Leipzig

Die Bibliothek der Technik
Band 84

Moderne Fenstertechnik

Werkstoff, Konstruktion
und Anforderungen

Olaf Rolf

verlag moderne industrie

Dieses Buch wurde mit fachlicher Unterstützung
der REHAU AG + Co erarbeitet.

Die Deutsche Bibliothek – CIP-Einheitsaufnahme
Rolf, Olaf:
Moderne Fenstertechnik : Werkstoff, Konstruktion
und Anforderungen / Olaf Rolf. [REHAU]. -
Landsberg/Lech : Verl. Moderne Industrie, 1993
   (Die Bibliothek der Technik ; Bd. 84)
   ISBN 3-478-93099-5
NE: GT

© 1993 Alle Rechte bei
verlag moderne industrie AG, Landsberg/Lech
Abbildungen: REHAU AG + Co, Erlangen
Satz: abc satz bild grafik, Buchloe
Druck: Bosch-Druck GmbH, Landshut
Bindung: Conzella, Urban Meister GmbH, München
Printed in Germany 930099
ISBN 3-478-93099-5

Inhalt

Die verschiedenen Fensterwerkstoffe — 4

Entwicklung und Marktanteile heute — 4

PVC als Werkstoff für Fensterprofile — 6

Rohstoffe und Herstellung — 6
Compoundierung: der Weg zum Fensterwerkstoff — 9
Extrusion: Ein Werkstoff wird geformt — 10
Eigenschaften für den Fensterbau — 12
PVC und Umwelt: kein Widerspruch — 14

Grundlagen der modernen Fenstertechnik — 19

Die Profilgestaltung: Systematik der Kunststoff-Fenster — 19
Fensterdesign: vielfältige Gestaltungsmöglichkeiten — 23
Glasarchitektur: Bauen mit Ideen und Licht — 32

Der Bau von Fenstern — 35

Die Vorkonfektionierung: Aus Stangen entsteht ein Rahmen — 35
Der Anschlag: Zwei Rahmen ergeben ein Fenster — 40
Auf die richtige Verglasung kommt es an — 41

Die Montage von Fenstern — 44

Anforderungen an eine funktionsgerechte Montage — 44
Die Verankerung der Fenster im Baukörper — 48

Anforderungen an moderne Fenster — 50

Durch Belüftung ein angenehmes Raumklima — 50
Fugendurchlässigkeit und Schlagregensicherheit — 53
Wärmeschutz hilft Energie sparen — 56
Schalldämmung schützt gegen Lärm — 60
Die statische Auslegung eines Fensters — 64
Wirtschaftliche Faktoren — 66
Qualitätssicherung durch Gütesicherung — 67

Perspektiven im Fensterbau — 69

Literatur — 70

Der Partner dieses Buches — 71

Die verschiedenen Fensterwerkstoffe

Entwicklung und Marktanteile heute

Holz und Eisen

Die im Fensterbau verwendeten Materialien haben sich im Laufe der Zeit gewandelt. Wurde zunächst vor allem Holz eingesetzt, eröffneten ab Mitte des 19. Jahrhunderts Konstruktionen aus Eisen und Glas ganz neue, ungeahnte Perspektiven in Bezug auf Räumlichkeit und Raumabschluß. Durch die Verbesserungen in der Glasherstellung konnten bis dahin unbekannte Größen im Fensterbau verwirklicht werden. In den fünfziger Jahren schließlich wurde das Einscheibenfenster entwickelt.

Abb. 1:
Der Einsatz polymerer Werkstoffe ermöglichte neue Entwicklungen in der Fenstertechnik.

Entwicklung und Marktanteile heute

Zur gleichen Zeit wurden die stählernen Konstruktionen in großem Stil durch den Werkstoff Aluminium abgelöst. Dieses Material zeichnete sich besonders durch sein geringes Gewicht und seine Korrosionsbeständigkeit aus.

Aluminium

Anfang der 60er Jahre schließlich begann man in Deutschland und Westeuropa, Fenster aus dem polymeren Werkstoff PVC zu bauen (Abb. 1). Betrug der Marktanteil der Holzfenster im Jahre 1981 noch ca. 45 Prozent, so ist PVC heute mit einem Anteil von fast 40 Prozent zum führenden Fensterwerkstoff geworden (Tab. 1) [6]. Dieser Erfolg ist vor allem auf die lange Lebensdauer und die weitgehende Wartungsfreundlichkeit der PVC-Fenster zurückzuführen.

PVC

Holz	Kunststoff	Aluminium, Sonstiges
37,2	38,0	24,8

Tab. 1:
Marktanteile der Fensterwerkstoffe 1991 in Prozent

Der hohe Anteil des Aluminiums ist primär auf das Wachstum des gewerblichen Baues zurückzuführen.

Insbesondere bei der stilgerechten Sanierung und Renovierung von Altbauten finden Fenster aus PVC heute wie selbstverständlich ihren Platz. Dies gilt insbesondere dann, wenn neben der Erhaltung des architektonischen Erscheinungsbildes hohe Anforderungen an Wirtschaftlichkeit (Wärmedämmung, Wartungsfreundlichkeit) und Funktionalität gestellt werden.

PVC als Werkstoff für Fensterprofile

Polyvinylchlorid, kurz PVC, eine der ältesten synthetischen polymeren Verbindungen, besitzt die allgemeine Grundstruktur:

Grundstruktur

$$\left[\!\!\begin{array}{c} -CH_2-CH- \\ | \\ Cl \end{array}\!\!\right]_n$$

Dieser Werkstoff wurde im Jahre 1835 von Victor Regnault eher zufällig entdeckt. Die erste gezielte Polymerisation von Vinylchlorid gelang im Jahre 1912, die großtechnische Auswertung des PVC begann 1938 in Bitterfeld [1].

Rohstoffe und Herstellung

Wie aus obiger Struktur ersichtlich, besteht PVC aus den Elementen Kohlenstoff, Wasserstoff und Chlor. Chlor als Element ist äußerst reaktionsfreudig und kommt deshalb in der Natur nicht frei vor. Es zählt zu den Salzbildnern, wobei das Stein- oder Kochsalz (Natriumchlorid) zu den bedeutendsten Chlormineralien zählt.

Rohstoffe: Chlor und Ethylen

PVC gehört zu den wenigen Kunststoffen, die nicht zu 100 Prozent auf dem nur begrenzt zur Verfügung stehenden Erdöl beruhen. Als Rohstoffbasis für dieses Polymer dient, neben dem aus dem Erdöl gewonnenen Ethylen (43 Prozent), das in Form von Steinsalz unbegrenzt vorhandene Chlor mit einem Anteil von 57 Prozent (Abb. 2).

Rohstoffe und Herstellung 7

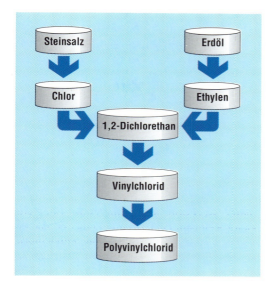

Abb. 2:
Herstellung von PVC

Chlor wird mittels der Chloralkali-Elektrolyse aus Steinsalz gewonnen, ein Verfahren, bei dem eine wäßrige Natriumchlorid-Lösung durch elektrische Energie unter Bildung von Natronlauge, Wasserstoff und Chlor zersetzt wird.

Ethylen wird aus Erdöl gewonnen. Die für die Kunststofferzeugung wichtigste Fraktion des Erdöls ist das Rohbenzin (Naphtha). Die langkettigen Kohlenwasserstoffe dieser Fraktion werden in einem thermischen Spaltprozeß, dem Cracken, oder durch weitere Veredelungsverfahren zu kurzkettigen Kohlenwasserstoffen, darunter auch das Ethylen, abgebaut.

Aus den Rohstoffen Ethylen und Chlor wird durch Addition von Chlor an Ethylen das Zwischenprodukt 1,2-Dichlorethan hergestellt. Durch anschließende HCl-Abspaltung erhält man Vinylchlorid, ein kanzerogenes, leicht brennbares Gas.

Vinylchlorid

8 PVC als Werkstoff für Fensterprofile

Polyvinylchlorid

Im weiteren Verlauf des Produktionsprozesses wird das Vinylchlorid mittels der Polymerisation zum Polyvinylchlorid aufgebaut, d.h. aus vielen einzelnen Monomeren (griech.: mono = einzeln, meros = Teil) wird durch eine Zusammenlagerung ein Polymer (griech.: poly = viel):

$$CH_2 = CH{-}Cl \rightarrow {-}[CH_2{-}CH(Cl)]_n{-}$$

Vinylchlorid → Polyvinylchlorid

Polymerisation in Suspension

Großtechnisch wird PVC nach vier verschiedenen Polymerisationsverfahren hergestellt, wobei ca. 80 Prozent der gesamten Weltproduktion nach der sogenannten »Polymerisation in Suspension« erzeugt werden. Dieses Verfahren beruht darauf, daß das Vinylchlorid nur sehr schwer in Wasser löslich ist. Dabei wird in einem Druckreaktor (80 - 150 m^3) mittels eines Rührers das Vinylchlorid im Wasser dispergiert, d.h. zu feinen Tröpfchen verteilt, und auf die gewünschte Prozeßtemperatur aufgeheizt. Nach Zugabe eines im Monomeren löslichen Initiators beginnt die Polymerisation in den einzelnen Vinylchloridtröpfchen. Um sowohl ein Wiederzusammenfließen als auch ein Verkleben der Tröpfchen untereinander zu verhindern, werden noch spezielle Schutzkolloide oder Stabilisatoren zugesetzt, die die einzelnen Tröpfchen wie eine Schutzhülle umgeben.

Nach der Polymerisation gelangt die entstandene PVC-Suspension in eine spezielle Entgasungsapparatur zur Intensiventgasung, wo das noch im PVC befindliche Vinylchlorid entfernt wird [2].

Compoundierung: der Weg zum Fensterwerkstoff

Reines PVC läßt sich, wie viele andere Werkstoffe auch, niemals allein verarbeiten, sondern nur in Verbindung mit Additiven. Durch die Möglichkeit, sehr viele verschiedene Additive homogen in das PVC einzuarbeiten, ist das Eigenschaftsspektrum dieses Werkstoffes wie bei keinem anderen Polymer in weiten Bereichen variierbar. Eine wichtige Aufgabe nehmen dabei Stabilisatoren wahr.

Stabilisatoren

Um thermische Schädigungen durch HCl-Abspaltung und Oxidation sowohl bei der Verarbeitung (hohe Temperaturen) als auch im Gebrauch (Wärme- und Lichteinwirkung) zu vermeiden, bedarf es beim PVC einer zusätzlichen Wärmestabilisierung [3].

Im Hinblick auf den Austausch von Blei- und Barium/Cadmium-Stabilisatoren wurde in den letzten Jahren bei den meisten Profilherstellern auf das Cadmium in der Rezeptur verzichtet. Die weitere Entwicklung bevorzugt den Einsatz von Calcium/Zink-Stabilisatoren anstelle von Blei-Stabilisatoren.

Homogene Mischung

Die sorgfältige, homogene Durchmischung aller Rezepturbestandteile erfolgt in heiz- und kühlbaren Mischaggregaten. Heizmischer mit einem Fassungsvermögen von bis zu 1500 l, die mit schnellaufenden Mischwerkzeugen ausgestattet sind, heizen den Mischerinhalt durch die kinetische Energie in wenigen Minuten auf 110 bis 140 °C auf. Das PVC-Pulver und die Additive werden nach einem Ansatz gemäßen, automatischen Zeitprogramm so aufgegeben, daß rieselfähige, sandige Trockenmischungen entstehen (Dry-Blends). Den Heizmischern sind meist Kühlmischer nachge-

10 PVC als Werkstoff für Fensterprofile

Abb. 3:
Mischanlage für
PVC-Compounds

schaltet, die durch Herabkühlen auf 45 °C die sonst in der Hitze zusammenbackende Masse rieselfähig erhalten (Abb. 3) [4].

Extrusion: Ein Werkstoff wird geformt

Thermoplast

PVC gehört in der Familie der polymeren Werkstoffe zu den typischen Thermoplast-Vertretern. Das heißt, mit steigenden Temperaturen beginnt der Kunststoff zu erweichen und schließlich zu schmelzen. Thermoplaste sind daher in der Wärme formbar.

Eines der wichtigsten Verarbeitungsverfahren für Thermoplaste ist die Extrusion (Schneckenstrangpressen). Der Extruder besteht aus der Antriebseinheit mit Motor und Getriebe, einem Zylinder mit der sich darin befindlichen Schnecke und dem Einfülltrichter (Abb. 4).

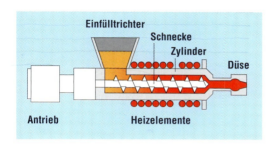

Abb. 4:
Aufbau eines Extruders

Bei diesem Verfahren wird das über den Einfülltrichter aufgegebene Material in dem beheizten Zylinder mittels Einzel- oder, speziell beim PVC, mittels Doppelschnecken in eine homogene Schmelze überführt und durch ein vorn am Zylinder befindliches Werkzeug, welches eine Negativform des gewünschten Profiles darstellt, herausgepreßt (Abb. 5).

Eine Extrusionsstrecke zur Herstellung von PVC-Fensterprofilen besteht jedoch nicht nur aus dem Extruder, sondern noch aus einer Reihe von Nachfolgeeinrichtungen. In der Kalibriereinrichtung wird das schmelzeförmige Extrudat unter genauer Einhaltung der gewünschten Abmessungen abgekühlt. Das Extrusionswerkzeug und die Kalibriereinrichtung bestimmen daher die Abmessungen des hergestellten Halbzeuges. Zur endgültigen Abkühlung schließt sich an die Kalibriereinrichtung eine Kühlstrecke (Wasserbad) an. Das nachfolgende Abzugsaggregat hat die Aufgabe,

Extruder und Nachfolgeeinrichtungen

12 PVC als Werkstoff für Fensterprofile

 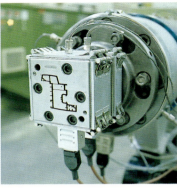

Abb. 5:
Extruder und Austrittsdüse am Extruder

den Profilstrang mit absoluter Gleichmäßigkeit durch die Kalibrier- und Kühlstrecke zu ziehen. Im Anschluß an den Abzug steht die Nachfolgeeinheit, in der Material- und Produktionsdaten in die Profile eingeprägt werden. Zum Abschluß werden die Profile mit einer Säge auf eine Länge von in der Regel sechs Metern abgelängt [5].

Eigenschaften für den Fensterbau

Gütesicherung

Daß auf dem deutschen Markt die PVC-Fenster zahlenmäßig heute die Holzfenster übertroffen haben [6], liegt an den vorteilhaften anwendungstechnischen und zugleich wartungsfreundlichen Eigenschaften dieses Kunststoffes und der daraus hergestellten Fenstersysteme. Mindestanforderungen und Prüfungen für alle Fertigungsstufen, ausgehend von dem verwendeten PVC über die extrudierten Profile, die Fensterkonstruktion bis hin zur fortlaufenden Produktion, sind in den »Güte- und Prüfbestimmungen für Kunststoff-Fenster« (RAL 716/1) enthalten. In dieser Richtlinie ist festgelegt, daß der Werkstoff PVC in seinen

Eigenschaften für den Fensterbau 13

Eigenschaften mindestens einer Formmasse PVC-U, EDLP, 076-25-23 gemäß DIN 7748 entsprechen muß. Dies beinhaltet folgende Grenzwerte:

- Vicat-Erweichungstemp. VST/B/50: > 71 °C
- Kerbschlagzähigkeit $a_k \geq 10 - 20$ kJ/m²
- Elastizitätsmodul $E \geq 2000 - 2500$ N/mm²

Die Vicat-Erweichungstemperatur sollte des weiteren für kaschierte, d.h. farbige Profile aufgrund der höheren Wärmeabsorption auf mindestens VST/B/50 = 80 °C erhöht werden. Einige weitere wichtige Eigenschaften des Werkstoffes PVC, die besonders im Bereich des Hochbaus von Bedeutung sind, seien im folgenden aufgeführt:

- PVC besitzt eine außerordentliche chemische Beständigkeit, u.a. gegen die meisten anorganischen Säuren, Laugen und Salzlösungen, Gase und viele organische Verbindungen wie Fette, Öle, aliphatische Kohlenwasserstoffe, Waschmittel, Wasser. **Chemisch beständig**

- Bei sachgemäßer Stabilisierung weisen Profile aus PVC eine vergleichsweise gute Witterungsbeständigkeit und ein gutes Alterungsverhalten auf.

- PVC ist schwer entflammbar und selbstverlöschend, d.h., es brennt außerhalb einer Flamme nicht weiter. **Schwer entflammbar**

- Durch seine geringe Wärmeleitfähigkeit von 0,17 W/mK (Aluminium 209,3 W/mK, Holz ca. 0,16 W/mK) trägt PVC entscheidend zur gesamten Wärmedämmung einer Fensterkonstruktion bei. **Wärmedämmend**

- Durch verschiedene Verfahren zur Veredelung der Oberfläche sind zahlreiche Farb- bzw. Dekorkombinationen möglich.

PVC und Umwelt: kein Widerspruch

Fast jedes Erzeugnis kann aus unterschiedlichen Werkstoffen hergestellt werden; so werden Fensterrahmen aus Holz, PVC oder Aluminium gebaut. Waren bisher hauptsächlich sowohl technische (Verarbeitungseigenschaften, Fertigteileigenschaften) als auch ökonomische Kriterien (Materialpreis, Pflegeaufwand) für die Auswahl eines Werkstoffes entscheidend, so hat die Frage nach den Umweltauswirkungen der Erzeugnisse erst in den letzten Jahren an Bedeutung gewonnen. Die Umweltauswirkungen eines Werkstoffes können jedoch nur an konkreten Produkten im Vergleich mit technisch geeigneten Konkurrenzwerkstoffen ermittelt werden. Für alle Werkstoffalternativen muß in diesen sogenannten Ökobilanzen der gesamte Lebenszyklus betrachtet werden, von der Gewinnung der Rohstoffe über die Verarbeitung, Wartung bis zur Entsorgung der nutzlos gewordenen Produkte. In einer österreichischen, einer niederländischen und einer Schweizer Studie wurden die Umweltauswirkungen von Fensterrahmen aus Holz, PVC und

Ökobilanzen für alle Werkstoffe

*Abb. 6:
Energieverbrauch für Produktion und Wartung von Fensterrahmen (Grunddaten nach Richter)*

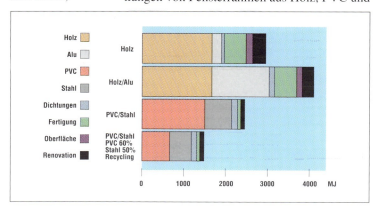

PVC und Umwelt: kein Widerspruch 15

Aluminium miteinander verglichen. Tötsch hat aus der letzteren die für Deutschland relevanten Daten erarbeitet [7].

Energetisch betrachtet, weist die Kombination aus dem Fensterrahmenwerkstoff PVC und der eingeschobenen Stahlarmierung, besonders unter Einberechnung des Recyclings, keinerlei Nachteile gegenüber anderen Werkstoffen auf (Abb. 6).

Produktion und Wartung eines Holzfensters verursachen in der Bundesrepublik eine etwas höhere Luftbelastung als die Produktion und Wartung eines PVC-Fensters. Weniger günstig scheint der mit Aluminium verblendete Holzrahmen, welcher als PVC-Ersatz propagiert wurde (Abb. 7) [7].

Anfang der 70er Jahre wurde das Vinylchlorid als Verursacher einer seltenen Form des Leberkrebses (Leberangiosarkom) identifiziert. Daraufhin wurden in der PVC-herstellenden Industrie arbeitshygienische und betriebstechnische Maßnahmen zur Minimierung der Vinylchloridbelastung ergriffen. Sowohl eine ständige,

*Abb. 7:
Luftbelastung durch Produktion und Wartung verschiedener Fensterrahmen (Wichtungsfaktoren nach Richter)*

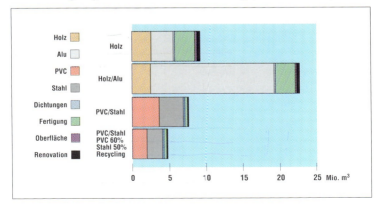

16 PVC als Werkstoff für Fensterprofile

Vinylchlorid

gesetzlich vorgeschriebene medizinische Überwachung für die in der VC- und PVC-Produktion Beschäftigten als auch die Anwendung von geschlossenen Materialkreisläufen und eine damit verbundene Senkung des TRK-Wertes (Technische Richtkonzentration am Arbeitsplatz) auf 2 ppm garantieren die gesundheitliche Unbedenklichkeit der Verarbeitung des Vinylchlorides [1].

Durch die sehr intensive Entmonomerisierung mittels der Entgasung nach der Polymerisation ist das Risiko der VC-Exposition bei der PVC-Verarbeitung sehr gering. Der Gehalt an Vinylchlorid beispielsweise im PVC-Fensterprofil liegt in der Größenordnung von 0,01 bis 0,1 ppm und damit weit unter dem Wert von 1 ppm, der für Bedarfsgegenstände festgelegt wurde, die mit Lebensmitteln in Berührung kommen (0,01 ppm ≙ 1 cm auf 1000 km). Dieser Sachverhalt wurde durch ein Gutachten der Landesgewerbeanstalt Bayern bestätigt [8].

Brandverhalten

PVC ist von Natur aus schwer entflammbar und selbstverlöschend. Durch die Tatsache, daß es zu 57 Prozent auf Chlor basiert, wird dieses Verhalten verständlich. Brandgase sind unabhängig vom brennenden Material immer giftig, speziell das bei allen brennbaren Stoffen entstehende Kohlenmonoxid. Auswertungen von realen Brandfällen haben gezeigt, daß neben der Hitzeeinwirkung in über 90 Prozent aller Fälle dieses geruchlose Gas die Todesursache ist. Der vom PVC abgespaltene Chlorwasserstoff spielt eine untergeordnete Rolle. Versuche in Brandversuchsanlagen haben des weiteren gezeigt, daß der CO-Gehalt rasch tödlich wirkende Werte erreicht, während die HCl-Konzentration langsamer ansteigt und deshalb für die Gefährdung oder Schädigung von Menschen nicht relevant ist. Untersuchungen nam-

Chlor-wasserstoff

hafter Institute belegen außerdem, daß bleibende Gebäudeschäden durch Salzsäure aus PVC im Regelfall nicht auftreten oder eine Sanierung nach dem heutigen Stand der Technik möglich ist.

Bei Bränden in Anwesenheit von chlorhaltigen Stoffen ist stets mit der Bildung geringer Mengen von chlorierten Dibenzodioxinen und Dibenzofuranen zu rechnen, beispielsweise bei Waldbränden, Hausfeuerungen mit Holz, Kohle oder Erdöl, beim Grillen oder Räuchern, Zigarettenrauch, Kraftwerken und Motoren. Untersuchungen haben ergeben, daß das PVC im Vergleich zu Bränden ohne PVC-Beteiligung in der Regel keine erhöhten Dioxinwerte bewirkt und daß Schadfeuer als Beitrag zur Gesamtbelastung an Dioxinen völlig bedeutungslos sind [9].

Dioxine

Speziell PVC aus dem Fensterbau wird nach seinem Gebrauch, d.h. sowohl Reststücke, die

Abb. 8:
Recyclingkreislauf für Fensterprofile aus PVC

Entsorgung

bei der Verarbeitung anfallen, als auch Altfenster nach dem Ausbau, dem Recycling zugeführt. Dazu haben alle führenden Systemhersteller Recyclingkonzepte entwickelt, die eine Rücknahme und Wiederverwertung garantieren. Daß Fenster aus PVC von der Herstellung bis zur Wiederverwertung Teil eines Recyclingkreislaufes sind, zeigt Abbildung 8. Das Recyclat wird sowohl zur Herstellung von Nebenprofilen des Fensterbaus als auch zur Beimischung bei der Rezeptierung von Hauptprofilen verwendet. Angesichts des noch geringen Aufkommens an alten PVC-Fenstern ist der Recyclinganteil derzeit allerdings noch sehr gering. Gewährleistet ist mit diesem Konzept jedoch, daß PVC-Abfälle aus dem Fensterbau weder in die Müllverbrennung noch auf die Deponie gelangen.

Grundlagen der modernen Fenstertechnik

Basierend auf den Werkstoffgruppen Holz, Aluminium und Kunststoff wurden im Laufe der Jahre verschiedene Fenstersysteme entwickelt, von denen die derzeit am Markt relevanten in Abbildung 9 dargestellt sind.

Abb. 9: Fenstersysteme

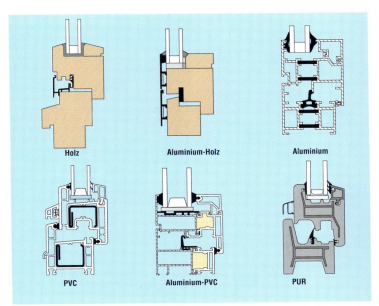

Die Profilgestaltung: Systematik der Kunststoff-Fenster

Die heute bekannten Fenstersysteme aus PVC werden hauptsächlich nach den Kriterien

20 Grundlagen der modernen Fenstertechnik

Raumform und Dichtungsfunktion klassifiziert.
Charakteristisch für die Raumform oder auch Geometrie eines Profiles ist primär die Anzahl und Ausbildung der Kammern im Profilkörper.
Es lassen sich drei Arten der Kammerausbildung unterscheiden (Abb. 10):

Abb. 10:
Verschiedene Kammerausbildungen

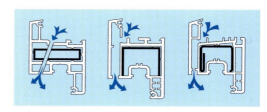

Einkammerprofile

Einkammerprofile weisen im Profilkörper in ihrer klassischen Form nur einen großen, von Außenwand zu Außenwand reichenden Hohlraum auf. Ihr Vorteil sind groß dimensionierte, statisch sehr tragfähige Metallarmierungen, die zur Erhöhung des Biegewiderstandes eingesetzt werden können (zur Statik siehe S. 64ff).

Nachteile ergeben sich bei der Entwässerung des Blendrahmens und Glasfalzes, da diese relativ arbeitsintensiv über Röhrchen erfolgen muß.
Außerdem ist dieses Profil von seiner Natur her eigentlich ein mit Kunststoff ummanteltes Metallprofil und daher in der Wärmedämmung

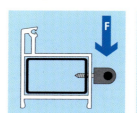 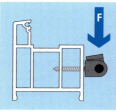

Abb. 11:
Beschlagsbefestigung

aufgrund der fehlenden Vorkammern ungünstiger als ein Mehrkammerprofil. Problematisch ist auch die Befestigung der Beschläge. Diese können im Blendrahmen nicht durch zwei Profilwandungen verschraubt werden, obwohl das zur Steigerung der Ausreiß- und Scherfestigkeit von Vorteil wäre (Abb. 11).

Aufgrund der relativ schlechten Wärmedämmung werden Fenster aus Systemen, deren Hauptprofile nach dem Einkammerprinzip aufgebaut sind, nicht mehr am Markt angeboten.

Zweikammerprofile besitzen eine außen liegende Vorkammer zur Ableitung des Wassers und darüber hinaus eine zweite große Kammer zur Aufnahme statisch tragfähiger Aussteifungen. Durch die Vorkammer ist dieses Profil hinsichtlich der Wärmedämmung günstiger als das Einkammerprofil. Die Glasfalz- und Blendrahmenentwässerung erfolgt über die separaten Vorkammern.

Zweikammerprofile

Dreikammerprofile besitzen auch auf der Rauminnenseite eine Vorkammer. Dadurch ist hinsichtlich der Wärmedämmung dieses Profil das günstigste. Je nach konstruktiver Auslegung ist weiterhin der Einsatz von tragfähigen Armierungen möglich, wodurch auch die Anforderungen an eine ausreichende Statik erfüllt werden.

Dreikammerprofile

Für die Gewährleistung der Schlagregen- und Fugendichtheit (siehe S. 53ff) ist vor allem die Lage und Anordnung der Dichtungen von Bedeutung. Prinzipiell gibt es für Fenstersysteme zwei Arten der Abdichtung, die sogenannten einstufigen und zweistufigen Abdichtungssysteme. Die früher zur Verfügung stehenden Dichtungsqualitäten hatten noch nicht das Qualitätsniveau von heute, so daß durch Witte-

Dichtungssysteme

22 Grundlagen der modernen Fenstertechnik

rungseinflüsse, insbesondere an der Fensteraußenseite, Funktionsbeeinträchtigungen auftraten. Dieses Problem löste man dadurch, daß man die Dichtung den schädlichen Witterungseinflüssen entzog und sie von der Außenseite weg in den Mittelfalzbereich legte (Abb. 12).

Abb. 12:
Verschiedene Dichtungssysteme

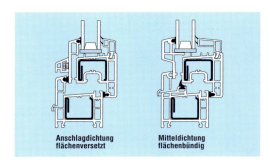

Mitteldichtung

Dieses zweistufige Abdichtungssystem, d.h. Regen- und Windsperre sind voneinander getrennt angeordnet, wird auch Mitteldichtungssystem genannt.

Bei diesem System ist es sehr wichtig, daß die äußere Kammer zwischen Blendrahmenüberschlag und Flügelanschlag in einem definierten Spalt geöffnet ist, damit so der atmosphärische Druck, wie er vor dem Fenster herrscht, auch in der Wasserkammer wirksam wird und eingedrungenes Regenwasser durch die Entwässerungsöffnungen nach außen abfließen kann. Durch Windbelastung wird die Dichtung an die Anschlagfläche gedrückt und schließt somit mit steigender Windgeschwindigkeit immer besser ab. Diese Art der Dichtung hat jedoch auch einige Nachteile:

- Die Ansicht der großvolumigen, schwarzen Mitteldichtung wird bei geöffnetem Fenster nicht immer gewünscht.

- Die Dichtung ist bei geöffnetem Fenster sehr anfällig gegen mechanische Beschädigungen.
- Gelangt bei eventueller Schädigung der Dichtung Wasser in den dahinterliegenden raumseitigen Bereich, so kann dieses nicht mehr abfließen.
- Durch die Mitteldichtung wird die Reinigung des Falzbereiches erschwert.

Aus diesen Gründen spielte, trotz der traditionell fest etablierten Mitteldichtung, speziell bei Fenstersystemen aus Kunststoff das einstufige Anschlagdichtungssystem eine führende Rolle. Die Abdichtung erfolgt hier durch eine außen- und eine innenliegende, dauerelastische Dichtung (Abb. 12). Die äußere Dichtung dient sowohl als Wind- als auch als Regensperre. Eventuell durch die äußere Dichtung eingedrungenes Wasser wird nach dem Prinzip der Schwerkraft durch die Entwässerungsöffnungen nach außen abgeleitet.

Anschlagdichtung

Bei einer Bewertung der verschiedenen Dichtungssysteme, d.h. bei einer Prüfung auf dem Prüfstand, konnten wesentliche Unterschiede von Mitteldichtungssystemen gegenüber Systemen mit äußerer und innerer Anschlagdichtung nicht nachgewiesen werden. Aus beiden Systemen können bei entsprechender Verarbeitung Fenster gebaut werden, deren Dichtigkeit auch höchsten Beanspruchungsgruppen genügt.

Fensterdesign: vielfältige Gestaltungsmöglichkeiten

Im Gegensatz zu Anzahl und Ausbildung der Kammern, welche bei einem fertigen Rahmen nicht erkennbar sind, ist die äußere Bündigkeit

Grundlagen der modernen Fenstertechnik

Flächenbündige Fenster

ein sichtbares Merkmal der Gestaltung eines Fensterprofiles aus PVC (Abb. 12). Das auf Wunsch lieferbare, außen bündige (flächenbündige) Fenster bildet bezüglich der äußeren Ansichtsfläche eine Ebene. Des weiteren bietet es einige konstruktive Vorteile:

- Ein unmittelbares Einwirken des Schlagregens auf den äußeren Überschlag wird vermieden.
- Bedingt durch die größere Tiefe des Glasfalzes können auch Verglasungsvarianten mit stärkeren Gläsern (Funktionsgläser) eingesetzt werden, beispielsweise für erhöhten Schallschutz.

Flächenversetzte Fenster

In der Altbausanierung wird jedoch die flächenbündige Variante nicht immer gewünscht. In diesem Fall greift man zwecks Nachahmung alter Holzfenster auf das flächenversetzte Profil zurück, wobei aus optischen Gründen ein Wetterschenkel angebracht werden sollte. Dieser gewährleistet außerdem bei erhöhter Beanspruchung durch Winddruck und Schlagregen eine zusätzliche Schutzzone.

Fensterarten

Bezüglich der Anordnung der Fensterflügel lassen sich drei verschiedene Konstruktionen unterscheiden:

- Einfachfenster
- Verbundfenster
- Kastenfenster

Tabelle 2 zeigt eine schematische Darstellung dieser Fensterarten sowie deren besondere Eigenschaften und deren verschiedene Öffnungsmöglichkeiten.

Fensterdesign: vielfältige Gestaltungsmöglichkeiten

Fensterart	besondere Eigenschaften	Öffnungsmöglichkeiten
Einfachfenster	Standardausführung	ohne Einschränkung
Verbundfenster	erhöhter Wärme- und Schallschutz, Sprossen	Dreh-, Drehkipp-, Kippfenster
Kastenfenster	erhöhter Schallschutz, Sprossen	Drehfenster

Tab. 2: Darstellung der Fensterarten

Öffnungsarten

Je nach Einsatzzweck werden Fenster in unterschiedlichen Öffnungs- bzw. Flügelarten ausgeführt. Neben technischen Kriterien wie Größe und Gewicht der Flügel sollten auch optische Gesichtspunkte wie das Anpassen des Fensters an die Architektur des Gebäudes bei der Auswahl der Öffnungsart berücksichtigt werden.

Der Dreh- bzw. Drehkippflügel ist die zur Zeit am häufigsten gewählte Öffnungsart. In Verbindung mit geeigneten Verglasungsvarianten sind Wärme- und Schalldämmwerte auch für gehobene Anforderungen zu erreichen. Mit der Kippstellung bietet diese Öffnungsart weiterhin eine günstige Möglichkeit zur Belüftung, ohne daß der Flügel im Rauminneren viel Platz beansprucht.

Drehkippfenster

Eine Variante der zweiflügeligen Ausführung ist das sogenannte Stulpfenster. Hier werden zwei Flügel innerhalb eines Blendrahmens ohne trennenden Mittelpfosten aufeinander-

Stulpfenster

schlagend angeordnet. Der Vorteil dieser Konstruktion liegt darin, daß bei Öffnung beider Flügel die gesamte Fensterbreite ohne störenden Mittelpfosten freigegeben wird.

Schwing- und Wendefenster

Sowohl das Schwingfenster, ein großflächiges, nicht durch Kämpfer oder Pfosten unterbrochenes Fensterelement, als auch das um 90° gedrehte Wendefenster finden im Wohnungsbau kaum noch Verwendung. Der Nachteil dieser Öffnungsmöglichkeit liegt in der ungünstigen Be- und Entlüftung, wobei zwar eine recht hohe Luftwechselrate ermöglicht wird, der geöffnete Flügel jedoch sehr weit in das Rauminnere hineinschlägt.

Balkontür

Bei der Balkon- oder Terrassentür handelt es sich, im Gegensatz zur Haustür, um ein im Grunde vergrößertes Dreh- oder Drehkippfenster, welches zum Balkon oder zur Terrasse führt.

Haustür

Zur Herstellung einer Kunststoff-Haustür, eines relativ schweren Elementes, werden spezielle Flügelprofile benötigt. Diese müssen Füllungen oder Sonderverglasungen zur optischen Aufwertung oder Diebstahlsicherung aufnehmen können. Zusätzlich werden bei einer Haustür die Stahlarmierungen der Flügelprofile an den Ecken über verschweißbare Eckverbinder miteinander verbunden.

Schiebetüren

Konstruktionen, welche großflächige und dennoch platzsparende Öffnungen ermöglichen, sind die Abstell-Schiebekipp- und die Hebe-Schiebekipptüren, wobei die Auswahl der jeweiligen Variante von der Größe der Öffnungen abhängig ist. Während Hebe-Schiebekipptüren für größere Öffnungsbreiten ausgelegt sind und deswegen auch spezielle, stabilere

Profile benötigen, können die für kleinere Öffnungen vorgesehenen Abstell-Schiebekipptüren aus normalen Fensterprofilen gefertigt werden.

Bei den Festverglasungen sind, wie beim Schwingfenster oder den Schiebetüren, große Glasflächen möglich, welche ohne Unterbrechung eine gute Sicht nach außen ermöglichen. Aufgrund der fehlenden Öffnungsmöglichkeit ist jedoch auf guten äußeren Zugang zur Reinigung zu achten.

Festverglasung

Beschläge

Von entscheidender Bedeutung für die Realisierung der verschiedenen Öffnungsarten ist die Entwicklung und Ausbildung der Beschläge. Abbildung 13 zeigt eine vereinfachte Darstellung eines modernen Drehkippbeschlages. Diese werden heute ausschließlich als Einhandbeschlag gefertigt, d.h., durch einen Bedienungsgriff werden die drei Funktionen des

Drehkippbeschlag

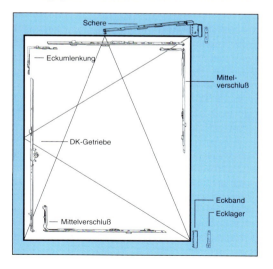

Abb. 13: Drehkippbeschlag

28 Grundlagen der modernen Fenstertechnik

Fensters, Drehen, Kippen und Verschließen, gesteuert. Der Beschlag besteht aus dem DK-Getriebe oder auch Umschaltgetriebe, der Eckumlenkung, der Schere, den Mittelverschlüssen und dem Ecklager.

Bedienung über das Getriebe

Die Bedienung des Fensters erfolgt über das Getriebe, wobei die Schaltbewegungen auf eine Schubstange übertragen werden, welche unterhalb des Getriebestulpes unsichtbar über die gesamte Beschlaglänge angeordnet ist. Über die Eckumlenkung wird die Schaltbewegung auf die Schere übertragen, welche die Kippstellung des Flügels erst ermöglicht. Sowohl im Getriebe, in der Eckumlenkung und in der Schere sind Verschlußpunkte (Schließzapfen) integriert, die den Flügel über die Schließstücke im Blendrahmen verschließen. Je nach Flügelgröße müssen durch den Einsatz von Mittelverschlüssen noch weitere Verriegelungspunkte eingebracht werden.

Das Ecklager bzw. -band, die einzige feste Verbindung zwischen Flügel und Blendrahmen, ermöglicht sowohl die Dreh- als auch die Kippbewegung des Flügels. Da in diesem Bereich sowie im Bereich der Schere bei geöffnetem bzw. gekipptem Flügel die größten Belastungen auftreten, ist auf eine sichere Befestigung besonderer Wert zu legen.

Anforderungen an Beschläge

Moderne Beschläge müssen eine ganze Reihe von Anforderungen erfüllen:

- Der Einsatz von hochwertigen Wärme- und Schallschutzverglasungen führt speziell bei Ausnutzung der maximalen Flügelgrößen des Fenstersystemherstellers zu recht erheblichen Flügelgewichten. Daher nehmen moderne Drehkippbeschläge Flügelgewichte bis zu 100 kg bzw. in verstärkter Ausführung bis zu 130 kg auf.

Fensterdesign: vielfältige Gestaltungsmöglichkeiten

- Um die Anforderungen bezüglich der Fugendichtigkeit und der Schlagregensicherheit zu erfüllen, ist der Anpreßdruck des Flügels auf den Blendrahmen über die Verriegelungspunkte, die Schere und das Ecklager variierbar.
- Zur leichteren Montage und Wartung ist die Lage des Flügels im Blendrahmen sowohl in horizontaler als auch in vertikaler Richtung regulierbar.
- Die Befestigung der Beschläge ist sowohl auf die spezifischen Eigenschaften des Werkstoffes als auch auf die Raumform der Profile abgestimmt. Tragende Beschlagteile werden entweder in das Aussteifungsprofil oder durch zwei Wandungen aus PVC verschraubt, so daß ein Abtragen der Kräfte vom Flügel über den Blendrahmen in das Mauerwerk gewährleistet ist.
- Besonders bei Drehkippbeschlägen ist in gekippter Stellung durch eine Drehsperre sowohl eine Fehlbedienung als auch ein unbefugtes Betätigen von außen ausgeschlossen.

Stilgerechte Altbausanierung

Ein Austausch der Fenster in einem Altbau kann zum einen im Material begründet sein, d.h. beispielsweise verzogene oder verfaulte Holzrahmen und schadhafte Beschläge, zum anderen werden auch die bauphysikalischen Forderungen an den Schall- und Wärmeschutz von alten Fenstern in der Regel nicht mehr erfüllt. Aus ästhetischen Gründen und wegen der Forderungen des Denkmalschutzes ist es jedoch unerläßlich, die wichtigsten optischen Merkmale alter Fenster zu erhalten.

Die Technik der Glasherstellung erlaubte anfangs nur das Anfertigen von sehr kleinen Scheiben. Daraus entstand die Unterteilung der Fenster durch Sprossen, die auch dann als Stil-

Sprossen sind heute Stilelemente

element verblieben, als die Glasindustrie Scheiben größeren Formates zur Verfügung stellen konnte. Moderne Fenstersysteme aus PVC bieten viele Gestaltungsmöglichkeiten bezüglich der Ausbildung von Sprossen (Abb. 14).

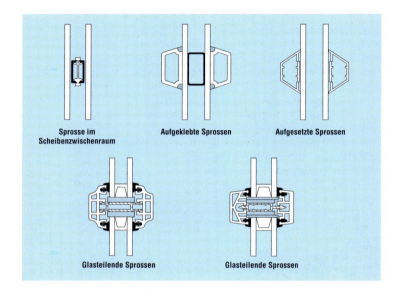

Abb. 14:
Konstruktive Ausbildung von Sprossen

- Im Scheibenzwischenraum angeordnete Sprossen sind geringfügig dünner ausgebildet als die Abstandhalter des Isolierglases, um Glasbruch aufgrund der Bewegung der Scheibe zu vermeiden.
- Bei der aufgeklebten Sprosse wie auch bei der im Scheibenzwischenraum angeordneten Sprosse bleibt die durchgehende Isolierglasscheibe erhalten.
- Der beidseitig auf die Scheibe aufsetzbare Sprossenrahmen kann zum Reinigen des Glases entfernt werden.

- Glasteilende Sprossen werden auch als echte Sprossen bezeichnet, da nur in diesem Fall eine Unterteilung des Glases erfolgt.

Fenstersysteme aus PVC ermöglichen eine rationelle Herstellung von Rundbogenfenstern, welche speziell bei der Altbausanierung einen besonderen Stellenwert besitzen. Aufgrund der unproblematischen Verformbarkeit des Werkstoffes PVC sind Kunststoff-Fenster besonders anpassungsfähig (Abb. 15); möglich sind des weiteren auch z.B. Schrägfenster, Dreiecksfenster und Trapezfenster.

Rundbogen-fenster

Aufgrund des Einsatzes von Einscheibenglas und den dadurch bedingten geringeren statischen Anforderungen ergaben sich bei den früheren Holzfenstern vor allem im Bereich des Mittelstoßes sehr schmale Ansichtsbreiten. Moderne Kunststoff-Fenstersysteme ermöglichen die Nachbildung der Fensterrahmen in

Abb. 15:
Rundbogenfenster mit Zierprofilen

Grundlagen der modernen Fenstertechnik

den ursprünglichen Proportionen trotz der durch den Einsatz zeitgemäßer Verglasungsvarianten bedingten höheren statischen Anforderungen.

Eine stilgerechte Altbausanierung erfordert auch immer die optische Nachbildung der alten Holzfenster bezüglich der Farbgebung und der Oberflächengestaltung. Durch das Aufbringen einer fein genarbten Mehrschichtfolie auf einem bereits extrudierten PVC-Profil (Kaschieren) können Holzoberflächen in ihrer Struktur täuschend echt imitiert werden. Daneben stehen noch andere Oberflächenveredelungsverfahren wie z.B. das Lackieren zur Verfügung, so daß die Möglichkeiten der Farbgebung praktisch unbegrenzt sind.

Oberflächengestaltung

Weitere Gestaltungselemente sind Zierprofile und Zierköpfe, die auf Pfosten, Kämpfer oder Stulpflügel aufgesetzt werden.

Glasarchitektur: Bauen mit Ideen und Licht

Sowohl in Form des klassischen Wintergartens als auch eingebunden in eine mehrgeschossige Architektur bietet der Werkstoff Glas Raum für neue Gestaltungsformen, angefangen beim Einfamilienhaus bis zum Industriebau. Wintergärten erfüllen den Wunsch nach preiswerter Wohnraumerweiterung, passiver Energienutzung und Erholungszone. Sowohl konstruktiv als auch gestalterisch werden Wintergärten durch flexible Konstruktionen an die Architektur des Hauses angepaßt (Abb. 16).

Die statische Belastung wird durch ein tragendes Gerüst aufgenommen, welches entweder aus mit Stahl verstärkten PVC-Profilen oder aus thermisch getrennten Aluminiumprofilen aufgebaut ist. In dieses Gerüst werden unter-

Glasarchitektur: Bauen mit Ideen und Licht

Abb. 16:
Wintergarten

schiedliche Ausfachungen wie beispielsweise Fenster, Türen oder Festverglasungen in der Art eingebracht, daß eine effektive Belüftung gewährleistet ist.

In den letzten Jahren gewann die Fassadentechnik immer mehr an Bedeutung. Die Anwendungsgebiete erstrecken sich vom Wohn- und Verwaltungs- bis hin zum Gewerbebau (Abb. 17). Großflächige Wandverkleidungen sind ebenso möglich wie selbsttragende Außenwandsysteme. Die Verbindung der einzelnen Elemente wird durch eine Lisenenkonstruktion gelöst, die auch die Bewegung durch die Dehnung in Längsrichtung der Fassade

Moderne Fassaden mit Glas

34 Grundlagen der modernen Fenstertechnik

Abb. 17:
Fassadentechnik

aufnimmt. In die Lisene können sowohl Blendrahmen von einzelnen Elementen als auch Festverglasungen oder Brüstungsplatten direkt integriert werden. Die Lisenenkonstruktion kann auch in einer anschließenden Dachschräge weitergeführt werden, so daß die Fassade und die abknickende, transparente Dachschräge zu einem Band werden.

Der Bau von Fenstern

In Verbindung mit dem Wunsch nach rationeller Auftragsabwicklung und in Hinblick auf die Variantenvielfalt des Kunststoff-Fensters stellt die Unterstützung der Fensterfertigung durch maßgeschneiderte EDV-Programme eine nützliche Hilfe dar. Ein solches Programm kann sowohl die fertigungstechnische Vorbereitung, wie z.B. die Erstellung von Material-, Zuschnitts-, Glas- und Beschlaglisten, als auch die kaufmännische Kalkulation vereinfachen. Auch in der eigentlichen Fensterfertigung gewinnt der Einsatz von modernen Steuerungselementen immer mehr an Bedeutung.

EDV-Programme

Die Vorkonfektionierung: Aus Stangen entsteht ein Rahmen

Die Profile, die vom Systemhersteller in Stangen von z.B. 6 m Länge geliefert werden, werden fast ausschließlich auf Doppelgehrungssägen mit pneumatischer Profileinspannung und pneumatischem Sägevorschub zugeschnitten. Moderne Doppelgehrungssägen sind in den meisten Fällen mit einer automatischen Längenpositionierung ausgestattet. Die Steuerung solcher Anlagen erfolgt immer häufiger on line durch zentrale EDV-Anlagen oder durch Übernahme der Daten von verschiedenen Datenträgern (z.B. Disketten) aus der Arbeitsvorbereitung.

Zuschnitt

Zur Blendrahmenentwässerung und zur Belüftung des Falzgrundes im Verglasungsbereich sind in den Blendrahmen- und Flügelprofilen Entwässerungsöffnungen einzufräsen. Die Einfräsungen werden in den meisten Fällen als Schlitze von mindestens 5 x 20 mm ausgebil-

Entwässerung

det, wobei der Abstand der Schlitze untereinander 60 cm nicht überschreiten sollte.

Alle außen sichtbaren Entwässerungsöffnungen werden in der Regel mit Abdeckkappen versehen. Dadurch wird verhindert, daß der von außen auf die Öffnungen wirkende Winddruck ein Abfließen des Wassers unmöglich macht.

Aussteifen der Profile

Bedingt durch den E-Modul des Materials müssen Fensterprofile aus PVC mit Armierungsprofilen aus Stahl verstärkt werden (zur Statik siehe S. 63ff). Das Einschieben dieser Profile geschieht zum großen Teil noch von Hand. Die Verbindung der Stahlprofile mit den Kunststoffprofilen erfolgt durch selbstbohrende Schrauben auf Schraubautomaten mit automatischer Schraubenzuführung. Die Ausbildung der Armierung ist den Vorgaben des Systemherstellers zu entnehmen und richtet sich nach den erforderlichen Trägheitsmomenten. Weiße Fensterflügel werden ab einer Größe von 100 cm Breite und 130 cm Höhe, nichtweiße Flügel grundsätzlich immer armiert.

Die Verbindung der einzelnen Profile zu einem Rahmen erfolgt über das Heizelementstumpfschweißen. Hierbei ist die Schweißtemperatur, der Schweißdruck und die Schweißzeit bezüglich der Qualität der Schweißnaht maßgebend. Der gesamte Verfahrensablauf ist in Abbildung 18 dargestellt [10].

Schweißen der Profile

Die Schnittflächen der zu schweißenden Profile werden am Heizelement unter Druck angegeglichen, bis sie vollflächig und plan am Spiegel anliegen. Das Angleichen geht direkt in das Anwärmen über. Dabei wird nach dem Aufheizen der Schnittflächen auf die Schweißtemperatur eine genügend tiefe Schmelzeschicht gebildet. Anschließend werden die Profile vom

Die Vorkonfektionierung: Aus Stangen entsteht ein Rahmen 37

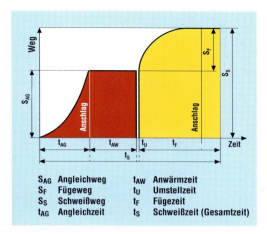

Abb. 18:
Verfahrensablauf
beim Schweißen
(Weg-Zeit-Diagramm)

S_{AG}	Angleichweg	t_{AW}	Anwärmzeit
S_F	Fügeweg	t_U	Umstellzeit
S_S	Schweißweg	t_F	Fügezeit
t_{AG}	Angleichzeit	t_S	Schweißzeit (Gesamtzeit)

Heizelement gelöst, dieses aus der Schweißebene entfernt (»Umstellen«) und die Profile unter Druck zusammengefügt. Nach Ablauf der Fügezeit kann die fertig geschweißte Eckverbindung der Maschine entnommen werden (Abb. 19).

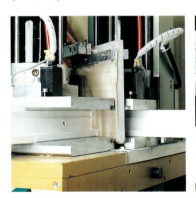

In der Praxis werden Ein-, Zwei- oder Vierkopfschweißmaschinen eingesetzt, d.h., diese Automaten können einen Rahmen an einer,

Abb. 19:
Schweißen am Heizelement

zwei oder vier Ecken gleichzeitig verschweißen. Während Ein- und Zweikopfanlagen im Anschlagsystem arbeiten, d.h., daß allein das Zuschnittmaß der Profile das endgültige Rahmenmaß bestimmt, sind moderne Vierkopfanlagen mit Steuerungselektroniken ausgestattet. Diese geben das Schweißmaß vor und nehmen entsprechend abmaßige Profillängen nicht an, wodurch eine hohe Maßhaltigkeit des verschweißten Rahmens gewährleistet ist.

Verputzen der Ecken

Das Entfernen der Schweißraupen an den Rahmenecken, auch »Verputzen« genannt, zählte lange Zeit zu den zeitaufwendigsten und unangenehmsten Arbeitsgängen in der Kunststoff-Fensterfertigung. Wurden die Ecken früher noch manuell mit Schweißraupenfräsen und Schleifmaschinen mit entsprechendem Nachpolieren bearbeitet, werden heute fast ausschließlich Eckenputzautomaten eingesetzt, wobei es verschiedene Verfahren zur Eckenbearbeitung gibt. Wird über einen Abschervorgang eine gehrungsbetonende Nut in die Profiloberfläche eingeschnitten und gleichzeitig der Falzbereich mit falzspezifischen Fräsköpfen bearbeitet, so spricht man vom Nut-Scher-Verfahren. Beim REHAU-Kontur-Schweißverfahren formen zwei Begrenzungsplatten die Schweißraupe zu einer dachförmigen Naht, so daß ein Einnuten in diesem Fall nicht erforderlich ist. Dies hat bei der Verwendung von kaschierten Fensterprofilen den Vorteil, daß die Kaschierfolie im Gehrungsbereich nicht durch eine Nut unterbrochen wird.

Kontur-Schweißverfahren

Je nach Dichtungssystem (siehe S. 21ff) ist auch das Verarbeiten der Dichtungen unterschiedlich. Mitteldichtungen sind in den meisten Fällen schon seitens der Systemhersteller in die Profile eingebracht, so daß diese beim

Die Vorkonfektionierung: Aus Stangen entsteht ein Rahmen

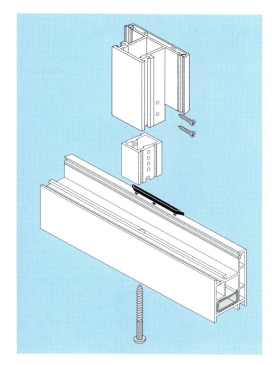

Abb. 20:
Mechanische Verbindung

Schweißen der Rahmen mitverschweißt werden. Anschlag- und Verglasungsdichtungen werden in der Regel erst nach dem Verschweißen der Rahmen entweder von Hand oder mit der Handrolle eingebracht. Die umlaufenden Anschlagdichtungen werden an den Stoßstellen in der Mitte des oberen Profilquerstückes verklebt.

Das bei mehrteiligen Elementen früher übliche Einschweißen der Pfosten- und Kämpferprofile in V-Form ist größtenteils durch die mechanische Verbindung ersetzt worden. Dafür wird das Pfosten- oder Kämpferprofil an den beiden

Stirnseiten entsprechend den Konturen des Gegenprofiles gefräst und mit Hilfe von geeigneten Verbindungsteilen in den fertig verschweißten Rahmen verschraubt (Abb. 20).

Der Anschlag: Zwei Rahmen ergeben ein Fenster

Flügelanschlag

Die Beschlagsmontage teilt sich in den Blendrahmen- und den Flügelanschlag auf. An den Flügel sind sämtliche Beschlagteile wie z.B. Getriebe, Eckumlenkungen, Scheren und das Eckband anzubringen. Dies geschieht entweder auf normalen Arbeitstischen durch Handbearbeitungsmaschinen mit entsprechenden Bohrlehren oder auf speziellen Flügelanschlagtischen mit rationellen Schraub-, Bohr- und Stanzeinrichtungen.

Blendrahmenanschlag

Der Blendrahmenanschlag, d.h. die Montage der Schließstücke, Eck- und Scherenlager sowie eventuell einzusetzender Bänder, wird auf speziellen Montageständern noch weitestgehend manuell mit entsprechenden Bohrlehren und Frässchablonen durchgeführt.

Die Befestigung der Beschläge erfolgt in der Regel durch selbstbohrende oder selbstschneidende Schrauben. Ein Nachjustieren der Beschläge sollte in der Fertigung nicht erfolgen. Von dieser Möglichkeit sollte man nach dem Einbau oder später im Zuge der Wartung Gebrauch machen, um die Funktionsfähigkeit und Dichtigkeit des Fensters auch auf lange Sicht zu sichern.

Endmontage

Da beide Arbeitsgänge, Flügel- und Blendrahmenanschlag, heute meist getrennt durchgeführt werden, ist eine gute Koordination z.B. durch exakte Vorgaben über die Fertigungspläne erforderlich. In der anschließenden Montage werden die Flügel und Blendrahmen zusammengefügt und alle eventuell notwendigen Zusatzprofile wie z.B. Rolladenkästen mit entsprechenden Führungsschienen, Kopplungsprofile, Wetterschenkel etc. angebracht [11].

Auf die richtige Verglasung kommt es an

Wegen der in den letzten Jahren erhöhten Anforderungen an die Wärmedämmung und an den Schallschutz gewinnt der Einsatz von Funktionsgläsern im Fensterbau eine immer größere Bedeutung. Abgesehen von diesen Gesichtspunkten muß die äußere Scheibe eines Scheibenverbundes auch die Windlast in Abhängigkeit von der Gebäudehöhe aufnehmen können (siehe S. 64ff). Die dafür benötigte Scheibendicke ermittelt man mit speziellen Diagrammen und Tabellen, welche in den »Technischen Richtlinien des Glaserhandwerks« aufgeführt sind [12].

Auswahl der Scheibe

Neben der Auswahl der richtigen Scheibe muß jedoch auch eine funktionsgerechte Verglasung gewährleistet sein. Dem »Einpassen« oder »Verklotzen« der Scheiben kommt dabei folgende Bedeutung zu:

Aufgrund der im Vergleich zu anderen Werkstoffen geringeren Eigenstabilität des Kunststoffrahmens ist das Gewicht der Scheibe im Rahmen so zu verteilen bzw. auszugleichen, daß der Rahmen die Scheibe allseits trägt. Dabei soll der Flügelrahmen seine ursprüngliche, richtige Lage behalten. Zudem soll durch das Ableiten der auftretenden Kräfte über die Klötze auf den Beschlag bis in das Mauerwerk eine ungehemmte Gangbarkeit der Flügel sichergestellt werden. Durch die Verklotzung

Die Verklotzung sichert die Stabilität

wird eine Berührung der Glaskanten mit dem Rahmen verhindert. Die Anordnung der Klötze richtet sich dabei nach der Öffnungsart des Flügels (Abb. 21) [13].

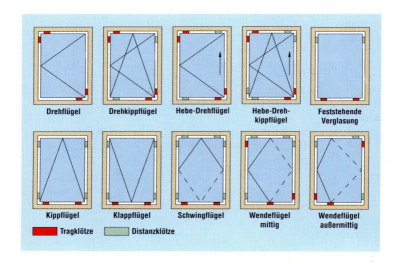

Abb. 21:
Verklotzung der Scheibe

Kunststoff-Fenster werden fast ausschließlich nach dem Prinzip der Trockenverglasung mit vorgefertigten Dichtprofilen verglast. Im Außenbereich werden Dichtungen aus einem Ethylen-Propylen-Dien-Elastomer (EPDM) oder aus Silikonkautschuk (SI) eingesetzt. Die Verwendung von Glasleisten mit bereits anextrudierten Dichtungen im Innenbereich führt zu Kosteneinsparungen bezüglich Material und Arbeitsaufwand und aufgrund des immer paßgenauen Sitzes der Dichtungen zu einer Verbesserung der Optik. Um den erforderlichen Anpreßdruck zu erzielen, müssen in Abhängigkeit von der Stärke des Glases Dichtprofil und Glasleiste mit entsprechend anextrudierter Dichtung genau aufeinander abgestimmt sein.

Die verschiedenen Kombinationen werden von den Systemherstellern entsprechend vorgegeben.

Die Verglasung kann auf speziellen Verglasungseinheiten mit entsprechenden Spannvorrichtungen durchgeführt werden und beginnt mit dem Einziehen der Außendichtung. In Abhängigkeit von der Verglasungsart, d.h. stehend oder liegend, wird danach die Scheibe eingesetzt oder eingelegt. Nach dem funktionsgerechten Verklotzen werden die Glasleisten mit den bereits anextrudierten Dichtungen eingedrückt.

Verglasung

In der anschließenden Endkontrolle wird das Fenster sowohl unter optischen Gesichtspunkten als auch bezüglich der Funktionalität überprüft.

Endkontrolle

Die Montage von Fenstern

Ein modernes Fenster erfüllt die in den vergangenen Jahren enorm gestiegenen Anforderungen nur in Verbindung mit dem sachgerechten Anschluß an den Baukörper. Der Einbau der Fenster und die Ausführung der Anschlußfuge zwischen Fenster und Baukörper erfordern deshalb eine ausreichende Planung.

Anforderungen an eine funktionsgerechte Montage

Unter Berücksichtigung der einwirkenden Belastungen muß die konstruktive Ausbildung der Anschlußfuge einer Reihe von Anforderungen gerecht werden:

- Durch eine dauerhafte Luftundurchlässigkeit der Fuge sollen Zugerscheinungen vermieden werden.
- Es darf kein Niederschlagswasser in das Gebäudeinnere eindringen (Schlagregendichtheit).
- Im Hinblick auf Wärmeverluste und Tauwasserbildung sind Wärmebrücken im Anschlußbereich durch eine ausreichende Wärmedämmung zu vermeiden.
- Für eine ausreichende Schalldämmung sind auch im Anschlußbereich konstruktive Abhängigkeiten zu beachten.
- Alle am Fenster auftretenden Kräfte müssen mit ausreichender Sicherheit in den Baukörper übertragen werden.

Zu berücksichtigen ist dabei sowohl die thermisch bedingte Längenänderung der Fenster

Anforderungen an eine funktionsgerechte Montage 45

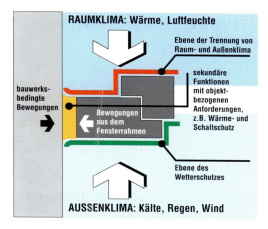

Abb. 22:
Einwirkungen und
Funktionsebenen im
Fugenbereich

als auch die vorgegebene Formänderung des Baukörpers.

Die funktionsfähige Ausbildung der Fuge wird durch eine Aufteilung in verschiedenen Ebenen erleichtert (Abb. 22). Zur Ebene des Wetterschutzes gehört die möglichst weit außenseitig liegende Regen- und Windsperre. Diese hat die Aufgabe, das Eindringen von Niederschlagswasser in die Konstruktion auch unter Windeinwirkung zu verhindern. Je nach Ausbildung spricht man von ein- oder zweistufigen Systemen, wobei letzteres durch die Trennung von Wind- und Regensperre als das günstigere anzusehen ist.

Wetterschutz

Durch den Einsatz von Mineralwolle, Polyurethan-Schaum oder Spritzkork werden die jeweiligen objektbezogenen Anforderungen in bezug auf den Wärme- und Schallschutz eingehalten.

Wärme- und Schallschutz

Die Ebene der Trennung von Raum- und Außenklima stellt ein wichtiges Detail bei der Planung der Anschlußfuge dar. Grundlage für

Trennung von Raum- und Außenklima

46 Die Montage von Fenstern

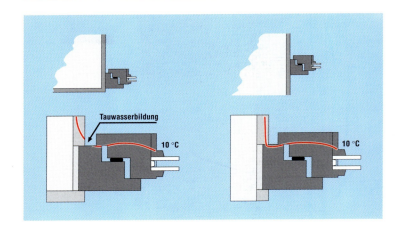

Abb. 23:
Verlauf der 10 °C-Isotherme

die konstruktive Ausbildung dieser Ebene ist die Taupunkttemperatur der Luft [14, 16].

Wird entsprechend der DIN 4108 ein Raumklima von 20 °C und 50 Prozent relativer Luftfeuchte zugrunde gelegt, so ergibt sich eine Taupunkttemperatur der Luft von 9,3 °C. Da bei Abkühlung unter dieser Temperatur Tauwasser entsteht, muß die konstruktive Trennung von Innen- und Außenklima in Temperaturbereichen über 10 °C erfolgen. Erforderlich ist daher die Kenntnis der Temperaturverhältnisse in der Anschlußfuge. Diese werden durch den Verlauf der Isothermen als Linien konstanter Temperatur beschrieben.

Isotherme

Aus dem Verlauf der 10 °C-Isothermen (Abb. 23, links) ist ersichtlich, daß im Übergangsbereich vom Bauwerk zum Fenster die Oberflächentemperatur unter 10 °C liegt. In diesem Bereich würde also unter den gegebenen Bedingungen und dem vorgegebenen Fensteranschluß (außenbündig) Tauwasser auftreten. Der Vergleich mit dem Fensteranschluß in der Mitte des Mauerwerkes zeigt, daß für das Auf-

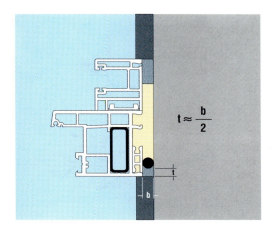

Abb. 24:
Beispiel für eine
Anschlußfuge

treten von Tauwasser die Lage des Fensters entscheidend ist, da in diesem Fall die Oberflächentemperaturen immer unter 10 °C liegen [15].

Zur Verminderung der Tauwassergefahr ist weiterhin die Ausbildung der Fuge selbst entscheidend. Diese ist so aufzubauen, daß die Dichtigkeit gegenüber Wasserdampf von der Raumseite zur Außenseite hin abnimmt. Durch eine raumseitige diffusionsdichte Dampfsperre wird verhindert, daß die feuchte Raumluft bis in den Bereich der 10 °C-Isotherme in die Fuge gelangt. Eine außenseitige, dampfdurchlässige Fugenausbildung ermöglicht das Entweichen von eventuell auftretender Feuchte im Fugenbereich (Abb. 24).

Aufbau der Fuge

Bei der konstruktiven Auslegung der Fuge ist das Arbeitsvermögen, d.h. die zulässige Gesamtverformung, der Dichtstoffe zu beachten. Die erforderliche Bewegungsaufnahme ist abhängig von der thermischen Ausdehnung der Profile. Für weiße Profile aus PVC kann eine

Die Montage von Fenstern

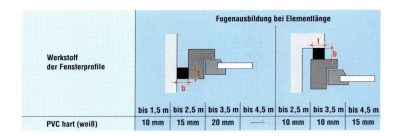

Tab. 3:
Mindestfugen-
breiten b

temperaturbedingte Längenänderung von 1,6 mm/m je Fuge angenommen werden. Bei Verwendung von elastischen Dichtstoffen mit einer Dauerdehnbarkeit von 25 Prozent (wie z.B. Silikon) ergeben sich daher Mindestbreiten für die Fugen gemäß Tabelle 3.

Die Verankerung der Fenster im Baukörper

Durch die Befestigung der Fenster muß die Abtragung aller am Fenster auftretenden Kräfte in den Baukörper gewährleistet sein. Dabei dürfen keine Verformungen auftreten, die die Funktion des Fensters beeinträchtigen. Zweckmäßigerweise unterscheidet man bei den Befestigungsmöglichkeiten zwischen

- der Ableitung der in der Fensterebene wirkenden Kräfte und

- der Ableitung der senkrecht zur Fensterebene wirkenden Kräfte.

Tragklötze leiten Kräfte ab

Zur Ableitung der in der Fensterebene wirkenden Kräfte werden Tragklötze eingesetzt. Die Klötze sind konstruktiv so anzuordnen, daß eine Verformung des Fensters weitestgehend vermieden wird, d.h. in den Eckbereichen oder unter einem Pfosten oder Riegel eines Elemen-

Die Verankerung der Fenster im Baukörper

 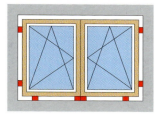

Abb. 25:
Anordnung der Klötze

tes (Abb. 25). Dabei darf jedoch die thermisch bedingte Ausdehnung der Profile nicht behindert werden.

Zur Ableitung der senkrecht zur Fensterebene wirkenden Kräfte gibt es verschiedene Varianten. Die Auswahl der Befestigungsmöglichkeiten richtet sich hier nach der Festigkeit der angrenzenden Bauteile und den in der Anschlußfuge auftretenden Bewegungen. In der Regel werden folgende Befestigungsmittel verwendet:

- Befestigung mittels Dübel und Maueranker

  In diesem Fall ist für die Tragfähigkeit die Befestigung des Ankers am Blendrahmen und die Biegesteifigkeit des Mauerankers selbst maßgebend.

- Befestigung mittels Rohrrahmendübel

  Diese Möglichkeit wird überwiegend bei der Altbausanierung eingesetzt. Dadurch wird das Entfernen des Putzes vermieden, welches bei der Verwendung von Mauerankern erforderlich ist.

Befestigungsmöglichkeiten

Der Abstand zwischen den einzelnen Befestigungspunkten beträgt in der Regel maximal 700 mm. Dabei soll die Entfernung von den Ecken und den Pfosten- bzw. Riegelanschlüssen 100 mm, gemessen von der Innenecke, nicht unterschreiten.

Anforderungen an moderne Fenster

Durch Belüftung ein angenehmes Raumklima

Aus hygienischen Gründen ist es notwendig, die Raumluft, die durch die Nutzung eines Raumes mit Schadstoffen belastet ist, zu erneuern. Bei der notwendigen Belüftung sind folgende Faktoren zu beachten:

Geruch- und Schwebstoffe

Die Intensität der Lüftung zur Abfuhr von Geruch- und Schwebstoffen richtet sich nach der Intensität der Nutzung des Raumes durch den Bewohner. So sind beispielsweise intensiv genutzte Räume im Küchen- und Sanitärbereich lüftungstechnisch anders zu beurteilen als normale Wohn- oder Aufenthaltsräume.

Sauerstoffbedarf

Zur Deckung des notwendigen Sauerstoffbedarfes sind nur relativ geringe Lüftungsmengen erforderlich. Die Problematik der offenen Feuerstellen im Wohnbereich sollte von dem Problem der Wohnungslüftung getrennt betrachtet werden. Hier empfiehlt sich zur Vermeidung von unnötigen Energieverlusten einerseits und Gesundheitsschäden von Bewohnern andererseits eine direkte Zufuhr der Außenluft zur Feuerstelle.

Aufheizung im Sommer

Bedingt durch die Sonneneinstrahlung (Treibhauseffekt) kommt es insbesondere während der warmen Jahreszeit zu einer erheblichen Aufheizung im Rauminneren. Je nach Größe und Himmelsrichtung der Fenster kann daher eine besonders intensive Lüftung der Räume erforderlich sein [16, 17].

Im Gegensatz zu früheren Jahren bereiten heute jedoch die entstehenden Feuchtigkeitsmengen die größten Probleme, speziell nach einer Altbausanierung. Wasser in Form von unsichtbarem Wasserdampf entsteht z.B. durch die Atemluft eines Menschen, beim Kochen, Baden oder beim Waschen der Wäsche. Diese Feuchtigkeit wurde früher relativ einfach abgeführt:

Feuchtigkeit

- durch den Luftaustausch über die vergleichsweise undichten Fenster und
- durch häufiges Lüften mit entsprechender Beheizung, bedingt durch die kostengünstige Heizenergie.

Aufgrund des Einsatzes von modernen Fenstern mit sehr viel höherer Fugendichtigkeit wird im allgemeinen weniger geheizt, so daß die Raumtemperatur sinkt. Bei gleichzeitig fehlender Kondensationsfläche der früher eingesetzten Einfachverglasung kommt es aufgrund der Unterschreitung der Taupunkttemperatur an der in den meisten Fällen schlecht wärmegedämmten Altbauaußenwand in diesem Bereich zu einer erhöhten Gefährdung durch kondensierenden Wasserdampf.

Aber auch in einem Neubau muß die relative Luftfeuchtigkeit durch Lüften gesenkt werden, da eine hohe Luftfeuchtigkeit immer ein günstiges Klima für ein Bakterien- und Pilzwachstum bedeutet.

Lüften senkt die Luftfeuchtigkeit

Grundlage für die natürliche Lüftung ist die physikalische Gesetzmäßigkeit, daß warme Luft eine geringere Dichte hat als kalte Luft. Eine Luftbewegung entsteht dadurch, daß warme Luft aufsteigt und kalte Luft nachströmt.

Entsteht diese Luftbewegung durch eine unmittelbare Temperaturdifferenz zwischen dem Raum und der Umgebung, so spricht man von der Temperaturlüftung. In diesem Fall müssen

Anforderungen an moderne Fenster

Zuluft- und Abluftöffnungen in unterschiedlichen Höhen angeordnet sein, wobei beide Öffnungen in einer Raumwand liegen können.

Bei der Windlüftung werden die Luftbewegungen durch die Dichteunterschiede verschiedener Luftmassen im Klimaraum hervorgerufen. Zuluft- und Abluftöffnungen müssen sich gegenüberliegen, so daß ein Durchströmen des Raumes oder des Raumverbundes bei Wohnungen möglich ist [16].

Fugenlüftung

Unter Einfluß sowohl der Jahreszeit als auch der geographischen Lage werden in der Praxis beide Lüftungsmöglichkeiten wechselweise oder überlagert vorliegen. Untersuchungen haben gezeigt, daß die Fugenlüftung, d.h. die Luftdurchlässigkeit durch die Fugen eines modernen Fensters, die hygienischen Anforderungen in keinster Weise erfüllen kann. Die erforderliche Luftwechselrate muß daher durch andere Maßnahmen gewährleistet werden:

Stoßlüftung

Durch die Stoßlüftung, d.h. eine intensive Lüftung bei voll geöffneten Fenstern in bestimmten Zeitabständen, wird ein schneller Luftaustausch ermöglicht. Dabei werden die im Rauminneren gelegenen Bauteile und Gegenstände nur wenig abgekühlt und unterstützen somit das anschließende Aufheizen der Frischluft.

Dauerlüftung

Eine Dauerlüftung durch halbgeöffnete oder gekippte Fenster bewirkt zwar eine kontinuierliche Frischluftzufuhr, ist jedoch auch durch ein recht erhebliches Maß an Wärmeverlusten gekennzeichnet. Diese resultieren sowohl aus dem Entweichen der Warmluft von direkt unter den Fenstern eingebauten Heizkörpern als auch aus der unkontrollierten Zufuhr der Kaltluft.

Da eine alleinige Stoßlüftung in vielen Bereichen, wie beispielsweise nachts im Schlafzim-

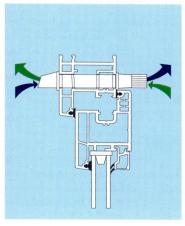 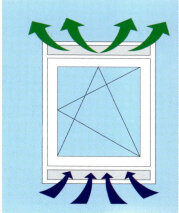

mer oder während des Kochens, keine Akzeptanz findet, ist bei der Planung der Lüftung eine regulierbare Dauerlüftung, welche die Wärmeverluste auf ein Minimum reduziert, mit zu berücksichtigen. Dieses könnte beispielsweise dadurch erreicht werden, daß durch abgestuft einstellbare Fensterbeschläge der Luftaustausch vom Benutzer variiert werden kann [17]. Eine weitere Möglichkeit ist der Einsatz von regulierbaren Lüftungseinrichtungen wie z.B. Spaltlüftern in den Flügel- oder Blendrahmenprofilen oder schallgedämmten Lüftungselementen (Abb. 26).

Abb. 26: Spaltlüfter und schallgedämmte Lüftungselemente

Regulierbare Lüftungseinrichtungen

Fugendurchlässigkeit und Schlagregensicherheit

Ein Maßstab für die Lüftungswärmeverluste ist die Fugendurchlässigkeit bzw. der Fugendurchlaßkoeffizient a (»a-Wert«) eines Fensters, welcher auch erheblichen Einfluß auf die Schalldämmeigenschaften ausübt.

»a-Wert«

54 Anforderungen an moderne Fenster

Kennwerte

Die DIN 18055 »Fugendurchlässigkeit, Schlagregendichtheit und mechanische Beanspruchung« legt dazu folgende Kennwerte fest:

- Die Fugendurchlässigkeit V, gemessen in m^3/h, kennzeichnet den über die Fugen zwischen Flügel und Blendrahmen stattfindenden Luftaustausch je Zeiteinheit als Folge einer am Fenster vorhandenen Luftdruckdifferenz.
- Die längenbezogene Fugendurchlässigkeit V_l ist die auf eine Fugenlänge von 1 m bezogene Fugendurchlässigkeit V, gemessen in m^3/hm.
- Der Fugendurchlaßkoeffizient a kennzeichnet die über die Fugen zwischen Flügel und Blendrahmen bei einer Druckdifferenz von 10 Pa je Zeiteinheit und Fugenlänge ausgetauschte Luftmenge, gemessen in

$$\frac{m^3}{hm \times 10\, Pa^{2/3}}$$

Zur Näherung an die tatsächlichen Beanspruchungen sieht die DIN 18055 die Einordnung der Fenster in vier Beanspruchungsgruppen vor, die sich nach der Gebäudehöhe richten (Tab. 4). Diese Einteilung gilt für den Regelfall, in Sonderfällen können die Beanspruchungsgruppen auch in Abhängigkeit von den geographischen Gegebenheiten, der Gebäude-

Tab. 4:
Beanspruchungsgruppen nach DIN 18055

Beanspruchungsgruppen[1]	A	B	C	D[3]
Prüfdruck in Pa	bis 150	bis 300	bis 600	Sonderregelung
entspricht etwa Windstärke[2]	bis 7	bis 9	bis 11	
Gebäudehöhe in m (Richtwert)	bis 8	bis 20	bis 100	

[1] Die Beanspruchungsgruppe ist im Leistungsverzeichnis anzugeben
[2] Nach der Beaufort-Skala
[3] In die Beanspruchungsgruppe D sind Fenster einzustufen, bei denen mit außergewöhnlicher Beanspruchung zu rechnen ist. Die Anforderungen sind im Einzelfall anzugeben.

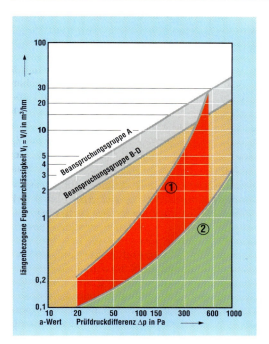

Abb. 27:
Längenbezogene
Fugendurchlässigkeit

lage, -form und -höhe, der Fassadenausbildung und der Einbauart der Fenster bestimmt werden. Die Beanspruchungsgruppe gilt immer für die gesamte Fassade.

Da die Fugendurchlässigkeit sehr stark von der am Fenster wirkenden Druckdifferenz beeinflußt wird, ist der a-Wert als Gebrauchswert für die Beurteilung eines Fensters unbedeutend. So kann ein Fenster, welches zwar einen ausreichenden a-Wert besitzt, die Grenzwerte bezüglich der längenbezogenen Fugendurchlässigkeit nach DIN 18055 mit steigender Druckdifferenz durchaus überschreiten (Abb. 27, Kurve 1). Moderne Fenster aus PVC zeigen ein Verhalten analog der Kurve 2, d.h., die Anfor-

56 Anforderungen an moderne Fenster

Prüfung der Fugendurchlässigkeit

derungen der DIN 18055 werden deutlich unterschritten.

Die Prüfung von Fenstern im Hinblick auf die Fugendurchlässigkeit erfolgt auf dem Fensterprüfstand nach DIN EN 42. Das Fenster wird dazu auf den Prüfstand montiert und mit stufenweise ansteigenden Druckdifferenzen belastet. Die bei jeder Prüfstufe durch die Fugen entweichende Luftmenge V wird in m³/h gemessen und durch die Fugenlänge l des Fensters dividiert, es ergibt sich die längenbezogene Fugendurchlässigkeit V_l in m³/hm. Diese Werte werden in ein Diagramm gemäß Abbildung 27 eingetragen und ergeben die Prüfkurve für die Fugendurchlässigkeit des Fensters.

Prüfung der Schlagregensicherheit

Auch die Prüfung bezüglich der Schlagregensicherheit nach DIN EN 86 wird auf dem Fensterprüfstand durchgeführt. Zudem wird die Außenseite des Fensters mit einem kontinuierlichen Wasserfilm von 2 l/m² besprüht. Gemäß der gewünschten Beanspruchungsgruppe darf bei der jeweiligen Druckstufe bei gleichzeitiger Belastung durch Luftdruck (Wind) und Sprühwasser (Regen) kein Wasser durch das Fenster in das Rauminnere eindringen. Eventuell in die Rahmenkonstruktion eingedrungenes Wasser muß unmittelbar und kontrolliert abgeführt werden, um Schäden am Baukörper zu vermeiden.

Wärmeschutz hilft Energie sparen

Seit der Energiekrise Anfang der 70er Jahre gewann der Begriff »Energieeinsparung« und damit auch der Wärmeschutz im Bauwesen immer mehr an Bedeutung. Die Wärmeverluste eines Gebäudes werden durch zwei Faktoren bestimmt:

Wärmeschutz hilft Energie sparen

- Die Transmissionswärmeverluste setzen sich aus den Wärmeströmen zusammen, die der Raum durch Wärmedurchgang über die Wände, Fenster, Türen, Decken und Fußböden abgibt. — **Transmissionswärmeverluste**
- Unter den Lüftungswärmeverlusten ist die Wärmemenge zu verstehen, die benötigt wird, um die durch die Fugen eines Fensters und durch die Lüftung einströmende Kaltluft von Außen- auf Raumtemperatur aufzuheizen. — **Lüftungswärmeverluste**

Der Wärmedurchgangskoeffizient k (»k-Wert«) gibt den gesamten Wärmedurchgang durch ein Bauteil als Kombination von Wärmeleitung und Wärmeübergang an. Er errechnet sich nach — **»k-Wert«**

$$k = \frac{1}{\frac{1}{\alpha_i} + \frac{1}{\Lambda} + \frac{1}{\alpha_a}}$$

und wird in W/m²K gemessen.

$\frac{1}{\alpha}$ Wärmeübergangswiderstände
Maßstab für den Wärmeübergang zwischen verschiedenen Stoffen, z.B. für ein Bauteil mit angrenzender Luftschicht.

$\frac{1}{\Lambda}$ Wärmedurchlaßwiderstand
Maßstab für die Wärmeleitung innerhalb eines Bauteiles; für mehrschichtige Bauteile werden die Wärmedurchlaßwiderstände der einzelnen Schichten addiert.

- Je kleiner der k-Wert der einzelnen Bauteile, desto geringer ist der Transmissionswärmeverlust des Gebäudes.

Der Wärmedurchgangskoeffizient eines Fensters k_F setzt sich aus den einzelnen Koeffizienten des Rahmens k_R und der Verglasung k_V zusammen. In der DIN 4108 wird eine Un-

58 Anforderungen an moderne Fenster

Rahmenmaterial-gruppe	Grenzen für k_R in W/m^2K	Merkmale der Zuordnung
1	$k_R \leq 2{,}0$	Kunststoff, Holz, Holzkombinationen oder Nachweis $k_R \leq 2{,}0$
2.1	$2{,}0 \leq k_R \leq 2{,}8$	Nachweis $2{,}0 \leq k_R \leq 2{,}8$
2.2	$2{,}8 \leq k_R \leq 3{,}5$	Nachweis $2{,}8 \leq k_R \leq 3{,}5$ oder Merkmale der Profilkernzone gem. DIN 4108
2.3	$3{,}5 \leq k_R \leq 4{,}5$	Nachweis $3{,}5 \leq k_R \leq 4{,}5$ oder Merkmale der Profilkernzone gem. DIN 4108
3	$4{,}5 \leq k_R$	alle übrigen Profile

Tab. 5: Rahmenmaterialgruppen nach DIN 4108

terteilung der verschiedenen Fenstersysteme in Rahmenmaterialgruppen vorgenommen (Tab. 5), wobei Fenstersysteme aus PVC stets in die wärmetechnisch günstigste Rahmenmaterialgruppe 1 eingeordnet werden.

Wärmeschutzverordnung

In den bisherigen Wärmeschutzverordnungen (WVO) wurden die Transmissionswärmeverluste durch Vorgabe maximal zulässiger k-Werte für das gesamte Fenster und die Lüftungswärmeverluste durch die Begrenzung der Fugendurchlaßkoeffizienten limitiert. So forderte die 1. WVO von 1977 einen k_F-Wert $\leq 3{,}5$ W/m^2K; in der jetzt noch gültigen 2. WVO von 1982 wurde dieser Wert auf $k_F \leq 3{,}1$ W/m^2K verschärft. Bei Neubauten sind darüber hinaus mittlere k_m und $k_{m(W+F)}$ vorgegeben, welche sich auf die gesamte wärmeübertragende Umfassungsfläche eines Gebäudes bzw. auf die Außenwände einschließlich Fenster und Fenstertüren beziehen. Zur Begrenzung der Lüftungswärmeverluste wurde und wird ein a-Wert gemäß DIN 18055 (Abb. 27, S. 55) gefordert.

Mit der Zielvorgabe, die CO_2-Emissionen zu reduzieren, wurden die Anforderungen an den Wärmeschutz im Bauwesen wiederum verschärft. Die neue WVO, welche voraussichtlich ab 1995 Gültigkeit erlangen soll, richtet sich nach der Zielgröße des Wärmeschutzes, dem Heizwärmebedarf. In Abhängigkeit von dem Verhältnis der wärmeübertragenden Umfassungsfläche zum hiervon eingeschlossenen Bauvolumen ist bei der Erstellung von Neubauten ein Jahresheizwärmebedarf von maximal 100 kWh/m²a, bezogen auf die Gebäudenutzfläche, nicht zu überschreiten. Solarenergiegewinne und temporäre Wärmeschutzmaßnahmen werden durch den äquivalenten Wärmedurchgangskoeffizienten für Fenster $k_{eq,F}$ berücksichtigt:

Heizwärme-bedarf

$$k_{eq,F} = k_F - g_F \cdot S_F - D \cdot k_F$$

g_F Gesamtenergiedurchlaßgrad
S_F Koeffizient für solare Energiegewinne
  Nordorientierung: $S_F = 0{,}95$ W/m²K
  Ost/Westorientierung: $S_F = 1{,}65$ W/m²K
  Südorientierung: $S_F = 2{,}40$ W/m²K
D   Koeffizient für temporären Wärmeschutz

Die meisten Wohnungen in der Bundesrepublik Deutschland (alte Bundesländer) weisen einen höchst unzureichenden Wärmeschutz auf, da sie vor dem Inkrafttreten der ersten WVO erstellt wurden. Im Falle einer Altbausanierung wird daher ein k_F-Wert von $k_F \leq 2{,}0$ W/m²K gefordert.

In Zukunft werden aufgrund obiger Anforderungen verstärkt Wärmeschutzverglasungen zum Einsatz kommen. Der Wärmedurchgang durch eine Isolierverglasung ist bestimmt

Isolierverglasung

- durch Wärmeleitung und Konvektion des Gases im Scheibenzwischenraum und
- durch die Verluste aufgrund der Wärmestrahlung.

60 Anforderungen an moderne Fenster

Abb. 28:
Prinzip des Wärmeschutzglases

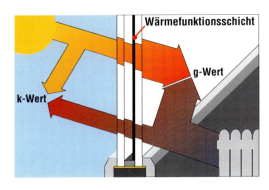

Wärmeschutzverglasungen sind daher z.B. mit dem Edelgas Argon gefüllt, das eine geringere Wärmeleitfähigkeit als Luft besitzt. Des weiteren werden die Scheiben mit einer Beschichtung versehen, welche eine Filterwirkung besitzt: Kurzwelliges Sonnenlicht gelangt relativ ungehindert in das Rauminnere, wird von den raumbegrenzenden Flächen absorbiert und als langwellige Wärmestrahlung wieder abgegeben. Die Beschichtung wirkt zwar für die kurzwellige Strahlung transparent, für die langwellige Wärmestrahlung jedoch hochreflektierend, so daß ein Austritt der Wärmestrahlung verhindert wird (Abb. 28).

Energiezugewinn

Im günstigsten Fall, d.h. Südorientierung, ergibt sich bei Einsatz entsprechender Verglasung ein negativer $k_{eq,F}$-Wert, so daß sich sogar ein Energiezugewinn durch das Fenster erzielen läßt [18].

Schalldämmung schützt gegen Lärm

Die ständig stärker werdende Lärmbelastung im Berufs- und Privatleben räumt dem Schallschutz im Bauwesen in bezug auf die Lebensqualität des Menschen einen immer größeren

Schalldämmung schützt gegen Lärm 61

Stellenwert ein. Die konstruktive Auslegung des Fensters als schwächstes Glied der Fassade muß daher die Abdämmung des außerhalb eines Gebäudes herrschenden Außenlärmpegels auf einen der jeweiligen Nutzung des Raumes entsprechenden Innenraumpegel gewährleisten.

Unter Schall versteht man mechanische Schwingungen und Wellen, die sich im Frequenzbereich von 16 Hz bis 20000 Hz, d.h. im Bereich des menschlichen Hörens, in gasförmigen, flüssigen oder festen Stoffen ausbreiten.

Schall

Die Kenngröße für die Schalldämmung ist das bewertete Schalldämm-Maß R_W, welches durch Schallschutzprüfungen bei amtlichen Prüfinstituten nach DIN 52210 festgestellt und in Dezibel angegeben wird. Die Erfahrung zeigt, daß sich bei einer Messung des bewerteten Schalldämm-Maßes R'_W eines am Bau funktionsfähig eingebauten Fensters um 2 bis 3 Dezibel geringere Werte ergeben, die meist auf Undichtigkeiten im Wandanschluß zurückzuführen sind. Die Schalldämmung für das einzubauende Fenster sollte daher um einige dB höher liegen als der für das Gebäude notwendige

Bewertetes Schalldämm-Maß R_W

Tab. 6:
Schallschutzklassen
für Fenster nach
VDI-Richtlinie 2719

Schall-schutz-klasse	Bewertetes Schalldämm-Maß R'_W des am Bau funktionsfähig eingebauten Fensters, gemessen nach DIN 52210 Teil 5 in dB	Erforderliches bewertetes Schalldämm-Maß R_W des im Labor funktionsfähig eingebauten Fensters, gemessen nach DIN 52210 Teil 2 in dB
1	25 bis 39	≥ 27
2	30 bis 34	≥ 32
3	35 bis 39	≥ 37
4	40 bis 44	≥ 42
5	45 bis 49	≥ 47
6	≥ 50	≥ 52

62 Anforderungen an moderne Fenster

Lärmpegel-bereiche

Wert. Um die Einordnung, Auswahl und Ausschreibung von Fenstern zu erleichtern, werden sie gemäß der VDI-Richtlinie 2719 nach ihren bewerteten Schalldämm-Maßen R_W bzw. R'_W in Schallschutzklassen von 1 bis 6 eingeteilt (Tab. 6). Zur Ermittlung des Schallschutzbedarfes kann der Außenlärmpegel mit Hilfe von Gutachten, Lärmkarten oder aus der Tabelle A aus den ergänzenden Bestimmungen zur DIN 4109 in Form von verschiedenen Lärmpegelbereichen festgelegt werden.

Des weiteren ist in der DIN eine Tabelle aufgeführt, woraus in Abhängigkeit sowohl von den verschiedenen Lärmpegelbereichen als auch von der Nutzungsart der Räume Mindestwerte für die Luftschalldämmung von Außenbauteilen abgelesen werden können (Tab. 7). Die der maßgeblichen Lärmquelle abgewandte Gebäudeseite darf um einen Lärmpegelbereich niedriger eingestuft werden. Als Arbeitshilfe für die Praxis gibt die DIN 4109 weiterhin Konstruktionsmerkmale für Fenster in Abhängigkeit von

Tab. 7:
Mindestwerte der Luftschalldämmung für Fenster nach DIN 4109

Lärmpegel-bereiche	Maßgeblicher Außenlärmpegel in dB (A)	Raumarten		
		Bettenräume in Krankenhäusern und Sanatorien	Aufenthaltsräume in Wohnungen, Übernachtungsräume in Hotels, Unterrichtsräume	Büroräume
		Bewertetes Schalldämm-Maß R_W für Fenster in dB		
0	≤ 50	25	25	25
I	51 bis 55	30	25	25
II	56 bis 60	35	30	25
III	61 bis 65	40	35	30
IV	66 bis 70	45	40	35
V	> 70	50	45	40

den Schallschutzklassen an, welche jedoch nur als Anhalt zu verstehen sind, da eine genaue Zuordnung einzelner Konstruktionen zu bestimmten Schallschutzklassen nicht möglich ist.

Maßgebend für die Schalldämmeigenschaften eines Fensters sind folgende Faktoren:

- Mit zunehmender Dicke und zunehmendem Gewicht steigt der Dämmwert des Glases. **Glasdicke**

- Aufgrund des unterschiedlichen Schwingungsverhaltens wird bei Einsatz von Scheiben unterschiedlicher Dicke das Auftreten von Resonanzerscheinungen vermindert.

- Mit zunehmendem Abstand der Glasscheiben steigt auch das Schalldämmvermögen. Dies führt in letzter Konsequenz zur Konstruktion eines Verbund- oder Kastenfensters bei höchsten Anforderungen (Schallschutzklassen 5 und 6). **Abstand der Scheiben**

- Eine weitere Verbesserung der Schalldämmwerte wird durch den Einsatz von Gasen im Scheibenzwischenraum erreicht, wobei die Schallgeschwindigkeit in diesen Gasen erheblich geringer ist als in Luft. **Gasfüllung**

- Großen Einfluß auf die Schalldämmung des Fensters nimmt die Fugendichtigkeit und damit auch der a-Wert. Deshalb müssen Fenster mindestens zwei umlaufende Dichtungen aufweisen, wobei das gute Anliegen der Dichtungen durch die Beschläge gewährleistet sein muß. Gehrungsfugen der Verglasungsdichtungen und der Glasleisten sind abzudichten, Bohrungen und Schlitze zur Entwässerung auf das notwendige Mindestmaß zu beschränken. **Fugendichtigkeit**

- Um die Übertragung des Körperschalles vom Mauerwerk auf das Fenster zu verhindern, ist **Anschluß an das Mauerwerk** der Anschluß an das Mauerwerk weich und elastisch auszuführen. Die Anschlußfugen werden außen und innen mit dauerelastischen Dichtstoffen versiegelt. Weiterhin sollten die Fugen zur besseren Schallisolierung mit Masse überdeckt werden.

Die statische Auslegung eines Fensters

Windlasten

Nach DIN 18056 sind Fensterkonstruktionen nicht dazu bestimmt, Kräfte vom Baukörper zu übernehmen. Direkt auf das Fenster einwirkende Kräfte sollen allerdings aufgenommen und auf das Bauwerk übertragen werden können. Hauptbelastung für ein Fenster bilden die

Höhe über Gelände in m	Windgeschwindigkeit v in m/s	Staudruck q in kN/m²	Winddruck w in kN/m² normal
von 0 bis 8	28,3	0,5	0,6
über 8 bis 20	35,8	0,8	0,96
über 20 bis 100	42,0	1,1	1,32
über 100	45,6	1,3	1,56

Tab. 8:
Windlasten in Abhängigkeit von der Gebäudehöhe nach DIN 1055

Windlasten, welche von verschiedenen Kriterien wie z.B. der Gebäudehöhe und der Windgeschwindigkeit abhängig und in der DIN 1055 aufgeschlüsselt sind (Tab. 8). Der Winddruck w wird durch Multiplikation des Staudruckes q mit dem Druckbeiwert c berechnet, wobei c für den Normalfall mit 1,2 angegeben wird. Der Querschnitt des Fensterprofiles muß so gestaltet sein, daß bei voller Belastung durch Wind die Verformung im geschlossenen Zustand nicht größer wird, als es die Funktionssicherheit zuläßt. Diese Verformung ist in der DIN 18056 mit maximal 1/300 der Stützweite festgeschrieben. Bei der Verwendung von Isolierglas ist außerdem zum Schutz des Randverbundes die Durchbiegung auf maximal 8 mm begrenzt.

Der Biegewiderstand als Maßstab für das statische Verhalten ist das Produkt aus dem werkstoffspezifischen Elastizitätsmodul (E-Modul) und dem profilspezifischen Trägheitsmoment.

Der Elastizitätsmodul des PVC ist mit 2700 N/mm² gegenüber anderen Werkstoffen als gering einzustufen, daher müssen Fensterprofile aus PVC ab einer bestimmten Fenstergröße mit Armierungen aus verzinktem Stahl (E = 210 000 N/mm²) verstärkt werden.

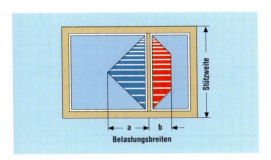

Abb. 29:
Lastaufteilung als Dreiecks- und Trapezlasten nach DIN 1045

Trägheitsmoment

Das Trägheitsmoment ist abhängig vom Querschnitt des Armierungsprofiles. Da man davon ausgehen kann, daß die Blendrahmen ausreichend am Mauerwerk befestigt werden, wird der statische Nachweis im wesentlichen für Pfosten und Kämpfer durchgeführt. Dabei erfolgt die Lastaufteilung des als Flächenlast wirkenden Winddruckes unter 45° als Dreiecks- oder Trapezlast (Abb. 29). Nach der Ermittlung der Belastungsbreite wird das erforderliche Trägheitsmoment I_x entweder mit Hilfe von Tabellen oder nach folgender Formel bestimmt:

$$I_{erf.} = \frac{wl^4 B}{1920\, Ef}\left[25 - 40\left(\frac{B}{l}\right)^2 + 16\left(\frac{B}{l}\right)^4\right] cm^4$$

w = Winddruck
B = Belastungsbreite
f = max. zul. Durchbiegung
l = Stützweite (Profillänge)
E = E-Modul

Die Armierungen und Kopplungen sind so auszubilden, daß die Einhaltung des erforderlichen Trägheitsmomentes gewährleistet ist. Die eingebrachten Verstärkungsprofile haben neben der statischen Bedeutung weiterhin den Vorteil, daß sie die thermisch bedingte Längenausdehnung des PVC begrenzen.

Wirtschaftliche Faktoren

Neben der Ästhetik und einer Vielzahl von technischen Kriterien ist auch die Wirtschaftlichkeit ein wichtiger Faktor zur Beurteilung eines Fensters. Wirtschaftlichkeit bedeutet neben geringen Kosten bei der Anschaffung auch geringe Kosten sowohl für nachfolgende Wartungsarbeiten als auch für die Reinigung und Pflege.

Geringer Wartungsaufwand

Aufgrund der Witterungs- und Alterungsbeständigkeit des Werkstoffes PVC ist der Wartungsaufwand im Vergleich zu anderen Werkstoffen für den Fensterbau sehr gering. Arbeitsintensive und dadurch kostspielige Aufwendungen wie beispielsweise das regelmäßige Streichen oder Lackieren sind nicht erforderlich. Die Pflege beschränkt sich auf die normale Reinigung und das jährliche Ölen der Beschläge sowie auf die Kontrolle der Dichtungen.

In Verbindung mit den günstigen Anschaffungskosten besticht das Fenster aus PVC daher durch ein sehr gutes Preis-Leistungs-Verhältnis. Dadurch lassen sich vor allem im öffentlichen Wohnungsbau Mittel einsparen, die wieder für die Finanzierung weiterer Projekte eingesetzt werden können.

Gutes Preis-Leistungs-Verhältnis

Qualitätssicherung durch Gütesicherung

Zur konsequenten Qualitätssicherung aller Fertigungsstufen ist unter der Bezeichnung RAL RG 716/1 »Güte- und Prüfbestimmungen für Kunststoff-Fenster« von den zuständigen Gütegemeinschaften eine Gütesicherung entwickelt worden. Dadurch wird eine Überprüfung des Rohstoffes PVC und der extrudierten Profile, des Fenstersystemes und der eigentlichen Fensterfertigung sowohl durch Eigen- als auch durch Fremdüberwachung gewährleistet.

In Abschnitt I sind die Anforderungen an den Werkstoff und die Profilqualität mittels Gütebedingungen und den entsprechenden Prüfbestimmungen festgelegt.

Profilqualität

Der Abschnitt II beinhaltet die Systemprüfung nach DIN 18055. Dadurch wird der Nachweis erbracht, daß Fensterkonstruktionen aus diesem System auch über einen längeren Zeitraum gebrauchstauglich bleiben. Nach der Kontrolle der Systembeschreibung, in der alle Angaben über Profile, Zubehörteile, Verstärkungen, Verglasungen, Verbindungen und Hinweise zur Fertigung enthalten sein müssen, sowie der Prüfung aller Anforderungen wird von einem unabhängigen Prüfinstitut die Eignung des Systems zur Fertigung gütegesicherter Fenster bestätigt.

Systemprüfung

68 Anforderungen an moderne Fenster

Fertigung der Fenster

Der Abschnitt III befaßt sich mit der eigentlichen Fensterfertigung. Die verwendeten Profile, das Zubehör und die Verarbeitung müssen der Systembeschreibung entsprechen, weiterhin wird die längenbezogene Fugendurchlässigkeit auf einem Prüfstand bestimmt. Ein unabhängiges Prüfinstitut kontrolliert zweimal jährlich sowohl die Qualität der Fenster anhand von Stichproben als auch die Aufzeichnungen aus der Eigenüberwachung [19].

Mit der Gütesicherung für Kunststoff-Fenster wurde erreicht, daß der Verbraucher Kunststoff-Fenster mit hoher Nutzungsdauer erhält und der Fertigungsbetrieb kaum noch Reklamationen bearbeiten muß.

Perspektiven im Fensterbau

Wie bereits in der Vergangenheit wird das Fenster auch weiterhin einer ständigen Entwicklung unterliegen und zukünftig noch stärker als architektonisches Gestaltungsmittel genutzt werden. Ansatzpunkte ergeben sich hier bei der stilgerechten Restauration von Altbauobjekten mit PVC-Fenstern oder bei den vielfältigen architektonischen Gestaltungsmöglichkeiten im Neubaubereich.

In der Glasarchitektur und Fassadentechnik stellt der polymere Werkstoff PVC heute eine Alternative zu den bisher verwendeten Materialien dar. Vor allem die farblichen Gestaltungsmöglichkeiten wie z.B. Kaschierung oder Lackierung ermöglichen dem Fensterdesign der modernen Architektur bisher ungeahnte Möglichkeiten.

Architektonische Gestaltung

Dazu zählen aber auch technische Problemlösungen, die mit polymeren Werkstoffen bisher in Form und Größe bei Fassadenkonstruktionen nicht realisierbar waren.

Hand in Hand mit der Entwicklung im Glas- und Beschlagswesen werden auch die Profile weitere bahnbrechende Fortschritte hinsichtlich Wärmedämmung, Schallschutz und Einbruchsicherheit erzielen.

Industrielle Recyclingmethoden ergeben bereits heute nahezu geschlossene Materialkreisläufe und tragen somit zur Entlastung knapper Deponieräume, aber auch zur Schonung begrenzter Ressourcen bei.

Technische Fortschritte

Durch die vielfältigen Gestaltungsmöglichkeiten sowie durch seine vorteilhaften Materialeigenschaften wird Hart-PVC in der Fenstertechnik weiter an Bedeutung gewinnen.

Literatur

[1] Arbeitsgemeinschaft PVC und Umwelt e.V.: *PVC Argumente*. 3. Aufl. Bonn: 1992.

[2] *Vinnol*. Druckschrift der Fa. Wacker Chemie GmbH. München.

[3] DOMININGHAUS, H.: *Die Kunststoffe und ihre Eigenschaften*. 2., neubearb. u. erw. Aufl. Düsseldorf: VDI Verlag, 1986.

[4] SAECHTLING, H.: *Kunststoff-Taschenbuch*. 23. Ausg. München: Carl Hanser Verlag, 1986.

[5] BECKER, G.W., BRAUN, D., FELGER, H.K. (Hg.): *Kunststoff-Handbuch*, Bd. 2: *Polyvinylchlorid*. 2., völlig neubearb. Aufl. München: Carl Hanser Verlag, 1986.

[6] Verband der Fenster- und Fassadenhersteller: *Strukturanalyse 1991*. Frankfurt: 1992.

[7] TÖTSCH, W., POLACK, H.: *PVC und Ökobilanz*. Hüls Publikation, Hüls AG, Marl: 1992.

[8] *TI 700812: Gutachten LGA Bayern, CH.-Nr. 68502442*. REHAU AG & Co, Rehau: 1988.

[9] ENGELMANN, M., SKURA, J.: »PVC im Brandfall«. *Brandschutz/DFZ* 4 (1992). Stuttgart: Verlag W. Kohlhammer.

[10] Deutscher Verband für Schweißtechnik: *Richtlinie DVS 2207* Teil 25: *Schweißen von Fensterprofilen aus PVC-U*. Düsseldorf: DVS-Verlag, 1989.

[11] OBERRAUCH, L.: »Konfektionierung von Profilen zu Fenstern«. *Fensterprofile aus PVC*. Fachtagung des SKZ Würzburg. Würzburg: 1991.

[12] Institut des Glaserhandwerks für Verglasungstechnik und Fensterbau: *Technische Richtlinie des Glaserhandwerks* Nr. 2: *Windlast und Glasdicke*. 2. überarb. Aufl. Schorndorf: Verlag Karl Hofmann, 1987.

[13] Institut des Glaserhandwerks für Verglasungstechnik und Fensterbau: *Technische Richtlinie des Glaserhandwerks* Nr. 3: *Klotzung von Verglasungseinheiten*. 3. überarb. Aufl. Schorndorf: Verlag Karl Hofmann, 1989.

[14] DALER, R., SCHMID, J.: »Einbau von Fenstern«. *i.f.t.-Report* '89. Institut für Fenstertechnik e.V. Rosenheim: 1989.

[15] EINFELDT, T., SCHMID, J.: »Beurteilung der Tauwassergefahr bei Bauanschlüssen«. *i.f.t.-Report* '87. Institut für Fenstertechnik e.V. Rosenheim: 1987.

[16] *Das Fenster – nicht nur ein Gestaltungselement*. Architekturseminar 1988, Institut für Fenstertechnik, Rosenheim: 1988.

[17] CZIESIELSKI, E.: *Fenster und Lüftung*. IBK-Bau-Fachtagung 154. Berlin: 1992.

[18] *Formel für Umweltschutz und Energie-Einsparung*. Druckschrift der Fa. Interpane. Lauenförde: 1992.

[19] Deutsches Institut für Gütesicherung und Kennzeichnung: *Kunststoff-Fenster Gütesicherung RAL RG 716/1*. Bonn: Beuth Verlag, 1988.

Der Partner dieses Buches:

Fenster machen Häuser

REHAU AG + Co
Geschäftsbereich Hochbau
Ytterbium 4
91058 Erlangen-Eltersdorf

REHAU, 1948 in Rehau / Oberfranken gegründet, hat sich auf die Produktion von hochwertigen technischen Teilen und Systemen aus polymeren Werkstoffen spezialisiert. Bekannt ist das Unternehmen dafür, Problemlösungen zu erarbeiten – oft in Zusammenarbeit mit dem Kunden – und in die Tat umzusetzen.

Zu den wichtigsten Herstellungsverfahren zählen die Extrusion, das Spritzgießen, das Extrusionsblasen und das Reaktionsschäumen. REHAU bietet sämtliche Möglichkeiten der Oberflächenveredelung und der Konfektion bzw. Weiterverarbeitung von Produkten bis hin zu komplettem Engineering an. Beliefert werden nahezu alle Wirtschaftsbereiche, z.B. die Baubranche mit Profilen bzw. Systemen zur Herstellung von Fenstern, Türen, Klappläden, Rolläden, Fassaden, Wintergärten usw.

Als Partner beliefert REHAU Fensterfachbetriebe, die mit handwerklichem Know-how und modernen Maschinen individuell nach entsprechenden Bauherren- bzw. Architektenvorgaben aus REHAU-Profilen moderne Fenster produzieren. Das REHAU-Profilangebot bietet unzählige Gestaltungsmöglichkeiten in Form und Farbe und wird sowohl im Alt- als auch im Neubaubereich gerne eingesetzt.

In der Bundesrepublik Deutschland ist REHAU flächendeckend mit elf Verkaufsbüros in folgenden Städten vertreten:

Berlin • Bielefeld • Bochum • Erfurt • Frankfurt • Hamburg
Hannover • Leipzig • München • Nürnberg • Stuttgart

Grundwissen mit dem Know-how führender Unternehmen

Eine Auswahl der neuesten Bücher

Die Bibliothek der Technik
- Bremsbeläge für Straßenfahrzeuge *Textar*
- Dosierpumpen *Lewa*
- Wälzlager *NSK*
- Hochschmelzende Metalle *Plansee*
- Digitaltechnik in der Unterhaltungselektronik *ITT*
- Epoxidharze *Ciba-Geigy*
- Binäre Durchflußsensoren *ifm*
- Industrielle Wägetechnik *Pfister*
- Kugelgewindetriebe und Linearführungen *NSK*
- Hochfeste Schraubenverbindungen *Kamax*
- Gerätelüfter für die Elektronikkühlung *Papst*
- Perlglanzpigmente *Merck*
- Lichtbogenschweißtechnik *Oerlikon*
- Geregelte elektrische Antriebe für die Fertigungsautomation *Indramat*
- Palettensysteme für Elektroden und Werkstücke *Mecatool*
- Schraubtechnik *Bosch*
- Außenrüttler *Bosch*
- Maschinenwerkzeuge für die Holzbearbeitung *Leitz*
- Identifikations- und Kommunikationssysteme *Baumer*
- Räder und Rollen *Albert Schulte Söhne*
- Elektromagnetische Bremsen und Kupplungen *Binder*
- Aufzüge und Fahrtreppen *Otis*
- Moderne Schalungstechnik *Peri*
- Schaltschrank-Klimatisierung *Rittal*
- Bearbeitungszentren *Heckert*
- Spezialleitungen *Leonische Drahtwerke*
- Elektro-Installationskanal-Systeme *Tehalit*
- Ergonomie des Sitzens *Grammer*
- Licht im Büro *Trilux-Lenze*
- Drücken und Drückwalzen *Leico*
- Braunkohle für Industrie und Haushalt *Rheinbraun*
- Umweltgerechte Verpackungen aus Wellpappe *Sieger*
- Der Sensor/Aktorbus *Phoenix Contact*
- Drucklufterzeugung und -aufbereitung *Alup/Sauer*
- Wischer- und Waschanlagen für Fahrzeuge *SWF*
- Gasmessung *Elster*

Die Bibliothek der Wirtschaft
- Langfristige Unternehmensfinanzierung *Industriekreditbank AG*
- Effektive Kommunikation im Büro *Ericsson*
- Managementaufgabe Instandhaltung *WIG*
- Absatzfinanzierung *GEFA*
- Gebäudeautomation *Johnson Controls*
- Factoring und Zentralregulierung *Heller Bank*

Die Bibliothek der Wissenschaft
- Organische Peroxide *Peroxid*

verlag moderne industrie
86895 Landsberg/Lech

Alle Bücher sind im Buchhandel erhältlich